Knaur

Von Patricia MacDonald sind außerdem erschienen:

Der unheimliche Verehrer
Familienkiller
Das Wiegenlied

Über die Autorin:

Patricia MacDonald hat 1997 den ersten Preis beim Deauville Filmfestival gewonnen und war mit einigen ihrer Romane für den Edgar Award nominiert. Sie lebt mit ihrer Tochter und ihrem Ehemann in Cape May, New Jersey.

Patricia MacDonald

Mord im September

Roman

Aus dem Amerikanischen von
Ingeborg Ebel und Traudl Weiser

Knaur

Die amerikanische Originalausgabe erschien 1994 unter dem Titel
»No Way Home« bei Dell Publishing.

Besuchen Sie uns im Internet:
www.knaur.de

Vollständige Taschenbuchausgabe 2003
Droemersche Verlagsanstalt Th. Knaur Nachf., München
Dieser Titel ist bereits unter den Bandnummern 03068, 60635
und 61067 erschienen.

Umschlaggestaltung: ZERO Werbeagentur, München
Umschlagabbildung: Zefa, Düsseldorf/Vincent
Satz: MPM, Wasserburg
Druck und Bindung: Clausen & Bosse, Leck
Printed in Germany
ISBN 3-426-62276-9

5 4 3 2 1

Für Jane Berkey – Agentin, Freundin und zauberhafte Patin.

Besonders danke ich meiner Tante, Ann Jambriska, die mir die Idee für diesen Roman gab, und Jane Berkey, Don Cleary, Susan Moldow und meinem Mann, Art Bourgeau, für ihre wertvollen Ratschläge beim Schreiben.

1

Seit drei Tagen schon warnten die Meteorologen der Fernsehgesellschaften in Nashville vor einem herannahenden Sturm in Tennessee. Und jeder im Cress County wußte, daß sie nicht von einer Regenfront sprachen, sondern von einem drohenden Tornado. Die Landbevölkerung ließ sich von dem beschwichtigenden Gerede nicht bluffen, obwohl in den Nachrichten nie das Wort Tornado fiel, damit es zu keiner Panik käme – bis er wirklich gesichtet wurde. Doch ein Tornado bewegt sich so schnell vorwärts, daß es dann ohnehin zu spät wäre.

Lillie Burdette stand auf der Veranda ihres Hauses und suchte forschend den Nachmittagshimmel nach verräterischen Anzeichen ab. Normalerweise kamen die Tornados früher, Ende August. An diesem letzten Wochenende im September war das Wetter wechselhaft, doch die Zeichen waren unverkennbar. Die Luft war feucht, kein Lüftchen regte sich. Es herrschte ein seltsam helles Licht, obwohl der Himmel von dunklen Wolken verhangen war. Es war drükkend heiß, aber dann und wann erhob sich eine kalte Brise, die einen frösteln ließ.

Gegenüber von Lillies Vorgarten, auf der anderen Seite der Straße, gab es eine eingezäunte Weide, auf der ein alter Gaul graste. Normalerweise hob das dunkeläugige Tier kaum den Kopf, doch heute lief es unablässig den Zaun entlang, den Kopf erhoben, mit angstvollen Augen, als würde es ebenfalls den Himmel beobachten.

Tiere spüren es immer, dachte Lillie. Es macht sie unruhig. Sie selbst hatte noch nie einen Tornado erlebt, nur das Rauschen gehört und den schwarzen Himmel gesehen. Und als Kind hatte sie sich immer gewünscht, es würde endlich einer kommen, allein wegen der Erregung. Wie alle anderen Kinder kannte sie natürlich die Geschichten von denen, die einen überlebt hatten. Bessie Hill, die jetzt alt war, pflegte zu erzählen, wie sie allein in dem Haus gewesen war, das ein Tornado verwüstet hatte. Es war Abend, und das Licht war ausgegangen, wie es oft im Cress County passierte, wenn es stürmte oder regnete. Sie beschloß ins Bett zu gehen, da es keine Elektrizität gab, doch dann kam ein Windstoß und drückte ihre Haustür auf. Sie versuchte die Tür wieder zu schließen, doch als sie durchs Wohnzimmer eilte, entwurzelte der Orkan einen Baum in ihrem Garten und schleuderte ihn aufs Dach, wo er die Decke ihres Schlafzimmers durchbrach.

Ich werde alt, dachte Lillie und erschauerte. Mir wäre es lieber, wir würden davon verschont bleiben. Ein Auto fuhr langsam vorbei, und die Insassen winkten. Lillie legte eine Hand schützend über ihre Augen und winkte zurück, obwohl sie die Leute nicht erkannte. In Felton, Tennessee, war es Brauch, einander zu grüßen, auch Fremde. Heute fuhren mehr Autos auf der Straße vorbei. Aber das war normal an diesem Tag – dem Gründungstag der Stadt.

Wieder ein Gründungstag. Sie konnte sich noch an diese Festtage im Frühherbst während der vergangenen dreißig Jahre erinnern, seit sie vier gewesen war. Schon wieder ist ein Jahr vergangen, dachte sie. Wahrscheinlich deswegen und wegen des schwülen Wetters bin ich heute so melancholisch. Schon morgens, seit dem Erwachen, hatte sie sich bedrückt gefühlt. Und irgendwie war dieser Tag nie mehr so aufregend und vergnüglich wie während ihrer Jugend.

»Mom, deine Uhr hat geläutet.«
»Danke, mein Schatz«, sagte Lillie. Sie nahm ihre Gießkanne und goß mit dem Rest des Wassers das Springkraut, das in einem Korb unter den Balken der Veranda hing. »Tust du mir einen Gefallen und zupfst das Unkraut aus den Blumenkübeln?«
»Ja, gleich. Zuerst mußt du mir sagen, wie ich aussehe.«
Lillie stellte ihre Gießkanne ab und richtete den Blick auf die Haustür. Hinter dem Fliegengitter erschien das Gesicht ihrer Tochter Michele, leuchtend, wie der Mond. Michele stieß die Tür auf und zwängte ihren Reifrock mühsam hindurch.
Dann tanzte sie ausgelassen über die Veranda. Ihr langes, glänzendes braunes Haar fiel ihr über die Schultern bis auf die Puffärmel des altmodischen Kleides. Sie war noch zu jung für die altrosa Farbe und hatte auch noch nicht genug Busen, um das spitzenbesetzte Dekolleté auszufüllen, aber ihre Augen strahlten vor Vergnügen, als sie sich ihrer Mutter präsentierte.
»Du siehst wunderschön aus«, sagte Lillie fröhlich. »Du hast es also gefunden.«
»Das war wohl gar nicht anders möglich. Schließlich hing es an meiner Schranktür«, entgegnete Michele.
»Es paßt dir ausgezeichnet«, sagte Lillie. Sie beugte sich nieder und zupfte den Saum des Reifrocks zurecht. »Du siehst traumhaft aus.«
»Irgendwie komme ich mir albern darin vor. Und es ist so heiß. Ich kann gar nicht glauben, daß die Frauen früher immer in solchen Kleidern herumliefen.«
»Normalerweise ist es am Gründungstag nicht so heiß«, sagte Lillie. »Ich wünschte, das Wetter würde sich ändern. Es macht jeden nervös. Du weißt doch, daß dieser Reifrock einmal meiner Urgroßmutter gehört hat ...«

»Ich weiß, ich weiß«, sagte Michele, die die alte Geschichte wohl schon hundertmal gehört hatte, »und deine Großmutter hat dir dieses Kleid für die Theateraufführung geschneidert, als du so alt warst wie ich.«
Lillie schaute ihre Tochter an. Ihre Mutter hatte die Farbe des Stoffes gekonnt gewählt, denn sie schmeichelte ihrem dunklen Haar, den zartrosa Lippen und Wangen, und sie unterstrich ihren blassen Teint, der so charakteristisch für viele Schönheiten aus den Südstaaten ist. Ihre Mutter hatte sich immer wegen ihres guten Geschmacks gerühmt. Aber es war ihre Großmutter gewesen, die, jetzt schon viele Jahre tot, mit Liebe das Kleid für sie genäht hatte. Und sie wurde von einem Glücksgefühl überwältigt, das fast schmerzlich war, als sie ihre Tochter in diesem Kleid sah. Ihr gesundes, strahlendes Kind, dem die Ärzte vom Tag seiner Geburt an keine Überlebenschance gegeben hatten.
Sie begriff die medizinischen Termini nicht, mit denen sie die Ärzte bombardierten, als sie sich im Krankenhausbett von Micheles Geburt erholte. Eine mitfühlende Schwester erklärte ihr, daß ihre Tochter mehrere Herzoperationen durchzustehen habe. Die ersten Wochen nach Micheles Geburt kamen ihr jetzt wie ein einziger nebelhafter Eindruck von Angst vor. Sie erinnerte sich an eine rasende Fahrt im Krankenwagen zum Vanderbilt Hospital in Nashville, wo ein Ärzteteam die ganze Nacht ihr Baby operierte. Und dann ein Leben, das jahrelang nach demselben Muster ablief – Reisen von einem Krankenhaus zum nächsten, ein Spezialist nach dem anderen, immer der vagen Hoffnung folgend, daß eine endgültige Genesung möglich sei, ein normales Leben, was sich vor ein paar Jahren erfüllt hatte. Michele zupfte mit spitzen Fingern an dem Stoff vor ihren Brustwarzen. »Ich fülle es nicht richtig aus«, sagte sie traurig.

Lillie lächelte. Michele würde immer zart und schmal bleiben. Das war ein Erbe ihrer Krankheit. Aber jetzt war sie robust, nicht mehr anfällig. »Beklag dich nicht«, sagte Lillie. »Du brauchst dir um deine Figur nie Sorgen zu machen. Und mit deinen hohen Wangenknochen wirst du sicher noch eines Tages in einer Modezeitschrift landen.«
Michele zog eine Grimasse, aber sie freute sich. Sie warf ihr Haar zurück. »Sobald diese blöde Theateraufführung vorbei ist, ziehe ich mich um. Es ist heute so stickig.«
»Ich weiß«, sagte Lillie gereizt. »Der Himmel sieht böse aus.«
Micheles Augen fingen an zu leuchten. »Ja. Vielleicht gibt's einen Tornado.«
»Das solltest du nicht beschwören. Du scheinst dich ja direkt darüber zu freuen«, sagte Lillie. »Geh jetzt. Ich muß noch das Unkraut jäten.«
»Ach, das habe ich ganz vergessen«, sagte Michele und tänzelte vor ihrer Mutter ins Haus. Sie hob den Rock mit beiden Händen, damit sie gehen konnte. Sie saß auf einem Küchenhocker und band die Schleife am Ärmel ihres Kleides, als Lillie in die Küche kam und ihren Kuchen für das Picknick am Abend einpackte.
Die Hintertür öffnete sich, und Pink Burdette kam in die Küche. Trotz der Hitze trug er ein blaßgrünes Jackett und Krawatte. Er war ein großer Mann, der jetzt, Mitte Vierzig, zur Fülle neigte. Sein rundes, regelmäßiges Gesicht war mit Schweiß bedeckt; selbst durch das dünner werdende blonde Haar konnte man Schweißtröpfchen erkennen. Er sah seine Frau an, die gerade den Kuchen einpackte. »Was soll denn das?« fragte er mit gespielter Überraschung. »Du willst doch nicht etwa Essen verschenken? Die Leute sollten dafür bezahlen.«
»Schau dir Michele an. Sieht sie nicht nett aus?« fragte

Lillie. Sie ignorierte den Scherz, der sich auf ihr Geschäft bezog, das darin bestand, Kunden mit Speisen und Getränken zu beliefern. Pink hatte nie gewollt, daß sie arbeitete, und er hatte immer ein paar Späße in petto, um sein Unbehagen deswegen zu kaschieren. Was ihm mißlingt, dachte Lillie.

»Laß dich mal anschauen«, sagte Pink.

Michele wirbelte durch die Küche, damit Pink sie bewundern konnte.

»Wirklich hübsch«, sagte Pink. »Wie in *Vom Winde verweht* siehst du aus.«

»Seid ihr beide fertig? Grayson und du?« fragte Lillie ihren Mann.

»Ja. Ich hab gerade mit Grayson ein paar Würfe geübt. Damit er für das große Spiel in Form ist. Verdammt, ist das heute heiß.«

»Warum läßt du nicht dein Jackett zu Hause?« fragte Lillie, obwohl sie bereits die Antwort wußte.

»Ich treffe dort Leute, mit denen ich geschäftlich zu tun habe«, antwortete Pink. »Und da kann ich mich nicht gehenlassen.«

»Ich denke, wir sollten jetzt aufbrechen«, sagte Lillie entschlossen. »Warum rufst du nicht Grayson? Vielleicht will er mitfahren.«

Pink ging zur Hintertür und rief: »Komm, mein Sohn. Du wirst hier gebraucht.« Er drehte sich um und verkündete: »Er kommt.« Dann ging er wieder zur Tür und wartete, bis Grayson in die Küche kam.

Grayson war Grayson junior; obwohl man Pink seinen Spitznamen schon in der Wiege gegeben hatte, war es niemandem je in den Sinn gekommen, ihm die Ehre zu erweisen, ihn bei seinem Vornamen zu nennen. Deshalb hatte er geschworen, daß sein Sohn nicht dasselbe Schicksal erleiden sollte, und weigerte sich sogar, seinen Sohn mit der Kurzform »Gray« anzureden. Deswegen hätte er sich keine Sorgen zu machen brauchen. Von Anfang an paßte dieser elegante Name zu dem Jungen, und meistens wurde er auch von Spitznamen verschont. Trotz der Hitze war Graysons Baseball-Dress nicht verschwitzt, und sein dichtes, weißblondes Haar fiel in weichen Wellen über seine breite Stirn. Er blinzelte ein paarmal mit seinen dunkelblauen Augen, um sich an das Dämmerlicht in der Küche zu gewöhnen, dann trat er zurück und hielt sich den Kopf in ungläubigem Erstaunen.

»Was ist denn das?« rief er. »Eine Märchenprinzessin!«

»Halt den Mund, Gray!« sagte Michele.

»Michele nimmt an der Theateraufführung teil«, sagte Lillie.

»Und du«, sagte Pink ernst, verschloß die Hintertür und ging auf seinen Sohn zu, »du wirst die Mannschaft heute zum Sieg führen. Jeder, der in diesem County einen Namen hat, wird zuschauen. Und dazu gehört der Präsident der Bank, der ebenfalls Vorsitzender des Komitees ist, das die Stipendien vergibt.«

»Du meine Güte, Pink«, rief Lillie aus. »Er ist erst im zweiten Jahr auf der High-School. Wir brauchen uns doch jetzt um Stipendien noch keine Sorgen zu machen. Außerdem soll das Spiel Spaß machen.«

»Lillie«, sagte Pink geduldig, »falls du es noch nicht gemerkt haben solltest, für dieses Spiel haben wir den ganzen Sommer gearbeitet. Es ist *das* Spiel. Wenn wir gewinnen, sind wir die Champions im ganzen County. Ganz zu schweigen davon, daß Sterling Grisard, der Bankpräsident, vor Jahren in Felton auch Baseball spielte.«

»Ich werde gewinnen, Sir«, sagte Grayson.

»Nach dem Spiel gehst du zu Sterling und stellst dich ihm

vor. Er soll doch wissen, wer der Star in diesem Team ist.«
Grayson nickte und spielte mit seinem Ball.
»Warum muß überall ein Hintergedanke dabeisein?« fragte Lillie. »Hier, Michele, trag den Kuchen in den Wagen.«
Pink knöpfte sorgfältig sein schickes Sportjackett zu. »Wir sind doch nur höflich und entgegenkommend. Die Leute sollen das Beste von uns denken.«
Michele nahm die Schachtel mit dem Kuchen. »Und was passiert, wenn er verliert?« fragte sie gedehnt.
»Fang, Michele!« sagte Grayson und tat so, als wollte er seiner Schwester den Ball zuwerfen.
Michele zuckte zusammen und schrie: »Grayson!« Aber ihre Empörung war nur gespielt. Mit fünfzehn übte Grayson Burdette schon einen unwiderstehlichen Charme auf jedes Mädchen aus, selbst auf seine eigene Schwester. Grayson lachte. Ihm gefiel sein Scherz, und er warf den Ball in seinen Fanghandschuh, wobei sich deutlich die Muskeln seiner Unterarme unter der olivbraunen Haut abzeichneten.
»Yessir«, sagte Grayson. »Ich marschiere sofort zu Mr. Grisard, stelle mich ihm vor und sage ihm, daß ich der Sohn der geschäftstüchtigsten Speise- und Getränkelieferantin im Cress County bin und daß seine Bank meiner Mama das Geld für die Geschäftseröffnung geliehen hat.« Er zwinkerte seiner Mutter zu.
»Hüte dich, das zu sagen!« rief Pink.
»Er macht doch nur Spaß«, sagte Lillie. »Kommt jetzt. Michele, hast du deine Kleider zum Wechseln schon ins Auto gelegt?«
»Ich hole sie«, entgegnete Michele.
»Beeil dich«, sagte Lillie. »Die Theateraufführung steht als erstes auf dem Programm. Du darfst nicht zu spät kommen.«

»Nimmst du den Kuchen?« fragte Michele und hielt ihrem Bruder die Schachtel hin.
»Sicher«, sagte er und klemmte sich seinen Fanghandschuh unter den Arm.
Obwohl der Festplatz weniger als eine halbe Meile entfernt war, dachte die Familie nicht daran, zu Fuß dorthin zu gehen. Im Cress County wurde jeder Fußgänger – es sei denn, er trug einen Benzinkanister – für verrückt gehalten. Pinks fünf Jahre alter Oldsmobile war außerordentlich gepflegt und erregte unter den verbeulten Lieferwagen, die auf der Wiese in der Nähe des Eingangs zu Briar Hill parkten, Aufsehen. Die vier stiegen aus dem Wagen, genossen eine Weile die festliche Atmosphäre und suchten nach bekannten Gesichtern. Dann gingen sie den Hügel zum Briar Hill House hinauf.
Trotz seines bescheidenen Namens war das Herrenhaus auf dem Briar Hill der Stolz Feltons. Die Briar-Hill-Plantage war einst eine der größten in Tennessee gewesen, doch nach dem Ersten Weltkrieg konnte die Familie den Besitz nicht mehr halten; es fand sich auch kein Käufer für das Haus, bis ein ehrgeiziger Stadtrat das Haus und die umliegenden Ländereien für die Stadt erwarb. Die Ländereien wurden in einen Park verwandelt, doch um das Herrenhaus umzugestalten, fehlten der Gemeinde die Mittel. Es wurde von außen restauriert und nur in der warmen Jahreszeit für Veranstaltungen genutzt, wenn keine Heizung nötig war. Die ursprünglichen Parkettböden hatte man mit strapazierfähigen Teppichböden ausgelegt, eine Cafeteria mit langen Tischen und Klappstühlen eingerichtet und die übrigen Räume mit gespendeten Möbeln ausgestattet. Zwar hatte das alte Herrenhaus seine ursprüngliche Eleganz eingebüßt, doch es fanden dort alle wichtigen gesellschaftlichen Veranstaltungen des County statt.

Lillie ging ihrer Familie durch die weit geöffneten Türen in das kühle, dunkle Vestibül voran. Sie warf einen Blick auf ihre Armbanduhr. »Wann beginnt die Aufführung?«
»In einer Viertelstunde«, sagte Michele. »Ich gehe jetzt.«
»Wir suchen uns einen Sitzplatz«, sagte Lillie. »Im Vorbeigehen kannst du den Kuchen in der Küche abgeben. Und viel Spaß.«
Auf ihrem Weg zum Ballsaal grüßten sie Freunde und Bekannte. Dort hatte man vor einer Bühne Reihen von Klappstühlen aufgestellt. Am Ende einer Reihe fand Pink drei freie Plätze, und sie setzten sich.
Jedes Jahr fing mit dieser kleinen Aufführung der offizielle Teil der Festlichkeiten an. Sie bestand darin, daß die Jungen – in die Uniformen der Konföderierten gekleidet – und die Mädchen – ebenfalls in Kleidern, die vor dem Bürgerkrieg modern gewesen waren – eine kleine Vorstellung gaben. Eigentlich war Felton lange vor dem Bürgerkrieg gegründet worden, aber mit der Geschichte nahm man es nicht so genau, Hauptsache war, daß die glorreiche Vergangenheit der Südstaaten wieder zum Leben erweckt wurde.
Das Erscheinen der Musiklehrerin, Gay Jones, vor dem Flügel signalisierte den Beginn der Vorstellung. Ein Aufatmen ging durch die Zuschauer, als die ersten Akkorde von »Dixie« erklangen.
Lillie, die zwischen Pink und Grayson eingeklemmt war, beugte sich vor, um Michele besser sehen zu können, die eben unter dem beifälligen Gemurmel des Publikums mit ihren Klassenkameradinnen die Bühne betrat. Lillie winkte ihrer Tochter zu, die nur die Augen verdrehte und ostentativ in eine andere Richtung schaute. Aus dem Augenwinkel sah Lillie, wie Gray errötete, als Allene Starnes, eine hübsche rothaarige Klassenkameradin von ihm, vorbeiging. Auch Allene wurde rot, stolperte und wäre fast auf der

Treppe, die zur Bühne führte, hingefallen. Die Jungen betraten von der anderen Seite die Bühne, sie sahen phantastisch in ihren Konföderiertenuniformen aus.

Jedes Mädchen bekam einen Soldaten zum Partner. Lillie strahlte, als sie sah, wie Michele über die Bühne ging und den Arm eines großen, schlaksigen jungen Mannes nahm, dessen schüchternes Lächeln Zahnklammern enthüllte. Michele bewegte sich mit völliger Natürlichkeit auf der Bühne; sie sprach klar und deutlich und lächelte die ganze Zeit, während ihr Partner nur murmelte. Das hat sie von ihrem Vater, dachte Lillie. Sie sieht aus, als wäre sie als Schauspielerin geboren.

Vom Zuschauerraum aus schien das rosa Kleid zu glühen, Michele wirkte darin strahlend wie eine voll erblühte Magnolie. Lillie konnte sich genau an das Gefühl erinnern, als sie dieses Kleid getragen hatte. Das Gewicht der Röcke, das Kitzeln des Spitzenbesatzes, die enge Taille.

Pink flüsterte Lillie ins Ohr: »Ich muß an das Jahr denken, als du dieses Kleid anhattest. Du sahst so schön darin aus, daß ich meine Augen nicht von dir abwenden konnte.«

Lillie lächelte ihren Mann schuldbewußt an, denn sie hatte gerade an die bewundernden Blicke ihres damaligen Partners gedacht: Jordan Hills dunkelbraune, eine wenig spöttische Augen, die sie mit einer solch eindringlichen Sehnsucht angesehen hatten.

»Jeder, der Rang und Namen hat, ist heute da«, sagte Pink. »Es müßte doch mit dem Teufel zugehen, wenn ich nicht ein kleines Geschäft in die Wege leiten könnte.«

Lillie stupste ihn, damit er schwieg, und applaudierte dann wild wie der Rest des Publikums, als die Südstaatenschönen und ihre Galane ein Lied sangen und mit viel weniger Würde als zu Beginn die Bühne verließen. Der Applaus verebbte, und Lillie spürte, wie sich ihre Augen mit törichten, sentimentalen Tränen füllten. Während all dieser langen Krankheitsjahre hatte sie oft nicht an den nächsten Tag zu denken gewagt, geschweige denn zu träumen gehofft, ihre Tochter eines Tages als hübsches junges Mädchen im Kleid ihrer Mutter auf dieser Bühne zu sehen.

Pink stand auf und streckte sich. »Na ja, ich muß mich jetzt mal umsehen und verschiedene Leute begrüßen«, sagte er. Für Pink diente jeder gesellschaftliche Anlaß seinen geschäftlichen Interessen. Er war einer der wichtigsten Grundstücks- und Immobilienmakler im County, und seine Devise lautete: »Ich muß etwas ergattern.«

Lillie wischte sich die Augen und stand ebenfalls auf. Sie hatte sich inzwischen an Pink gewöhnt. Immer und überall würde er die Leute fragen, ob sie nicht ein Stück Land verkaufen wollten, oder über Finanzierungspläne reden.

Sie schlenderten zusammen durch die offenstehenden Doppeltüren nach draußen in die helle Nachmittagssonne.

»Geh nur«, sagte Lillie. »Ich sehe mich mal nach Brenda um.« Brenda Daniels war ihre älteste Freundin und Geschäftspartnerin. Sie war dreimal geschieden und hatte Lillie nach ihrer letzten kurzen Ehe für ihre Pläne gewinnen können. Die Zeit dafür war günstig gewesen, Michele nun endlich gesund, und beide Kinder bedurften nicht mehr ihrer ständigen Aufmerksamkeit. Das Geschäft stellte ein ideales Ventil für ihre unerschöpfliche Energie dar. Sie konnte sich an keinen Tag erinnern, an dem sie nicht wenigstens einmal mit Brenda geredet hätte. Sie fragte Grayson: »Wann fängt das Spiel an?«

»In ein paar Minuten. Ich muß jetzt rüber zum Spielfeld und mich aufwärmen.«

»Ich komme gleich nach«, sagte Lillie. »Viel Glück.«

Pink deutete mit der Hand auf Grayson, als hätte er einen Revolver. »Mach sie fertig. Ich zähle auf dich.« Dann klopfte

er seinem Sohn auf die Schulter und gab ihm einen sanften Stoß, ehe er sich auf die Suche nach einem potentiellen Kunden umdrehte und ging.
Lillie beobachtete ihren Sohn, der davonschlenderte. Plötzlich tauchte Allene Starnes auf, sie trug noch immer ihr Ballkleid. Gray blieb stehen und sprach kurz mit ihr. Den Schirm seiner Mütze hatte er tief ins Gesicht gezogen, so daß sie nur sein selbstsicheres Lächeln sehen konnte.
Lillie betrachtete ihn nachdenklich. Die übliche Unsicherheit und Selbstzweifel eines Jungen seines Alters schienen ihm völlig fremd zu sein. Jedenfalls sprach er mit ihr nicht darüber. Vielleicht vertraute er sich Pink an. Vom Tag seiner Geburt an und als Pink ihn zum erstenmal in den Armen gehalten hatte, hatte Grayson irgendwie zu Pink gehört. Grayson war schlechthin das perfekte Kind gewesen. Seine Geburt war leicht, und er sprach bereits sehr früh und konnte präzise ausdrücken, was er wollte. Schon mit acht Monaten machte er die ersten Schritte auf Pinks wartende Arme zu. Die Schule fiel ihm leicht, und er gehörte zu jenen außergewöhnlichen Kindern, denen alles auf Anhieb gelang. Hatte er Kummer, ging er damit zu Pink, der ständig für ihn da war. Diese tiefe Verbindung zwischen Vater und Sohn war für Lillie ein Segen, die die meiste Zeit damit verbrachte, Michele vor einem frühen Tod zu bewahren. Aber jetzt, als sie ihren fast erwachsenen Sohn betrachtete, überkam Lillie ein Gefühl des Verlustes. Schon interessierte er sich für Mädchen, und bald würde er erwachsen sein und eigene Wege gehen, und ihr war, als hätte sie ihn nie wirklich besessen.
Hör auf damit! schalt sie sich. Du ruinierst dir den Tag mit deinem Trübsinn. Dir macht nur dieses schwüle Wetter zu schaffen. Lillie ging langsam auf das Baseballspielfeld zu. Sie hielt nach Brenda Ausschau, konnte sie aber nirgends

entdecken. Lillie glaubte zu wissen, was das zu bedeuten hatte. Brenda war am Tag zuvor nach Nashville gefahren, um dort ein paar Einkäufe zu erledigen, und hatte sich wahrscheinlich wieder mit diesem verheirateten Studiomusiker getroffen, obwohl sie geschworen hatte, nie wieder eine Nacht mit ihm zu verbringen. Lillie vermutete, daß Brenda diese zum Scheitern verurteilten Affären genoß. Obwohl es Brenda nie offen aussprach, hielt sie Lillies Leben doch für viel zu langweilig.

Lillie wischte sich die feuchte Stirn ab und fächelte sich mit dem Programm Luft zu. Jeder, den sie auf ihrem Weg zum Spielfeld traf, klagte über das Wetter. »Ich kann mich nicht an einen derart heißen Gründungstag wie den heutigen erinnern«, sagte Bessie Hill und streifte mit ihren trockenen Lippen Lillies Wange.

»Tornadowetter«, meinte Bomar Flood, der Apotheker und Drugstorebesitzer, als Lillie seine feuchte Hand drückte. Als sie zum Spielfeld kam, sah sie Pink dort stehen und auf einen alten Farmer einreden, die Augen jedoch auf das Spiel gerichtet, das gerade begonnen hatte.

Lillie spürte ein plötzliches Gefühl der Zärtlichkeit für ihren Mann in sich aufsteigen. Pink war sicherlich kein Mann, der romantisch veranlagt war. Aber er war zu einem Zeitpunkt in ihr Leben getreten, als sie verzweifelt und angsterfüllt gewesen war. Er hatte versprochen, sie zu beschützen, und er hatte sein Versprechen gehalten. Er arbeitete viel, kümmerte sich um die Kinder und ertrug ihre Launen ohne Klage. Sie war dankbar, mit ihm verheiratet zu sein. Sie kannte viele Frauen, die sie um ihren Mann beneideten.

Pink entdeckte Lillie und winkte ihr zu. »Komm. Unser Sohn ist gleich mit Schlagen dran.« Lillie ging zu ihm und setzte sich auf einen der unüberdachten Tribünenplätze in

der Nähe. Der alte Farmer nahm die Gelegenheit wahr und entschuldigte sich bei Pink. Lillie beugte sich vor und beschattete die Augen mit ihrer Hand, als Grayson auf das Heimmal zuging.
In diesem Augenblick stellte sich Royce Ansley, der County Sheriff, neben Pink. Er war schon Mitte Fünfzig, wirkte aber zwanzig Jahre jünger und hatte immer noch die stramme Haltung des ehemaligen Soldaten. Sein ergrauendes Haar war militärisch kurz geschnitten und seine schwarzen Schuhe auf Hochglanz poliert. »Das ist doch Gray, nicht?« fragte er.
»Die Nummer achtzehn«, entgegnete Pink stolz.
»Hallo, Sheriff«, sagte Lillie. Royce nickte und lächelte sie an. Seit sie sich erinnern konnte, vertrat Royce das Gesetz in Felton. Als sie noch ein junges Mädchen gewesen war, hatte sie ihn für unnahbar und schweigsam gehalten. Er war bis fast zu seinem vierzigsten Lebensjahr Junggeselle geblieben und ständiger Gast bei hoffnungsvollen Müttern mit unverheirateten Töchtern gewesen. Doch dann heiratete er ein Mädchen aus Memphis und war ein paar Jahre lang außerordentlich glücklich gewesen. Lillie wandte ihre Aufmerksamkeit wieder dem Spiel zu. Gray nahm seine Position ein und maß entschlossen die Entfernung ab. Lillie sah, daß eine Gruppe junger Mädchen, unter ihnen Allene, bewundernd ihren Sohn anstarrten. Als ihm der Ball zugespielt wurde, schwang er den Schläger mit der natürlichen Eleganz des geborenen Athleten. Er traf und schickte den Ball weit in das Feld hinein. Beifall erklang.
»Er ist ein guter Schlagmann«, bemerkte Royce.
»Bravo, Grayson!« rief Lillie und applaudierte. Dann wandte sie sich an den Sheriff. »Wie geht es Ihnen?«
»Danke, gut.«

»Spielt Tyler heute auch?«
Der Sheriff runzelte die Stirn. »Er soll eigentlich spielen. Aber ich habe ihn noch nicht gesehen.« Royce' Stimme klang gepreßt. Jeder in der Stadt wußte, daß er mit seinem siebzehnjährigen Sohn nicht besonders gut auskam, da die beiden ihren Streit mehrmals öffentlich ausgetragen hatten. Seit Tylers Mutter gestorben war – damals war er zwölf gewesen –, hatte er den Halt verloren.
Lillie wechselte das Thema. »Hoffentlich machen Ihnen die Gesetzesbrecher heute nicht zu schaffen, damit Sie das Fest genießen können«, sagte sie.
»Ach, heute abend gibt's sicher noch Arbeit. Jede Pritsche im Gefängnis wird mit Betrunkenen oder Ruhestörern belegt sein. Die Leute schlagen beim Feiern immer über die Stränge«, sagte Royce trocken.
»Das ist wohl so«, sagte Lillie.
»Mein Junge ist einfach phantastisch«, warf Pink ein und riß seine Augen von Grayson los, dem jeder im Team die Hand geschüttelt und auf den Rücken geklopft hatte. »Wenn er nur im Baseball so gut wäre, könnte ich das noch verstehen. Aber er beherrscht jeden Sport. Und nicht nur im Sport ist er perfekt. Er hat auch Köpfchen. Es gibt nichts, was der Junge nicht kann. Stimmt's nicht, Liebling?«
»Er ist eben der ganze Stolz seines Vaters«, sagte Lillie fast entschuldigend zu Royce.
»Er hat ein Recht, stolz auf ihn zu sein«, sagte Royce. »Grayson ist ein guter Junge.«
»Mom, Mom, ich brauche die Autoschlüssel.«
Lillie drehte sich um und sah Michele auf sich zukommen. Ihr Rocksaum schleifte durch das staubige Gras. »Hallo, Sheriff Ansley«, sagte sie höflich.
»Hallo, Michele.«
»Warum brauchst du die Autoschlüssel?«

»Weil ich mich umziehen will. Meine Kleider sind in der Tasche im Kofferraum.«

»Ja, gut. Pink ...«

»Hmm ...« Pink drehte sich um. »Da ist ja unsere Schöne. Du hast das auf der Bühne wirklich gut gemacht, Schatz.«

»Danke, Dad. Ich brauche die Schlüssel.«

Pink gab sie ihr. »Bring sie gleich wieder zurück«, sagte er. »Du hättest früher kommen sollen. Grayson hat gerade einen Homerun gelandet.«

»Das ist ja toll«, sagte Michele gelangweilt. Sie war an die vollendeten Leistungen ihres Bruders gewöhnt und sogar stolz darauf, aber Pinks übertriebener Enthusiasmus bewirkte in ihr das Gegenteil, und sie reagierte mit Gleichgültigkeit. »Ist Tyler auch da?« fragte sie an den Sheriff gewandt.

»Er sollte eigentlich spielen«, sagte der Sheriff.

»Ach, da ist er ja«, sagte Lillie. Und sobald sie es gesagt hatte, wünschte sie, sie könnte ihre Worte zurücknehmen. Tyler hatte zwar seinen Baseball-Dress an, aber das Hemd hing aus der Hose, und der Dress sah aus, als hätte er sich damit im Dreck gewälzt. Tyler beugte sich nieder, um einen Baseballschläger auszuwählen, und als er sich wieder aufrichtete, taumelte er. Der Trainer ging zu ihm und ergriff seinen Arm und redete auf ihn ein, doch Tyler schob ihn mit einer ungeduldigen Gebärde beiseite und marschierte vorsichtig zum Heimmal. Er beugte sich vor und leckte sich die Lippen, als versuche er, den Werfer zu fixieren. Tyler war ein hochgewachsener Junge mit guter Figur, fast so groß wie sein Vater; er hatte langes dunkles Haar und ein sinnliches Gesicht, dessen Ausdruck jedoch meistens mürrisch war.

Tyler bedeutete dem Werfer mit einem Zurückwerfen des Kopfes, daß er beginnen könne. Der Werfer schickte den

Ball übers Feld. Tyler holte zum Schlag aus und hätte fast die Balance verloren. Er verfehlte den Ball. Der Trainer lief über den Platz und rief: »Das ist genug!« Er packte Tylers Arm und sprach ruhig in sein Ohr.

»Er muß krank sein«, sagte Michele.

Lillie hielt den Atem an. Sie sah, wie Royce wütend die Zähne zusammenpreßte, als Tyler protestierte und versuchte, die Hand des Trainers abzuschütteln. Ein paar andere Spieler kamen gelaufen und umringten Tyler, der den Kopf mit geschlossenen Augen schüttelte. Zwei Jungen nahmen ihn bei den Armen, aber Tyler schüttelte sie wütend ab und ging schwankend zum Rand des Spielfeldes.

»Das ist nicht fair«, sagte Michele. »Sie geben ihm nicht mal eine Chance.«

Lillie wunderte sich etwas über die Naivität ihrer Tochter. Jedem Zuschauer war klar, daß Tyler von irgend etwas high war. Aber für Michele war er nur ein armer Hund, der unterdrückt wurde. Das ist eben Micheles natürliches Empfinden, dachte Lillie gerührt. Jede streunende Katze war ihre Verbündete. Sie weinte, wenn in den Nachrichten Berichte über die Armen gesendet wurden, und trug zu Pinks Verärgerung eine schwarze Armbinde, wurde im Gefängnis jemand hingerichtet.

Lillie konnte Royce nicht ins Gesicht sehen. Sie wußte, er würde vor Scham ganz bleich sein. Sie wünschte, sie könnte das Ganze seinetwegen ungeschehen machen. Der nächste Schlagmann ging zum Heimmal. Lillie überlegte gerade, was sie Royce sagen sollte, als Wallace Reynolds, Sheriff Ansleys Deputy, auf sie zugerannt kam.

»Sheriff«, sagte Wallace besorgt. »Sie gehen am besten gleich zu Ihrem Streifenwagen. Francis hat versucht, Sie über Funk zu erreichen. Es ist jemand aus dem Gefängnis ausgebrochen.«

Lillie und Pink sahen sich erschrocken an, und Lillie legte Michele ihre Hand auf die Schulter.
»Okay, Wallace. Fahren Sie hinter mir her«, sagte Royce. Dann eilte er ohne ein weiteres Wort zu seinem Wagen.
»Was ist passiert?« fragte Pink. Ein paar Leute hatten sich von ihren Sitzen erhoben und sich um die kleine Gruppe versammelt.
Wallace schüttelte den Kopf. »Ich weiß es nicht.«
»Was hat Francis gesagt?« fragte ein Mann, der vor Lillie saß. Francis Dunkam war seit ungefähr zwanzig Jahren der Leiter des örtlichen Gefängnisses, wie jedermann wußte. »Wer war's?«
»Ich hab Ihnen doch schon gesagt«, entgegnete Wallace, »ich weiß nicht, was passiert ist. Ich muß jetzt dahin fahren.« Wallace bahnte sich einen Weg durch die Menge und wurde mit Fragen bombardiert, die er ungeduldig abwehrte.
»Leute, das Spiel!« flehte der Trainer, der auf den Platz gelaufen war. Die Spieler hatten keine Ahnung, warum unter den Zuschauern plötzlich Aufregung herrschte und sie in Gruppen herumstanden.
»Er hat recht«, sagte eine Frau in engen roten Hosen. »Der Sheriff wird ihn kriegen. Wir können dabei gar nichts tun.« Die anderen nickten und nahmen ihre Plätze wieder ein. Der nächste Schlagmann betrat das Spielfeld.
Lillie schaute auf den Platz und sah, daß Tyler Ansley gegangen war. Er hat Glück gehabt, dachte sie. Dieser Zwischenfall hat ihn gerettet. Sie schaute sich wieder das Spiel an, und Michele ging zum Auto.
Die weiteren Festlichkeiten verliefen ohne besondere Zwischenfälle, nur der Sheriff und sein Deputy nahmen nicht an dem Picknick teil. Es kursierten die unterschiedlichsten Gerüchte, wer, wann und wie viele an dem Gefängnisausbruch beteiligt gewesen waren. Irgendwann zwischen dem

Zeitpunkt, als das Team aus Felton den Pokal gewann und die Frauen mit dem Servieren des Essens begannen, verfinsterte sich der Himmel drohend; ein kühler Wind erhob sich, und die Luft wurde wieder klar. Die fröhliche Menge wurde immer ausgelassener. Jeder half beim Aufräumen, und alle waren sich einig, daß das Essen in diesem Jahr so gut wie nie gewesen war. Dann, bei Einbruch der Nacht, fing eine Countryband im großen Ballsaal zu spielen an. Die Stühle waren inzwischen fortgeräumt worden. Als das erste Lied erklang, ergriff Pink Lillies Arm.

»Ich glaube, es ist Zeit zu gehen, Liebling. Ich habe morgen einen Klienten, dem ich ein Grundstück zeigen muß.«

Mißtrauisch schaute er auf Lillies Fuß, der im Rhythmus auf den Boden klopfte. »Du willst doch nicht etwa noch bleiben?«

»Nein. Eigentlich nicht. Glaubst du, daß den Kindern nichts passiert, da doch diese Verbrecher da draußen rumlaufen?«

»Der Sheriff hat sie sicher inzwischen wieder eingefangen. Und hierher kommen sie bestimmt nicht, wo so viele Menschen sind«, sagte Pink.

»Du hast recht«, sagte Lillie. »Doch wir wollen ihnen sagen, daß wir jetzt gehen.«

Nach Grayson brauchten sie nicht lange zu suchen. Er tanzte mit Allene Starnes. Pink winkte ihn zu sich, und der Junge kam zu ihnen. Allene hielt er an der Hand.

»Deine Mutter und ich gehen jetzt nach Hause, Sohn.«

»Okay. Dann also bis später.«

»Komm nicht zu spät, so gegen elf«, sagte Lillie.

»Halb zwölf«, sagte Gray.

»In Ordnung«, sagte Pink und strahlte seinen Sohn an.

»Komm mit deiner Schwester nach Hause«, sagte Lillie. »Ich will nicht, daß ihr allein geht. Weder du noch sie.«

»Mach dir keine Sorgen, Mom«, sagte Gray. »Wo ist sie denn überhaupt?«

»Ich weiß nicht. Ich muß sie erst suchen«, antwortete Lillie.
»Ich warte im Auto auf dich«, sagte Pink.
Lillie wanderte durch die Menge, die auch die anderen Räume, außerhalb des Ballsaals füllte. Sie entdeckte Brenda, die gerade noch rechtzeitig zum Essen gekommen war und von ihrer wilden Nacht mit dem Musiker in Nashville erzählt hatte. Sie sprach gerade mit Bill Mosher, einem dicklichen Burschen, der bei der Bank arbeitete. Vom entrückten Gesichtsausdruck ihrer Freundin konnte Lillie ablesen, daß Brenda bald heimeilen würde, um neben ihrem Telefon zu warten. Lillie lächelte und ging weiter, morgen würde sie alle Einzelheiten erfahren.
Da sah sie ihre Tochter. Sie stand allein in einer Ecke und nippte an einer Cola.
»Michele«, sagte sie, »ist niemand bei dir?«
»Ich warte auf Cherie. Sie ist auf der Toilette.«
»Na gut. Dad und ich gehen jetzt. Möchtest du mitkommen?«
»Nein. Ich bleibe noch. Ich habe mein Kleid ins Auto gelegt. Hängst du es in meinen Schrank?«
»Sicher. Willst du tanzen?«
Michele zuckte die Schultern. »Wahrscheinlich nur zuschauen. Wir treffen uns mit Debbie und Bonnie.«
»Schön«, sagte Lillie. »Amüsier dich. Aber komm um halb zwölf nach Hause, zusammen mit Grayson. Oder ruf uns an, wir holen euch dann ab.«
»Mom, um Himmels willen, ich bin kein Kind mehr. Da kommt Cherie.«
»Ich wette, ein paar nette Jungs fordern euch zum Tanzen auf«, sagte Lillie.
Michele sah ihre Freundin Cherie mit erhobenen Brauen an. »Es geschehen noch Wunder«, sagte sie. Beide lachten. Lillie hätte sie gern umarmt, wollte sie aber in Cheries

Gegenwart nicht in Verlegenheit bringen. »Bis später dann«, sagte sie.
»Wiedersehen, Mom.«
Lillie ging langsam zum Wagen und genoß die kühle Abendbrise auf ihren Wangen. Pink hatte bereits den Motor gestartet und die Klimaanlage eingeschaltet. Im Wagen war es ausgesprochen kühl. Sie fuhren schweigend nach Hause. Als sie ausstieg, konnte sie in der Ferne den *Tennessee Waltz* hören. Sie nahm Micheles Ballkleid vom Rücksitz.
»Dieses Jahr war es richtig nett«, sagte Lillie, als sie im Vorgarten auf dem Rasen im Mondlicht stand. »Gott sei Dank ist der Sturm ausgeblieben.«
»Ja, es war nett«, sagte Pink. »Und dieses Spiel heute. Was hältst du von unserem Sohn? Er hat phantastisch gespielt.«
»Er ist wirklich ein guter Spieler«, sagte Lillie. »Aber du solltest ihm das nicht immer sagen, Pink. Er wird noch eingebildet.«
»Ich kann eben nicht anders.« Pink seufzte. »Ich möchte, daß jeder weiß, daß er mein Sohn ist. Er ist so verdammt gut in allem, was er tut. Eines Tages wird er noch berühmt. Es gibt so wenige Jungen, die seine Klasse haben. Ich habe solche Burschen immer beneidet.«
»Du brauchst dein Licht nicht unter den Scheffel zu stellen.«
Pink schnaubte verächtlich. »Ja, ja. Ich gebe mich keiner Selbsttäuschung hin. Ich verdiene das Geld für unseren Lebensunterhalt.«
»Aber, Pink. Du bist ein geachteter Geschäftsmann. Ich kann mich noch erinnern, als ich dich kennenlernte, wie beeindruckt ich von dir war. Immer tipptopp und nach der neuesten Mode gekleidet. Und du hast ein Geschäft nach dem anderen abgeschlossen.«
»Damals hatte ich noch eine Menge Träume«, sagte Pink sehnsüchtig. »Aber viel hat sich seitdem nicht verändert.«

»Warum setzen wir uns nicht eine Weile auf die Veranda? Wir können der Musik aus dem Park zuhören«, sagte Lillie sanft.

Pink schüttelte den Kopf. »Ich gehe lieber ins Haus und trinke ein kaltes Bier. Das Bier in Briar Hill war lauwarm, es hat mir nicht geschmeckt. Warm wie Kuhpisse. Außerdem«, fügte er hinzu, »setze ich mich aus Prinzip nicht in die alten Schaukelstühle deiner Großmutter.«

Lillie gähnte und mußte gleichzeitig kichern. Innerlich bereitete sie sich auf die altbekannte Tirade vor.

»Sie ruinieren das Aussehen des Hauses. Ich kaufe dir ein Haus, auf das du stolz sein kannst, sogar im Zentrum von Nashville würde es noch Staat machen, aber du stellst diese klapprigen alten Stühle dahin, und es wirkt ...«

»... als ob irgendwelche Bauerntölpel hier wohnen würden. Ich weiß«, sagte sie.

Pink lächelte reumütig. »Du kennst mich ja.«

Lillie setzte sich in einen der Schaukelstühle und stieß einen erleichterten Seufzer aus. »Das ist wohl richtig«, sagte sie. »Ich komme in ein paar Minuten nach. Nimmst du das Kleid mit, Pink?«

Pink nickte und nahm es ihr ab, ehe er ins Haus ging. Sie hörte, wie er im Wohnzimmer den Fernseher einschaltete, und sie lehnte ihren Kopf im Stuhl zurück. Die Luft roch ungewöhnlich süß, und die Nacht war ruhig, bis auf die entfernten Klänge der Musikkapelle. Der lange, in der Sonne verbrachte Tag hatte sie ermüdet. Sie schloß die Augen und glitt noch, während sie schaukelte, in einen leichten Schlaf.

Sie erwachte, als Pink sie an der Schulter berührte.

»Es ist spät geworden«, sagte er. »Ich schaue mal nach den Kindern.«

Lillie schrak zusammen. »Wie spät ist es?«

»Nach elf«, sagte Pink.
»Aber wir sagten ihnen doch, sie könnten bis halb zwölf bleiben.«
»Ich fahre trotzdem. Ich habe gerade in den Nachrichten gehört, daß der Ausbrecher von heute nachmittag noch nicht gefaßt wurde. Und es handelt sich um einen üblen Burschen. Ronnie Lee Partin. Die Kinder brauchen zu dieser Stunde nicht mehr draußen rumlaufen. Vor allem Michele nicht.«
»Da hast du recht«, sagte Lillie. Sie versuchte den Schlaf abzuschütteln und klar zu denken. »Ronnie Lee Partin. Hat er nicht das Restaurant an der Bundesstraße 31 überfallen ...«
»... und den Manager niedergeschlagen und den Kassierer erschossen. Richtig. Das ist er«, sagte Pink. »Ich will die beiden zu Hause haben, damit ich in Ruhe zu Bett gehen kann.« Er klimperte mit den Autoschlüsseln.
Lillie wußte aus Erfahrung, daß sich Pink immer übertriebene Sorgen machte, wenn es um die Kinder ging. Aber sie schätzte diese Eigenschaft an ihm. Ihr wurde bewußt, wie still die Nacht war, die Musik hatte aufgehört. »Du hast recht«, sagte sie. »Soll ich dich begleiten?«
»Nein. Bleib lieber hier, falls jemand anruft. Vielleicht ist Michele bei einer Freundin. Ich komme schnell zurück.«
Lillie sah ihrem Mann nach, der zum Wagen ging und dann in Richtung Briar Hill davonfuhr. Die Kinder werden wütend sein, dachte sie, weil er sie vor dem vereinbarten Zeitpunkt abholt, aber das wäre nicht das erste Mal. Sie ging ins Haus. Der Fernseher lief noch immer. Sie schaltete ihn aus und setzte sich in die Sofaecke. In einem Korb neben ihr lag ein Stapel Magazine. Sie konnte sie jetzt durchblättern. Sie und Brenda sammelten regelmäßig Rezepte aus Frauenzeitschriften, um ihren Kundinnen neue Gerichte

anzubieten. Sie legte ein paar Exemplare auf ihren Schoß und fing mit dem Ausschneiden an. Ihre Augen überflogen die Seiten, bis sie bei einem Artikel hängenblieben, dessen Überschrift lautete: *Die Stars der Seifenopern.* Jordan Hill, der Darsteller des Paul Manville in *Secret Lives,* lächelte sie an. Seine dunkelbraunen Augen strahlten noch immer, obwohl sie nach all den Jahren etwas müde wirkten. Sie las den Artikel hastig. Jeder Artikel über Jordan Hill rief in Felton noch immer Aufregung hervor. Und die Leute wollten, daß sie sofort davon erfuhr. Dann starrten sie sie neugierig an und warteten auf ihre Reaktion. Lillie starrte auf das Foto, bereit, sofort umzublättern, falls Pink plötzlich erscheinen sollte. Jordan hatte jetzt graue Schläfen und sich schon vor langer Zeit einen dichten Schnurrbart wachsen lassen, aber er wirkte noch immer jung und sorglos auf sie. Sie schaute zu dem Bild Micheles, das auf dem Kaminsims stand, gleich neben Graysons gerahmtem Foto. Im selben Augenblick schlug die Uhr dort zwölf.

Lillie blätterte um und versuchte sich auf die Rezepte zu konzentrieren, aber vergeblich. Schließlich legte sie die Zeitschrift wieder in den Korb. Geistesabwesend rieb sie ihre Arme und stand auf. Sie schlenderte in die Küche, öffnete den Kühlschrank und überlegte, ob sie sich ein Glas Eistee eingießen sollte. Sie schloß die Tür wieder. Ihre Augen wanderten zu der Uhr über dem Kühlschrank. Es war fast halb eins.

»Das hat nichts zu bedeuten«, sagte sie laut. »Es ist ja Gründungstag.« Es war üblich, daß die Kinder am Gründungstag lange ausblieben. So war es schon in ihrer Jugend gewesen. Besonders gut konnte sie sich an die Zeit erinnern, als sie siebzehn gewesen war. Sie war mit Jordan Hill zusammen vom Festplatz verschwunden. Bis halb drei Uhr morgens hatten sie auf den Vordersitzen von seines Vaters

Lieferwagen auf einer Lichtung in der Nähe des Pfadfinderlagers gesessen. Sie hätten die ganze Nacht dort verbracht, hätte der Lagerleiter nicht seine Hunde bellen hören und sie verjagt. Als sie nach Hause gekommen waren, hatte ihr Vater sie mit seinem Gürtel geschlagen. Das erste und einzige Mal, daß er sie geschlagen hatte. Damals wußte sie es noch nicht, aber der Krebs war bereits in ihm und fraß ihn auf. Er wußte, daß er sterben würde, und war außer sich über ihr Verhalten. Sie biß sich auf die Unterlippe, als sie daran denken mußte. An diese letzten Monate seines Lebens, diese letzten verzweifelten Versuche, ihr Liebe zu zeigen und sie Disziplin zu lehren, einen dauernden Eindruck bei ihr zu hinterlassen. Alle Eltern tun das, dachte sie. Und wenn wir schließlich wissen, daß unseren Kindern nichts passiert ist, schlagen wir sie, weil wir uns solche Sorgen gemacht haben.
Sie war ins Wohnzimmer zurückgekehrt, ging nun zum Kaminsims und nahm den doppelseitigen, herzförmigen Fotorahmen. Auf der einen Seite ein Bild von Michele, auf der anderen eins von Grayson. Sie betrachtete beide Fotos und stellte dann den Rahmen wieder an seinen Platz.
Sie setzte sich in Pinks Sessel, mit dem Rücken zur Tür, und starrte auf den dunklen Bildschirm. Das Telefon stand auf einem Tisch neben ihr.
Lillie schaute es an. Läute, dachte sie. Jemand soll mich anrufen und mir sagen, daß alles in Ordnung ist.
Nichts ist passiert. Nichts. Der Ausbrecher ist längst über alle Berge. Meilenweit entfernt. Und alle Kinder bleiben am Gründungstag bis spät in die Nacht auf. Pink ist wahrscheinlich immer noch auf der Suche nach ihnen. Er weiß nicht, wo sich Jugendliche heutzutage rumtreiben. Es gab überhaupt keinen Grund, sich in einer Stadt wie dieser Sorgen zu machen. Das war die sicherste Stadt auf der Welt.

Sie nahm die Lokalzeitung und versuchte zu lesen, aber die Worte ergaben keinen Sinn. Sie legte die Zeitung zur Seite, stand auf und wanderte durchs Haus. Sie ging zur Tür und starrte auf den vom Mondlicht beschienenen Rasen und auf die Weide gegenüber. Jedesmal, wenn sie wieder auf die Uhr sah, schien eine weitere Viertelstunde vergangen zu sein.

Und während sie ruhelos durchs Haus schritt, ballte sie die Hände zu Fäusten und öffnete sie wieder, im Rhythmus ihres schlagenden Herzens.

»Ich bitte dich, Gott«, sagte sie laut, »jag mir keine solche Angst ein.«

In dem Moment hörte sie den Kies auf der Einfahrt knirschen und Motorengeräusch. Erleichtert lief sie zum Wohnzimmerfenster. Dann sah sie durch die geschlossene Tüllgardine das sich drehende Blaulicht und hörte das leise Quäken des Polizeifunks.

Lillie blieb mitten im Raum wie erstarrt stehen. Das Blaulicht erlosch, aber sie hörte noch immer das Quäken des Funks und dann das Geräusch zuschlagender Autotüren.

Pink tappte müde über die Veranda, und dann wurde die Tür geöffnet. Er sah sie an, dann wandte er den Blick ab.

Lillie schrie nicht, noch weinte sie. Sie starrte schweigend Pink an, der das Zimmer betrat, gefolgt von Grayson, und dann, mit gesenktem Kopf, als beträte er eine Kirche, kam der Sheriff, Royce Ansley. Lillies Blick huschte blitzschnell vom einen zum anderen. Sie sah, daß Grayson weinte; Tränenspuren zeichneten sein glattes Gesicht. Pinks Teint war von einem krankhaften Grau. Er zitterte am ganzen Körper.

»Wo ist Michele?« fragte sie mit rauher, unnatürlich ruhiger Stimme, die ihr fremd vorkam. »Konntet ihr sie nicht finden?«

Pink griff sich an die Stirn, als wollte er einen klopfenden Schmerz dahinter beruhigen. Er schluckte und leckte seine farblosen Lippen.

»Grayson«, sagte Lillie eindringlich. »Wo ist deine Schwester? Du solltest sie nach Hause bringen.«

Grayson senkte den Kopf, und Tränen fielen auf sein Hemd, und er schluchzte: »Ich ... weiß ... ich ... war ...«

Royce Ansley trat vor und nahm Lillie bei den Armen. »Sie müssen sich setzen«, sagte er. Er drückte sie langsam in Pinks Sessel. Sie sah, daß seine Augen glänzten, als wären Tränen darin, aber seine Stimme war ruhig, sein Gesichtsausdruck unbewegt.

»Warum?« fragte sie. Aber sie wußte, warum. Sie fühlte, wie das Blut aus ihrem Kopf wich, die Leichtigkeit, die Schwäche ihrer Glieder, ein Nachlassen ihrer Sehfähigkeit.

»Lillie, ich habe eine schreckliche Nachricht für Sie. Michele ist tot, Lillie. Es tut mir so leid.«

»Tot?« flüsterte Lillie. »Nein.«

»Ja«, sagte Royce bestimmt. »Sie war ... offensichtlich hat jemand ... sie getötet.«

Im Sessel zusammengesunken, versuchte Lillie zu atmen, aber die Dunkelheit um sie wurde größer, und in der Stille hörte sie ihr Herz klopfen, klopfen. Ihre Arme waren taub, ihre Hände lagen schlaff und kalt in ihrem Schoß. Sie spürte, daß sie die Augen verdrehte, und dann drückte Royce ihren Kopf nach unten, bis zwischen ihre Knie.

»Atmen Sie«, hörte sie ihn von weit her sagen. »Atmen Sie tief durch. Grayson, hol deiner Mutter ein Glas Wasser.«

Lillie spürte, wie das Blut in ihren Kopf zurückkehrte, aber sie schaute nicht auf. Sie hielt die Augen geschlossen und befahl der Zeit, sich zurückzudrehen. Nur zehn Minuten. Sie würde den Kopf heben und die Dinge sehen, wie sie

wirklich waren. Die Tür wurde geöffnet, und Pink kam mit Michele und Grayson ins Zimmer. Er schimpfte sie aus.
Langsam hob sie den Kopf. Sie sah das ernste Gesicht des Sheriffs und das von der Katastrophe zerquälte ihres Mannes.
»Pink«, wisperte sie, denn lauter konnte sie vor Qual nicht sprechen, »hilf mir. O mein Gott. Sag, daß es nicht wahr ist.«
Pink riß seine Augen von ihr und starrte das Sofa an. Er mußte es aussprechen. Er wählte seine Worte sorgfältig, aber in seinen Augen stand noch der Horror vor dem, was er gesehen hatte. »Ich traf Grayson mit ein paar Freunden in Briar Hill, ein paar Minuten nachdem ich das Haus verlassen hatte«, sagte er. »Grayson und die anderen hatten sie nicht gesehen. Grayson und ich suchten dann nach ihr. Wir fuhren überall herum und schauten überall nach. Schließlich fuhren wir zum Fluß, in die Nähe der Steinbrücke, du weißt schon, Three Arches, und wir ... da fanden wir sie. Nun, eigentlich hatte der Sheriff sie bereits gefunden. Er suchte nach Partin. Aber statt dessen fand er ... Michele.«
Pinks Stimme brach, als er ihren Namen aussprach. »Sie lag da, am Fluß, im Gebüsch ...« Tränen strömten jetzt aus seinen Augen, und er zitterte heftig. Pink sah seine Frau an, die Augen und seine Stimme voller Tränen. »Ich bin zu spät gekommen. Es tut mir leid, Liebling«, sagte er. Seine Worte klangen durch das Schluchzen undeutlich. »Zu spät.«
Lillie stand mühsam auf und ging zu ihrem Mann. Sie vergrub ihr Gesicht in seinem Jackett. Grayson kam mit einem Glas Wasser ins Zimmer. Sie streckte einen Arm aus, und er ließ sich von ihr umarmen.
»Nein, nein«, sagte sie. »Du wußtest es nicht. Du konntest es nicht wissen. O mein Gott«, wimmerte sie, »wie konnte

ihr jemand etwas antun? Sie war noch ein Kind. Sie hat niemals jemandem etwas angetan. Mein kleines Mädchen.« Sie sah Michele vor sich, wie sie zum Abschied gewinkt hatte. Sie hatte es nicht gewagt, sie in Gegenwart ihrer Freundin in den Arm zu nehmen. Ihr war, als würde ihr das Herz brechen.

Pink löste sich aus ihrer Umarmung. »Ich fühle mich elend«, sagte er. »Ich muß mich setzen.«

Lillie hielt seinen Arm fest, und er ließ sich schwer aufs Sofa fallen. Sie setzte sich neben ihn. Gray wollte ihr das Glas Wasser geben, aber sie lehnte es ab. Er stand hilflos daneben, Panik in den Augen.

Royce Ansley stand auf. »Ich muß zurück in die Stadt. Der Deputy ist bei ihr, und der Coroner ist bereits auf dem Weg.« Er merkte, daß seine Worte ungehört blieben. »Wenn wir etwas Neues erfahren, lasse ich Sie es sofort wissen.«

Lillie sah ihn blinzelnd an. »Ja, gut«, sagte sie mit dumpfer, zerstreuter Stimme. Sie stand auf und schlurfte zur Tür, als wollte sie ihn hinausbegleiten.

»Nur keine Umstände«, sagte Royce schnell. »Bleiben Sie bitte sitzen.«

Lillie sah zu ihm hoch. »Vielleicht ist es nicht Michele«, sagte sie.

»Ich melde mich wieder«, sagte Royce leise. »Inzwischen sollte jemand ihren Daddy anrufen. Er muß wissen, was passiert ist.«

Lillie nickte. »Ich rufe ihn an«, sagte sie teilnahmslos. Jordan Hill hatte ein Recht auf die Wahrheit. Schließlich war er Micheles leiblicher Vater. Und während der letzten zehn Jahre hatte er versucht, ihr auch ein wirklicher Vater zu sein. Sie angerufen. Ihr Geschenke geschickt. Sie nach New York zu sich eingeladen.

In New York City war es eine Stunde später. Fast zwei Uhr früh. Lillie fragte sich, ob sie ihn mit diesen Worten wecken sollte. Michele ist tot. So lange hatte sie mit der Angst vor diesen Worten gelebt. Sie hatte auf Liegen neben Micheles Krankenhausbett geschlafen, und sie hatte gebetet, daß niemand sie nachts mit diesen Worten wecken würde. Und nun, da die Gefahr schon seit langem gebannt zu sein schien, als sie mit ihrer Wachsamkeit nachgelassen hatte, war das Schreckliche wahr geworden und hatte sie mit der Gewalt eines Wirbelsturms getroffen.
Sie würde Jordan anrufen. Sie würde ihn wecken und die Worte aussprechen, aber sie waren nicht wirklich. Sie konnte die Wirklichkeit, die darin lag, nicht spüren. Wider jede Vernunft dachte sie: Ich könnte doch zur Tür hinausschauen und sähe dann meine Tochter die Treppe hochkommen, in ihrem rosa Ballkleid, das Gesicht glühend, ein helles Oval im hellen Mondlicht.

2

Es war zwei Uhr früh, aber Jordan Hill schlief nicht, obwohl er so tat. Die junge Frau, die neben ihm im Bett lag, setzte sich auf und schüttelte den Kopf, so daß ihr volles goldbraunes Haar wieder die kunstvoll geschnittene Windstoßfrisur annahm, die durch das Liegen auf dem Kopfkissen zerdrückt worden war. Sie nahm vom Fußende des Bettes sein zerknittertes Oberhemd und streifte es über, knöpfte es aber nicht zu. Nachdem sie aufgestanden war, ging sie barfuß über den blanken Holzfußboden hinter die mittelhohen Bücherregale, die als Trennung zwischen Bett und der Wohnküche in dem schmalen, engen Einzimmerapartment dienten. Als sie sich zu dem kleinen Kühlschrank unter der Spüle bückte, stieß sie plötzlich einen Schrei aus.

Jordan richtete sich, auf einen Ellbogen gestützt, im Bett auf und rief: »Was ist denn los?«

Sie ging zum Bett zurück, in der Hand eine geöffnete Flasche Bier. Sie nahm einen Schluck und hielt ihm die Flasche hin. Jordan glättete eine Schnurrbartspitze und schüttelte den Kopf. »In der Spüle sitzt ein Kakerlak«, sagte sie entrüstet.

»Na, ich hoffe, du hast ihn mit deinem Geschrei nicht zu Tode erschreckt, Amanda.«

Amanda schnitt eine Grimasse und setzte sich dann ans Bettende. Sie hob einen ihrer zierlichen Füße und runzelte die Stirn beim Anblick des Schmutzes, der auf ihrer Fußsoh-

le von dem kurzen Gang zum Kühlschrank klebte. Während der Betrachtung ihres Fußes war ihr das Hemd einladend über eine Schulter geglitten. Sie war Mitte Zwanzig und ihr Körper makellos. Jordan zog das Bettuch bis zum Kinn. Plötzlich war er sich der grauen Haare auf seiner Brust bewußt geworden. »Hausarbeit liegt mir nicht«, gab er zu.
Amanda hielt noch immer ihren Fuß und musterte kritisch die Wände des spärlich beleuchteten Apartments. Das Zimmer war ordentlich, aber Jordan hatte nie versucht, ihm eine persönliche Note zu geben. Es gab ein paar Theaterposter an den Wänden. Er hatte sie immer rahmen lassen wollen, doch jetzt waren die Ecken rund um die Reißzwecken eingerissen und bogen sich. Die früher weißen Wände wurden grau und zeigten Risse.
Amanda sah ihn wieder an. »Hast du nicht mal in einer Fernsehserie mitgespielt?« fragte sie.
»Ja. Bei NBC«, sagte er.
Die junge Frau ließ den Fuß los und griff wieder nach der Bierflasche. Den Boden wischte sie mit Jordans Hemdzipfel ab. »Du bist doch schon eine ganze Weile dabei, oder?«
Jordan mußte kurz nachdenken. »Ungefähr drei Jahre.«
»Und was hast du mit dem ganzen Geld gemacht?« fragte sie. »Koks dafür gekauft?«
Jordan zuckte unter der Direktheit der Frage zusammen. »Nein«, sagte er. »Ich nehme das Zeug nicht.«
Amanda nickte und sah sich wieder um. »Irgendwie habe ich mir vorgestellt, du würdest etwas ... nun, luxuriöser leben«, sagte sie. »Vielleicht auf der West Side in einer Eigentumswohnung. Ich jedenfalls kaufe mir so was, falls ich je eine Rolle in einer Serie kriege. Dann investiere ich mein Geld in was Solidem.«
»Das ist klug von dir«, sagte Jordan höflich. Er zögerte einen Moment und warf einen letzten abwägenden Blick auf den

verführerischen Körper, den sie völlig unbewußt zur Schau stellte, doch dann stand er auf und zog eine Trainingshose an. »Ich mache Kaffee«, sagte er. »Möchtest du auch welchen?«

»Zu dieser Stunde?« sagte sie. »Dann kann ich nicht schlafen. Ich muß morgen gut aussehen. Ich muß vorsprechen. Das habe ich dir doch erzählt.«

»Ach ja«, sagte Jordan. Er stand vor der Spüle und ließ Wasser in den Kessel laufen. »Im Manhattan Theater Club.«

Er hatte sich im Bett gut mit ihr amüsiert. Sie war eifrig, erfahren und trotzdem cool, wie es junge Frauen heutzutage oft waren. Aber jetzt hatte er keine Lust zum Reden, und er wußte, daß sie auf dieses Wir-müssen-uns-näher-kennenlernen-Gerede hinsteuerte, das früher stattfand, *ehe* man zusammen schlief. Vor etwa einem Monat hatten sie zusammen ein Stück gelesen, und heute abend hatte er sie zufällig getroffen, nachdem er mit einem Schwulenpärchen einen Hamburger gegessen und dann noch ein Bier in *Montana's Eve* getrunken hatte.

»Also, was *hast* du nun mit dem Geld gemacht?« fragte sie.

Jordan unterdrückte einen Seufzer und stellte den Filter auf die Kaffeekanne. »Ich habe im Green County ein Farmhaus gekauft. Dort verbringe ich meistens meine Freizeit. Es erinnert mich an meine Heimat.«

Amanda stand vom Bett auf und tappte durchs Apartment, betrachtete seine Bücher und inspizierte flüchtig seine Papiere. »Du sprichst etwas Dialekt. Wo stammst du her?«

»Aus Tennessee.«

»Ach«, sagte sie. »Ich komme aus San Diego. Wahrscheinlich findest du es komisch, daß ich nach New York gegangen bin, weil ich doch in der Nähe von L .A. gelebt habe. Aber ich will richtig Theater spielen lernen, weißt du. Und mir gefällt es wirklich hier. Ich liebe die Energie, die von dieser Stadt ausgeht.«

»Willst du wirklich keinen Kaffee?« fragte Jordan und goß sich einen Becher voll.

»Nein«, sagte sie. Sie knallte die Bierflasche auf einen seiner Stereolautsprecher und ließ das Hemd von ihren Schultern gleiten. »Ich muß gehen.« Sie hob ihr seidenes Top von dem abgenützten Perserteppich auf und schüttelte es aus. Dann streifte sie es über. Jordan drehte sich gerade noch rechtzeitig um und sah ihre perfekten Brüste, ehe sie unter dem teuren Stoff verschwanden.

»Du gehst?« fragte er.

Amanda kämpfte sich in ihre hautengen Hosen und setzte sich dann auf einen Stuhl, um ihre Stiefel aus Eidechsenleder anzuziehen. »Ich muß morgen schon früh im Theater sein, und mein Make-up und das ganze andere Zeug ist zu Hause.«

»Ah«, sagte Jordan vorsichtig. Er wollte nicht zu erleichtert klingen. »Es hat mich gefreut, dich heute abend zufällig getroffen zu haben.« Das stimmte. Er hatte sich gefreut. Aber er freute sich auch, den Rest der Nacht allein zu verbringen. Jetzt konnte er aufwachen, ohne eine mühsame Konversation führen zu müssen.

Amanda entnahm ihrer Handtasche einen kleinen runden Spiegel und betrachtete sich darin, während sie ihre Lippen befeuchtete. Dann fuhr sie mit den Fingerspitzen durch ihr volles Haar.

»Du siehst großartig aus«, sagte Jordan aufrichtig. Plötzlich wurde er sich seines kleinen Bauchs bewußt, und er kreuzte die Arme vor der Brust.

»Es hat Spaß gemacht«, sagte sie. »Vielleicht können wir es irgendwann mal wiederholen.«

»Ich rufe dich an«, sagte er.

»Dieses Wochenende habe ich wahrscheinlich Zeit.«
Jordan merkte, daß sie versuchte, ihn auf einen bestimmten Kurs zu steuern. Fachmännisch wich er mit der Standardentschuldigung aus. »Mein Agent hat mich in sein Haus in den Hamptons eingeladen. Ich soll dort ein paar Leute kennenlernen.«
»Oh«, sagte Amanda und nickte verständnisvoll. Sie ging zum Bücherregal und nahm ihre Armbänder, die sie dort hingelegt hatte. Sie betrachtete ein gerahmtes Foto, das dort zwischen seinem Wecker und einem Aschenbecher stand. »Du magst sie wohl sehr jung«, bemerkte sie hinterhältig. In Jordans müde Augen trat ein Funkeln. »Das ist meine Tochter. Ist sie nicht hübsch?«
»Du warst verheiratet?«
»Nur kurz. Vor Jahren. Sie heißt Michele.«
Amanda legte den Kopf schief. »Sie ist niedlich. Aber ihr Haar. Sie braucht einen wirklich guten Haarschnitt. Ich könnte sie mit zu meinem Friseur nehmen. Du kannst mich ja anrufen, wenn sie das nächste Mal hierherkommt.«
»Ich weiß nicht recht«, sagte er. »Gewöhnlich nehme ich sie zum Angeln mit.«
»Angeln?« Amanda lachte, als wäre das das Absurdeste, was sie jemals gehört hätte.
Jordan zuckte die Schultern. »Auf dem Land. Ihr gefällt das.«
Amanda stellte das Bild wieder hin und ging zu ihm. »Mit all diesen ekelhaften Würmern? Das kann ich einfach nicht glauben.« Sie sah ihn an und strich mit den Fingerspitzen über seine nackte Brust. Jordan bekam plötzlich vom Kaffee Sodbrennen. Es war immer peinlich, nachdem er seine Bedürfnisse befriedigt hatte.
Er beugte sich hinunter, um sie zu küssen, und spürte ihre Lippen eine Weile auf seinen. Er hoffte, sie würde nicht

ihre Meinung ändern und bleiben. »Vielleicht möchtest du zurück ins Bett kommen?« sagte er.

Amanda schüttelte den Kopf, doch sie war zufrieden, daß er gefragt hatte. »Es geht nicht«, sagte sie. »Mit dir bekomme ich zuwenig Schönheitsschlaf.« Sie ging zur Tür, und er öffnete sie für sie und blickte hinaus in den Flur mit den gelben Wänden und dem abgetretenen Linoleum.

»Hast du Geld fürs Taxi?« fragte er.

»Natürlich.«

Er küßte sie noch mal, diesmal inniger. Jetzt, da sie wirklich ging, erregten ihn wieder ihr Duft und ihr Körper. »Viel Glück morgen«, sagte er. Sie kitzelte seine Oberlippe unter dem Bart mit ihrer Zunge. »Ich werd dir sagen, wie es ausgegangen ist.«

»Warum wartest du nicht eine Sekunde? Ich ziehe mir schnell was an und komme mit dir runter. Ich will sichergehen, daß du ein Taxi bekommst.«

»Das ist nicht nötig«, sagte sie. »Ich habe es nur einen Block weit.« Er sah, daß sie sich über seinen Vorschlag freute.

»Nein. Es ist besser, du wartest«, sagte er.

»Ganz der Kavalier aus dem Süden«, sagte sie verächtlich, grinste aber dabei.

Kavalier aus dem Süden, dachte Jordan, während er nach einer Hose und einem Sweatshirt suchte. Wenn man mit einem Mädchen schläft und es nicht heiratet, ist man ein Halunke. Wenn man es aber mitten in der Nacht nach Hause begleitet, ist man fast ein Held.

»Okay«, sagte er und schlüpfte in seine Mokassins. »Gehen wir.« Als er die Tür hinter sich ins Schloß zog, fing das Telefon in seinem Apartment zu läuten an. Er und Amanda sahen sich an. Dann schaute er auf seine Uhr. »Es ist fast zwei«, sagte er, und ein kleiner Angstschauder überlief ihn. »Ich gehe besser dran.«

Amanda zuckte die Schultern. »Ich brauche keinen Begleiter«, sagte sie kalt und schulterte ihre Handtasche, als wäre sie ein Gewehr.
»Warum wartest du nicht?« fragte er und fummelte mit dem Schlüssel im Schloß.
»Ach, das ist sicher irgendeine alte Flamme«, sagte sie leichthin, stand aber wie angewachsen da und wartete auf eine gegenteilige Antwort.
Jordan war bereits in seiner Wohnung. Das sind schlechte Nachrichten, dachte er. Um diese Stunde können es nur schlechte Nachrichten sein. Sein erster Gedanke galt seiner Mutter. Sie war jetzt fast siebzig. Sie lebte allein in Felton, obwohl seine ältere Schwester, Jeni Rae, nicht weit entfernt, in Chattanooga lebte. Seine Mutter war gesund, doch in diesem Alter konnte immer etwas passieren.
»Ich gehe jetzt wohl besser«, sagte Amanda unsicher. Sie nahm eine Sonnenbrille aus ihrer Tasche und setzte sie auf, obwohl es mitten in der Nacht war.
»Okay, okay«, rief Jordan. Er schickte ein stummes Gebet für seine Mutter gen Himmel, als er über seine am Boden verstreuten Kleider zum Telefon stolperte. Als er den Hörer abnahm, fiel sein Blick auf Micheles Bild. Eine Sekunde lang war ihm, als umschlösse eine eisige Hand sein Herz. Dann verwarf er den Gedanken. Sie war jung und jetzt endlich gesund. Das ganze Leben lag noch vor ihr. Nein, dachte er. Vielleicht handelt es sich um einen Freund. Oder einen seiner Freunde, der deprimiert war und reden wollte. Jeder hatte Probleme, die er irgendwo abladen wollte. Und für Schauspieler galten normale Zeiten nicht. Zwei Uhr früh war für sie nicht spät. Ja, sagte er sich, es ist noch gar nicht so spät.
»Hallo«, meldete er sich mit ruhiger Stimme. Amanda verzog den Mund und betrachtete ihn aus schmalen Augen hinter ihrer dunklen Brille. Sie seufzte und schlug die Tür zu.

Jordan hielt den Hörer an sein Ohr gepreßt und lauschte Lillies Worten. Er stellte ein paar Fragen und dankte ihr, daß sie angerufen hatte. Er hatte Mühe, den Hörer wieder aufzulegen, dann setzte er sich in einen Sessel in der Ecke des Zimmers.

Dort saß er die ganze Nacht allein, zornig, verzweifelt, und schließlich bei Morgengrauen erkannte er die Bedeutung seines Verlusts. Denn das einzig Gute, Schöne und Richtige, das er in seinem Leben getan hatte, war nun zu Ende. Sein einziges Kind war tot.

3

Irgendwann während der Nacht hatte sich Lillie für ein oder zwei Stunden ins Bett gelegt, aber sie schlief nicht. Der Sheriff hatte ihr und Pink verboten, mit ihm zum Ort des Verbrechens zurückzukehren oder ins Leichenschauhaus zu gehen. Mitten in der Nacht war der Arzt gekommen, doch sie hatte ein Beruhigungsmittel abgelehnt. Da niemand ihr erlaubte, das Haus zu verlassen, hatte sie um vier Uhr morgens begonnen, es zu putzen.

Sie hatte gerade die Vorhänge in der Küche abgenommen. Durch die Fenster fiel grell das Morgenlicht. Die frischgewaschenen Vorhänge, noch dampfend, lagen in einem Waschkorb aus Plastik auf dem Küchentisch. Lillie stand über ein Bügelbrett gebeugt und widmete sich mit übertriebener Sorgfalt ihrer Aufgabe. Sie hörte das Klopfen an der Hintertür, reagierte aber nicht.

»Grayson«, sagte sie.

»Ja ...« Grayson, der zusammengesunken vor dem Küchentisch gehockt hatte, den Kopf in die Hände gestützt, sprang sofort auf. Doch ehe er die Tür erreicht hatte, wurde sie geöffnet, und Brenda Daniels stürmte herein. Ihr blondes Haar war wirr, und sie sah übernächtigt aus. Sie umklammerte einen mit einer Folie bedeckten Teller. Sie blieb abrupt stehen und starrte ihre Freundin an.

»Lillie, um Himmels willen, was tust du da?« rief sie.

Lillie sah sie fast furchtsam an, die dunklen Augen tief in den Höhlen, das Gesicht bleich. Das Bügeleisen zitterte in ihrer Hand. Das dunkle Haar stand in wirren Locken von ihrem Kopf ab. »Ich bügele.«

»So ist sie schon den ganzen Morgen«, sagte Grayson müde.

»Stell das Eisen weg, Liebling«, sagte Brenda.

Lillie stellte das Eisen vorsichtig auf den Untersetzer und ging zu ihrer Freundin. Die beiden Frauen umarmten sich. Brenda schluchzte, während Lillie mit trockenen Augen über ihre Schulter starrte.

»Ach, Lillie-Lou«, flüsterte Brenda und gebrauchte den Namen, bei dem sie ihre Freundin seit ihrer Kinderzeit nicht mehr genannt hatte. »Ich kann es nicht glauben. Ich kann es einfach nicht.«

»Glaub es«, sagte Lillie sanft.

»Setz dich«, sagte Brenda und führte eine widerspenstige Lillie zu einem der Küchenstühle. »Gray, bist du in Ordnung, Schatz? Das ist Buttermilchfondant«, sagte sie und deutete auf den Teller, den sie auf den Tisch gestellt hatte. »Ich weiß, du ißt es gern, Schatz.«

»Gray ist ein guter Junge«, sagte Lillie geistesabwesend, als würde sie von einem Kleinkind reden. »Er war mir eine große Hilfe. Er half mir, die Vorhänge abzunehmen. Und er wird mir helfen, sie wieder aufzuhängen, wenn ich mit dem Bügeln fertig bin.«

Lillie trommelte ungeduldig mit den Fingern auf den Tisch. Brenda nahm die Hand ihrer Freundin und streichelte sie. »Wie wird Pink damit fertig?«

Lillie zuckte die Schultern. »Ich weiß es nicht. Er ... er ist heute morgen zum ... dahin gegangen.«

»Warum denn? O mein Gott, wie konnte er das nur tun?«

»Er wollte mit dem Sheriff sprechen. Ich nehme an, er will wissen, ob sie irgendwas gefunden haben. Weißt du, man kommt sich so hilflos vor. Man kann sich einfach nicht mehr vorstellen, daß es noch Leute gibt, die normal reden oder spazierengehen oder Zeitung lesen. Vor allem, daß der, der es getan hat, das alles tut.«

»Ich weiß«, sagte Brenda. »Ich weiß. Ich könnte ihn mit eigenen Händen umbringen. Sie halten also immer noch Ronnie Lee Partin für den Mörder. Jedenfalls wurde das im Fernsehen behauptet.«

»Ich weiß es nicht, Brenda. Er könnte der Mörder sein. Aber warum? Warum?«

»Weil er ein Tier ist«, sagte Grayson und aß von dem Fondant.

»Nun«, sagte Brenda und sah Gray um Verständnis bittend an, »wurde sie ... du weißt schon ... mißbraucht?«

»Der Coroner hat sie letzte Nacht am Tatort untersucht. Er glaubt es nicht. Jedenfalls sagte der Sheriff das«, sagte Lillie mit gepreßter Stimme. »Nach der ... der Autopsie können sie mehr sagen. Aber wahrscheinlich nicht.«

»Gott sei Dank«, sagte Brenda.

»Dieser Fondant schmeckt großartig, Tante Brenda«, sagte Grayson.

»Das freut mich, Liebling. Aber was machte sie nur so spät am Abend da unten an der Brücke? Grayson, weißt du, warum sie dorthin gegangen ist?«

Grayson stellte den Teller auf den Tisch und starrte darauf.

»Wir sollten zusammen nach Hause gehen. Ich war mit ein paar Freunden zusammen und hatte sie eine ganze Weile nicht gesehen. Ich dachte, sie wäre allein heimgegangen. Ich weiß nicht, warum sie da runter ging. Das ist doch genau die entgegengesetzte Richtung von unserem Haus.«

»Außer, sie war auf dem Heimweg«, sagte Brenda, »und sie hat jemanden unterwegs getroffen.«

»Ich weiß nicht«, sagte Lillie müde. »Ich kann jetzt nicht denken.«

»Natürlich kannst du das nicht«, sagte Brenda. »Entschuldige bitte.«
Die Haustürglocke läutete. »Gray«, sagte Lillie.
»Ja.« Wie ein Blitz war er aufgesprungen und durch die Tür verschwunden. Lillie lächelte traurig. »Er hält die Menschen fern von mir. Ich kann niemanden ertragen. Und das geht jetzt schon seit Stunden so. Ich weiß gar nicht, wieso alle so schnell davon erfahren haben.« Lillie deutete vage zum Küchenschrank hin, auf dem von Nachbarn gebrachte Speisen standen. »Die Leute wollen uns helfen«, sagte sie.
»Ich weiß«, sagte Brenda. »Ich mußte sofort kommen, als Pink es mir erzählte. Aber warum hast du mich gestern nacht nicht angerufen, Liebling?«
Lillie lächelte ihre Freundin kurz an. »Ich kenne doch dich und deinen Schönheitsschlaf.«
Brenda fing wieder an zu weinen und steckte ihre Nase in ein durchweichtes Papiertaschentuch. »Es kann einfach nicht wahr sein, Lillie. Dieses kleine, zarte Ding. Und alles, was du mit ihr durchgemacht hast. Weißt du noch, wie wir beide sie ins Krankenhaus nach Pittsburgh brachten, ehe du Pink geheiratet hast?«
Lillie nickte, und ihre schmalen Schultern fingen an zu zittern. Tränen traten in ihre Augen und rannen ihre Wangen hinunter.
Brenda drückte ihrer Freundin die Hände. »Weine nur, Liebling. Du mußt weinen. Das brauchst du.«
»Ich muß die Vorhänge wieder anbringen«, sagte Lillie schluchzend.
»Ach, du meine Güte! Was bist du für eine verrückte Frau!« rief Brenda. »Ich kümmere mich darum. Wäscht die Vorhänge!« schäumte sie, stand auf und zerrte den Stoff aus dem Wäschekorb.

Grayson erschien in der Küchentür; sein Gesicht war steinern. »Ihr habt Besuch«, verkündete er.
Lillie wollte protestieren, aber Gray unterbrach sie. »Er wollte nicht gehen.«
Lillie sah hoch und entdeckte den Mann, der hinter Grayson stand. Als erstes dachte sie: Wie seltsam, Jordan Hill mit einer Krawatte zu sehen. Er trug nie eine, nicht einmal an ihrem Hochzeitstag hatte er eine getragen. Seine Augen waren geschwollen, doch sein gutgeschnittenes Gesicht drückte Fassung aus.
Brenda knallte den Vorhang auf das Bügelbrett und griff wütend nach dem Eisen. »Wie schön von *dir*, daß du gekommen bist«, sagte sie mit eisiger Stimme.
»Hallo, Brenda«, sagte er, aber er sah dabei Lillie in die Augen. Dann schüttelte er den Kopf und senkte den Blick. Er steckte die Hände in seine Hosentaschen. »Lillie«, sagte er, fast flüsternd.
Seine Stimme klang für sie wie eine dunkeltönende, stumme Glocke, hallte in ihr wider. Es hatte einmal eine glückliche Zeit in ihrem Leben gegeben, eine stürmische Zeit – als sie Michele empfangen hatte –, wo sie ihm nichts abschlagen konnte, wenn er nur ihren Namen aussprach. Die Erinnerung verblaßte, und es überkam sie wieder graue Trostlosigkeit.
»Bist du in Ordnung?« fragte er.
Lillie zuckte die Schultern und wandte den Blick von ihm. »Gibt es etwas Neues?«
»Nein, nichts.«
»Mama wollte kommen, aber der Arzt hat ihr ein Beruhigungsmittel gegeben. Sie nimmt es sehr schwer.«
»Ich weiß. Ich habe sie angerufen«, sagte Lillie wie betäubt. »Ich will nicht, daß sie krank wird. Die Beerdigung wird schwer genug für sie sein.«

»Ich möchte gern wissen, welche Arrangements getroffen wurden«, sagte Jordan. »Ist das alles schon erledigt?«
Lillie sah ihn überrascht an. Kühl entgegnete sie: »Solltest du irgend etwas Besonderes für sie wünschen ...«
»Nein, nein. Das überlasse ich alles dir.«
Es herrschte Schweigen in der Küche, und dann sagte Gray mit lauter, aggressiver Stimme: »Meine Mutter ist müde.«
»Die Beerdigung ist morgen«, sagte Lillie. »Sie wird nicht offen aufgebahrt. Das ist alles, was wir bis jetzt wissen. Ich rufe dich an, wenn ich Näheres weiß.«
»Okay«, sagte Jordan. »Ich wohne bei meiner Mutter.« Er sah erst Brenda, dann Grayson an, der hinter Lillie stand. Wie ein Wachhund wirkte er. »Ich gehe jetzt wohl besser.«
»Grüß Miss Bessie von mir«, sagte Lillie steif.
Jordan nickte. »Ihr einziges Enkelkind.«
»Hör auf!« sagte Lillie und hob die Hand, als wollte sie ihm Einhalt gebieten.
Pink öffnete die Hintertür und kam in die Küche. Als er Jordan Hill sah, blieb er abrupt stehen. Die beiden Männer sahen sich unsicher an. Keiner wußte, ob er dem anderen kondolieren oder eine Beileidsbezeugung akzeptieren sollte. Jordan brach das Schweigen.
»Gibt es etwas Neues?«
»Sie haben den Bastard noch nicht«, sagte Pink.
»Dann ist der Sheriff also sicher, daß es Partin war«, sagte Jordan.
»Natürlich war es Partin, verdammt noch mal«, murmelte Pink.
In der Küche herrschte unbehagliches Schweigen. Lillie sah Jordan an. »Wir halten dich auf dem laufenden«, sagte sie steif.
Jordan nickte und wandte sich zum Gehen. Dann sah er

Pink an. »Du hast immer so gut für sie gesorgt, Pink«, sagte er. »Das hat sie mir oft erzählt.«
Pink sah aus, als wäre er dem anderen Mann am liebsten an die Kehle gesprungen. »Was soll das? Ist das ein übler Scherz?« schrie er.
Jordan schüttelte müde den Kopf und sah Lillie an. »Schon gut«, sagte er. »Ich bin bei meiner Mutter.«
Lillie spürte, daß er sie ansah, aber sie blickte nicht auf. Sie verstand, was er meinte. Er hatte nur versucht, Pink zu trösten. Aber das konnte sie ihm nicht begreiflich machen. Seine Trostworte waren hier nicht willkommen. Sie dachte, wie alt und erschöpft sie in seinen Augen aussehen mußte, und war froh, als sich die Tür hinter ihm schloß.

4

Noch vor Morgengrauen an jenem Dienstag hatte ein feiner Nieselregen eingesetzt, der noch immer andauerte, als sich die Leute vor der River of Jordan Baptist Church versammelten. Sie warteten geduldig, bis ihnen ein Platz in der Kirche anläßlich des Trauergottesdienstes zugewiesen wurde. Es war ein kalter Regen, der erste Vorbote des Herbstes im Cress County.

Allene Starnes schritt gemessen auf die Gruppe Teenager zu, die sich vor der Kirche unter ihren Schirmen zusammendrängten. Sie umarmte ein paar Mädchen, die weinten. Die Jungen standen abseits; sie wirkten unbehaglich in ihren Anzügen und Krawatten. Alle High-School-Schüler hatten heute freibekommen, und es kam Allene vor, als wäre halb Cress County zu der Beerdigung erschienen. Allene war übel. Sie hatte nicht gewußt, was sie anziehen sollte, und sich schließlich für ein dunkelblaues Kleid entschieden, da sie kein schwarzes besaß. Es war so wichtig für sie, Grayson ihr Mitgefühl zu zeigen. Michele hatte sie nicht sehr gut gekannt, da sie sehr still gewesen war. Aber beim Gedanken daran, eine Schwester zu verlieren, zog sich Allenes Herz zusammen. Sie konnte es sich nicht einmal vorstellen.

Nachdem sie von dem Mord erfahren hatte, war sie nicht in der Lage gewesen, Grayson anzurufen. Doch sie wollte ihm helfen, ihn trösten. Schließlich hatte sie ihren ganzen Mut zusammengerafft, sich auf ihr Rad geschwungen und war zu ihm gefahren. Er hatte ihr die Tür geöffnet. Sein Blick war gequält und argwöhnisch, und ihr Herz zog sich bei diesem Anblick vor Schmerz zusammen. Sie hatte versucht, mit ihm zu reden, aber er war in sein Zimmer gegangen, hatte sich auf sein Bett gesetzt, das Radio laufen lassen und blicklos an ihr vorbei gestarrt. Sie wäre ihm so gern nahe gewesen, aber sie konnte ihn nicht erreichen. Er starrte vor sich hin und trommelte mit den Fingern den Rhythmus der Musik. Als sie verzweifelt nach Hause gekommen war, hatte ihre Mutter erklärt, daß jeder Mensch auf seine Weise mit dem Schmerz fertig würde.

Der Gottesdienst sollte eigentlich um zehn beginnen, verzögerte sich aber, da man Extrastühle für die vielen Besucher in der Kirche aufstellte. Doch die Totenglocke läutete schon.

Lillie, Pink und Grayson saßen in ihrem Wagen, der auf der gegenüberliegenden Straßenseite geparkt war, und beobachteten schweigend das Geschehen. Der Leichenwagen stand vor ihnen. Und während sie aus den Rauchglasfenstern starrten, sahen sie einen silberblauen Cadillac mit einem Nummernschild aus Texas vorfahren. Pinks älterer Bruder, Haynes, und seine Frau, Elna, stiegen aus. Als Haynes und Elna sie gestern abend zu Hause besucht hatten, trug Haynes Cowboystiefel aus Straußenleder und einen goldenen Ring mit einem Nugget von der Größe einer Walnuß. Haynes Burdette hatte in Houston im Autohandel ein Vermögen gemacht. Er lebte mit seiner Frau und drei Kindern in einer Villa mit geheiztem Swimming-pool und wunderschöner Aussicht. Pink sah seinen Bruder nur selten, doch wenn er ihn sah, hatte das immer eine schlechte Wirkung auf ihn, dachte Lillie. Ein paar Tage lang redete er darüber, wie clever und erfolgreich Haynes war, doch dann wurde er unweigerlich deprimiert.

»Sieh dir doch mal sein Jackett an«, sagte Pink. »Das ist Wildleder. Merkt er denn nicht, daß es regnet?«
Das ist mir völlig egal, dachte Lillie, aber sie sagte es nicht. Er erschien ihr absolut belanglos. Sie beobachtete Haynes, der vor Elna die Kirche betrat. In dem Mietwagen, der hinter dem Cadillac vorfuhr, saßen Lillies Mutter, Jo Evelyn, und ihr Stiefvater, Ron Henkle. Sie lebten in Florida, in Cocoa Beach, in einer Eigentumswohnung und waren zur Beerdigung hergeflogen. Die Leute schmeichelten ihr oft, indem sie behaupteten, sie sähe aus wie Lillies Schwester, und Jo Evelyn zweifelte nie an der Aufrichtigkeit dieser Behauptung. Ron hielt beschützend einen Schirm über den blonden Kopf seiner Frau, während die beiden die Stufen hinaufgingen. Irgendwie war es gelungen, alle in der kleinen Kirche unterzubringen, und Shirley Lynch, Feltons Bestatterin, fand es an der Zeit, mit der Zeremonie zu beginnen. Sie ging vom Leichenwagen zu Pinks Auto und klopfte an die Scheibe.
»Wir sollten jetzt anfangen«, sagte sie. »Sind Sie bereit?«
Pink sah Lillie an, die bewegungslos, ganz in Schwarz, dasaß. »Liebling?«
Lillie nickte.
Shirley Lynch klopfte wie zur Ermutigung auf die Motorhaube und kehrte zum Leichenwagen zurück. Der Fahrer ließ ihn langsam vor die Kirche gleiten, stieg dann aus und öffnete die hintere Tür. Lillie sah, wie die jungen Sargträger näher traten und der Sarg herausgerollt wurde.
Es hatte keine Totenwache gegeben. Der Sarg war geschlossen geblieben. Nicht weil die tödlichen Verletzungen Micheles Aussehen beeinträchtigt hätten. Sie hatte nicht stark geblutet, und Shirley hatte die Prellungen geschickt kaschiert. Trotzdem hatte sie empfohlen, den Sarg geschlossen zu lassen. »Die Leute sind einfach neugierig«, hatte sie

mit einem Achselzucken gesagt. »Das liegt in der menschlichen Natur.«
Shirleys Rat war unnötig gewesen. Lillie hatte bereits entschieden, daß niemand ihr Kind angaffen würde.
»Gehen wir«, sagte Pink. Er stieg aus und half Lillie beim Aussteigen. Obwohl Grayson abgespannt wirkte, sah er immer noch phantastisch in seinem dunklen Blazer aus. Sein blondes Haar leuchtete gegen den grauen Himmel. Er überquerte mit seinen Eltern die Straße, dann warteten alle am Fuß der Kirchentreppe, als die Träger den Sarg anhoben und ihn die Stufen hochtrugen. Aus der Kirche kamen die Klänge eines traurigen Chorals, von zitternden Stimmen gesungen.
Lillie hatte ihren Blick auf den Sarg geheftet, aber sie merkte, daß Grayson neben ihr unruhig wurde und zornig vor sich hinmurmelte. Zuerst versuchte sie, ihn zu ignorieren, doch dann wandte sie ihm ihr ausdrucksloses Gesicht zu. »Was soll das?« sagte sie.
»Was glauben die wohl, was sie hier zu schaffen haben?« sagte Grayson. »Ich kann es einfach nicht glauben.«
Lillie drehte sich um. Ronnie Lee Partins Familie näherte sich der Kirche. Ronnie Lees Bruder, Dwight, hielt seine alte Mutter, Ora, beim Arm. Dwights Frau, Debbie, die nur wenig älter war, als Michele es gewesen war, ging mit gesenktem Blick neben den beiden her. Mit einer Hand hielt sie ihren lavendelfarbenen Regenmantel zusammen, der sich nicht über ihrem von der Schwangerschaft aufgeblähten Bauch schließen ließ. Die Partins lebten außerhalb der Stadt in einem Wohnwagen, und viele hielten sie für weißen Abschaum, obwohl Dwight einen respektablen Job als Möbelwagenfahrer hatte. Dwight war ein stämmiger junger Mann von liebenswertem Wesen. Im Gegensatz zu seinem Bruder war er nie mit dem Gesetz in Konflikt geraten, und

die meisten Leute in der Stadt mochten ihn. Jetzt führte er seine Familie – einen Ausdruck grimmiger Entschlossenheit im Gesicht – auf die Kirchentür zu. Er tat, als höre er Graysons Bemerkungen nicht, doch seine Frau sah ängstlich aus.
»Die haben Nerven«, sagte Grayson, »hierherzukommen.«
»Sei still, Grayson«, sagte Lillie.
Dwight Partins breites Gesicht wurde rot, aber er ging nicht auf die Bemerkung ein. Plötzlich wurde es still vor der Kirche. Pink, der gerade ein paar Männer begrüßt hatte, drehte sich um und sah, wie sein Sohn sich von Lillie abwandte. Er ging auf Dwight Partin zu und verstellte ihm den Weg. Dwight umfaßte den zerbrechlichen Arm seiner Mutter fester und sah Grayson in die eisblauen Augen.
»Du hast kein Recht, hier zu sein«, sagte Grayson. »Wenn dein Bruder nicht wäre, würde meine Schwester noch leben.«
Die Umstehenden hielten den Atem an. »Grayson, hör auf!« befahl Lillie. Aber der Junge blieb verstockt stehen. »Hast du mich verstanden?« fragte er.
Dwight antwortete nicht. Seine Mutter wollte ihn weiterzerren, aber Grayson machte einen Schritt zur Seite und hinderte sie am Weitergehen.
»Pink«, sagte Lillie, »hol ihn zurück.« Aber Pink starrte seinen Sohn an, als wäre er von ihm fasziniert und hätte gleichzeitig Angst vor ihm. In diesem Moment kamen Jordan mit seiner Mutter, Miss Bessie Hill, und seine ältere Schwester, Jeni Rae, die mit dem Bus aus Chattanooga gekommen war, auf die kleine Gruppe zu. Miss Bessie ging sofort zu Ora Partin und sprach beruhigend auf sie ein. Grayson war momentan durch die Freundlichkeit der beiden alten Frauen verwirrt, die ihn nicht zu beachten schienen. Jordan sprach ruhig auf Grayson ein.

»Wir wollen doch versuchen, das alles ohne Ärger hinter uns zu bringen«, sagte er.
»Du brauchst mir nicht zu sagen, was ich tun soll«, entgegnete Grayson, das Gesicht bleich vor Wut.
Sheriff Ansley, der gerade mit seinem Sohn gekommen war, trat dazwischen. Tyler sah verkatert und ungepflegt aus. Sein dunkles, ungekämmtes Haar kringelte sich über dem Kragen einer abgewetzten Lederjacke.
»Was ist hier los?« fragte Royce.
Pink stand jetzt neben Grayson. »Nichts. Es gibt keine Probleme. Gehen wir in die Kirche«, sagte er zu seinem Sohn.
Grayson sagte zu dem Sheriff mit zitternder Stimme: »Die da gehören nicht hierher. Nicht nach dem, was sein Bruder getan hat.«
»Ich habe dir gesagt, wir sollten nicht hingehen«, jammerte Debbie.
»Sei still, Debbie«, sagte Dwight. »Er weiß nicht, wovon er redet.«
»Deine Anschuldigungen behältst du für dich«, sagte Royce ernst zu Grayson. »Diese Leute sind gekommen, um ihr die letzte Ehre zu erweisen. Laß sie in Ruhe.«
Pink nahm Graysons Arm und zerrte ihn weg.
Grayson warf Dwight Partin noch einen wütenden Blick zu und glättete dann das Jackett an der Stelle, wo sein Vater ihn angefaßt hatte.
Lillie hatte die Szene beobachtet, und sie fing an, mit den Zähnen zu klappern. Teilweise vor Kälte, teilweise, weil sie mit ihren zum Zerreißen gespannten Nerven am Ende war. Sie hatte sich geweigert, ein Beruhigungsmittel zu nehmen. Sie war von der vagen Idee besessen, daß es unabdinglich war, wach zu sein, das Leid bewußt zu erleben, als brächte sie das Michele irgendwie näher. Und nun, als die gedemü-

tigte Partin-Familie die Stufen zur Kirche hinaufging, fühlte sie sich von einem sonderbaren Mitleid für sie ergriffen. Es war Mut nötig gewesen, heute hierherzukommen. Sie hatten sicher gewußt, wie die Leute über sie redeten.

Pink sprach leise mit dem Sheriff, als die letzten Trauergäste die Kirche betraten. Lillie sah flüchtig, wie Allene Starnes schüchtern in den Vorraum eilte. Im Vorbeigehen warf sie Grayson einen zärtlichen, mitleidsvollen Blick zu, dann verschwand ihr roter Schopf im Inneren. Royce Ansley drehte sich um und bedachte seinen Sohn mit einem finsteren, bedeutungsvollen Blick, worauf der sich zögernd in Bewegung setzte und zu Lillie ging.

»Es tut mir so leid, Mrs. Burdette«, murmelte Tyler. Royce ließ seinen Sohn nicht aus den Augen, während er Pink zuhörte und zu dessen Worten nickte.

Lillie sah den Jungen traurig an, der so krank und verloren wirkte. Er gab sich barsch, aber ihn umgab eine Aura heimlichen Schmerzes, die sie rührte. Daß er seine Mutter so früh verloren hat, muß ihn zutiefst getroffen haben, dachte Lillie. Es muß entsetzlich für ihn sein, wieder an einer Beerdigung teilzunehmen. Jugendliche in diesem Alter hatten sowieso Angst davor. Sie gab ihm die Hand. Seine war eiskalt. Er zuckte bei ihrer Berührung zusammen; in seinen dunklen, blutunterlaufenen Augen stand Furcht.

»Schon gut, Tyler«, sagte sie schnell. »Ich danke dir, daß du gekommen bist.«

Der Junge sah sie nicht an. Er nickte kurz Grayson und Pink zu und trat hinter seinen Vater.

»Gehen wir rein«, sagte Pink. Die Leute drängten sich im Vestibül zusammen, um Platz für die Familie zu machen. Lillie stützte sich dankbar auf Graysons kräftigen jungen Arm. So gingen sie langsam zu den vorderen Bänken. In der

Nähe entdeckte sie Jordan, der zwischen seiner Mutter und Jeni Rae saß.
Ihre Blicke trafen sich, und eine Sekunde teilten sie ihren gemeinsamen Schmerz. Doch Lillie wandte sofort den Blick ab und sah Bessie an. Die alte Frau reichte Jordan nicht einmal bis zur Schulter. Sie starrte mit tränenblinden Augen auf das Gebetbuch in ihren Händen. Lillie fühlte Tränen in sich aufsteigen, als sie sie ansah. Bessie war Michele eine wahre Großmutter gewesen, hatte sie verwöhnt, ihr Kleider genäht, ihrer Enkelin erlaubt, ihr in der Küche zu helfen. Sie war jene Großmutter gewesen, die Jo Evelyn niemals hatte sein wollen. Sie hatte Lillie an ihre eigene Großmutter erinnert.
Pink rutschte auf der Bank hin und her. »So viele Leute«, sagte er.
Lillie bemerkte den Stolz in seiner Stimme und wußte sofort, was er dachte. Dazu kannte sie ihn zu gut. Er hoffte, Haynes würde beeindruckt sein. Er wollte, daß sein Bruder glaubte, diese große Trauergemeinde würde Pinks Bedeutung in diesem County widerspiegeln. Lillie biß sich auf die Lippe, um nicht etwas Häßliches zu sagen. Er kann nicht anders, sagte sie sich. Laß ihn in Ruhe.
Sie blickte wieder auf den Sarg, als Reverend Dale Luttrall auf die Kanzel stieg. Der Reverend war jetzt über sechzig. Er hatte Lillie und ihre Kinder getauft und viele der Menschen, die jetzt in der Kirche saßen. Er begann den Gottesdienst auf seine gewohnte, ernsthafte Weise. Lillie hörte das Auf und Ab der Stimmen um sie herum, aber sie hatte den unwirklichen Eindruck, sie säße allein in einem stillen Raum. Nur sie und ihr Kind, für ewig in diesem Sarg eingesperrt.
Ganz plötzlich merkte sie, daß Grayson, der neben ihr saß, auf seine Uhr sah, dann leise seufzte und wieder zum Altar blickte. Lillies Kopf schnellte hoch, und sie starrte ihn an.

Sie fühlte, wie ihr Herz vor Zorn laut in ihrer Brust klopfte. »Langweilt dich das?« flüsterte sie wütend. »Hast du vielleicht eine andere Verabredung?«
Grayson wich zurück und starrte sie an, als verwirre ihn ihre Frage. »Komm, Mom. Das alles ist wie ein schlechter Traum. Es tut mir leid, aber ich wünschte, es wäre vorüber. Ich kann nicht glauben, daß das alles wirklich ist.«
Er hat recht, dachte sie. Es ist eine Qual, hier sitzen zu müssen und auf diesen Sarg zu starren und zu wissen, das ist das Ende. Er nahm ihre Hand. Sie drückte sie kurz und lächelte ihn flüchtig und gequält an.
»Wenn uns so etwas geschieht«, sagte Reverend Luttrall, »werden wir zornig. Wir fragen: ›Warum tut Gott das unserer Familie an?‹ Wir wollen, daß jemand dafür bezahlt. Weil er dieses Entsetzliche unserem geliebten Kind angetan hat. Meine Freunde, ich kann euch nicht sagen, warum es geschehen ist, denn die Werke des Herrn sind unerforschlich. Aber ich will euch eins sagen. Solange ihr haßt, werdet ihr leiden. Rache ist nicht die Antwort. Vergebung ist die Antwort. Wir müssen lernen zu vergeben, sonst finden wir keinen Frieden in unserem Leben.
Michele hat ihren Frieden gefunden. Dieses Kind ...« Die Stimme des Priesters brach, doch er wartete, bis er seine Fassung wiedergewonnen hatte. Überall in der Kirche war unterdrücktes Schluchzen zu hören. »Dieses Kind ist jetzt bei Gott. Es sitzt neben ihm, einer seiner Engel, und es flüstert Vergebung in unsere Ohren.«
Tränen strömten auf Lillies kalte Hände. Sie saß da, eingezwängt zwischen ihrem Mann und ihrem Sohn, und sie beweinte die Leere, die jetzt ohne Michele vor ihr lag. Zu ihrer Linken wurde Pinks kräftiger Körper vom Schluchzen geschüttelt. Zu ihrer Rechten drückte Grayson ihre Hand, als wollte er sie brechen.

5

Am Tag nach Micheles Beerdigung überlegte Reverend Ephraim Davis verbittert, welche Möglichkeiten er hatte. Er wußte sehr wohl, was seine Pflicht war, aber er scheute sie. Meistens hatte er sich während seines langen Lebens nicht in die Angelegenheit der Weißen gemischt, was sich immer als am besten erwiesen hatte. Er bat sie um nichts, stellte sich ihnen nicht in den Weg und suchte vor allem nicht ihre Gesellschaft. Wenn es sich vermeiden ließ, dachte er nicht einmal an sie.

Aber seit Montag morgen, als er Nachrichten gehört hatte, während er gerade vor dem Frühstück betete, ging ihm der Mord an diesem weißen Mädchen nicht mehr aus dem Kopf, und seine innere Anspannung machte sich bemerkbar. Sein Blutdruck war gestiegen. Er konnte es fühlen. Und seine normalen Medikamente halfen nicht mehr. Er hatte schlecht geschlafen. Gestern hatte die Beerdigung stattgefunden, und er hatte jenen Stadtteil gemieden. Heute morgen hatte er das Gefühl, handeln zu müssen.

Wenn ich nur mit Elizabeth reden könnte, dachte er. Sie war vernünftig und auf ihre eigene, zurückhaltende Weise eine starke Frau. Während ihrer dreißigjährigen Ehe hatte sie ihm oft bei der Lösung schwieriger Probleme geholfen. Aber Elizabeth war in Memphis geblieben, als man ihn gebeten hatte, vertretungsweise für einen Monat die Gemeinde in Felton zu leiten. Reverend Davis war Wanderprediger. Wie schon sein Vater und Großvater bereiste er

Tennessee und besuchte eine kleine schwarze Gemeinde nach der anderen, verbreitete das Wort des Herrn und genoß die Gastfreundschaft der Gläubigen. Sein Großvater war noch mit Pferd und Wagen gereist, aber Ephraim fuhr einen grünen Kombi. Manchmal begleitete ihn Elizabeth, aber wenn er länger an einem Ort zu tun hatte, zog sie es vor, mit Tochter und Enkeln in Memphis zu bleiben.

Eigentlich ist es besser so, dachte Ephraim, daß sie nicht hier ist. Dieses Problem, mit dem er sich herumschlug, würde ihr große Sorgen bereiten. Alle Gewalt flößte ihr Furcht ein. Er hatte erwogen, sie anzurufen, aber Bill und Clara Walker, seine Gastgeber, hatten ihr Telefon im Wohnzimmer, und er konnte Elizabeth die Situation nicht ohne Zeugen schildern. Nein, er mußte selber einen Entschluß fassen. Und das war nun geschehen.

Es war seine Pflicht zu sagen, was er wußte. Er hatte in jener Nacht das Mädchen und den Burschen – wahrscheinlich ihren Mörder – gesehen. Nicht, daß er zu dem Zeitpunkt eine solche Tat vermutet hätte. In dem Fall hätte er sie verhindern können. Doch jetzt war es zu spät für jedes »hätte«. Er ging in die Küche, wo Clara gerade das Frühstücksgeschirr spülte.

»Darf ich das Telefon benutzen, Schwester?« fragte er.

»Natürlich, Reverend. Unser Haus ist Ihr Haus.«

Reverend Davis ging ins Wohnzimmer und wählte die Nummer des Büros vom County Sheriff. Er kannte sie auswendig, so oft hatte er schon anrufen wollen. Als Francis Dunkam antwortete, verlangte er den Sheriff.

»Der Sheriff ist nicht da«, antwortete Francis.

»Wo kann ich ihn erreichen?« fragte der Reverend höflich.

»So bald wird er nicht wiederkommen«, antwortete Francis. »Er ist am Tatort.«

»Okay, vielen Dank«, sagte der Reverend. Er legte auf und stand in Gedanken versunken da. Clara Walker kam ins Zimmer und wischte sich die Hände an ihrer Schürze ab.
»Ich muß ausgehen, Clara«, sagte er.
»Sind Sie zum Lunch zurück?« fragte die alte Frau besorgt.
»O ja. Schon viel früher, hoffe ich jedenfalls«, sagte der Reverend.

Am Morgen nach der Beerdigung seiner Tochter erwachte Jordan Hill in seinem ehemaligen Kinderzimmer. Es duftete nach Gebäck, und er konnte die leisen Klänge von Gospelmusik hören, ein Programm, das seine Mutter einstellte, solange er sich erinnern konnte.
Jordan lag mit geschlossenen Augen da und ließ sich von den bittersüßen Erinnerungen einhüllen. Hier, in diesem Bett, hatte er vom Ruhm geträumt und sich vor Liebe verzehrt. Er war in jener Nacht in dieses Bett gekrochen, nachdem er Michele gezeugt hatte, noch wilden Klee von der Wiese im Haar, wo Lillie und er sich geliebt hatten. Sie hatten es nicht gewagt, die ganze Nacht auszubleiben. Sie waren zu jung. Ihre Eltern hätten Verdacht schöpfen können. Es war eine Schande, dachte er. Er wünschte jetzt, sie hätten da geschlafen, auf dieser süß duftenden Wiese, einander in den Armen liegend. Und noch ehe es ihnen bewußt wurde, waren sie verheiratet und hatten ein Kind, und dann hatte er seine Familie verlassen.
Seine Mutter klopfte an seine Tür. »Frühstück, Liebling«, sagte sie, wie sie es immer getan hatte. Und nun lag er wieder in seinem alten schmalen Bett. Nicht verheiratet, kein Vater mehr und auch kein Träumer.
»Ich komme«, sagte Jordan und stand auf.
Jeni Rae saß bereits am Tisch und trank eine Tasse Kaffee. Jordan küßte die trockene Wange seiner Mutter und setzte

sich seiner Schwester gegenüber, die ihn mit traurigen, ängstlichen Augen ansah.
»Ich muß heute noch zurück«, sagte sie entschuldigend. Sie hatte eine gute Stellung in Chattanooga, bei einer Computerfirma.
»Ich weiß«, sagte Jordan. Er entfaltete seine Serviette und nahm ein Brötchen, obwohl er überhaupt nicht hungrig war. »Ich hab dich noch gar nicht gefragt. Wie ist dein neuer Freund? Burt, so heißt er doch? Mama hat mir von ihm erzählt.«
Jeni Rae sah ihre Mutter vorwurfsvoll an. Doch Bessie machte sich am Herd zu schaffen. Die Unterhaltung schien sie nicht zu interessieren. Ihre Augen waren noch immer vom Weinen gerötet.
»Er ist in Ordnung«, sagte Jeni Rae vorsichtig. »Er ist geschieden, aber ein netter Kerl.«
Mit Männern hatte sie nie viel Glück gehabt. Als Jugendliche war sie für die meisten Jungen in Felton zu intelligent gewesen, aber nicht hübsch genug, um Selbstbewußtsein zu entwickeln. Viele hielten sie jetzt wohl für eine alte Jungfer, dachte Jordan, aber er hatte immer noch Hoffnung, daß sie heiraten würde. Jetzt wäre sie viel eher für die Ehe geeignet als in jungen Jahren.
»Sag ihm, daß er dich gut behandeln soll, sonst bekommt er es mit deinem kleinen Bruder zu tun.«
Jeni Rae lächelte. »Burts erste Frau war in dich vernarrt. Sie sah sich immer die Fernsehserie an, in der du mitspielst.«
»Na, endlich mal eine Frau mit Geschmack«, sagte Jordan. »Und trotzdem hat er sich von ihr getrennt.«
Jeni Rae lächelte wieder. »Du solltest mich dieser Tage mal in Chattanooga besuchen«, sagte sie. »Ich habe ein Klappbett. Dann könntest du ihn kennenlernen.«
»Das wäre schön.«

Bessie kam zum Tisch und stellte eine gußeiserne Kasserolle auf einen Untersetzer. »Gerösteter Mais«, sagte sie freundlich. »Ich weiß, das bekommst du oben im Norden nicht.«
»Nein, Ma'am«, sagte Jordan und bediente sich, obwohl sich ihm der Magen beim Anblick von Essen umdrehte. Doch es war wenig genug, um ihr eine Freude zu machen.
»Jordan, bringst du mich zum Bus?« fragte Jeni Rae.
»Natürlich«, sagte er. »Ich muß sowieso etwas erledigen.« Vielleicht habe ich deshalb Magenbeschwerden, dachte er. Der Gedanke, dahin zu gehen, wo es passiert war, verursachte ihm Übelkeit, aber er mußte es tun. Fast kam es ihm vor, als müßte er sich beweisen, daß er dazu in der Lage war. »Du bist ein guter Bruder«, sagte sie und streichelte ihm über sein ergrauendes Haar, als sie an ihm vorbei in ihr Zimmer ging.

Die alte Stone-Arch-Brücke, auch Three Arches oder nur The Arches genannt, lag am Ende einer kurzen, unbefestigten Straße, nicht weit von Brides Mühle entfernt. Früher war die robuste Steinbrücke ein Teil der örtlichen Hauptverkehrsstraße gewesen, die hauptsächlich die Farmer benutzt hatten, aber die Mühle arbeitete nicht mehr, und die Farmer benutzten neue, moderne Straßen. Büsche und Bäume wuchsen am Fuß der Brücke, so daß man sie kaum sah, wenn man sich ihr näherte. Normalerweise war es hier sehr ruhig, aber heute war die aufgeweichte Straße mit Autos zugeparkt. Drei Deputies suchten das Unterholz und Ufer in der Nähe der Stelle ab, wo Michele Burdette gestorben war. Der Boden war vom Regen schlammig, und ihre Kleider waren bei der Suche nach der Mordwaffe schmutzig geworden. Von Zeit zu Zeit kamen Neugierige in ihren Autos und warfen einen Blick auf diesen vergessenen Ort, der durch das Verbrechen neues Interesse in der Bevölkerung geweckt hatte. Sie starrten schaudernd auf die Stelle, wo – wie ausführlich in der Zeitung berichtet worden war – der zierliche Mädchenkörper gefunden wurde, mit dem Gesicht nach unten im Unkraut, ein Bein um den Stamm einer Trauerweide geschlungen, die Arme in Richtung des Stützpfeilers der Brücke ausgebreitet, die Schädeldecke mit einem stumpfen Gegenstand eingeschlagen, den man bisher noch nicht gefunden hatte.

Reverend Ephraim Davis bog langsam mit seinem Ford-Kombi in die Straße ein. Die vielen Gaffer irritierten ihn, deshalb war er nicht gekommen. Er wollte nur mit dem Sheriff reden und ihm erzählen, was er gesehen hatte. Dann konnte er mit ruhigem Gewissen wieder heimfahren. Gerade kam ein nagelneuer Mercury und hielt. Der Reverend kannte den Mann, der ausstieg. Es war der Apotheker und Drugstorebesitzer Bomar Flood. Er kannte ihn, weil er in der Apotheke ein Medikament gegen seinen Bluthochdruck gekauft hatte.

Reverend Davis seufzte. Eine Familie schlenderte jetzt die Straße entlang, der Mann in Arbeitskleidung, und seine Frau trieb die beiden Kinder vor sich her, als kämen sie gerade aus einem Vergnügungspark. Warum, fragte er sich, war es Gottes Wille gewesen, daß gerade er Zeuge der Geschehnisse in jener Nacht geworden war? Er war ein Fremder in dieser Stadt und dazu noch ein Schwarzer.

Im Geist legte er sich seine Worte für die Schilderung des Geschehens zurecht. Der Gründungstag, den die Schwarzen, wie üblich, für sich feierten, war anstrengend und ermüdend gewesen. Nach dem Essen hatte der Reverend einen Korb mit übriggebliebenen Speisen gefüllt und sie einer armen Familie gebracht. Auf dem Rückweg hatte er sich verfahren, und als er – immer langsamer fahrend –

nach einer ihm bekannten Abzweigung suchte, hatte er das Mädchen auf der Straße entdeckt.
Normalerweise hätte er nicht angehalten, um ein weißes Mädchen nach dem Weg zu fragen. So etwas konnte Ärger bringen. Aber er war müde, und sonst war niemand in Sicht, deshalb hielt er neben ihr an und fragte höflich.
Er konnte sich noch gut an ihr Lächeln erinnern und auch daran, daß sie nicht zurückwich, als sie sah, daß er schwarz war. Er trug seine Amtstracht, und er war alt. Er erklärte ihr, er habe sich verfahren und wolle auf die Bundesstraße 31. Sie sagte ihm, er solle wenden und die Straße zu der Three-Arches-Brücke nehmen. Sie hatte sich, während sie sprach, freundlich zum Fenster gebeugt, und ihm waren vor allem ihre Augen aufgefallen. Sie drückten jene Ruhe und Weisheit aus, die nur ein Mensch besitzt, der gelitten hat.
Und in derselben Nacht war sie ermordet worden. Selbst jetzt konnte Ephraim Davis es kaum glauben. Sie war ganz allein die Straße entlangmarschiert, in Richtung Brücke. Ephraim hatte ihr gedankt, und sie hatte geantwortet: »Gute Nacht, Reverend«, und das hatte sein Herz froh gemacht. Er war von Natur aus optimistisch, und er freute sich jedesmal, wenn Schwarze und Weiße höflich miteinander umgingen.
Er war in die Straße, die zur Brücke führte, eingebogen. Da glitten die Scheinwerfer seines Fords über eine Gestalt, die neben der Brücke stand, das Gesicht erschrocken. Ein Bursche, der mal pinkeln muß, hatte er gedacht. Er war schnell weitergefahren, weil er den Mann nicht hatte in Verlegenheit bringen wollen. Doch jetzt, im Rückblick, kam diesem kurzen Zwischenfall eine ganz andere Bedeutung zu. Sie war so ein nettes, freundliches Mädchen gewesen, und jemand hatte sie bei der Brücke in jener Nacht ermordet.

Jemand klopfte heftig an das Autofenster, und der Reverend zuckte zusammen und stieß einen leisen Schrei aus. Er blickte auf und sah, daß ihn ein junger Deputy aus zusammengekniffenen Augen musterte, den Kolben seines Dienstrevolvers zu weiterem Klopfen erhoben. Reverend Davis starrte den Mann mit großen Augen an, der ihm bedeutete, das Fenster herunterzukurbeln. Zögernd kam der Reverend der Aufforderung nach.

»Steigen Sie aus!« befahl der Deputy.

Der Reverend befeuchtete seine Lippen und öffnete die Autotür.

»Langsam«, sagte der Deputy.

Ephraim David kletterte aus seinem Wagen.

»Was haben Sie hier zu schaffen?« fragte Deputy Wallace Reynolds. »Gibt's einen Grund, warum Sie hier rumhängen?«

»Nein, Sir«, antwortete Ephraim automatisch. »Ich kam durch Zufall hier vorbei.«

»Sie haben doch hier geparkt.«

Ephraim spürte sein Herz unregelmäßig klopfen. »Ich war nur neugierig. Wie die anderen Leute auch«, sagte er.

»Wenn Sie hier nichts zu tun haben, fahren Sie weiter«, sagte Wallace, der die anderen Neugierigen nicht wegschickte.

Der Reverend stieg sofort wieder in sein Auto und startete den Motor. Die Reaktion des Deputy überraschte ihn nicht. Aus diesem Grund hatte er ja gezögert, seine Aussage zu machen. Der Reverend liebte den Süden. Er liebte das schöne, fruchtbare Land, das Wetter und die Menschen. Das war seine Heimat, und er würde sie nie verlassen. Aber er war nicht naiv. Er wußte, wie die Dinge hier standen. Man kam gut zurecht, solange man die ungeschriebenen Gesetze befolgte. Wenn er über dieses Mädchen sprach, verletzte

er sie. Er wußte, was sie über ihn denken würden. Ein schwarzer Mann hatte ein weißes Mädchen auf einer einsamen Landstraße angesprochen. Mehr brauchten sie nicht zu hören.
Ohne sich umzusehen, fuhr er davon. Nur im Rückspiegel konnte er kurz das wutverzerrte Gesicht des Deputy sehen.

Jordan Hill parkte seinen Mietwagen an der frei gewordenen Stelle, wo gerade noch ein grüner Ford-Kombi gestanden hatte. Er sah, daß Deputy Wallace Reynolds die Zulassungsnummer des davonfahrenden Wagens in sein Notizbuch schrieb. Jordan stieg aus und ging zum Ende der Straße. Er hatte nicht erwartet, hier so viele Cops und Gaffer herumstehen zu sehen. Es machte ihn wütend. Am liebsten hätte er diese Leute davongejagt, die lüstern auf die Stelle starrten, wo seine Tochter gestorben war.
Der Deputy, der sich die Nummer aufgeschrieben hatte, ging an ihm vorbei auf die Brücke zu. Er warf Jordan einen Blick zu.
»Ist der Sheriff da?« fragte Jordan.
Wallace nickte. »Da drüben.«
Jordan dankte ihm und ging weiter. Auf einer Lichtung nahe der Brücke entdeckte er Royce Ansley und Bomar Flood. Als er näher kam, sahen beide Männer auf. Bomar reichte ihm die Hand, und Jordan schüttelte sie.
»Es ist lange her, daß wir uns gesehen haben«, sagte Bomar.
Royce starrte ihn nur aus übermüdeten, grauen Augen an.
»Ich hatte keine Gelegenheit, mit Ihnen bei der Beerdigung zu sprechen«, redete Bomar weiter. »Wie geht's Ihnen da oben in New York?«
»Danke, gut«, sagte Jordan mürrisch.
Bomar hielt noch immer seine Hand fest. »Aber welch trauriger Anlaß hat Sie in Ihre Heimatstadt zurückge-

bracht«, sagte er. In Bomars Augen standen Tränen, als er über den seichten, schlammigen Fluß blickte. Jordan hatte Bomar schon sein ganzes Leben gekannt. Er war ein dummer, sentimentaler, alter, aufdringlicher Mann, aber auch einer der gerissensten Geschäftsleute im County.

Jordan bekam endlich seine Hand frei und wandte sich an Royce. »Sie haben sie gefunden«, sagte er mit ausdrucksloser Stimme zum Sheriff.

»Da drüben«, sagte Royce. Eine große Trauerweide breitete ihre Äste tief über die Brücke und das Wasser. Der Sheriff deutete auf den Platz zwischen Baum und Stützpfeiler. »Da lag sie.«

Jordan sah zu der Stelle hin. Ein Deputy kauerte dort und suchte das Ufer unter der Weide mit Hilfe einer Taschenlampe ab.

»Sie suchen noch immer nach der Tatwaffe«, sagte Bomar.

»Ich verstehe«, sagte Jordan. »Haben Sie sonst etwas gefunden? Fasern oder Haare oder irgend etwas, das zur Aufklärung ...«

»Wir wissen, daß es Laboranalysen gibt«, unterbrach ihn der Sheriff sarkastisch. »Auch im Cress County ist das zwanzigste Jahrhundert schon angebrochen.«

»Dieser Ronnie Lee Partin«, sagte Bomar nervös und schüttelte den Kopf. »Wir wußten, daß er kriminell ist, aber das ...«

Der Sheriff sah den Apotheker durchdringend an. »Hören Sie doch mit diesem dummen Klatsch über Ronnie Lee auf! Die Leute sind aufgebracht, aber wir haben keine Beweise, daß er der Täter ist.«

Jordan sah den Sheriff überrascht an. »Sie glauben nicht, daß er's getan hat?«

Wallace Reynolds schlenderte zu den drei Männern und starrte über den Fluß. Neben dem jungen Deputy wirkte

Royce müde und verbraucht, obwohl er erst Mitte Fünfzig war.
»Sie wurde nicht vergewaltigt«, sagte der Sheriff. »Und einzig und allein aus diesem Grund würde ein Häftling auf der Flucht seine Flucht unterbrechen.«
»Das klingt sinnvoll«, sagte Jordan.
Wallace runzelte über die Worte des Sheriffs die Stirn. Dann sagte er ruhig, aber dickköpfig: »Ich glaube, daß er es getan hat.«
»Viele Leute sind Ihrer Meinung, Wallace«, sagte Bomar.
Royce seufzte. »Eins ist jedenfalls sicher. Wir müssen den Jungen finden, ehe es die anderen tun. Sonst wird er gelyncht.«
Es herrschte kurzes Schweigen. Dann sagte Bomar zu Jordan. »Und wie lange bleiben Sie bei uns?«
»Bis nächste Woche«, sagte Jordan.
»Wie ich hörte, wollen Sie in der High-School einen Vortrag halten«, sagte Bomar.
Jordan fragte sich, woher der Apotheker das wußte. »Ja«, sagte er, »die Musiklehrerin hat mich nach der Beerdigung darum gebeten.«
»Ach, Miss Jones«, sagte Bomar. »Sie hat doch Lulenes Platz eingenommen.«
Lulene Ansley, die verstorbene Frau des Sheriffs, hatte Englisch, Musik und Theater an der High-School unterrichtet, als Jordan dort Schüler gewesen war. Sie war seine Lieblingslehrerin gewesen, eine geistvolle, weltgewandte Frau. Sie hatte als erste Jordan gesagt, er habe Talent, und hatte seinen Ehrgeiz unterstützt. Sie war mit Tyler schwanger gewesen, als Jordan seinen Schulabschluß machte. Miss Bessie hatte ihm die Todesanzeige geschickt, als Lulene vor ein paar Jahren an Krebs gestorben war. Es war viel zu spät, um Royce jetzt zu sagen, wie leid ihm das getan hatte.

»Niemand konnte Lulenes Platz einnehmen«, sagte er aufrichtig.

Royce warf ihm einen wütenden Blick zu, als wüßte er allein das, dann schaute er in eine andere Richtung. »Ich kann hier nicht rumstehen und schwatzen«, sagte er.

»Sheriff«, sagte Jordan. »Ich möchte nur wissen, ob ich irgendwie helfen kann. Wegen Michele.«

Royce sah ihn kalt an. »Dafür ist es jetzt wohl zu spät«, sagte er. »Daran hätten Sie vor Jahren denken sollen.«

Bomar Flood hustete nervös. Aber Jordan blieb hartnäckig. Er wußte, daß man ihm nicht besonders viel Zuneigung entgegenbrachte. »Das mag schon sein«, sagte er ruhig. »Aber ich bin wütend, und ich möchte wissen, ob ich irgendwas tun kann.«

»Nichts«, sagte Royce steif. »Wir tun alles, was wir tun können. Jeder in dieser Stadt ist wütend. Glauben Sie mir, wir finden den Täter.«

6

Nein, Lillie«, sagte Brenda und drückte ihre Freundin gewaltsam auf einen Stuhl. »Es ist noch zu früh, wieder mit der Arbeit anzufangen. Loretta und ich sind nur kurz vorbeigekommen, um zu sehen, wie es dir geht. Es sind doch erst zwei Tage seit der Beerdigung vergangen.«

Lillie strich sich müde über ihre Stirn. »Ich glaubte, du würdest mich verstehen, Brenda. Ich kann nicht einfach hier herumsitzen.«

»Ich verstehe dich«, sagte Brenda ernst. »Es ist dasselbe wie mit diesen verdammten Vorhängen. Du willst dich beschäftigen, das weiß ich. Aber du bist völlig erschöpft. Du brauchst Ruhe.«

»Ich finde keine Ruhe!« schrie Lillie. »Wenn ich ruhen will, sehe ich sie immer vor mir, wie sie da am Flußufer liegt ...«

»Lillie, Sie brauchen Ruhe«, sagte Loretta Johnson, eine Schwarze, die für Brenda und Lillie halbtags arbeitete. »Das war alles viel zuviel für Sie.«

»Pink arbeitet. Grayson geht zur Schule«, protestierte Lillie.

»Das ist auch etwas anderes«, sagte Loretta besänftigend. »Schließlich sind Sie die Mutter.«

Die drei Frauen schwiegen. Tränen traten in Brendas Augen. Lillie nahm die Hand ihrer alten Freundin.

»Ich will doch nur das Beste für dich, Liebling«, sagte Brenda.

Lillie schaute aus dem Fenster, ihr Blick streifte den Liefer-

wagen ihrer Firma, der vor dem Haus geparkt war, dann wanderte er zu dem grauen Himmel. Die feuchte Kühle draußen schien durch die Mauern ins Haus zu kriechen.
»Ich weiß, daß du das willst«, sagte sie. »Aber du weißt gar nicht, wie einsam ich mich hier fühle.«
»Wenn wir mit der Arbeit fertig sind, komme ich heute nachmittag noch mal vorbei«, sagte Brenda.
»Danke.«
»Wirst du's bis dahin schaffen?«
»Ja.«
Loretta zog ihren Mantel an und knöpfte ihn zu. »Nach dem Gründungstag hat das Wetter umgeschlagen«, sagte sie. »Meine Schleimbeutelentzündung macht mir seitdem wieder zu schaffen.«
»Das war der letzte schöne Tag«, sagte Lillie. Sie öffnete den beiden Frauen die Tür und sah ihnen nach, wie sie davonfuhren. Als der Lieferwagen außer Sicht war, ging sie ins Haus zurück und überlegte, was sie tun sollte. Sie hatte alles geputzt, was zu putzen war. Sie ging in Graysons Zimmer, weil sie nachschauen wollte, ob seine Kleidung geflickt werden mußte. Sie öffnete seine Schranktür. Neue Kleidungsstücke, die sie nie gesehen hatte, hingen auf den Bügeln. Die Etiketten waren noch daran befestigt. Ein Tennisschläger lehnte an der Wand.
Wann hat er das nur gekauft? fragte sie sich. Seit wann spielt er Tennis? Eine helle Lederreisetasche stand daneben, vollgestopft mit Hemden noch in der Originalverpackung. Er mußte mit Pink beim Einkaufen gewesen sein. Pink verwöhnte seinen Sohn, was sie immer ärgerte. Er hatte beide Kinder mit Liebe und Fürsorglichkeit umgeben. Aber Grayson kaufte er oft irgendwelche Dinge aus einem spontanen Impuls heraus, Dinge, die der Junge nicht wirklich brauchte. Und das hätte er für Michele niemals getan.

Sie wunderte sich, daß sie davon nichts gemerkt hatte. Vielleicht hatte sie Grayson zwischen Beruf und ihrer Sorge um Michele vernachlässigt. Und wie um diesen Gedanken zu bestätigen, entdeckte sie in einer Ecke seines Schranks einen Stoß reparaturbedürftiger Kleidungsstücke. Kein Wunder, daß er etwas Neues zum Anziehen braucht, dachte sie. Alles, was er trägt, muß ständig nachgenäht werden. Sie erinnerte sich schuldbewußt an die langen Stunden, die sie damit verbracht hatte, das alte rosa Ballkleid für Michele herzurichten. Diese Näharbeit hatte ihr Spaß gemacht, viel mehr, als Knöpfe an Hemden zu nähen oder Socken zu stopfen. Aber es gibt keine Entschuldigung dafür, daß ich meinen Sohn derart vernachlässigt habe, dachte sie. Ich werde mich bessern. Aber er schien immer nur mit sich selbst beschäftigt zu sein und überhaupt nicht zu merken, ob sie sich nun um ihn kümmerte oder nicht. Vielleicht hat Pink ihm deshalb alle diese neuen Sachen gekauft. Weil *er* merkte, daß sie Grayson vernachlässigte.

Das passiert nicht mehr, schwor sie sich. Sie nahm die Kleider mit ins Wohnzimmer und machte sich an die Arbeit. Sie nähte gerade den letzten Knopf an ein Hemd, als der Anruf aus dem Krankenhaus kam. Seit Jahren schon arbeitete Lillie manchmal freiwillig für das Cress County Hospital. Sie fühlte sich dazu moralisch verpflichtet, da so viele Ärzte und Schwestern ihr während der schlimmsten Zeit ihres Lebens beigestanden hatten, ihrem Kind vorlasen, damit sie etwas schlafen konnte, oder sie trösteten. Doch als sie die Stimme von Mary Dean Hesketh, der Freiwilligen-Koordinatorin, am anderen Ende der Leitung hörte, erlitt sie fast einen Schock. Sie klang wie eine Stimme aus einem anderen Leben.

»Ich weiß, daß Sie eine schwere Zeit durchmachen«, entschuldigte sich Mary Dean, »aber ich habe hier eine junge Frau, die unbedingt Ihre Hilfe braucht. Ihr Baby kam mit einem Herzfehler zur Welt, und jemand muß ihr Hoffnung machen. Da dachte ich an Sie.«

Lillie ging nicht auf die Ironie von Mary Deans Worten ein. Wenn man Erfahrung mit Krankenhäusern hatte, lernte man schnell die Tatsache von Leben und Tod zu akzeptieren. Mary Dean hatte recht. Lillie wußte, was es bedeutete, wieder Hoffnung schöpfen zu können. Und sie war der Mensch, der Hoffnung geben konnte. Sie sagte Mary Dean, sie würde kommen, zog sich an und fuhr zum Krankenhaus.

Erst im Flur des Krankenhauses wurde ihr bewußt, daß sie seit der Beerdigung nicht mehr unter Menschen gewesen war. Es regte sie auf, daß das Leben weiterging, als sei nichts geschehen. Sie kam sich fremd und deplaziert vor.

Doch Mary Dean, eine kräftige Frau mit makelloser Haut, schien nichts Anormales an Lillie zu bemerken. Sie saß hinter ihrem Schreibtisch und trank eine Diätlimonade.

»Sie sind ein Engel, weil Sie gekommen sind. Die junge Frau liegt auf der Entbindungsstation und hat entsetzliche Angst, weil ihr Baby ein Loch in der Herzscheidewand hat und in Nashville operiert werden muß.«

Lillie starrte die Plastikblumen auf Mary Deans Schreibtisch an. »Das kommt mir sehr bekannt vor.«

»Richtig«, sagte Mary Dean bestimmt. »Damit haben Sie Erfahrung, Lillie. Ich möchte jetzt, daß Sie dieser jungen Frau erzählen, wie großartig unsere Chirurgen und wie zäh kleine Babys sind.«

Lillie sah sie mit großen, vor Angst geweiteten Augen an. »Und wenn ich zu weinen anfange?«

»Das macht nichts«, sagte Mary Dean nüchtern. »Sie weiß, daß Sie eine Mutter sind. Sie wird denken, daß Sie aus Mitgefühl weinen. Deshalb schicke ich Sie zu dieser Patientin. Weil sie nur auf jemanden hören wird, der dasselbe durchgemacht hat.«

»Und wenn sie nun fragt, wie es Michele geht?«
»Ja, mein Schatz, da müssen Sie eben ein bißchen lügen. Sie werden ihr sagen, Michele geht es gut. Sie sagen ihr, daß Michele viel kränker als ihr kleiner Sohn war und wie sie überlebt hat und wie gesund sie geworden ist. Das stimmt doch, nicht wahr?«
Unerwarteterweise war Lillie Mary Dean plötzlich dankbar. Es tat ihr wohl zu hören, wie stark und gesund ihre Tochter geworden war. Ihr wurde bewußt, daß seit Micheles Tod alle auf diese mitleidsvolle Weise von ihr sprachen, wie sie es damals getan hatten, als sie krank gewesen war. Als wäre sie irgendwie gezeichnet. Wieder ein Opfer.
»Gehen Sie jetzt«, sagte Mary Dean gerade. »Und erzählen Sie mir, wie es verlaufen ist.«
Lillie ließ sich den Namen und die Zimmernummer geben und nahm den Fahrstuhl zur Entbindungsstation. Vor der Tür zögerte sie, denn sie hatte Angst, der Situation nicht gewachsen zu sein. Aber als sie das Zimmer betrat und das verängstigte Gesicht der jungen Mutter sah, überkam sie plötzlich eine große Ruhe. Sie dachte, wie stolz Michele auf sie sein würde, wenn sie die Unterredung ohne Tränen durchstände.
Die junge Frau war so geistesabwesend, daß sie nicht merkte, wie kalt Lillies Hand war, die sie zu trösten versuchte. Sie schöpfte schließlich neuen Mut, als Lillie ihr sagte, daß sie beide, sie und ihr Sohn, kämpfen müßten, daß sie aber eine Chance hätten, diesen Kampf zu gewinnen. Die Frau preßte zum Abschied Lillies Hand an ihre heiße Wange und dankte ihr von ganzem Herzen.
Der Besuch stimmte Lillie etwas froher. In Gedanken versunken durchquerte sie das Wartezimmer vor der Entbindungsstation und drückte auf den Fahrstuhlknopf. Sie glaubte, jemand hätte ihren Namen gerufen, und als sie

sich umdrehte, sah sie eine hochschwangere Frau auf sich zugehen.
»Mrs. Burdette«, sagte die junge Frau.
Lillie runzelte die Stirn. »Ja?«
»Ich habe auf Sie gewartet. Ich bin hier wegen der Untersuchung.« Sie legte ihre Hand schützend auf ihren Leib. »Ich habe Sie da reingehen sehen und auf Sie gewartet. Ich muß Ihnen etwas sagen.« Die junge Frau merkte an Lillies verwundertem Gesichtsausdruck, daß sie nicht erkannt wurde. »Ich bin Debbie Partin«, sagte sie. »Dwight Partins Frau.«
»Ach ja«, sagte Lillie vorsichtig. Sie hatte eine vage Erinnerung, Debbie anläßlich Micheles Beerdigung gesehen zu haben, wo sich Grayson fast mit Dwight geschlagen hätte. Sie drückte wieder auf den Fahrstuhlknopf.
»Könnten wir einen Augenblick miteinander reden?« fragte Debbie. »Uns ungestört in eine Ecke setzen? Ich möchte nicht, daß mich jemand mit Ihnen reden sieht und es Dwight erzählt. Er wüßte dann, warum, und würde mich umbringen.«
»Schauen Sie«, entgegnete Lillie, »es gibt nichts, was wir uns zu sagen hätten.« Sie spürte, wie sie anfing zu zittern, wie jemand, der zu früh vom Krankenbett aufgestanden ist. »Ich muß jetzt gehen.«
»Es geht um Ronnie Lee«, flüsterte Debbie. »Es ist wichtig. Da drüben.« Sie deutete in eine Ecke.
Mit einem Seufzer folgte Lillie der jungen Frau zu einem Alkoven, wo niemand saß. Die beiden setzten sich. »Was wollen Sie?« fragte Lillie.
»Ronnie Lee hat Ihre Tochter nicht getötet«, sagte Debbie ernsthaft.
Lillie umklammerte mit beiden Händen die Lehne ihres Stuhls. »Das weiß ich nicht«, sagte sie.
Debbie beugte sich vor und zerrte an Lillies Ärmel wie ein

Kind. »Es stimmt«, sagte sie. »Ach, Mrs. Burdette, Sie wissen gar nicht, was wir durchgemacht haben, seit Michele ermordet wurde. Die Leute behandeln uns wie Dreck. Niemand redet mit uns; nachts bewerfen Kinder unseren Wohnwagen mit Steinen, und ich fürchte, daß Dwight seinen Job verliert. Er arbeitet bei diesem Möbeldiscount als Fahrer und liefert Sachen aus. Und nun heißt es, sie brauchen ihn nicht mehr. Dabei laufen die Geschäfte zu dieser Jahreszeit am besten. Und ich erwarte ein Baby«, sagte sie klagend. »Dwight braucht diesen Job.«

Lillie konnte es kaum fassen, daß dieses Mädchen seine Sorgen vor ihr ausbreitete. Am liebsten hätte sie Debbie geschüttelt und gesagt: »Wissen Sie eigentlich, daß mein Kind tot ist? Wie können Sie es wagen, mir Ihr Herz auszuschütten?« Dann erinnerte sie sich, wie ihr Vater einmal gesagt hatte: »Jeder glaubt, daß seine Sorgen die größten sind.« Sie atmete tief ein und gewann ihre Fassung wieder. »Es ist eine Schande«, sagte sie gleichgültig. »Die Leute sollten nicht Ihren Mann für die Taten seines Bruders verantwortlich machen. Aber so sind die Menschen nun mal.« Sie sah, wie unglücklich Debbie war, und ihre Härte schwand. »Soll ich vielleicht seinen Chef in dem Möbelgeschäft anrufen und mich für ihn verwenden?«

Debbie wäre fast von ihrem Stuhl gefallen. »Das ist reizend von Ihnen. Vielen Dank. Wirklich. Nach allem, was Sie erlitten haben.« Sie schüttelte den Kopf. »Es ist wirklich nett. Aber es wird nicht viel helfen, denn die Leute werden ihre Meinung nicht ändern, solange sie Ronnie Lee für den Mörder halten.«

»Wie es scheint, ist er es auch«, sagte Lillie kalt. Sie stand auf. »Wenn Sie wollen, rufe ich in der Möbelfabrik an. Mehr kann ich wirklich nicht für Sie tun.«

»Dwight könnte beweisen, daß Ronnie Lee nicht der Täter

ist, aber er weigert sich«, platzte das Mädchen heraus. »Er weiß, wo sein Bruder sich versteckt hält.«
Lillie starrte das Mädchen ungläubig an. »Er bringt mich um, wenn er erfährt, daß ich es Ihnen gesagt habe. Er bringt mich um. Aber es ist nicht richtig. Ich kann das nicht länger aushalten«, jammerte sie.
Lillie setzte sich wieder und sah Debbie unverwandt an. »Dwight ist ein guter Kerl, wirklich. Er ist lieb und nett. Nicht so wie sein Bruder. Aber er hat sich in den Kopf gesetzt, daß er ihn beschützen müßte. Und Ronnie Lee verdient es nicht. Er hat uns immer nur Scherereien gemacht. Aber ich muß an mein Baby denken«, sagte sie ernst und sah Lillie flehend an. »Deshalb erzähle ich Ihnen das. Sie sind eine Frau. Sie können mich verstehen. Ich will nicht, daß mein Kind wegen Ronnie Lee leidet.«
»Was wissen Sie über den Mord an meiner Tochter?« fragte Lillie mit leiser, eiskalter Stimme.
Debbie atmete tief ein. »Nun gut. Versprechen Sie mir nur, daß Sie niemandem erzählen, woher Sie es wissen.«
»Ich will es versuchen«, sagte Lillie.
»Okay«, sagte Debbie nach einer Weile und sah sie aus ernsten, entschlossenen Augen an. »An dem Tag, als Ihre Tochter ... an dem Tag, als das Picknick stattfand, blieben wir zu Hause, weil es mir nicht gutging. Ronnie Lee rief Dwight an, und da wußten wir, daß er ausgebrochen war. Er versteckte sich in der Nähe von Caitlin's Crossing und wollte, daß Dwight ihn abholte. Dwight wollte, daß er zurück ins Gefängnis ginge, aber Ronnie Lee drohte ihm, da gab Dwight nach. Ich bat ihn, es nicht zu tun, und wollte die Polizei anrufen, deshalb mußte ich ihn begleiten. Wir fuhren dann zu der Kreuzung und holten seinen Bruder ab.«
»Wann war das?« fragte Lillie beklommen.
»Gegen vier«, sagte Debbie. »Ronnie Lee kannte da eine

Frau aus Kentucky. Er rief sie an, und sie traf sich mit uns, etwa drei Stunden später. Während der ganzen Fahrt hatte er getrunken und sang ordinäre Lieder.« Debbie verzog angeekelt das Gesicht. »Er war so betrunken, als wir ankamen, daß er nicht mehr allein aussteigen konnte und wir ihn auf den Rücksitz ihres Autos legen mußten. Und sie war so glücklich, ihn zu sehen. Ich dachte nur, Gott sei Dank sind wir ihn los. Und da ist er noch immer, obwohl die beiden wie Hund und Katze sind. Er hat uns zweimal von dort angerufen. Aber wahrscheinlich bleibt er nicht mehr lange. Irgendein anderes Mädchen wird er schon finden, das ihn aufnimmt.«

Während Debbie redete, rasten Lillies Gedanken. Debbie sagte die Wahrheit, dessen war sie sicher. Aber das zwang sie, über etwas nachzudenken, das sie bisher von sich geschoben hatte. Vage hatte sie Ronnie Lee als möglichen Täter in Betracht gezogen, und auf diese Weise war ihr Micheles Tod fast als Unfall erschienen, als wäre sie bei einem Verkehrsunfall ums Leben gekommen. Sie war einem Mörder begegnet, der ein Mädchen umbringen wollte. Irgendein Mädchen.

Nun war alles anders. Wenn Ronnie Lee nicht der Mörder war, dann wurde sie auch nicht zufällig getötet, sondern wahrscheinlich mit voller Absicht. Jemand hatte ihre Michele absichtlich ermordet. Sie fühlte, wie ihre inneren Wunden wieder aufbrachen und von neuem zu bluten begannen. Plötzlich fiel ihr wieder ein, was der Sheriff gesagt hatte. Daß er nicht glaube, Ronnie Lee sei der Täter. Daß er kein Motiv habe. Daß er ein solches Verbrechen nicht riskieren würde, daß er nur weglaufen wolle. Aber wer hatte es getan? Und warum? Sie schüttelte den Kopf. Dann sah sie Debbie an. »Also kann er es nicht gewesen sein«, sagte sie.

Debbie zuckte die Schultern. »Er war es nicht. Wir waren bei ihm.«
»Warum erzählen Sie mir das? Warum nicht dem Sheriff?«
»Ich habe es Ihnen doch schon gesagt«, erklärte Debbie geduldig. »Dwight würde mich umbringen. Aber Sie können es dem Sheriff sagen. Sie können ihm Ronnie Lees Adresse geben, und die Polizei kann ihn dort festnehmen. Sie braucht nur zu behaupten, daß sie seine Spur gefunden hat. Dann wissen die Leute, daß er es nicht gewesen ist.«
»Dwight könnte Schwierigkeiten bekommen, weil er ihm geholfen hat. Haben Sie schon daran gedacht?«
»Natürlich. Ich behaupte einfach, er hat uns gezwungen. Mit einer Waffe bedroht.« Debbie nahm ein Stück Papier aus ihrer Tasche und schrieb hastig etwas auf. »Das ist die Adresse.«
Lillie nahm den Zettel. Ihre Hand zitterte. »Danke, daß Sie mir das alles erzählt haben«, sagte sie freundlich.
»Es war der Wille des Herrn, daß ich Sie heute getroffen habe«, sagte Debbie aufrichtig. »Ich hoffe nur, der Täter wird gefaßt.«
Lillie warf ihr einen verwunderten Blick zu, dann überlief sie ein Schauder. »Ich muß den Sheriff sprechen«, sagte sie. »Sofort.«

7

Ein Deputy, den Lillie nicht kannte, saß da, die Füße auf Royce' Schreibtisch, und las die letzte Ausgabe von *Guns and Ammo.*

»Der Sheriff ist nicht da«, beantwortete der junge Mann Lillies Frage.

»Wo ist er? Ich muß ihn sofort sprechen.«

»Nicht in der Stadt«, sagte der Deputy.

»Nicht in der Stadt?« schrie Lillie. »In diesem County läuft ein kaltblütiger Mörder frei herum. Warum ist der Sheriff nicht da?«

Plötzlich merkte der Deputy, daß Lillie die Mutter des ermordeten Mädchens war, und nahm die Füße vom Schreibtisch. »Deputy Reynolds ist verantwortlich, Ma'am«, sagte er respektvoll. »Er ist zum Lunch ins *Five and Ten* gegangen. Er kann Ihnen sicher helfen.«

»Hoffentlich«, sagte Lillie wütend. Frustriert schlug sie die Bürotür hinter sich zu und überquerte dann den Marktplatz. Die Atmosphäre in der Stadt war normal. Die Leute gingen ihren Geschäften nach oder kauften in den Läden, die den Platz säumten, ein. O ja, es wurde über den Mord geredet. Das wußte Lillie. Jedesmal, wenn sie an Bekannten vorbeiging und diese plötzlich schwiegen, wußte sie, daß Micheles Tod das Thema ihrer Unterhaltung gewesen war. Aber bald würde dieses Verbrechen für die anderen uninteressant geworden sein, da es sie nicht unmittelbar betraf. Nicht einmal den Sheriff. Nicht ihre Schicksale waren betroffen, dachte sie und fühlte Tränen der Wut in sich aufsteigen. Sie atmete tief ein, um ihre Fassung wiederzugewinnen. Sie konnte nicht warten, bis der Sheriff wiederkam, also mußte sie mit Wallace Reynolds vorliebnehmen. Auf ihrem Weg zum *Five and Ten* kam sie an Floods Apotheke vorbei und warf einen Blick hinein. Bomar war nicht da, nur seine Verkäuferin stand hinter dem Tresen. Sie redete mit einem Kunden und überprüfte gleichzeitig ihr Make-up in einem Spiegel. Lillie ging weiter und öffnete die Tür zum *Five and Ten.* Der übliche, abgestandene, schale Geruch nach Popcorn und ranzigem Fett empfing sie. Sie entdeckte Wallace Reynolds an der Theke und eilte zu ihm.

»Wallace«, sagte sie ohne Einleitung, »ich muß sofort mit Ihnen reden.«

Der Deputy legte sein Sandwich weg und sah sie überrascht an. »Mrs. Burdette«, murmelte er und wischte sich den Mund ab. »Sollten Sie nicht zu Hause sein?«

»Warum sollte ich zu Hause sein, Wallace?« fragte Lillie. Der Deputy war etwa vier Jahre jünger als sie, hatte aber eine ziemlich autoritäre Art, so daß die Leute glaubten, sie wären ihm Erklärungen für ihr Verhalten schuldig. »Ich wollte den Sheriff sprechen, aber er ist nicht in der Stadt«, sagte sie empört.

Wallace wischte sich die Hände an einer Serviette ab. »Er macht keine Vergnügungsreise, Ma'am. Heute morgen ist er mit seinem Sohn zur Sentinel gefahren. Das ist die Militärschule in North Carolina.«

»Tyler?« Lillie ließ sich auf den Hocker neben Wallace sinken. »Warum? Er hat nie darüber geredet.«

Der Deputy schüttelte den Kopf. »Ganz unter uns gesagt, Mrs. Burdette, dieser Junge hat ihm nichts als Kummer gemacht.« Wallace tat so, als würde er eine Flasche zum Mund führen. »Sie wissen schon, was ich meine.«

Lillie nickte. »Ich weiß«, sagte sie. »Aber eine Militärschule ...« Sie dachte, wie erbärmlich Tyler bei der Beerdigung gewirkt hatte. Vor einigen Jahren, kurz nach Lulenes Tod, hatte sich Lillie geschworen, sich um Royce und Tyler zu kümmern. Sie hatte die beiden öfter zum Essen eingeladen, aber Tyler war immer mürrisch und schweigsam gewesen, und Royce schien sich ständig über seinen Sohn zu ärgern. Jeder fühlte sich in Gesellschaft der beiden unwohl, und nach einer Weile hatte sie sie nicht mehr eingeladen. Jetzt wünschte sie, sie hätte sich etwas mehr Mühe gegeben. Offensichtlich kamen sie nun überhaupt nicht mehr miteinander aus.

»Diese Schule wird das Beste für ihn sein. Dort wird ihm endlich Disziplin beigebracht. Doch Sie wollten den Sheriff sprechen. Worum geht es?«

Lillie wandte sich wieder ihren eigenen Problemen zu. Ihre Angelegenheit duldete keinen Aufschub.

»Wallace«, sagte sie. »Ich habe etwas Wichtiges erfahren. Jemand – ich kann Ihnen nicht verraten, wer, also fragen Sie mich nicht danach – hat mir Dinge erzählt, die beweisen, daß Ronnie Lee Partin nicht der Mörder meiner Tochter ist.«

Wallace lächelte Lillie traurig an und schob seinen Teller weg. »Mrs. Burdette«, sagte er in belehrendem Ton, »ich glaube, jemand spielt Ihnen einen gemeinen Streich. Ronnie Lee Partin ist ein hoffnungsloser Krimineller, und ich bin davon überzeugt, daß Ihre Tochter seinen Weg in einem sehr ungünstigen Moment kreuzte und sein Opfer wurde. Und wenn wir Mr. Partin fassen, haben wir auch den Mörder gefaßt.«

»Dann fassen Sie ihn doch endlich«, sagte Lillie und warf den Zettel auf die Theke, worauf Debbie die Adresse in Kentucky geschrieben hatte.

Wallace nahm das Papier und betrachtete es argwöhnisch. »Wo haben Sie das her?«

»Ich sagte es bereits, ich kann es Ihnen nicht verraten. Ich bekam es von jemandem, der beweisen kann, daß Ronnie Lee Michele nicht umgebracht hat.«

Wallace las die Adresse mit saurer Miene.

»Soviel ich weiß, hat der Sheriff nie geglaubt, daß Ronnie Lee der Täter ist«, sagte Lillie.

Wallace zuckte die Schultern. »Bei allem Respekt, Ma'am, aber der Sheriff ist mit seinen eigenen Problemen beschäftigt, er ist überarbeitet, und er wird auch nicht jünger. Vielleicht hat er nicht mehr den richtigen Durchblick.«

»Was er sagt, ergibt aber einen Sinn«, beharrte Lillie. »Es gab keinen Grund, warum Ronnie Lee Partin meine Tochter hätte töten sollen.«

»Mrs. Burdette«, sagte Wallace und schüttelte den Kopf. »Sie müssen mit diesen Leuten zu tun haben, um sie verstehen zu können. Sie brauchen keine Gründe, um etwas zu tun. Nach einer Flasche Whiskey rasten sie alle aus. Ich will Ihnen mal was sagen«, fuhr er fort und erwärmte sich sichtlich für sein Thema, »vor drei Wochen haben wir die Boynton-Brüder festgenommen, und wissen Sie, warum? Weil sie nach dem Genuß von schwarz gebranntem Schnaps mit Buddy Boyntons Boot auf die See rausfuhren und auf alles schossen, was sich an der Küste bewegte. Die Jungs fanden das toll.«

»Dann war also Buddy Boynton der Mörder meiner Tochter? Merken Sie denn nicht, was Sie da reden? Jeder, der eine Flasche Bourbon getrunken hat, hätte es tun können.«

»Regen Sie sich nicht auf«, sagte Wallace pikiert.

Lillie seufzte ärgerlich. Die Bedienung, ein dickliches Mädchen mit gefärbtem blonden Haar, kam. »Wollen Sie noch was?«

»Zahlen«, sagte Wallace. Er starrte auf den Zettel, sah dann Lillie an. »Wenn wir Partin dort finden, werden Sie uns sagen müssen, woher Sie die Adresse haben.«
»Und Sie präsentieren mir den Mörder«, fuhr Lillie ihn wütend an.
Wallace glitt vom Barhocker. »Ich halte Mr. Burdette oder Sie bezüglich dieses Hinweises auf dem laufenden.«
»Schön«, sagte Lillie kalt. Der Deputy war beleidigt, aber das war ihr gleichgültig. Sie wünschte, sie hätte mit Royce sprechen können, aber sie durfte keine Zeit verlieren. Es kümmerte sie nicht, was Wallace Reynolds dachte. Royce würde für die Information dankbar sein und erleichtert, Ronnie Lee wieder einsperren zu können. Es war kein Wunder, dachte sie, daß Debbie Angst hatte, mit der Polizei zu sprechen. Manchmal wurde man wie ein Krimineller behandelt, nur weil man ihr helfen wollte.
Und natürlich war es kein Wunder, daß Wallace diesem Tip skeptisch gegenüberstand. Jetzt mußten sie mit ihrer Arbeit von vorn beginnen. Sie hatten weder Hinweise noch den Mörder. Wenn sich doch nur noch jemand melden würde wie Debbie, dachte sie. Und dann, als sie den Gedanken weiterverfolgte, kam ihr eine Idee. Vielleicht konnte sie etwas tun.

Lillie bemerkte den ängstlichen Unterton in Pinks Stimme, als er rief: »Lillie, ich bin's. Wo bist du?«
»Ich bin hier«, rief sie, »in unserem gemütlichen Zimmer.«
Pink kam bis zur Tür und musterte sie aufmerksam, als hätte er Angst nachzusehen, in welcher Verfassung sie sich befände.
»Komm rein«, sagte Lillie. Sie saß mit gekreuzten Beinen auf einem Teppich, den sie in einem Winter geknüpft hatte, als Michele mit einer Lungenentzündung im Kran-

kenhaus lag und sie bei ihr gewacht hatte. Um sie herum verstreut waren Fotoalben, und in ihrem Schoß lagen kürzlich gemachte Bilder von Michele.

»Was machst du da, Liebling?« fragte Pink behutsam. »Du brauchst doch jetzt die Fotos nicht zu sortieren.« Er kniete sich nieder und klappte die Alben zu.

»Nicht«, sagte sie. »Ich brauche ein Bild von Michele.«

»Wozu?« fragte er kläglich.

Er tat ihr leid. Er war offensichtlich wegen ihres psychischen Zustands besorgt, und vielleicht, überlegte sie, habe ich ihm sogar Anlaß dazu gegeben. Natürlich würde er nie mit ihr darüber reden. Pink haßte es, über Gefühle zu reden, und mit den Jahren hatte sie sich daran gewöhnt. Seine Zuneigung drückte er mit Geschenken aus, und Diskussionen vermied er, indem er das Fernsehgerät einschaltete oder ziellos mit seinem Auto herumfuhr.

»Ich brauche es für die Zeitung«, erklärte sie ihm. »Pink, ich war heute in deinem Büro.«

»Ich weiß«, sagte er. »Ich habe deine Nachricht gefunden. Was wolltest du?«

»Nun, ich hatte gerade mit Wallace Reynolds gesprochen. Ich wollte mit Royce reden, aber er ist nicht in Felton. Er hat Tyler in eine Militärschule gefahren. Wußtest du das?«

»Ja. Er hat es mir erzählt.«

»Ja? Mir hat er nichts davon gesagt.«

»Vielleicht dachte er, du hättest schon genug Sorgen. Dieser Junge hat ihm nur Schwierigkeiten gemacht«, sagte Pink ärgerlich.

»Was ich dir jetzt sagen werde, wird dich schockieren. Mich hat es auch schockiert.«

Pink starrte sie an. »Worüber redest du?«

Lillie erzählte ihm von ihrer Begegnung mit Debbie Partin. Während sie sprach, stand Pink auf und setzte sich auf das

alte Sofa, das zu seinem Klubsessel paßte. »Und diese Fotos?« fragte er.
Lillie stand ebenfalls auf und setzte sich auf die Armlehne des Sessels. »Ich wähle das beste aus, lasse es in der Zeitung veröffentlichen und bitte die Leute um Informationen. Die Leute gehen nicht gern zur Polizei. Wie Debbie Partin. Verstehst du, was ich meine?« Sie legte Pink ihre Hand auf die Schulter. »Jemand anderer hat es getan. Und vielleicht gibt es jemanden in der Stadt, der es weiß. Aber er will dem Sheriff nichts sagen.«
Pink saß eine Weile schweigend da; er atmete mühsam. »Das ist ein Alptraum«, flüsterte er schließlich. »Ein gottverdammter Alptraum.« Er schüttelte den Kopf und fuhr mit einer sommersprossigen Hand durch sein dünner werdendes Haar. »Warum mußte gerade uns das passieren?« Abrupt stand er auf, und die Fotos flatterten auf den Boden. Er ging zum Fenster und öffnete es. »Wie lange hast du dich schon hier oben vergraben?« fragte er.
»Pink«, sagte Lillie. »Wir müssen etwas tun.«
Er drehte sich zu ihr um. »Was können wir denn tun? Das müssen wir dem Sheriff überlassen.«
»Hast du mich nicht verstanden? Ist es dir egal?«
»Daß mein kleines Mädchen ermordet wurde?« schrie Pink, und sein Gesicht rötete sich. »Was, zum Teufel, denkst du von mir? Wie konntest du mich so etwas fragen?«
»Entschuldige, Pink. Du hast recht.«
»Um Himmels willen, wir können nicht nach dem Mörder suchen. Ich versuche nur, die Familie zusammenzuhalten. Ich habe Angst vor dem Nachhausekommen. Angst, daß du zusammenbrichst. Du ißt nicht mehr. Du schläfst nicht mehr. Laß die Polizei ihre Arbeit machen. Du mußt dich um dich selber kümmern, Lillie. Und was ist mit Grayson? Und mir?«

»Ich bin wieder da«, kam eine Stimme aus der Küche. Pinks Kopf schnellte überrascht hoch. Lillie runzelte über den Bildern, die sie noch immer in der Hand hielt, die Stirn.
»Wir sind hier oben, Junge«, rief Pink.
Grayson erschien in der Tür und sah seine Eltern an. »Was macht ihr da?« fragte er.
»Gray«, sagte Lillie störrisch. »Vielleicht kannst du mir helfen. Wie es scheint, hat Partin Michele nicht umgebracht. Es muß jemand anderer gewesen sein. Jemand, der sie nicht leiden konnte. Jemand, der sie aus irgendeinem Grund haßte.«
Grayson war verblüfft. »Ich weiß nicht«, sagte er.
»Denk mal nach, Liebling. Hat sie je über so etwas gesprochen?« beharrte Lillie.
»Wieso weißt du, daß es nicht Partin war?« fragte Grayson.
»Das ist eine lange Geschichte«, unterbrach Pink. »Es gibt noch keine Beweise. Wir wollen uns nicht aufregen. Wie war's in der Schule?«
»Phantastisch«, sagte Grayson. »Ich wurde zum Vizepräsidenten des Schülerrats nominiert.«
»Das ist ja wundervoll, Junge«, rief Pink. »Und wenn du die Wahl gewinnst, kannst du im nächsten Jahr Präsident werden.«
»Ich glaube, ich habe eine gute Chance«, sagte Grayson. »Die Wahl ist in zwei Wochen, und meine Mitschüler bemitleiden mich alle wegen Michele.«
»Grayson!« rief Lillie. »Wie kannst du so etwas sagen?« Ihr war, als hätte er sie mit seinen Worten ins Gesicht geschlagen.
Grayson wunderte sich über den Ton seiner Mutter. »Was ist los?«
»Er denkt eben wie ein Politiker«, sagte Pink beschwichtigend. »Du mußt solche Dinge realistisch sehen, Lillie. Bei

einer Wahl kann ein Gefühl wie Mitleid auch eine Rolle spielen.«

Lillie starrte die beiden an. »So denkt ihr also über Micheles Tod? Daß er Stimmen zur Wahl eines Schülerrats einbringt?«

Grayson schüttelte ungläubig den Kopf. »Natürlich nicht, Mutter. Ich war nur stolz auf meine Nominierung. Ich habe es nur erzählt, weil ich glaubte, ihr würdet ebenfalls stolz sein und euch darüber freuen.« Er betrachtete die am Boden verstreuten Fotos seiner Schwester. »Ich glaubte, das würde euch ablenken, aber anscheinend habe ich mich geirrt. Entschuldigt, daß ich euch damit belästigt habe.«

»Sie hat es nicht so gemeint«, versicherte ihm Pink schnell.

»Grayson«, sagte Lillie mit zitternder Stimme, »ich halte diese Neuigkeit nicht für unbedeutend. Aber du redest vom Tod deiner Schwester, als würde er dir einen Vorteil einbringen ...«

»Entschuldige«, sagte Gray. »Ich wollte damit nur ausdrükken, daß viele sie in der Schule mochten und sie mich nur ihretwegen wählen. Sollte das verkehrt sein, tut es mir leid. Mehr wollte ich nicht sagen. Ich habe mir niemals träumen lassen, daß du es anders verstehen könntest.«

»Nun, vielleicht habe ich dich mißverstanden«, sagte Lillie müde.

»Schon gut, schon gut«, sagte Pink. »Wir sind alle erschöpft, alle mit den Nerven fertig.«

»Ich muß heute zu einer Wahlversammlung«, sagte Grayson. »Ich mache mir ein Sandwich. Oder hast du etwas gekocht?« Er sah Lillie erwartungsvoll an. »Dann mache ich uns allen ein Sandwich, ja?«

Lillie fühlte sich, wie gewöhnlich, schuldig. Sie hatte über Debbies Geständnis alles andere vergessen. Und sie hatte

keinen Appetit. Aber das entschuldigte nicht, daß sie ihre Männer vernachlässigte.
»Laß nur, Junge«, sagte Pink. »Ich fahre schnell zur *County Kitchen* und hole uns ein Fertiggericht. Dann essen wir alle zusammen in der Küche.« Grayson stand wie versteinert da. Pink sah, wie ein vager Ausdruck in Lillies Augen trat. »Komm, Lillie«, sagte er verärgert, »wir müssen alle essen.«
Lillie sah ihren Mann hilflos an. »Ich hasse es, dort unten zu sitzen«, sagte sie. »Wenn ich ihren leeren Stuhl sehe ...«
»Grayson«, sagte Pink, »trag Micheles Stuhl in die Garage.«
»Ja, Sir«, sagte Grayson.
»Gray«, sagte Lillie. Der Junge hielt inne und sah sie an. »Ich wollte dir deine Freude nicht verderben. Ich bin stolz darauf, daß du nominiert wurdest. Wirklich.«
Gray hob skeptisch eine Braue, aber sein Ton war freundlich. »Danke.«
Lillie sah ihren Mann an. »Pink, ich wollte ihn nicht kränken. Er hat wohl seine Worte unglücklich gewählt. Für mich klangen sie schrecklich.«
Pink schaute auf seine Uhr. »Ich hole jetzt das Essen, damit wir die Mahlzeit gemeinsam einnehmen können.«
Er will keine Diskussion, dachte Lillie. Das will er nie. Er will, daß diese entsetzliche Angelegenheit vorbeigeht. Aber sie geht nicht so einfach vorbei. Sie betrachtete die Bilder zu ihren Füßen und fühlte sich plötzlich erschöpft. Ich räume sie später auf, sagte sie sich. Sie hörte, wie Pink die Hintertür zuschlug. Sie rappelte sich auf und beschloß, den Tisch zu decken. Als sie in die Küche ging, sah sie gerade noch, wie Grayson mit Micheles Stuhl durch die Tür verschwand.

8

Früh am nächsten Morgen und nach einem kurzen Besuch in der Bäckerei parkte Lillie vor dem Büro der Zeitung, dem *Cress County Courier.* Das Büro lag an der Route 31, zusammen mit etwa einem Dutzend anderer florierender Unternehmen. Die Zeitung war in einem einstöckigen Gebäude mit getönter Glasfront und Schindeldach untergebracht. Daneben war ein Radiogeschäft; beide Unternehmen teilten sich einen Parkplatz, und man konnte draußen das ständige Summen der Computer im Büro der Zeitung hören.

Pink hatte laut seine Mißbilligung darüber geäußert, daß seine Frau eine Annonce aufgeben wollte, und war schlechter Laune zur Arbeit gegangen. Als er aus dem Haus war, hatte Lillie Brenda wegen moralischer Unterstützung anrufen wollen, doch als Brenda mit ihr sprach, redete Lillie nur über die Arbeit und erwähnte die Annonce nicht. Sie hatte den Verdacht, auch Brenda würde ihr Vorgehen mißbilligen. Statt dessen hatte Lillie darüber geredet, wie viel besser es ihr ginge und daß sie wieder arbeiten wolle, und schließlich hatte Brenda zugestimmt, daß Lillie es am Montag probieren solle.

Lillie betrachtete das Bild in ihrer Hand, atmete tief ein und öffnete die Tür zum Büro der Zeitung. Verschiedene Angestellte grüßten sie freundlich, denn sie half Pink öfter bei den wöchentlichen Immobilienanzeigen, und auch Brenda und sie gaben gelegentlich Annoncen auf, wenn das Geschäft nicht so gut ging. Lillie ging direkt zur Sach-

bearbeiterin für Kleinanzeigen und legte die Papiertüte, die sie dabei hatte, auf den Schreibtisch der Frau, die einen blauen Hosenanzug und eine Rüschenbluse trug.
Die grauhaarige Frau hinter dem Schreibtisch telefonierte gerade, aber sie lächelte und flüsterte: »Das war doch nicht nötig«, als Lillie aus der Tüte einen Pappbecher mit Kaffee und einen glasierten Krapfen nahm. Die Frau verabschiedete sich von ihrem Gesprächspartner, legte den Hörer auf, zündete eine Zigarette an und trank einen Schluck Kaffee. Dann betrachtete sie den Krapfen.
»Den hebe ich mir für die Pause auf«, sagte sie zu Lillie. Ihre Stimme war tief und rauh. Mit einer perfekt manikürten Hand schob sie das Gebäck zur Seite, wobei sie ihre Zigarette nicht aus den Fingern ließ.
»Ich weiß, Sie mögen glasierte Krapfen, Rebecca Louise.«
Die ältere Frau nickte und stieß einen Rauchring aus. »Ja, das tue ich. Wenigstens zweimal die Woche bin ich richtig gierig darauf.« Ihr von Falten gezeichnetes Gesicht ruhte in einer aufgestützten Hand. »Wie geht's Ihnen, Liebes? Ich habe an Sie und Pink gedacht.«
»Es geht mir gut«, sagte Lillie entschieden. »Aber ich möchte gern eine Anzeige aufgeben, Rebecca Louise.«
»Na, da kann ich Ihnen auf jeden Fall helfen. Was haben Sie denn da?« Rebecca Louise griff in ihren Schreibtisch und holte ein Standardformular hervor.
Lillie nahm das Foto und gab es der älteren Frau. Es war die beste und neueste Aufnahme, die sie hatte finden können, und sie wirkte natürlich. Rebecca Louise nahm das Foto und erbleichte unter dem sorgsam aufgetragenen Make-up. Sie sah Lillie an und sagte: »Sie war ein hübsches Mädchen.«
»Danke«, sagte Lillie ruhig. »Jetzt möchte ich eine Art ... nun, eine Art Danksagung mit ihrem Bild in die Zeitung setzen lassen.«

Rebecca Louise zog an ihrer Zigarette. »Das fiele also unter die Rubrik ›Nachrufe‹, Liebes.«
»Ich weiß«, sagte Lillie. »Aber ich möchte, daß die Annonce unter der Rubrik ›Allgemeines‹ erscheint, damit die Leute sie auch wirklich lesen.« Sie suchte in ihrer Handtasche nach dem Blatt Papier. »Ich habe sie bereits formuliert.« Sie betrachtete noch einmal das Geschriebene und gab den Zettel Rebecca Louise. »Können Sie meine Handschrift lesen?«
Die ältere Frau runzelte die Stirn, während sie las, und ihr Mund formte die Worte. »Danke ... Freundlichkeit ... Information ... am Abend des 28. September, dem Gründungstag, kontaktieren Sie den Sheriff oder ... wessen Telefonnummer ist das? Ihre?«
Lillie nickte.
»Wenn Sie Ihre Telefonnummer in die Zeitung setzen, werden alle möglichen Spinner Sie anrufen, Lillie.«
»Jemand muß sie in jener Nacht gesehen haben. Jemand wird uns sagen können, was sie da unten gemacht hat. Mit wem sie da war.«
»Dieser Partin ist also nicht der Täter?« fragte Rebecca Louise.
»Nein«, sagte Lillie. »Ich glaube nicht. Rebecca Louise, ich möchte, daß diese Anzeige jede Woche erscheint, bis der Mörder gefaßt ist.«
»Hat der Sheriff seine Zustimmung gegeben?« fragte die ältere Frau argwöhnisch.
»Der Sheriff ist nicht in der Stadt. Ich will, daß die Annonce Montag erscheint. Bitte.«
»Das wird Sie was kosten, Liebes.«
»Es ist völlig unwichtig«, sagte Lillie.
»Das glaube ich Ihnen.« Rebecca Louise zündete eine neue Zigarette am Stummel der anderen an. »Nun gut. Ich werde sie an der richtigen Stelle plazieren. Vertrauen Sie mir.«

Lillie dankte ihr und bekam als Antwort ein verständnisvolles Nicken. »Ich melde mich bald wieder«, versprach Lillie. Als sie auf die Eingangstür zuging, sah sie, wie eine bekannte Gestalt das Gebäude betrat. Sie wollte Jordan aus dem Weg gehen, doch er hielt sie auf, als sie nach draußen eilte.

»Lillie.«

»Hallo«, sagte sie. »Was tust du hier?«

»Ach, es geht um ein Interview. Schauspieler. Wir dürfen uns keine Gelegenheit entgehen lassen, wenn die Publicity umsonst ist.«

»Nun«, sagte Lillie brüsk, »dann dürfte dir dieser Mord ziemlich nützlich sein.«

»Das will ich nicht gehört haben«, sagte Jordan.

Eine gutaussehende junge Frau mit Brille schlenderte zu Jordan und Lillie. »Mr. Hill«, sagte sie, »ich habe Sie angerufen. Kendra Spencer. Schön, daß Sie gekommen sind.«

Lillie hatte die Tür aufgestoßen und wollte gehen. Jordan wandte sich an die junge Frau, die ihre Brille zurechtrückte.

»Entschuldigen Sie mich bitte einen Augenblick?« bat er und folgte Lillie nach draußen, auf den Parkplatz.

»Lillie«, sagte er, »warte.«

»Warum?«

»Gibt's was Neues? Über Michele. Etwas, das ich noch nicht weiß?«

Lillie seufzte und lehnte sich gegen ihren Wagen. »Vielleicht. Ich habe gerade eine Anzeige aufgegeben, um etwas herauszufinden. Wie es aussieht, ist Ronnie Lee Partin nicht der Täter.«

»Was? Na, wenn ...«

»Er hat ein Alibi. Das ist alles, was ich weiß.«

»Wurde er gefaßt?«

»Ich glaube, bis jetzt noch nicht. Schau mal, ich möchte das alles nicht immer wieder erzählen. Es steht bald in der

Zeitung. Das heißt, wenn du dann noch hier bist und sie lesen kannst. Was tust du überhaupt noch in der Stadt? Solltest du nicht längst wieder in New York oder Hollywood oder sonstwo sein?«

»Nun, ich war lange nicht zu Hause. Und ich dachte, daß mich meine Mutter vielleicht eine Weile braucht.«

»Wie fürsorglich«, sagte Lillie kalt.

»Wir alle brauchen Zeit, bis wir darüber hinweggekommen sind«, sagte er.

Lillie kaute auf ihrer Unterlippe und vermied es, ihm in die Augen zu sehen. »Das stimmt. Ich weiß, daß Miss Bessie dir für dein Bleiben dankbar ist.«

»Lillie, ich habe gehofft, daß wir, solange ich da bin, zusammen reden könnten.«

»Ich will nicht unhöflich sein, aber ich wüßte nicht, worüber wir reden sollten«, sagte Lillie. »Das einzige, was wir gemeinsam hatten, war Michele. Sie ist tot. Was gibt's noch zu sagen?«

»Ich möchte über Michele reden«, entgegnete er.

»Über Michele?« fragte Lillie abwehrend.

»Nun, ich weiß eigentlich nicht viel von ihr. Wie sie erwachsen wurde und so.«

»Und wessen Fehler ist das?« fragte Lillie.

»Meiner natürlich. Es gibt so viele unbeantwortete Fragen, was sie betrifft. Wie sie als Kind war. Ich möchte gern Bilder aus dieser Zeit sehen.«

»Ach, wohl so eine Art Zusammenfassung ihres Lebens?« fragte Lillie mit einem harten Ausdruck in den Augen.

»Sieh mal, Lillie. Für dich mag es jetzt seltsam klingen, aber ich habe ebenfalls Erinnerungen an sie und kann sie mit niemandem teilen. Wenn wir darüber reden könnten ... es würde mir wirklich helfen, über sie zu reden.«

Lillie starrte in sein zerklüftetes Gesicht, sah seine Ernsthaftigkeit. »Ach, das würde dir jetzt helfen, nicht wahr?« sagte

sie. »Schließlich warst du ja auch mir und Michele eine große Hilfe. Du hast uns so sehr geholfen. Hast mich mit einem Kind allein gelassen, das nur ums Überleben kämpfte.«
»Du warst nicht lange allein«, sagte er kalt.
Lillie funkelte ihn wütend an. »Wie kannst du es wagen!« rief sie. »Wie kannst du es wagen, so etwas nur zu denken, geschweige denn auszusprechen!«
»Verzeih, Lillie. Ich wollte keinen Streit vom Zaun brechen. Ich dachte nur, wir sollten miteinander reden. Einander helfen. Michele zuliebe. Wegen ihres Andenkens.«
Lillie schüttelte mit zusammengepreßten Zähnen den Kopf. »Michele zuliebe«, wiederholte sie. »Das ist unglaublich. Hörst du dich eigentlich? Hoffentlich hast du gefunden, wonach du gesucht hast, Jordan. Aber ich will auf keinen Fall über meine Tochter oder irgendwas anderes mit dir reden. Ich kann es ja kaum ertragen, darüber nachzudenken.«
»Na gut«, sagte Jordan wütend. »Ich habe keine Lust, mich vor dir zu rechtfertigen und hier auf einem Parkplatz rumzustehen. Ich habe dich nur darum gebeten, mir ein wenig von deiner kostbaren Zeit zu schenken.«
»Ich habe keine Zeit zu verschenken«, sagte Lillie bitter. »Ich muß mich um mein Geschäft kümmern. Ich kann meine Zeit nicht wie die Leute in New York verplempern. Wenn du mich jetzt entschuldigst. Und außerdem sollst du doch ein Interview geben, oder irre ich mich?«
»Na gut«, sagte Jordan. »Okay. Du schuldest mir nichts. Überhaupt nichts. Darauf kannst du dich verlassen.«
Lillie stieg in ihren Wagen und schlug die Tür zu. Sie schaute nicht zurück. Er stand immer noch da. Sie bog auf die Route 31 ein und fuhr langsam bis zu der ersten roten Ampel, wo sie endlich ein Taschentuch aus ihrer Handtasche nehmen und sich die Tränen der Wut abwischen konnte, die ihre Sicht trübten.

9

Als Allene Starnes am Montag morgen in die High-School kam, sortierte sie als erstes die Wahlplakate, die sie für Graysons Wahlkampagne angefertigt hatte. Während des ganzen Wochenendes hatte sie daran gearbeitet und sich darüber gefreut, daß er sie um Hilfe gebeten hatte. Er hatte mit ihr daran arbeiten wollen, mußte aber wegen der Kondolenzbesuche zu Hause bleiben.

Das verstand Allene. Sie sagte ihm, er solle sich keine Sorgen machen, sie würde die Wahlplakate perfekt gestalten. Und sie besaß eine künstlerische Ader, wie Grayson ihr gesagt hatte. Sie gab sich viel Mühe mit der Beschriftung, bis sie professionell wirkte, und sie durfte den Fotokopierer ihres Vaters benutzen, so daß alle Plakate bis Montag fertig wurden.

Nun, da sie das letzte Plakat an das Schwarze Brett über dem Trinkbrunnen vor dem Vortragssaal anbrachte, stellte sie sich seine Freude und Dankbarkeit über die Plakate vor, wenn er sie sehen würde. Sie waren genauso geworden, wie er sie sich vorgestellt hatte. Sie schloß die Augen und sah, wie das Lächeln seine Augen erreichte, und fühlte seinen warmen Atem an ihrem Ohr, als er ihr flüsternd dankte, während er seinen Körper fest an ihren preßte, vielleicht sogar hier auf dem Gang. Eine heiße Röte stieg ihr ins Gesicht, als sie daran dachte, und sie fühlte, wie sich ihre Brustwarzen unter dem weichen Stoff ihrer Bluse aufrichte-

ten. Verwirrt preßte sie ihre Kladde gegen ihre Brust, beugte sich über den Trinkbrunnen und trank und wartete auf das Abklingen ihrer Erregung.
Die Türen des Vortragssaals öffneten sich, und Schüler strömten auf den Gang. Allene grüßte einige zerstreut. Sie wußte, daß Grayson da drin war, und sie wollte, daß es so aussähe, als träfe sie ihn rein zufällig. Dieser Seifenopernstar, der leibliche Vater seiner Schwester, hatte einen Vortrag gehalten, und Grayson hatte ihr erzählt, er würde hingehen.
Cherie Hatchett blieb stehen und wollte sich mit Allene unterhalten, aber Allene erfaßte überhaupt nicht, was das Mädchen sagte. Sie ließ die Türen nicht aus den Augen und war bereit, sofort auf Grayson zuzueilen, sobald sie ihn sehen würde. Ganz plötzlich entdeckte sie seinen goldenen Schopf unter den anderen, und ihr Herz machte einen Sprung.
»Bis später«, sagte sie zu Cherie und wartete nicht auf die Antwort. Sie ging auf ihn zu und nahm sich vor, ihn mit dunkler, verführerisch klingender Stimme anzureden, als sie sah, daß er nicht allein war. Er stand neben Emily Crowell, dieser neuen, schwarzhaarigen Schülerin aus Chicago.
Allene blieb abrupt stehen und starrte die beiden an. Ein eisiges Gefühl überkam sie. Grayson berührte Emily nicht. Aber er neigte ihr seinen Kopf auf eine Weise zu, die Allene einen schmerzhaften Stich ins Herz versetzte. Sie wurde rot. Sie wollte sich abwenden, doch Emily hatte sie entdeckt und machte Grayson darauf aufmerksam.
Grayson blickte auf und schenkte Allene ein strahlendes Lächeln. Er und Emily gingen auf sie zu, und Grayson knuffte sie kumpelhaft in die Taille.
»Hallo«, sagte er, »wie geht es dir?«

Sie empfand diese Berührung wie eine Ertrinkende, der man einen Rettungsring zugeworfen hat, trotzdem war sie noch ganz durcheinander. »Gut«, sagte sie kühl.
»Kennst du Emily?« fragte er.
»Flüchtig«, sagte Allene. Sie fühlte sich schuldig, weil sie so eifersüchtig war und so kalt reagierte. Es war gemein. »Hallo, Emily«, sagte sie freundlich.
»Wir haben uns gerade Jordans Vortrag angehört.« Unverhüllter Stolz war aus Graysons Stimme zu hören, als er den Namen aussprach.
»Er war phantastisch«, sagte Emily. Ihre schwarzen Augen glänzten vor Aufregung. »Er sprach darüber, wie er seine erste Rolle bekommen hat, und über alles, was mit der Schauspielerei zusammenhängt.«
»Emily möchte gern Schauspielerin werden«, erklärte Grayson.
»Oh«, sagte Allene und war plötzlich irritiert, da sie immer Beschäftigungstherapeutin als Berufswunsch angab. Im Vergleich kam ihr diese Wahl jetzt sehr banal vor.
»Deshalb«, sagte Gray, »will ich sie Jordan vorstellen. Vielleicht kann er ihr helfen.«
Emily reckte den Hals, um die Türen besser überwachen zu können. »Ich platze noch vor Ungeduld, bis ich ihn kennenlerne. Er ist einmalig.«
»Ich habe alle Plakate aufgehängt, Grayson«, sagte Allene.
»Wie schön«, sagte Grayson, ebenfalls den Blick auf die Türen zum Vortragssaal geheftet.
»Komm, schau dir mal eins an.«
Gray runzelte leicht die Stirn. »Hat das nicht noch etwas Zeit?« sagte er.
Allene fühlte wieder, wie die Kälte in ihr Herz kroch. »Da drüben hängt eins«, sagte sie und deutete zu der Nische hin, wo sich der Trinkbrunnen befand.

Gray warf einen Blick über die Schulter und folgte ihr dann zum Brunnen. Er betrachtete das Schwarze Brett. »Das sieht ja riesig aus«, sagte er, und in seine Augen trat jenes Strahlen, das Allene sich vorgestellt hatte. Die Wärme seines Lächelns hüllte sie ganz ein. »Das hast du phantastisch gemacht, Allene. Danke.«
Allene nickte glücklich. »Ja? Gefällt's dir? Ich habe überall in der Schule zwei Dutzend aufgehängt.«
Grayson trat zu dem Plakat und berührte sein Bild mit dem Zeigefinger, als wollte er ein Haar abstreifen. »Ich wünschte, ich hätte an diesem Tag nicht das blaue Polohemd getragen, als die Aufnahme gemacht wurde. Irgendwie paßt es nicht.«
»Aber man kann deutlich deine Muskeln sehen«, sagte Allene loyal.
»Da kommt er!« rief Emily entzückt. »Ach, Gray, ich kann es nicht mehr aushalten. Komm her.«
»Na, dann wollen wir mal«, sagte Gray mit gespielter Weltläufigkeit. »Ich kann sie ihm ebensogut jetzt gleich vorstellen.«
Allene starrte Grayson hinterher, als er auf Jordan Hill und Miss Jones, die Musik- und Theaterlehrerin, zuschlenderte, die beide gerade aus dem Vortragssaal gekommen waren. Sie erwog kurz, ob sie sich auch vorstellen lassen sollte. Aber aus welchem Grund? Sie wollte keine Schauspielerin werden. Sie drehte sich um und ging in ihr Klassenzimmer. Sie hoffte, daß er sie vielleicht rufen würde, doch er tat es nicht.

Jordan hatte den Vortrag genossen. Als er hinter das Rednerpult auf der Bühne getreten war, hatten ihn wehmütige Erinnerungen überkommen. Die Bühne war so viel kleiner als in seiner Vorstellung. Sie war schmal und etwas schäbig, wo sie ihm einst so groß erschienen war. Er mußte daran denken, wie seine Hand mit der Pfeife gezittert hatte, als er die Rolle des Spielleiters in *Unsere kleine Stadt* verkörperte.

Lulene Ansley hatte ihn gedrängt, diesen Charakterpart zu spielen, anstatt der romantischen Helden, die ihm so leichtfielen. Er war so stolz auf diese Rolle gewesen.
Die Zuhörer waren ausschließlich Schülerinnen und Schüler, wie damals, aber heute kamen sie ihm wie eifrige Kinder vor. Nach dem Vortrag und dem Beantworten der Fragen hatte er Autogramme gegeben. Gay Jones plapperte nervös auf ihn ein, während sie auf die Tür zugingen. Sie blinzelte hinter ihren dicken Brillengläsern, als sie den sonnendurchfluteten Gang betraten.
»Ich kann Ihnen gar nicht genug danken, daß Sie gekommen sind«, sagte sie. »Wir haben Ihren Vortrag alle sehr genossen. Es ist wirklich für diese jungen Leute inspirierend zu wissen, daß Sie aus Cress County stammen.«
»Das Vergnügen ist ganz auf meiner Seite«, entgegnete Jordan. »Etwas Ermutigung kann niemals schaden. Für diesen Beruf braucht man Mut.«
»Wahrhaftig«, sagte Miss Jones. »Darf ich Ihnen eine Erfrischung im Lehrerzimmer anbieten.«
»Hallo, Jordan.«
Jordan drehte sich um und sah Grayson, der auf ihn zuschlenderte, ein hübsches, schwarzhaariges Mädchen im Schlepptau. Normalerweise behandelte ihn der Junge mit einer gewissen Kälte, redete ihn mit »Sir« an wie jedes guterzogene Kind aus den Südstaaten, aber immer mit einem gewissen ironischen Unterton. Heute jedoch strahlte Graysons Gesicht jene Freundlichkeit aus, die Menschen zur Schau stellen, wenn sie etwas von einem wollen. Jordan wandte sieh an die Musiklehrerin. »Das ist sehr nett von Ihnen«, sagte er, »aber ich habe noch etwas zu erledigen.«
Miss Jones lächelte schüchtern. Ihre Schneidezähne standen etwas schief. »Noch einmal vielen Dank. Ich weiß, daß Sie zur Zeit Schweres durchmachen ...«

Jordan gab ihr die Hand. »Es hat mich gefreut.«
Er wandte sich an Grayson, dessen selbstsicheres Lächeln verschwunden war, da er hatte warten müssen. »Hallo, Grayson«, sagte Jordan. Er lächelte Emily kurz zu.
»Grayson hat mir erzählt, daß Sie sein Stiefvater sind«, sagte Emily zögernd. »Ich hoffe, wir halten Sie nicht auf. Meine Eltern haben sich immer die Serie angeschaut, in der Sie mitspielen, damals, als wir noch in Chicago lebten.«
Jordan wunderte sich über den Ausdruck »Stiefvater«. Sein Verwandtschaftsverhältnis zu Grayson war nicht präzise definiert. Heutzutage stieß man da manchmal auf Schwierigkeiten.
»Sie wollte dich unbedingt kennenlernen«, sagte Gray steif, und Jordan fühlte sich augenblicklich schuldig, da er ihn kurz zuvor brüskiert hatte. Der Junge wollte doch nur vor dem hübschen Mädchen Eindruck schinden. Das war völlig normal. Und sie *waren* nun einmal verwandt. Es gab keinen Grund, warum er den Jungen in Verlegenheit bringen sollte. »Ich möchte sie auch gern kennenlernen.«
»Das ist Emily Crowell«, sagte Grayson. »Jordan Hill.«
Jordan gab dem Mädchen die Hand. »Nett, Sie kennenzulernen.«
Emily strahlte Grayson an, als hätte der Junge gerade gezaubert. Dann wandte sie sich an Jordan. »Ich möchte gern Schauspielerin werden«, sagte sie. »Können Sie mir da einen Ratschlag geben?«
»Fangen Sie sofort damit an«, sagte Jordan. »Tun Sie so, als stünden Sie überall auf der Bühne.«
»Glauben Sie, daß ich für diesen Beruf gut genug aussehe?« fragte sie ernsthaft.
Grayson lächelte Jordan verständnisinnig an, mit einem Mann-zu-Mann-Lächeln. »Ich weiß nicht recht, Jordan. Glaubst du, sie ist hübsch genug?«

»Grayson«, jammerte sie und boxte ihn sanft in den Arm. Jordan lächelte mühsam. Er wünschte, er könnte Grayson leiden, da er Lillies Sohn und Micheles Bruder war. Aber es gab etwas an dem Jungen, was ihn irritierte. Gesteh's dir ein, dachte er. Du kannst ihn nur nicht leiden, weil er Pinks Sohn ist.
»Sie sind sehr hübsch«, versicherte Jordan ihr. »Sie brauchen nur die Schauspielkunst zu erlernen.«
»Na, dann wollen wir uns verabschieden«, sagte Gray. Er winkte Emily mit gekrümmtem Zeigefinger zu, eine Geste, die Pink manchmal machte. »Komm, Emily. Wir haben Unterricht.«
»Bis dann«, sagte Jordan. Er sah Grayson nach, der neben der schwarzhaarigen Schönheit davonmarschierte. Ihm wurde bewußt, daß der Junge ihn verabschiedet hatte, und er ärgerte sich darüber. Und er mochte es nicht, wenn Grayson ihn beim Vornamen nannte. Er zog das distanzierte »Sir« vor. Am liebsten hätte er hinter ihm hergerufen und es ihm gesagt. Hör auf, dich wie ein Brummbär aufzuführen, dachte er.
Eine Gruppe kichernder Mädchen kam auf ihn zu. Er lächelte sie an. Sie hielten ihm Zettel hin und baten um Autogramme.
»Warum haben Sie jetzt einen Schnurrbart?« fragte eine von ihnen kühn.
»Damit sehe ich jünger aus. Finden Sie nicht?«
Alle kicherten wieder, und dann stoben sie wie aufgeschreckte Vögel auseinander.
Jordan schlenderte zu dem Brunnen, um einen Schluck Wasser zu trinken. Als er sich vorbeugte, entdeckte er Graysons Wahlplakat. Während er es betrachtete, kräuselte sich seine Nase, als hätte er irgendeinen Gestank gerochen. Oben stand: »Wählt Grayson Burdette zum Vizepräsidenten des Schülerrats«. Das Foto war im Sommer aufgenom-

men worden. Graysons Haar war von der Sonne ausgebleicht, und er stand grinsend gegen ein Auto gelehnt da. Einen Arm hatte er um Micheles schmale Schultern gelegt, und sie sah ihn lachend und bewundernd an.

Dieses kleine Arschloch, dachte Jordan, während er auf das Plakat starrte. Warum mußte er ausgerechnet ein Foto verwenden, auf dem auch Michele abgebildet war? Alle wußten, was mit Michele passiert war. Dieses Foto hatte er ganz bewußt ausgewählt, weil er wußte, wie die Leute darauf reagieren würden. Daß sie ihn bemitleideten. Vielleicht ist das Pinks Idee gewesen, dachte Jordan angeekelt. Nein, Pink war nicht so subtil.

Jordan trank noch einen Schluck Wasser, aber es hinterließ einen bitteren Geschmack in seinem Mund. Michele wäre wahrscheinlich stolz auf das Plakat gewesen, dachte er. Sie hatte ihren kleinen Bruder angebetet. Immer wenn sie von ihm gesprochen hatte, war sie voll des Lobes über seine intellektuellen wie sportlichen Leistungen gewesen, während sie wegen ihrer delikaten Gesundheit immer nur mittelmäßige Erfolge aufzuweisen hatte.

Und nun würde ihr Foto ihm einen weiteren Sieg bescheren. Michele würde das sicher ganz in Ordnung finden. Aber er sah die Sache anders. Es kam ihm vor, als würde Grayson aus dem Andenken seiner Schwester Kapital schlagen.

Wahrscheinlich bist du nur eifersüchtig, sagte er sich, während er auf das Bild der beiden Teenager starrte. Eifersüchtig, weil Pink noch sein Kind hat, du aber nicht mehr. Vielleicht läuft alles darauf hinaus. Du bist dumm, dachte er. Michele war ebenso Pinks Kind gewesen. Aber noch immer wünschte er sich, Grayson einmal richtig durchprügeln zu können.

Das war ein wirklich befriedigender Gedanke, gestand er sich ein, aber leider nicht realisierbar. Der Junge war schon seit langem fort. Kümmere dich um deine eigenen Angelegenheiten, dachte er. Doch ehe er ging, riß er das Plakat vom Schwarzen Brett und knüllte es zusammen. Dann warf er es in einen Papierkorb.

Weder die Festnahme Ronnie Lee Partins noch die Überprüfung seines Alibis – was während des Wochenendes geschah – konnte den Seelenfrieden des Reverend Ephraim Davis wiederherstellen. Der Geistliche hatte vermutet, daß es sich bei dem Ausbrecher nicht um den gesuchten Mörder handelte. Er hatte Fotos von Ronnie Lee Partin in der Nachrichtensendung gesehen, und es handelte sich gewiß nicht um jenen Mann, den er an jenem schrecklichen Abend bei der Brücke gesehen hatte.

»Möchten Sie noch ein Stück Kuchen, Reverend?« fragte Clara Walker, das Messer zum Schneiden bereit erhoben.

Mit seinen Gedanken beschäftigt, hatte der Reverend nicht bemerkt, daß Bill Walker bereits vom Abendbrottisch aufgestanden war und seine Frau mit dem Abräumen begonnen hatte. Er warf einen sehnsüchtigen Blick auf den Kokosnußkuchen und log dann: »Nein, danke. Ich kann nichts mehr essen.«

Er stand auf und ging ins Wohnzimmer, einmal, um Clara Platz zu machen, und zum anderen, um der Versuchung nicht zu erliegen, denn er liebte gutes Essen und kämpfte ständig gegen sein Übergewicht an. Er ließ sich in einen Sessel sinken und griff nach der Lokalzeitung, die auf einem Tisch neben ihm lag. Er hörte das Summen von Bills Säge aus dem Arbeitsschuppen nebenan. Bill war ein ruhiger Mann, der seine eigenen Wege ging, einen Gast in seinem Haus jedoch stets willkommen hieß. Ephraim Davis setzte seine Brille auf und entfaltete die Zeitung. Plötzlich hielt er inne und starrte auf das Foto des Mädchens.

Sie sah wie tausend andere junge Mädchen aus, bis auf ihr Lächeln. Er las den Text mit der Bitte um Informationen und spürte sofort sein Herz schnell und unregelmäßig klopfen.
Er konnte sich gut an dieses Lächeln erinnern. Es hatte ihn gerührt. Und es war eine Ironie des Schicksals, daß er, der sich nie um die Angelegenheiten der Weißen kümmerte, nun von dem Lächeln eines weißen Mädchens in seinen Träumen heimgesucht wurde. Er redete sich ein, daß er es versucht hätte, sein Wissen mitzuteilen, aber es war eine Tatsache, daß er schlecht schlief und sich schlecht fühlte.
Er betrachtete wieder das Foto. Vielleicht war es nicht wichtig, was er gesehen hatte. Vielleicht doch. Und sie war ein nettes Mädchen gewesen. Und sie hatte eine Mutter und einen Vater, die litten und eine Antwort verdienten. Vielleicht stellte diese Anzeige die Lösung seines Problems dar. Er konnte dort anrufen und erzählen, was er wußte, ohne seinen Namen zu nennen. Das wäre besser, als mit der Polizei zu reden. Und es war gewiß besser, als überhaupt nichts zu tun.
Clara kam ins Wohnzimmer und ließ sich mit einem Seufzer aufs Sofa plumpsen. »Steht was Interessantes in der Zeitung?« fragte sie.
»Nein, nichts«, sagte er. Du lügst schon wieder, dachte er. Tu es.
Als hätte er Gedanken gelesen, steckte in diesem Moment Bill Walker den Kopf zur Tür herein. Sein wolliges schwarzes Haar war voller Sägemehl. »Liebling, komm doch mal schauen.«
Clara verdrehte die Augen. »Er zimmert mir einen neuen Tisch«, sagte sie zum Reverend. Und dann zu ihrem Mann: »Ich komme, Liebling.« Sie hievte sich aus dem Sofa und watschelte hinter Bill her. Endlich war Ephraim Davis allein im Wohnzimmer.

Er ging zum Telefon und zögerte dann. Trotz der abendlichen Kühle rann ihm Schweiß über die Stirn. Er nahm den Hörer ab und wählte die Nummer, die in der Zeitung stand. Das Telefon läutete dreimal, dann sagte eine junge Stimme: »Hallo.«

Reverend Davis atmete tief ein und entgegnete: »Hallo. Ich rufe wegen der Anzeige in der Zeitung von heute an. Spreche ich mit ... ich möchte Mr. oder Mrs. Burdette sprechen.«

»Was ist mit der Anzeige? Grayson Burdette am Apparat.«

»Ja. Wegen des Mordes an Michele. Ich habe Informationen.«

»Mit wem spreche ich, bitte?« fragte Grayson schneidend.

Der Reverend schwieg und ärgerte sich über sein Schweigen. Er schämte sich, daß er diesem Jungen nicht seinen Namen nannte.

»Schauen Sie«, sagte der Junge kalt, »ich weiß nicht, wer Sie sind, Mister, aber sollten Sie etwa ein Psychopath sein ...«

»Es handelt sich um eine wichtige Information.«

»Warum nennen Sie dann nicht Ihren Namen?«

Der Reverend schwieg wieder. Auf einen derartigen Verlauf des Gesprächs war er nicht vorbereitet.

»Wissen Sie etwas über den Mord an meiner Schwester? Warum haben Sie das nicht der Polizei erzählt?«

»Ich las die Annonce in der Zeitung. Dort wird um einen Anruf gebeten ...«

»Rufen Sie Sheriff Royce Ansley an, Mister. Reden Sie mit ihm. *Falls* Sie überhaupt etwas wissen«, sagte Grayson. »Sonst hören Sie besser auf, uns zu belästigen.«

Ephraim Davis hörte am anderen Ende der Leitung das Klicken, als aufgelegt wurde. Er umklammerte den Hörer mit schweißfeuchter Hand und legte ihn dann langsam auf die Gabel zurück.

10

Außer am Montag abend, wo sie Brenda und Loretta versprochen hatte zu helfen, blieb Lillie zu Hause und wartete neben dem Telefon. Den ganzen Monat über waren ihre Nerven zum Zerreißen gespannt. Sie war sich absolut sicher, daß jemand die Anzeige lesen und anrufen würde. Als sie Montag abend zurückkam, verkündete Grayson angeekelt, daß ein Verrückter angerufen habe. Der Dienstag schien nicht enden zu wollen. Das Telefon läutete ein paarmal, aber es war nichts Wichtiges, und am Ende des Tages wunderte sie sich, wie ermüdend dieses Warten war. Es erinnerte sie an die langen Stunden, die sie vor Operationssälen verbracht hatte und in denen ihre Gedanken ständig um etwas kreisten, das sie sowieso nicht beeinflussen konnte. Es war, als würde man auf einen Urteilsspruch warten. Als Grayson Dienstag abend heimkam, stellte sie ihm noch ein paar Fragen bezüglich des Anrufers vom vergangenen Abend.

»Woher willst du wissen, daß es sich um einen Spinner gehandelt hat?« fragte sie ihn nach dem Essen in der Küche.

»Ich hab's dir doch schon erzählt«, sagte Gray geduldig. »Es war irgendein Schwarzer. Er hatte nichts zu sagen. Er wollte seinen Namen nicht nennen. Er hat nur angerufen, um uns zu schikanieren. Ich hab ihm gesagt, er soll sich an den Sheriff wenden, wenn er etwas weiß.«

»Aber darum geht es doch gerade«, sagte Lillie, »daß derjenige uns anruft, weil er sich nicht an den Sheriff wenden möchte.«

»Lillie«, sagte Pink. »Um Himmels willen, hör damit auf. Grayson hat genau das Richtige getan. Er hat dem Mann geraten, den Sheriff anzurufen. Wenn dieser Bursche etwas weiß und Royce angerufen hat, glaubst du nicht, wir wüßten es bereits?«

»Ja, natürlich«, sagte sie.

»Und warum hörst du damit nicht auf?«

Pink und Grayson waren schon längst vom Tisch aufgestanden, doch sie saß noch immer da und starrte blicklos vor sich hin. Pink hatte recht. Sie klammerte sich an diese Anzeige, als würde sie irgendeine Hoffnung bergen. Aber was für eine Hoffnung? fragte sie sich. Selbst wenn jemand anrief, würde das Michele nicht wieder zum Leben erwecken. Sie kümmerte sich besser um ihren Abwasch und ginge ins Bett.

Als sie am nächsten Morgen erwachte, war das Haus still – sie war allein. Und fühlte sich wie ein Boxer, der mit glasigen Augen und weichen Knien bis zum letzten gekämpft hatte und schließlich doch besiegt worden war. Sie mußte sich diesem Verlust stellen, ihn akzeptieren.

Sie brauchte lange, bis sie aufstand. Als sie es tat, zwang sie sich, in die Küche zu gehen und eine Scheibe Toast zu essen. Als nächstes duschte sie und wusch ihr Haar. Dann ging sie in ihr Schlafzimmer zurück.

Die Sonne schien durchs Fenster und malte Muster auf den rosa-hellgrünen Teppich, den sie von ihrer Großmutter hatte. Sie setzte sich vor ihre Frisierkommode neben dem offenen Fenster. Sie schloß die Augen und atmete die frische Oktoberluft ein. Der Herbst in Tennessee war nie richtig kalt wie etwa in Neuengland, aber es herrschte doch eine gewisse Kühle. Der Himmel war von einem hellen

Blau. Lillie saß ruhig, mit im Schoß gefalteten Händen da und ließ sich von ihrem Schmerz überwältigen, akzeptierte ihren Verlust, was sie bisher vermieden hatte. Es war einer jener Tage, wo man sich freute, am Leben zu sein. Lillie wischte sich die Tränen vom Gesicht. Nach einer Weile wußte sie, was sie tun wollte.

Sie stand langsam auf, ging dann zum Schrank, nahm eine graue Kordsamtjeans heraus und zog sie an. Leicht überrascht stellte sie fest, wie locker die Hose saß. Jeder hatte ihr Vorhaltungen gemacht, weil sie nicht genügend aß. Sie mußte ziemlich viel Gewicht verloren haben, deshalb band sie einen Gürtel um. Dann suchte sie nach einem passenden Pullover. Sie wollte eben nach einem in dunklen Farben greifen, als ihr Blick auf einen blauen Pullover fiel, den Michele ihr zum Geburtstag geschenkt hatte. Er war weit geschnitten, so wie die jungen Leute heutzutage ihre Kleidung liebten. Lillie hätte ihn nie gekauft, aber Michele war begeistert gewesen, als ihre Mutter ihn angezogen hatte, und Lillie hatte zugeben müssen, daß er ihr sehr gut stand. Lillie zog diesen Pullover an.

Schließlich setzte sie sich vor den Spiegel ihrer Frisierkommode. Sie war so blaß wie nie zuvor. Selbst ihre Augen schienen alle Farbe verloren zu haben. Obwohl sie zart gebaut war, hatte sich Lillie immer für eine starke, gesunde Frau gehalten. Aber das Bild in dem Spiegel wirkte flüchtig, als wollte es sich auflösen wie eine Rauchwolke, die der Wind verweht. Lillie legte etwas Rouge auf. Sie sah wie ein Geist aus. Sie schminkte sich die Lippen, verzichtete aber auf das Make-up der Augen. Ihre Tränen würden alles verschmieren. Ihr Haar raffte sie im Nacken mit einer Spange zusammen.

Dann ging sie in den Garten. Der Tag war noch schöner, als sie sich ihn vorgestellt hatte – von einer bittersüßen Schönheit. Sie holte eine Gartenschere aus dem Werkzeugschuppen und begann Blumen zu schneiden: rosafarbene, goldene und weiße Dahlien und Zinien fielen in ihren Korb. Auch ein paar Rosen blühten noch. Sie schnitt sie ebenfalls ab. Sie kehrte ins Haus zurück, füllte einen Krug mit Wasser und arrangierte den Strauß. Dann nahm sie eine kleine Schaufel und die Blumen und ging zu ihrem Wagen.

Es waren nur zwei Meilen bis zum Friedhof, doch Feltons stille Straßen waren Lillie nie schöner als heute erschienen. Sie hieß den Schmerz, der ihr Herz erfüllte, willkommen. Die Blumen in dem Krug standen auf dem Sitz neben ihr; sie wirkten wie ein gehorsames Kind.

Sie parkte auf der Straße und ging durch das eiserne Tor auf den Friedhof, das einzige Zeichen, daß es sich um eine solche Stätte handelte. Es war eine schöne, parkähnliche Anlage, von mächtigen Bäumen beschattet und von Feldern umgeben. Seit der Beerdigung war Lillie nicht mehr hier gewesen. An jenem Tag gab es zu viele Menschen, und die regenverhangene Stimmung hatte sie keinen Frieden finden lassen. Doch als sie jetzt auf die Stelle zuging, wo Michele ihre letzte Ruhe gefunden hatte, fühlte sie einen fast heiter zu nennenden inneren Frieden in sich aufsteigen. Sie hatte das Grab noch nicht erreicht, als sie merkte, daß sie nicht allein war. Sie war überrascht. Doch Jordan Hill hatte sie noch nicht bemerkt. Er kniete neben der Grabeinfassung und starrte auf das weiße Kreuz, das vorübergehend angebracht worden war, bis man einen Stein setzen konnte. Als Lillie näher trat, sah sie, daß er zitterte, obwohl es nicht kalt war. Sie wollte ihn nicht erschrecken, deshalb rief sie leise seinen Namen.

Jordan kam mühsam auf die Füße und sah sie mit feuchten Augen an. Sein Leid ging ihr zu Herzen. Sie versuchte, ihren alten Groll auf ihn wieder zu wecken, aber es gelang

ihr nicht. Und es war aus irgendeinem Grund auch nicht mehr wichtig.
»Ich wollte die Blumen aufs Grab stellen«, sagte sie.
Er schluckte, räusperte sich dann und strich nervös über seinen Schnurrbart. »Nun«, sagte er rauh, »dann will ich dich nicht stören.«
»Schon gut«, sagte sie, ging zum Grab und kniete daneben nieder. Sie stellte den Krug ab und nahm die Schaufel. »Sie sind aus dem Garten.«
»Sie sind sehr schön.«
Lillie schaufelte Erde zur Seite. Der rote Boden hatte eine harte Kruste. Nach einer Weile kniete sich Jordan neben sie.
»Hast du etwas dagegen, wenn ich das mache?« fragte er.
Lillie sah ihn an. Dann gab sie ihm die Schaufel und hielt den Krug, während er grub. Sie betrachtete seine Hände, und sie kamen ihr vertrauter als sein Gesicht vor. Als er nach dem Krug griff und sich ihre Finger kurz berührten, empfand sie einen Schock, als wären seine Hände nicht aus Fleisch und Blut.
Jordan grub den Krug ein und klopfte dann die Erde rundherum fest. Er betrachtete die Blumen und das Kreuz. Dann neigte er den Kopf. Lillie tat dasselbe.
Sie hatte hier allein sein wollen, im stummen Zwiegespräch mit ihrer Tochter. Eigentlich hätte sie Jordans Anwesenheit stören müssen, doch das tat sie seltsamerweise nicht. Trotz allem, was geschehen war, fühlte sie sich getröstet, da sie beide hier waren: Micheles Mutter und Vater.
Als Jordan ihr die Hand reichte, um ihr aufzuhelfen, wies sie ihn nicht ab. Sie empfand keine Bitterkeit mehr. Er ist in seinem eigenen Schmerz gefangen, dachte sie. Das Schweigen zwischen ihnen war etwas peinlich, aber ohne Groll. Er sah sie plötzlich so merkwürdig an, daß sie sich

fragte, ob ihr Pullover ihm zu fröhlich für diesen Anlaß erschien, denn er war dunkel gekleidet.
»Ich hätte Schwarz tragen sollen«, sagte Lillie, »aber ich habe diesen Pullover angezogen, weil Michele ihn mir geschenkt hat.«
Jordans Ernst wandelte sich in Erstaunen, dann lächelte er, und Tränen traten in seine Augen. Lillie mußte an einen Regenbogen denken, der schon während des Regens aufleuchtet. »Sie kannte deine Größe«, sagte er.
Lillie wollte etwas entgegnen, besann sich aber anders. Sie war ohne Bitterkeit, wollte mit ihm aber immer noch nicht über Michele reden. Sie drehte sich langsam um und ging auf ihren Wagen zu. »Soll ich dich irgendwo absetzen?« fragte sie. »Ich habe kein anderes Auto gesehen.«
»Ich bin zu Fuß gekommen«, sagte er. »Ich wollte ihr auf Wiedersehen sagen.«
»Fliegst du nach New York zurück?« fragte sie höflich.
»Heute nachmittag.«
»Oh.«
Sie gingen gemeinsam zu dem geparkten Auto. Eine alte braune Schildkröte überquerte langsam auf ihren krummen Beinen die Landstraße. Jordan nahm sie auf und trug sie zur anderen Straßenseite, während sie ängstlich mit ihren Füßen in der Luft ruderte.
»Das Leben geht wohl weiter«, sagte Lillie, als er zurückkam.
Jordan runzelte die Stirn. »So heißt es.«
»Jeder sagt mir das«, fuhr sie fort. »Seit das passiert ist, bin ich etwas durcheinander.«
Jordan nickte. »Hast du irgendeine Reaktion auf deine Annonce bekommen? Hat jemand angerufen?«
»Nur ein Verrückter. Das war alles.«
»Ich möchte vor meiner Abreise noch einmal mit dem

Sheriff sprechen, obwohl wir beide uns nicht besonders leiden können.«

Lillie seufzte. »Ich glaube, du verschwendest nur deine Zeit. Sie wissen nur, wer es *nicht* getan hat. Insbesondere Ronnie Lee Partin. Ich habe versucht ... nein, ich kann nicht mehr. Ich kann nicht mehr ständig darüber nachdenken. Vielleicht konzentriere ich mich auch auf den Mord, damit ich mich nicht mit der Tatsache auseinandersetzen muß, daß Michele tot ist. Ich muß akzeptieren, daß nichts sie zurückbringt. Jeder sagt mir das, und die Leute haben recht.«

Jordan steckte die Hände in seine Hosentaschen und atmete langsam und tief aus. Seine Brauen formten eine dunkle Linie über seinen Augen. »Das ist richtig, Lillie. Aber ich will, daß dieser Bastard geschnappt und bis ans Ende seiner Tage eingesperrt wird.«

Ihre Blick trafen sich, wachsam. Dann schüttelte Lillie den Kopf. »Ich hätte fast einen Nervenzusammenbruch erlitten. Und ich kann es mir nicht leisten, krank zu werden. Schließlich muß ich an meine Familie denken.«

Sofort bedauerte sie ihre letzten Worte. Er krümmte die Schultern auf eine Weise, die unmißverständlich ausdrückte, daß er völlig allein war. Er hat es ja nicht anders gewollt, dachte sie.

Jordan warf einen Blick in die Runde. »Weißt du«, sagte er, »ich muß gerade daran denken, wie wir als Kinder hier herumgestromert sind. Damals war das so ein unheimlicher Ort.«

Lillie nickte nur. Sie schwieg.

»Und wo man auch hingeht, nirgendwo findet man so etwas wie seine Heimat wieder. Dieses Land ist in meinem Herzen. Ständig lerne ich Leute kennen, die dieses Gefühl überhaupt nicht kennen. Aber als Michele noch lebte, hatte ich den Eindruck, ein Teil von mir wäre noch immer hier. Würde noch immer hierhergehören.«

Lillie schaute über die Felder. »Ich weiß nicht recht«, sagte sie. »Ich habe nirgendwo anders gelebt.« Sie starrte zu Boden. »Nein, das stimmt gar nicht. Ich kenne die Flughäfen und Krankenhäuser von ein paar großen Städten.«

Jordan sah sie an, erwartete wohl Zorn in ihrem Gesicht zu lesen, doch ihre Augen zeigten einen Ausdruck ferner Erinnerung.

»Es ist besser, wir fahren jetzt zurück«, sagte sie abrupt. »Wann fliegst du?«

»Um vier Uhr. Von Nashville aus«, sagte er. Er öffnete ihr die Autotür. Dann umrundete er den Wagen und setzte sich auf den Beifahrersitz.

Lillie warf einen Blick zurück auf den Friedhof. »Sie freute sich so, dich in New York besuchen zu können. Sie war so stolz darauf, daß du Schauspieler bist. Sie liebte das.«

»Ich liebte sie«, sagte er leise.

Lillie startete den Motor. Sie sah ihn nicht an.

Reverend Ephraim Davis stand auf der Rathaustreppe. Er war leichten Herzens und hatte seinen Seelenfrieden wiedergefunden; er fühlte sich so, wie nur ein Mann empfinden kann, wenn er eine schwierige Pflicht erfüllt hat. Zwei schlaflose Nächte hatte er nach jenem Telefonat mit dem Jungen, dem Bruder der Toten, verbracht. Sein Gewissen riet ihm, den Sheriff aufzusuchen, doch sein Instinkt riet ihm, sich in sein Auto zu setzen und direkt nach Memphis zu fahren.

Er schrieb weder an seiner Predigt noch besuchte er die Gemeindemitglieder, während er über dem Problem grübelte. Vielleicht wußte er intuitiv, was er tun sollte. Er war ein Mann, der sein Leben der Gerechtigkeit gewidmet

hatte, also hatte er sich kurzentschlossen nach dem Frühstück, wenn auch mit furchtsamem Herzen, auf den Weg zum Sheriff gemacht.
Jetzt war er fröhlich und erleichtert. Tatsächlich hatte der Sheriff ihm die Unterredung leichtgemacht. Ein höflicher und interessierter Mann. Offensichtlich war er früher Soldat gewesen, und Reverend Davis – wie viele seiner Generation – brachte dem Militär eine Menge Respekt entgegen. Ja, dieser Sheriff war ein Gentleman; er hatte ihn mit Sir angeredet, ihm ein paar Fragen gestellt und ihm per Handschlag für seine Informationen gedankt. Und jetzt konnte er sich wieder mit reinem Gewissen um die Angelegenheiten der Kirche kümmern. Er hatte seine Pflicht als Bürger und als Mann Gottes erfüllt. Er hüpfte fast die Stufen hinunter. Er war hungrig und begierig auf seine Arbeit, die ihn in der Kirche erwartete. Als er die Treppe hinter sich gelassen hatte, begegnete er einem hochgewachsenen, gutaussehenden Mann, der ein dunkelgraues Jackett trug.
»Sie sehen heute so fröhlich aus, Reverend«, sagte der junge Mann im Vorbeigehen.
»Es ist ein schöner Tag, mein Sohn«, sagte Reverend Davis.
Jordan betrachtete den schwarzen Priester und sah, wie er in einen grünen Ford-Kombi stieg, der ihm irgendwie bekannt vorkam. Jordan wünschte sich etwas von der Fröhlichkeit, die der Reverend ausstrahlte. Er öffnete die Rathaustür und begegnete Francis Dunkam, der Telefonistin, die ihn zum Büro des Sheriffs brachte. »Er ist nicht da«, sagte Francis. »Er muß zu einer Konferenz.«
»Ist er schon außer Haus?« fragte Jordan.
»Ich glaube, er ist auf der Toilette«, sagte Francis brüsk.
Jordan zögerte einen Moment und ging dann den Gang hinunter zum Waschraum und drückte die Tür auf. Sie schwang nach innen, und er marschierte hinein. Royce

Ansley machte gerade den Reißverschluß seiner Hose zu. Sein Hut hing an einem Haken an der Wand.

»Sheriff«, sagte Jordan, »darf ich Sie einen Augenblick stören?« Seine Stimme hallte laut in dem gekachelten Raum wider.

»Kann das nicht warten?« fragte Royce und ging zum Waschbecken.

»Nein, eigentlich nicht«, antwortete Jordan. »Ich fliege heute nachmittag nach New York zurück und möchte vorher noch mit Ihnen reden. Francis sagte mir, daß Sie zu einer Konferenz gehen.«

Royce drehte den Wasserhahn auf, schob seine Ärmel zurück und tat etwas Flüssigseife in seine Hand. »Das stimmt.« Jordan sah in den Augen des Sheriffs, als Royce in den Spiegel blickte, die Abneigung, die der Mann ihm entgegenbrachte. Er fühlte sie förmlich, doch er tat, als würde er nichts bemerken.

»Ich mache mir wegen der Ermittlungen Sorgen. Ich weiß, daß Sie sich um das ganze County kümmern müssen, und deshalb frage ich mich, ob es nicht hilfreich wäre, einen Privatdetektiv zu engagieren. Jemanden, der sich ausschließlich mit dem Fall beschäftigt. Man sollte die Spur doch nicht zu kalt werden lassen.«

Royce wusch sich sorgfältig die Hände. Während er sich umdrehte, schüttelte er sie, und kleine Wassertropfen netzten sein Jackett. »Haben Sie nicht mal im Fernsehen einen Detektiv gespielt?«

Jordan sah den Sheriff feindselig an. »Ja, das stimmt. Was hat das denn damit zu tun?«

»Sagen sie das nicht immer im Fernsehen? Die Spur darf nicht kalt werden.«

Ehe Jordan antworten konnte, setzte Royce den elektrischen Händetrockner in Betrieb und rieb seine Hände

darunter. Das Röhren des Geräts machte jede Unterhaltung unmöglich. Er wartete, bis sich der Trockner ausschaltete und der Sheriff seine Ärmel wieder zuknöpfte.
»Schauen Sie, Sheriff«, sagte Jordan. »Ich will Ihnen nicht auf die Zehen treten, aber ich will Resultate. *Meine* Tochter wurde ermordet.«
Royce setzte seinen Hut auf. Seine grauen Augen blickten in irgendeine Ferne. »Wissen Sie, Mr. Hill, ich kann mich noch gut an den Tag erinnern, an dem Ihr Kind geboren wurde. Bei Lillie setzten die Wehen ein, und sie rief mich an, damit ich sie ins Krankenhaus bringe. Hatten Sie sie bereits zu diesem Zeitpunkt verlassen?«
»Ich war da«, sagte Jordan kalt.
»Ach, das stimmt ja. Sie haben sie erst verlassen, als Sie wußten, daß das Kind krank war.«
Die Tür schwang auf, und der Deputy, Wallace Reynolds, betrat den Raum. Er betrachtete die beiden Männer, die sich böse anstarrten, dann grüßte er den Sheriff. »Muß ich mit zu dieser Konferenz?« fragte er.
»Nein. Sie schauen hier nach dem Rechten, Wallace.«
»Okay. Ich muß nur schnell mal pinkeln.«
»Wir sprechen uns draußen«, sagte Royce und drückte die Tür auf. Jordan folgte ihm.
»Es ist mir egal, was Sie von mir halten, Royce«, sagte Jordan. »Aber ich rate Ihnen, den Mörder meiner Tochter festzunehmen.«
»Ich wünsche mir nichts anderes«, sagte Royce gelassen.
»Und ich will informiert werden«, sagte Jordan.
»Sie können jederzeit anrufen«, sagte der Sheriff gleichgültig. »Irgend jemand wird Ihnen Auskunft geben. Doch jetzt habe ich Ihnen nichts mehr zu sagen.«
Jordan merkte, daß es nutzlos war, weitere Fragen zu stellen. Dieser Mann betrachtete ihn als einen Ausgestoßenen,

als fast ebenso unerwünscht wie den Mörder, den sie suchten. In dieser Stadt vergaben und vergaßen die Menschen nicht. Er hatte seine junge Frau und sein Kind im Stich gelassen, um einem Traum nachzujagen. Nun waren ihm alle Türen verschlossen und würden sich ihm durch keine Erklärung wieder öffnen. In gewisser Weise konnte er diese Reaktion sogar verstehen. Das war zu erwarten gewesen. Er hatte das Schicksal seiner Tochter in die Hände anderer Menschen gelegt und jedes Recht daran verwirkt. Sogar an ihrem Tod. Jordan ging. Die beiden Männer verabschiedeten sich nicht voneinander.

11

In den Wochen nach Jordans Abreise wurde das Leben irgendwie wieder normal. Pink versuchte eine Parzelle einer großen Farm zu verkaufen, aber der Eigentümer trat im letzten Moment vom Vertrag zurück. Lillie arbeitete viel im Krankenhaus, und sie, Brenda und Loretta hatten ein volles Auftragsbuch. Niemand rief wegen der Annonce an. Manchmal kam Royce vorbei und berichtete über Verhöre oder zeigte ihnen Laborberichte oder Gegenstände, die man am Tatort aufgefunden hatte. Die Mordwaffe war nicht gefunden worden, doch die Untersuchungen hatten ergeben, daß sie aus Holz gewesen sein mußte. Nur Grayson hatte Positives zu berichten. Er gewann die Wahl und ebenso ein Footballmatch mit seiner Mannschaft. Lillie versuchte, sich mit ihm zu freuen, aber sie konnte nicht viel Enthusiasmus entwickeln. Sie war froh, daß sich das Leben ihres Sohnes fortentwickelte, bei sich selbst hatte sie oft nur den Eindruck, daß es einfach weiterging.

An einem Montagnachmittag Ende Oktober wurde Lillie durch heftiges Klopfen aus tiefem Schlaf geweckt. Der Wekker zeigte halb fünf Uhr an, und Lillie konnte kaum glauben, daß sie über eine Stunde geschlafen hatte. Tagsüber versuchte sie, so normal wie möglich zu leben, doch wenn der Druck zu groß wurde, floh sie in den Schlaf, worauf sie meistens mit einem Gefühl der Leere erwachte.

»Nur einen Augenblick«, murmelte sie und rief dann laut: »Ich komme.«

Sie stolperte die Treppe hinunter zur Tür und strich sich das Haar aus dem Gesicht. Sie öffnete die Tür und schaute hinaus. Zuerst konnte sie niemanden entdecken. Dann sah sie Allene Starnes in einem der Schaukelstühle auf der Veranda sitzen. Sie rieb sich die Augen. Lillie ging auf die Veranda und fröstelte in dem kühlen Oktobernachmittag. Sie setzte sich neben das Mädchen.

»Allene?«

Das Mädchen sah Lillie mit roten, geschwollenen Augen an. »Hallo, Mrs. Burdette.«

»Was ist los, mein Schatz?« Lillie gähnte. »Entschuldige.«

»Ich wollte Sie nicht wecken«, sagte das Mädchen.

»Schon gut«, sagte Lillie. »Ich sollte zu dieser Tageszeit eigentlich nicht schlafen.«

»Ist Grayson zu Hause?« fragte Allene.

»Nein. Ich glaube nicht. Vielleicht ist er gekommen, während ich schlief.« Lillie stand auf und rief ins Haus: »Grayson.« Schweigen herrschte innen.

»Wissen Sie, wo er ist?« fragte Allene.

Lillie runzelte die Stirn. »Er sagte heute morgen, daß er sich nach der Schule mit jemandem treffen wolle. Ich dachte, das seist du.«

»Er wollte sich auch mit mir treffen«, sagte Allene, »sofort nach dem Unterricht.«

»Und er ist nicht gekommen?« fragte Lillie mit erhobener Stimme.

Allene fing an zu weinen und schüttelte den Kopf. Tränen strömten über ihr Gesicht.

Lillies Handflächen wurden plötzlich feucht. Es gibt eine ganz einfache Erklärung dafür, sagte sie sich. Er ist praktisch erwachsen. Er kann auf sich selbst aufpassen. Aber keine verstandesmäßige Erklärung dämpfte ihre aufsteigende Angst. »Ich weiß nicht«, sagte sie erregt. »Vielleicht ist er mit Russell oder einem seiner anderen Freunde irgendwo hingegangen. Wahrscheinlich kommt er bald.«

»Ich wußte es«, schluchzte Allene. »Ich wußte es. Er hat alles im voraus geplant.«

»Was denn, Allene?« fragte Lillie.

»Alles«, jammerte Allene. »Ich muß jetzt gehen.«

»Warte«, sagte Lillie. »Warte. Wenn du weißt, wo er ist, mußt du es mir sagen. Ich mache mir Sorgen um ihn. Wenn er gesagt hat, daß er sich mit dir treffen will ...«

»Wahrscheinlich hat er seine Meinung geändert«, sagte Allene mit leiser, aber harter Stimme.

»Aber wo könnte er sein?«

»Ich habe da so eine Ahnung«, sagte Allene bitter.

Und Lillie begriff plötzlich, daß ein anderes Mädchen mit im Spiel sein könnte. »Wenn er da ist, sage ich ihm, daß er dich anrufen soll«, sagte sie freundlich.

»Schon gut«, sagte Allene. »Dann ist es sowieso zu spät.«

Allene lief die Verandatreppe hinunter, schwang sich auf ihr Fahrrad und fuhr in Richtung Stadt davon. Lillie sah ihr nach. Einerseits tat das Mädchen ihr leid, und sie hoffte, Allene würde sich den Vorfall nicht allzusehr zu Herzen nehmen. Andererseits betete sie, Allene möge recht haben mit ihrer Vermutung, Grayson habe sich mit einem anderen Mädchen getroffen. Allenes kupferrotes Haar leuchtete wie eine Flamme in der herbstlich getönten Landschaft. Die Liebe tut so weh, wenn man jung ist, dachte sie. Das Herz ist so verletzbar. Das Läuten des Telefons riß sie aus ihren Gedanken, und ihr Herz machte einen Sprung. Vielleicht rief Grayson an. Sie schloß die Haustür und nahm den Hörer ab. Beim Klang der Stimme am anderen Ende der Leitung war sie überrascht. »Jordan?« fragte sie.

»Wie geht es dir, Lillie?«

Lillie sah aus dem Fenster, auf die Straße, und hoffte, ihr Sohn würde kommen. »Ich komme zurecht«, sagte sie.
Jordan schwieg. »Schau, Jordan, ich kann das Telefon nicht lange blockieren.«
»Oh, das tut mir leid. Ich wollte dich nicht stören.« Seine Stimme klang tief und sonor, aber Lillie konnte trotzdem seine Sorge heraushören.
»Wo bist du?« fragte sie freundlich. »In New York?«
»Ja. Wieder bei der Arbeit. Ich wollte nur wissen, ob es etwas Neues gibt. Ich will dir nicht auf die Nerven fallen, aber es ist ziemlich frustrierend, wenn man nicht auf dem laufenden ist.«
»Glaub mir«, sagte sie, »wir wissen nicht mehr als du. Der Sheriff tappt im dunkeln. Aber daran können wir schließlich nichts ändern.«
»Nein, wohl nicht«, sagte er.
Lillie hörte jemanden kommen, und sie drehte sich um in der Hoffnung, Grayson zu sehen. Es war Pink.
»Übrigens«, sagte sie zu Jordan, »deine Mutter hat mich kürzlich besucht.«
»Ja? Wie fandest du sie? Ich habe mir große Sorgen um sie gemacht.«
»Es geht ihr gut. Sie ist zäh und hat im Leben schon viel mitgemacht. Sie hat mich getröstet. Hinterher ging es mir etwas besser.«
»Wie schön.« Jordans Stimme klang erleichtert. »Ich hatte Angst, das alles könnte zuviel für sie sein.« Lillie entdeckte einen Unterton in seiner Stimme, den sie von früher kannte. Er wollte ein ernstes Gespräch führen. Pink war aus dem Wohnzimmer gegangen und kam jetzt mit einer Flasche Jack Daniels und einem Glas wieder. Er goß sich ein und betrachtete stirnrunzelnd das Glas. Sie wußte, daß das Stirnrunzeln nicht dem Glas galt.

»Also«, sagte sie brüsk, »ich benachrichtige dich, wenn es etwas Neues gibt.«
»Na gut«, sagte Jordan überrascht.
»Danke für deinen Anruf.«
»Paß auf dich auf, Lillie.«
»Das tue ich. Auf Wiedersehen.« Sie legte auf.
»Na«, sagte Pink, »was wollte Romeo diesmal?«
Lillie sah ihn kalt an. »Jordan wollte wissen, ob es neue Ermittlungsergebnisse gibt.«
Pink schüttelte den Kopf und goß sich wieder ein. »Was für eine wunderbare Gelegenheit.« Er seufzte. »Auf eine Chance wie diese hat er lange gewartet.«
»Pink«, sagte sie, »ich mache mir um Grayson Sorgen. Er wollte sich nach der Schule mit Allene treffen ...«
Pink schüttete den Whiskey in einem Zug hinunter. »Es ist wirklich phantastisch, wenn man nach einem anstrengenden Tag nach Hause kommt und die eigene Frau mit ihrem Exgatten am Telefon turtelt.«
»Hast du überhaupt gehört, was ich gesagt habe? Grayson wollte sich mit Allene treffen und ist noch nicht zu Hause ...«
»Du meine Güte«, sagte Pink. »Er ist sechzehn. Wahrscheinlich hat er was Besseres zu tun.«
»Und wenn er nun einen Unfall hatte?«
»Du bist hysterisch, Lillie.«
»Tut mir leid. Ich mache mir um ihn Sorgen. Ich habe bereits eins meiner Kinder verloren. Ich kann nichts dafür, wenn ich mir Sorgen mache.«
»Ja. Ich mache mir auch Sorgen. Ich mache mir Sorgen um meine Frau und ihren Exmann.«
»Jordan rief an, um sich zu erkundigen, ob es Fortschritte in den Mordermittlungen gegeben hat. Kannst du nicht verstehen, daß er wünscht, daß der Mörder seiner Tochter gefaßt wird?« fragte sie zornig.

»Ach, das stimmt ja. Er ist der leibliche Vater. Das habe ich ganz vergessen.«

Lillie sah ihren Mann traurig an. »Pink, du warst der einzige Vater, den Michele jemals hatte. Niemand kann etwas anderes behaupten. Ich versuche dir nur zu erklären, warum er sich betroffen fühlt.«

»Vater«, höhnte Pink. »Er war kein Vater. Er war nichts als ein Schwanz. Das war alles, was er jemals gewesen ist. Und jetzt scharwenzelt er wieder um dich herum.« Pink hob sein Glas und leerte es. »Auf sein Wohl.«

»Oh, mein Gott«, sagte Lillie und ging auf die Tür zu.

Er folgte ihr in die Küche. »Wie kannst du es wagen wegzugehen, wenn ich mit dir rede?«

Sie schnellte herum und sah ihm ins Gesicht. »Dann führ dich nicht auf wie ein Schwein.«

»Du hast ja recht«, sagte er. Er drehte den Verschluß auf die Flasche und stellte sie auf den Tisch. »Ich hatte einen schlechten Tag«, murmelte er.

Lillie öffnete den Kühlschrank und schaute hinein. Sie hatte keine Lust, mit Pink zu reden. Sie seufzte und nahm eine Packung Hacksteaks heraus. Dann sah sie ihren Mann an. »Sollten wir nicht nach Grayson suchen?« fragte sie.

»Es ist noch nicht einmal dunkel!« jammerte Pink.

»Na gut!« bellte Lillie. »Ich habe nur gefragt. Allene war derart außer sich ...«

»Er ist viel zu jung, um sich an ein Mädchen zu binden«, sagte Pink. »Lillie, mir geht's beschissen. Ich lege mich hin.«

»Geh nur.«

»Ruf mich, wenn das Essen fertig ist«, sagte Pink.

»Ja«, seufzte Lillie.

Allene wußte, wo sie ihn suchen mußte. Sie wußte es instinktiv. Es war, als wäre ein kleiner Dämon in ihrem Bauch, der sie kniff und quälte. Sie wußte es, noch ehe sie zu seiner Mutter geradelt war. Die Idee war ihr gekommen, als sie vor der Schule auf ihn gewartet hatte. Russell Meeks war vorbeigekommen, und sie hatte ihn gefragt, ob er Grayson gesehen hätte. Er hatte ihr gesagt, er hätte ihn vor kurzem mit Emily Crowell gesehen. Und dann hatte Russell schuldbewußt zur Seite gesehen. Von da an hatte es Allene gewußt.
Sie radelte die Straße entlang und wußte kaum, wohin. Das war auch nicht nötig, denn sie hatte ihr ganzes Leben in dieser Stadt verbracht und hätte den Weg zu der Millraney-Farm auch in finsterer Nacht gefunden. Sie waren ein paarmal dagewesen, sie und Grayson. Und jede Sekunde, die sie mit ihm dort verbracht hatte, glühte wie ein kostbares Juwel in ihrer Erinnerung.
Das erste Mal hatte sie ihn nicht dorthin begleiten wollen, aber Grayson hatte sie überzeugt, daß es nichts Böses wäre. Dort wohnte niemand. Es handelte sich um einen Besitz, den Graysons Vater zu verkaufen trachtete. Der alte Millraney war gestorben, und sein einziger Erbe war ein Neffe, der in Chicago lebte und die Farm loswerden wollte. Aber niemand wollte sie kaufen, denn sie war alt und baufällig. Sie war noch vollständig möbliert, und man brauchte nicht mal einen Schlüssel, um hineinzugelangen, hatte Grayson behauptet. Und er hatte recht.
Es schien Allene, als würde sie durch Morast radeln, so schwer waren ihr Herz und ihre Glieder. Vielleicht ist niemand da, dachte sie. Vielleicht mache ich aus einer Mücke einen Elefanten. Du erfährst, daß er mit einem hübschen Mädchen geredet hat, und schon verdächtigst du ihn. Sie bremste und blieb stehen, einen Fuß noch auf dem Pedal. Wenn du jetzt einfach nach Hause fährst, kommt

vielleicht alles in Ordnung. Sie stand eine Weile da und starrte blicklos vor sich hin.

Doch sie mußte Gewißheit haben, deshalb fuhr sie weiter. Sie bog auf einen mit Schlaglöchern übersäten Weg ein, der von abgeernteten Feldern gesäumt war. Hinter der nächsten Biegung lag das alte Farmhaus. Die letzten Strahlen der Spätnachmittagssonne beleuchteten das spitzgieblige Dach und brachen sich in den staubigen Fenstern. Hinter dem Haus stand eine Scheune mit Löchern im Dach, daran schloß sich eine Weide mit verwitterter Umzäunung an. Nicht weit von der Hintertür des Hauses gab es einen alten steinernen Brunnen. Als sie mit Grayson das erstemal hier gewesen war, hatte er ihr eine Münze gegeben und gesagt, sie solle sich etwas wünschen. Und dann hatte er in ihr Ohr geflüstert, was er sich wünschte. Noch immer machte ihr Herz einen Sprung, wenn sie an die Wärme seines Atems dachte, die Berührung seiner Lippen an ihrem Ohr, die Berührung seiner Hände, wie er sie – sie, die nur schwach protestierte, weil ihr Begehren sie fast ohnmächtig werden ließ – in das Haus führte.

Emily Crowells roter Sportwagen stand in der Zufahrt vor der Hintertür geparkt. Sie wußte, daß es Emilys Auto war, denn nur wenige Schüler hatten ein Auto, und Emily war alt genug für den Führerschein. Ihr Vater war irgendein großes Tier bei der Bank, deshalb besaß Emily einen roten Sportwagen, den Grayson oft bewundert hatte. Er glänzte rubinrot in der Abendsonne, und bei dem Anblick hatte Allene das Gefühl, als würde ihr ein Messer ins Herz gestoßen.

Sie stieg vom Rad und umfaßte den Lenker mit kalten, schweißfeuchten Händen. Sie kannte das Schlafzimmerfenster. Sie wußte, wo die beiden sein würden. Sie erinnerte sich an das erste Mal, als er sie mit Liebesschwüren hierhergelockt hatte und sie mitgegangen war, obwohl sie wußte, daß es nicht richtig war. Wenn sie die Augen schloß, konnte sie noch immer den rauhen Bezug der Matratze unter ihrer nackten Haut fühlen und ihn in sich, und sie sah sein schönes Gesicht vor sich, stöhnend und vor Lust verzerrt. Ich will nicht zu diesem Fenster gehen und ins Zimmer schauen, dachte sie. Aber der tatsächliche Anblick der beiden wäre weniger schlimm als ihre Vorstellungskraft. Das trieb sie vorwärts. Die Fensterscheiben waren schmutzig. Sie ballte die Hand zur Faust und rieb in der unteren Ecke eine Stelle sauber. Die ganze Zeit sagte sie sich, daß sie vielleicht gar nichts sehen würde. Vielleicht lernten die beiden zusammen. Sie wußte, daß Grayson Nachhilfestunden gab. Er hatte Tyler Ansley Nachhilfestunden gegeben, ehe Tyler auf die Militärschule mußte. Die Jungen pflegten sich hier zu treffen. Das hatte Grayson ihr erzählt. Vielleicht gab er Emily jetzt Nachhilfestunden. Der Flecken war jetzt sauber, und Allene schaute ins Zimmer.

Er lag auf Emily, ihre runden weißen Brüste gegen seinen gebräunten Oberkörper gepreßt; ihr schwarzes Haar war auf dem Kopfkissen ausgebreitet. Beide hatten die Augen geschlossen, die Münder offen, und sie bewegten sich zusammen wie Wogen.

Allene wich vom Fenster zurück; sie hatte das Gefühl, als müßte sie sich übergeben. Wenn sie wollte, konnte sie hineingehen. Die Hintertür war nicht verschlossen, und die beiden würden sie wahrscheinlich nicht einmal kommen hören. Aber warum? Sie war bereits genug gedemütigt. Sie hatte ihm ihre Liebe, ihren Körper, ihre Seele geschenkt. Und das alles war nicht genug gewesen, um ihn an sie zu binden. Bald würde es jeder in der Schule wissen. Ihre Liebe zu ihm war nichts als ein Scherz, über den jeder lachen würde.

Und dann kam ihr ein neuer Gedanke. Wußten die anderen vielleicht bereits davon? Wußte sie es als letzte? Wie lange schon hatte er sie belogen? Seit dem Gründungstag, als er gesagt hatte, er wolle sich mit seinen Freunden amüsieren? Emily hatte an dem Picknick teilgenommen, daran erinnerte sich Allene vage. Und an jenem Wochenende, als sie die Wahlplakate für ihn hergestellt und er behauptet hatte, er müsse zu Hause bleiben? Ging das schon die ganze Zeit so? Dies Erkenntnis schmetterte Allene nieder. Sie hatte sich nie träumen lassen, daß es einem so dreckig gehen könnte und man doch noch am Leben war. Sie wendete ihr Rad, stieg auf und fuhr in Richtung Stadt zurück, während sie schluchzend seinen Namen flüsterte.

12

»Ab in den Schminkraum mit dir«, sagte Cyril Carty, als Jordan nach dem Gespräch mit Lillie den Hörer auflegte. »Du hast dein Augen-Make-up ruiniert.«
Jordan folgte gehorsam dem Maskenbildner in dessen Domäne und setzte sich in einen Stuhl. Mark O'Connell, der Werbeagent für *Secret Lives,* erschien im Türrahmen und verkündete zwischen zwei Bissen seines Sandwiches, daß Walter Soames gekommen sei und Jordan sprechen wolle.
»Soll ich ihn abwimmeln?« fragte Mark.
Walter Soames war ein Möbelpolsterer aus South Jersey, der noch immer bei seinen Eltern lebte. Er war ein gesitteter junger Mann, der im Studio gewisse Privilegien genoß, da er der Präsident des Fanclubs Jordan Hill/Lorna Maxwell war. Während der drei Jahre, die die Serie bereits dauerte, verkörperte Jordan die Rolle des Paul Manville, Geliebter von Jennifer Taylor, die Lorna darstellte. Lorna war mit einem Augenarzt verheiratet und hatte eine zwei Jahre alte Tochter. Manchmal ging Jordan mit Lorna zum Lunch, und jedes Jahr besuchte er ihre Weihnachtsparty. Sonst sahen sie sich nie. Aber in den Augen der Fernsehzuschauer waren sie derart verliebt ineinander, daß sie denselben Fanclub haben mußten.
»Soll ich ihm sagen, daß Sie schon gegangen sind?« fragte Mark.
Jordan wagte nicht, den Kopf zu schütteln, da Cyril Carty gerade seine Augen schminkte. »Schon gut«, sagte er. »Sa-

gen Sie ihm, daß ich ihn nach der nächsten Szene empfange. Dann bin ich ohnehin für heute fertig.«

»Halt still!« befahl Cyril und leckte sich die Lippen vor Konzentration.

»Er will Sie wahrscheinlich wegen Ihrer Tochter ausquetschen«, sagte Mark und stopfte sich den letzten Bissen in den Mund. Dann strich er sich das lange Haar mit senfbeschmierten Fingern aus dem Gesicht.

»Das ist kein Geheimnis«, sagte Jordan. Er konnte O'Connell nicht besonders leiden, da dieser ein Klatschmaul war, das ständig behauptete, es stünde über solchen Dingen.

»Die Fans lieben solche Geschichten«, bemerkte Mark.

»Geh jetzt«, sagte Cyril fröhlich und gab Jordan einen freundschaftlichen Klaps.

Jordan überprüfte im Spiegel, ob seine Krawatte richtig saß. »Ihr Mitgefühl ist aufrichtiger als das einer Menge Leute, die mich kennen«, sagte er.

»Kein Wunder, daß Sie von denen geliebt werden, Jordan«, sagte Mark. »Sie sind so schmalzig.«

Jordan unterdrückte einen Seufzer. »Lassen Sie ihn in meiner Garderobe warten.«

Walter Soames saß in einem Drehstuhl vor der verspiegelten Wand in der Garderobe, als Jordan mit den Aufnahmen fertig war. Walter sprang auf, als Jordan den Raum betrat, und Jordan gab dem bläßlichen, übergewichtigen jungen Mann die Hand und sagte ihm, er solle sich wieder setzen. Jordan schminkte sich ab und wechselte dann sein Hemd.

»Walter«, sagte er, »ich möchte mich für den Kranz bedanken, den der Club geschickt hat. Es war ein sehr schöner Kranz.«

»Das war doch selbstverständlich, Jordan. Ich habe ihn aus der Clubkasse bezahlt, weil ich wußte, daß das ganz im Sinne der Mitglieder sein würde.«

»Noch einmal vielen Dank.«
»Ich möchte Sie in dieser schweren Zeit nicht belästigen«, sagte der junge Mann mit ernster, feierlicher Stimme, »aber ich wollte Ihnen persönlich mein Beileid ausdrücken.«
Jordan trug jetzt Straßenkleidung. Er fuhr sich mit den Fingern durch das von Spray verklebte Haar. Dann lehnte er sich in seinem Drehstuhl zurück und seufzte. »Sie war mein einziges Kind, Walter. Und ich war ihr kein guter Vater.«
»O nein«, sagte Walter schnell. »Das kann nicht stimmen. Sie sind ein so guter Mensch.«
Du verwechselst mich mit Paul Manville, dachte Jordan.
»Nicht Paul Manville«, sagte Walter ernst, als hätte er Jordans Gedanken gelesen. »Sie habe ich gemeint. Ich kenne viele Stars, Jordan. Glauben Sie mir. Ich weiß, wovon ich rede.«
Jordan lächelte den Jungen an. Walter war nicht dumm, nur von hartnäckiger Höflichkeit. Er wußte genau, welche Schauspieler ihn brüskierten oder hinter seinem Rücken lachten und welche nicht.
»Walter«, sagte Jordan aufrichtig, »es bedeutet mir viel, daß Sie gekommen sind. Es hat mir den Tag verschönt.«
Walter strahlte.
»Ich fahre jetzt nach Hause. Soll ich Sie mitnehmen?«
Jordan wußte, daß Walter in der Stadt immer den Bus nahm.
»Nein, danke. Ich will noch Lorna besuchen. Sie hat ein paar neue Fotos von ihrer Tochter für unsere Zeitung.«
Jordan schüttelte Walter die Hand und eilte aus dem Studio.
Er fröstelte, als er auf die Straße trat. Es war kalt und grau. Die Stadt wirkte auf trübselige Weise romantisch. Er hielt ein Taxi an und dirigierte den Fahrer zum Sheridan

Square. In einem Supermarkt kaufte er eine Sechserpackung Bier und ein Fertiggericht. Dann machte er sich auf den Weg zu seinem Apartment. Er wollte seine Rolle studieren und sich später im Fernsehen ein Footballspiel ansehen. Als er um die Ecke bog und das Mädchen erkannte, das auf der Treppe vor seiner Haustür saß, verließ ihn der Mut. Amanda stand auf, als sie ihn sah, und schenkte ihm ein strahlendes Lächeln.

»Ich hab mir in der Nähe das Haar schneiden lassen und dachte, warum schaust du nicht mal vorbei. Freust du dich?« Amanda schüttelte den Kopf, damit er ihre Lockenpracht bewundern konnte.

»Sehr schön«, sagte Jordan.

»Sehnst du dich nach Gesellschaft?«

»Aber ja«, sagte er mit erzwungenem Lächeln. »Komm rein.«

Er schloß die Haustür auf und wurde von dem bekannten muffigen Geruch im Flur begrüßt. Er hörte sie hinter sich plappern, aber er überlegte bereits, was er mit ihr anfangen sollte. Seit er zurückgekommen war, hatten sie sich zweimal getroffen, und er wußte, daß diese Beziehung zu nichts führen würde. Er hatte gehofft, sie hätte dasselbe Gefühl, sie würde verstehen, warum er nicht anrief. Also, dachte er, ich kann sie ja zum Dinner einladen und sie dann in ein Taxi setzen. Auf diese Weise könnte er sich noch die zweite Halbzeit des Footballspiels ansehen. Das Fertiggericht konnte er auch morgen essen.

Er schloß die Tür zu seinem Apartment auf, und Amanda machte es sich auf dem Sofa bequem. Jordan legte das Fertiggericht in das winzige Gefrierfach seines Kühlschranks. Er machte eine Flasche Bier auf und bot Amanda eine an. Sie leckte provozierend den Flaschenhals ab, doch Jordan tat so, als würde er es nicht sehen.

»Ich habe mich heute vorgestellt«, sagte sie. »Es geht um einen Werbespot für ein Reinigungsmittel. Aber ich glaube nicht, daß ich die Rolle bekomme. Ich bin nicht der richtige Typ dafür. Sie wollten so ein spießiges Hausmütterchen haben. Ich wünschte, mein Agent hätte mir das vorher gesagt. Dann hätte ich mir ein Kopftuch umgebunden.«

»Nein, das steht dir nicht«, sagte Jordan höflich und nahm einen Schluck aus der Flasche.

»Hör mal«, sagte sie. »Während ich auf dich gewartet habe, kam mir eine tolle Idee.«

»Und welche?«

»Fährst du an diesem Wochenende in dein Haus aufs Land?«

»Ich weiß noch nicht«, sagte er vorsichtig. »Warum?«

»Ich dachte, du fährst jedes Wochenende dorthin.«

»Das tue ich normalerweise auch.«

»Nun, ich habe gedacht, ich könnte bei Balducci was wirklich Gutes zum Essen für uns kaufen, und wir könnten zusammen dorthin fahren. Wir könnten einfach nur faul sein. Ich möchte dein Haus so gern kennenlernen. Und in dieser Umgebung fühle ich mich am besten. Draußen in der Natur. Diese Seite von mir kennst du noch gar nicht.«

Der Gedanke, sie könnte in sein kleines Bauernhaus in den Bergen einfallen, gefiel ihm überhaupt nicht. Selbst unter den besten Bedingungen hatte es mit Frauen dort nie geklappt, selbst wenn er voller Optimismus und romantischer Pläne gewesen war. Und mit Amanda würde es auf keinen Fall klappen. »Schau mal«, sagte er gequält, »mein ... hm ... mein Terminkalender ist ziemlich voll. Wir drehen die ganze nächste Woche, und ich muß meinen Text lernen. Zur Zeit paßt es mir nicht.«

Amanda musterte ihn eine volle Minute und knallte dann die Bierflasche auf den Couchtisch. Ihre Stimme klang etwas schrill. »Weißt du, Jordan, ich dachte, wir würden uns verstehen. Was ist plötzlich mit dir los? Ich dachte, du magst mich.«

»Es ist nicht deine Schuld, Amanda. Wirklich nicht. Es ist meine Schuld. Ich bin zur Zeit ziemlich deprimiert nach dem, was geschehen ist ...«

»Dann laß mich dich aufheitern.«

»Ich glaube kaum, daß dir das gelingt. Und um die Wahrheit zu sagen, will ich es auch nicht«, sagte er aufrichtig. »Ich weiß nicht, wie ich dir das erklären soll.«

»Ich glaube, das ist nur eine faule Ausrede, Jordan. Liegt dir was an mir oder nicht?«

Jordan haßte diese Art Szenen. Er wollte nichts sagen, was ihre Gefühle verletzen könnte. Es ging auch nicht darum, was sie getan oder nicht getan hatte. Er konnte es ihr nicht erklären. Er wollte nicht die ganze Nacht mit ihr rumsitzen oder sie bis zum Morgengrauen in seinen Armen halten. Er konnte in ihren Augen keine Tiefe entdecken; er wollte nicht bei ihr bleiben. Vielleicht passierte einem das nur einmal im Leben. Vielleicht mußte man jung und ohne Erfahrung sein, um solche Gefühle zu haben. Er wußte es nicht. Es war ihm auch egal. Zu welcher Grausamkeit wird sie mich treiben? fragte er sich. Er bekam Magenschmerzen.

»Ich kenne deinen Ruf«, sagte sie abrupt und stand auf. »Du bist eingebildet. Keine Frau ist für dich gut genug.«

Jordan fragte sich kurz, wo sie das gehört hatte. Aber er wollte diese Diskussion nicht weiterführen, deshalb brachte er nichts zu seiner Verteidigung vor.

»Jedenfalls ist das dein Problem«, sagte sie. »Ich habe nicht fünf Jahre beim Psychiater verbracht, damit irgendein dahergelaufener Cowboy auf meinem Selbstbewußtsein herumtrampelt.« Sie nahm ihre Sonnenbrille aus ihrer Handtasche und marschierte zur Tür. »Und wenn du einsam genug bist – und damit meine ich, wirklich einsam –, ruf mich nicht an.«

Jordan seufzte. »Tut mir leid, Amanda. Du hast recht. Es ist mein Problem. Es gibt keinen Grund, warum ich dich weiter verletzen sollte.«

Tränen schossen in Amandas Augen, und sie setzte schnell ihre Sonnenbrille auf. »Mich verletzen?« sagte sie rauh. »Und was ist mit dir? Verdammt noch mal, Jordan. Du hast es ja nicht mal versucht.« Jordan starrte zu Boden. Amanda ging an ihm vorbei in den gelbgestrichenen Flur. Er war unendlich erleichtert, als sie draußen war.

Amanda schüttelte den Kopf. »Du könntest dir wahrhaftig etwas Besseres als diese Bude hier leisten«, sagte sie kalt.

Jordan zuckte mit den Schultern und lächelte matt. »Mir gefällt's hier.«

»Du bist ein Snob«, sagte sie bitter. »Diese trostlose Wohnung werde ich sicher nicht vermissen.« Sie ging klappernd die Treppe hinunter. Er sah ihr nach. Als sie fort war, schloß er die Tür und lehnte sich dagegen. In der Stille des Apartments konnte er seinen Gedanken freien Lauf lassen. Niemand verwehrte es ihm, wenn sie nach Hause schweiften, zu Michele, zu Lillie und zu all dem, was er verloren hatte.

13

»Wo warst du?« fragte Lillie, als Grayson zur Tür hereinmarschierte. »Du wolltest dich doch mit Allene treffen.«

Grayson sah überrascht aus, dann verzog er schuldbewußt das Gesicht. »Das stimmt. Ich habe es vergessen. Sieh mich nicht so entsetzt an, Mom.«

»Entschuldige«, sagte Lillie lahm. »Ich habe mir Sorgen deinetwegen gemacht.«

»Mach dir keine Sorgen«, sagte Grayson. »Ich bin ein großer Junge. Ich kann auf mich selbst aufpassen.«

»Das Essen ist fertig«, sagte sie. »Weck deinen Vater.«

Die drei aßen schweigend. Dann berichtete Lillie über Allenes Besuch, und Grayson sagte, er würde sie später anrufen. Wieder herrschte Schweigen, und Lillie fühlte sich irgendwie dafür verantwortlich. Sie vermutete, daß Pink und Grayson zusammen reden würden, wenn sie nicht anwesend wäre. Sie fragte Pink, warum sein Tag so schlecht verlaufen sei. Er antwortete, daß es ihm wohl nie gelingen würde, die Millraney-Farm zu verkaufen. Bei diesen Worten schnellte Graysons Kopf hoch, und er starrte seinen Vater an, aber Pink aß einfach weiter.

»Grayson, was ist los?« fragte Lillie.

Grayson sah beleidigt aus, als hätte sie versucht, in seine Intimsphäre einzudringen. »Nichts«, sagte er.

»Ich verstehe«, entgegnete Lillie und bemühte sich nicht weiter, eine Unterhaltung in Gang zu bringen. Nach dem

Essen ging Grayson in sein Zimmer, und Pink ließ sich im Wohnzimmer nieder, während Lillie das Geschirr abwusch. Sie stand vor dem Spülbecken, die Hände im Wasser, und mußte daran denken, wie sie diese Arbeit geliebt hatte, als Michele noch lebte. Es war eine der schönsten Stunden für sie beide, wenn sie über die Ereignisse des Tages sprachen, für die die »Jungen« sich nicht interessierten. Sie machten Pläne für den nächsten Tag. Diese kleinen Dinge nicht mehr teilen zu können, das fehlt dir, dachte Lillie. Niemand interessiert sich mehr für deine Alltagssorgen.
Sie war fast fertig, als sie die Haustürglocke läuten hörte. Dann läutete es nach einer Weile wieder. Sie trocknete ihre Hände ab, ging ins Wohnzimmer und wollte ihren Mann fragen, warum er nicht öffne. Pink saß zusammengesunken in seinem Sessel, die Zeitung im Schoß, eine Flasche Bourbon und ein leeres Glas neben sich. Das Trinken machte ihn schläfrig, vor allem nach dem Abendessen. Seit kurzem schlief er jeden Abend im Sessel ein. Lillie hoffte, daß diese Angewohnheit nicht von Dauer war und sich wieder legen würde, bis er seinen größten Kummer überwunden hatte. Er wurde ziemlich schwierig, wenn er ein paar Gläser getrunken hatte. Im Vorbeigehen rüttelte sie ihn an der Schulter. Pink wachte auf und starrte sie benebelt an.
Lillie schaltete die Außenbeleuchtung ein und öffnete die Tür. Betty Starnes, Allenes Mutter, stand vor ihr, die Augen dunkel vor Sorge.
Noch ehe Lillie Betty begrüßen konnte, sagte Mrs. Starnes: »Allene ist heute abend nicht nach Hause gekommen. Ist sie hier, bei Grayson?«
Lillie bat sie ins Haus. »Nein. Sie ist nicht hier. Sie kam heute nachmittag, weil sie Gray suchte. Aber sie ging dann gleich wieder.«
»Sie sagt uns immer, wo sie hingeht«, sagte Betty. »Aber sie

hat nicht einmal angerufen. Bill wartet zu Hause für den Fall, daß sie anruft, aber ich mußte einfach kommen. Ich konnte es nicht mehr aushalten stillzusitzen.«

»Pink«, sagte Lillie. »Hol doch bitte mal Grayson. Vielleicht weiß er, wo Allene ist.« Sie wandte sich an die verzweifelte Mutter. »Nehmen Sie doch Platz. Darf ich Ihnen etwas zu trinken anbieten? Vielleicht einen Tee?«

Betty schüttelte den Kopf. »Ich kann nichts trinken. Mein Magen ist in Aufruhr.«

»Das Gefühl kenne ich«, sagte Lillie. »Aber wir finden sie. Machen Sie sich keine Sorgen.«

»Wenn ihr was passiert sein sollte ...«, sagte Betty. An ihren rötlichen Wimpern hingen Tränen, und ihr mit Sommersprossen übersätes Gesicht sah verstört aus.

Lillie drückte die kalten Hände der Frau. »Ich bin sicher, es geht ihr gut.«

In diesem Augenblick betrat Grayson hinter seinem Vater das Wohnzimmer. »Hallo, Mrs. Starnes«, begrüßte er sie höflich.

»Hallo, Grayson. Ich suche Allene. Weißt du, wo sie sein könnte?«

Gray zuckte die Schultern. »Ich habe sie zuletzt in der Schule gesehen.«

Betty stöhnte auf. »O mein Gott. Ich habe mich schon bei allen ihren anderen Freundinnen und Freunden erkundigt. Wissen Sie, was ich glaube?«

Ein Schauder überlief Lillie, aber ihre Stimme klang fest. »Das dürfen Sie nicht einmal denken.«

»Ich kann nichts dagegen tun«, weinte Betty. »In dieser Stadt läuft ein Verrückter herum, der immer noch auf freiem Fuß ist. Er hat Ihre Tochter umgebracht ...« Sie fing an zu schluchzen.

Lillie umfaßte ihre Schultern. »Regen Sie sich nicht auf«, sagte sie mit erzwungener Ruhe. »Es gibt sicher eine plausible Erklärung für Allenes Ausbleiben. Kommen Sie. Ich helfe Ihnen beim Suchen.«

»Meinen Sie, ich sollte den Sheriff verständigen?« fragte Betty.

»Ich bin sicher, daß ihr nichts passiert ist«, sagte Pink voller Mitgefühl.

»Soll ich Ihnen bei der Suche helfen?« fragte Grayson.

»Du bleibst hier und machst deine Hausaufgaben«, sagte Lillie. »Gray, Allene war furchtbar durcheinander, als sie heute nachmittag kam. Weißt du, warum? Habt ihr beide etwa gestritten?«

»Nein«, sagte Gray. »Ich kann das gar nicht verstehen.«

»Wo wollt ihr suchen?« fragte Pink.

Die beiden Frauen sahen sich ernst an. »Wir müssen zur Brücke gehen«, sagte Betty. »Auf jeden Fall.«

»Ich will nicht, daß du dorthin gehst, Lillie«, sagte Pink. »Das ist zuviel für dich. Ich gehe.« Er ging zur Flurgarderobe und holte sich ein Jackett.

»Ich kann gut alleine gehen«, sagte Betty.

»Ach, Unsinn«, sagte Pink. »Wozu hat man Freunde?«

Pink nahm seine Autoschlüssel vom Kaminsims und deutete auf die Tür. Lillie sah ihren Mann stirnrunzelnd an. »Kannst du überhaupt fahren?«

»Welche Frage«, sagte Pink. »Ich kenne meine Grenzen.«

In diesem Moment läutete das Telefon.

»Das könnte Bill sein«, sagte Betty mit weit aufgerissenen Augen.

Lillie nahm ab und sprach kurz. Als sie sich wieder Pink und Betty zuwandte, war sie aschfahl.

»Was gibt es?« fragte Betty angstvoll.

»Bill war am Apparat. Wir müssen ins Krankenhaus fahren. Allene wurde bewußtlos auf dem Balkon des Kinos aufgefunden.«

»Nein!« schrie Betty.

»Offensichtlich hat sie ein Röhrchen Schlaftabletten geschluckt. Ihr wird gerade der Magen ausgepumpt. Keine Panik. Ihr ist nichts passiert.«

»O mein Gott!« schrie Betty. »O mein Gott!«

»Kommt«, sagte Pink. »Ich fahre.«

Als sie im Krankenhaus ankamen, trafen sie Bill Starnes, der im Wartezimmer vor der Notaufnahme ruhelos auf und ab marschierte. Er drückte gerade eine Zigarette im Aschenbecher aus, als sie den Raum betraten.

Betty stürzte sich in die Arme ihres Mannes, und er streichelte beruhigend ihren Rücken. »Ich habe gerade mit dem Arzt gesprochen«, sagte Bill. »Sie kommt wieder in Ordnung.«

Betty fing an zu weinen, und Lillie fühlte, wie ihr Tränen in die Augen traten.

»Warum?« fragte Betty. »Warum hat sie das getan? Sie schien doch immer so glücklich zu sein.«

»Ich weiß es nicht«, sagte Bill erbittert. »Wir werden ein ernstes Wörtchen miteinander zu reden haben, wenn sie aus dem Krankenhaus kommt.«

Eine Krankenschwester kam aus der Notaufnahme und sah Bill und Betty fragend an. »Sind Sie die Eltern?«

Betty nickte.

»Sie können Ihre Tochter bald sehen. Wir bringen sie in ein reguläres Zimmer und wollen sie noch einen oder zwei Tage zur Beobachtung dabehalten. Aber Sie können sie ein paar Minuten sehen.«

Betty dankte der Schwester und sagte dann zu Lillie: »Sie sind so verständnisvoll gewesen. Vielen Dank.«

Lillie nickte und sah dann Pink und Grayson an. »Wir gehen jetzt«, sagte sie. »Wenn wir noch irgendwie helfen können, rufen Sie uns bitte an.«

»Das tue ich«, sagte Betty und küßte sie auf die Wange.

»Richten Sie Allene Grüße von mir aus«, sagte Grayson mit dünner Stimme.

Lillie trödelte hinter Pink und Grayson auf ihrem Weg zum Parkplatz her. Ehe sie am Wagen ankamen, rief Lillie ihren Sohn. Er drehte sich um und sah sie an. Sein weizenblondes Haar glänzte silbern im grellen Licht der Parkplatzleuchten.

»Grayson, wo warst du heute nachmittag?« fragte sie. »Mit wem warst du zusammen?«

»Mom, ich hab dir doch gesagt, daß ich sie nicht gesehen habe.«

»Warst du mit einem anderen Mädchen zusammen?«

»Ja«, sagte Grayson. »Ja. Ich war mit einem anderen Mädchen zusammen. Ich wußte nicht, daß das in Cress County ein Verbrechen ist.«

»Grayson, werd nicht frech!« rief Lillie. »Ich will nur wissen, was geschehen ist. Sie weinte sich das Herz aus dem Leib, als sie vorbeikam. Vielleicht deinetwegen.«

»Ach! Ich bin also daran schuld, daß sie Schlaftabletten genommen hat. Das ist doch lächerlich.«

»Das habe ich nicht behauptet«, sagte Lillie.

Graysons Augen blitzten zornig. »Schiebst du mir die Verantwortung zu für das, was sie getan hat? Das möchte ich gerne wissen. Bin ich daran schuld, daß sie einen Selbstmordversuch unternommen hat?«

»Das ist absurd«, sagte Pink mürrisch.

»Grayson«, sagte Lillie, »ich weiß, daß dich keine Schuld trifft. Natürlich nicht. Aber sie ist deine Freundin. Und du hast deine Verabredung mit ihr nicht eingehalten, um dich mit einem anderen Mädchen zu treffen.«

»Schau, Mom«, sagte Grayson, »wir leben in einem freien Land. Ich bin nicht mit Allene verheiratet.« Nach einem

Moment fügte er hinzu: »Es tut mir leid, daß sie das getan hat. Okay? Wie sollte ich wissen, daß sie sich darüber so aufregt?«

Lillie fröstelte in der Kühle der Nacht. Allene hatte die Tabletten genommen, weil sie Angst hatte, Grayson zu verlieren. Dessen war sie sich sicher. Doch in den Augen ihres Sohnes konnte sie eine andere Wahrheit lesen. Allenes dramatische Geste war umsonst gewesen. Diese neue Freundin mußte etwas Besonderes haben. Denn wenn von Allene die Rede war, reagierte Gray mit Gleichgültigkeit.

Die drei kamen spät nach Hause, und Lillie ging erst viel später zu Bett. Der Zwischenfall hatte ihr zugesetzt. Sie mußte ständig an Allene denken, wie sie in Tränen aufgelöst im Schaukelstuhl gesessen hatte, und daran, daß sie nicht gemerkt hatte, wie kurz das Mädchen vor einem Zusammenbruch stand. Lillie fragte sich, ob sie diese Verzweiflungstat nicht hätte verhindern können, wenn sie sich intensiver mit Allene beschäftigt hätte. Wenn sie sich nicht derart in ihre eigenen Probleme verrannt hätte.

Pink schlief bereits, als sie schließlich ins Bett neben ihn kletterte. Er atmete schwer. Sie lag ruhig an seiner Seite und versuchte sich zu entspannen, aber ihre Gedanken rasten.

Sie wußte, daß junge Liebe oft von ungezügelter Leidenschaft war. Sie lag in der Dunkelheit der Nacht und mußte an ihr gebrochenes Herz denken, als Jordan sie verlassen, die Stadt verlassen, ihr krankes Baby verlassen hatte. Noch jetzt, in ihrem Bett, wurde ihr heiß beim Gedanken an ihre Verwirrung, ihren Zorn, ihren Schmerz über den Verlust, diesen unerträglichen Verrat – und das war jetzt siebzehn Jahre her. Voller Überraschung und auch Ärger merkte sie, daß Tränen in ihren Augen brannten.

Das ist idiotisch, dachte sie und wischte die Tränen ab. Aber sie sah noch immer sein junges Gesicht vor sich und erinnerte sich daran, wie fest sie an ihn geglaubt hatte, als stände in seinen dunklen Augen die Antwort geschrieben, nach der sie ihr ganzes kurzes Leben gesucht hatte. Pink wimmerte im Schlaf, drehte sich um und schlang einen Arm um sie. Lillie betrachtete ihn. Er war sofort zur Stelle gewesen, als Jordan sie verlassen hatte. Tatsächlich war er schon früher dagewesen, aber sie hatte ihn nie beachtet, weil sie Jordan so geliebt hatte.

Sie grübelte über die schreckliche Zeit kurz nach Jordans Weggang nach. Damals war sie nicht viel älter gewesen als Allene heute. Jeder hatte ihr gesagt, er sei es nicht wert, daß sie ihm nachtrauere, daß sie ihr ganzes Leben noch vor sich habe. Niemand verstand ihre Gefühle. Ich hätte mich damals umbringen können, dachte sie. Ich kann Allene verstehen. Wäre Michele nicht gewesen ...

Der Gedanke an Michele riß die kaum verheilte Wunde wieder auf, und Lillie ermahnte sich, daß Schlaf die einzige Medizin gegen den unerträglichen Schmerz sei, und versuchte, ins Vergessen zu gleiten.

Plötzlich schrak sie auf und war hellwach. Ist das eine Möglichkeit? fragte sie sich. Sie versuchte klar zu denken. Konnte es möglich sein, daß Michele jemandem so viel Kummer zugefügt hatte, daß derjenige sie umgebracht hatte? Laut Autopsie war sie noch Jungfrau gewesen, deshalb hatte niemand an ein derartiges Motiv gedacht. Aber wenn man jung ist, sind Gefühle ausschließlich. Vielleicht hatte jemand sie geliebt. Vielleicht hatte sie dessen Gefühle verletzt, ohne es zu wissen. Lillie fühlte, wie ihr Herz bei diesem neuen Gedanken klopfte, als hätte sie jetzt in der Dunkelheit eine Antwort gefunden. Am liebsten hätte sie Pink geweckt, um mit ihm darüber zu reden, aber sie wußte, er würde nur wütend sein. Sie lag lange wach und starrte in die Dunkelheit. Als sie schließlich einschlief, wurde sie von Alpträumen gequält.

14

Am Morgen überprüfte Lillie noch einmal vorsichtig ihre Theorie. Sie dachte daran, als sie die Betten machte und die Küche aufräumte. Sie kam ihr noch immer plausibel vor.

Soviel sie wußte, war Michele nicht mit Jungen befreundet gewesen. Für ihre Mutter war sie noch immer das kleine Mädchen gewesen. Aber sie war sicherlich alt genug für die Liebe gewesen, und obwohl Mutter und Tochter viele Probleme besprochen hatten, war Michele in manchen Dingen sehr verschwiegen gewesen.

Seit dem Tod ihrer Tochter hatte Lillie es nicht fertiggebracht, Micheles Zimmer zu betreten. Der Sheriff hatte es durchsucht und verschiedene Dinge mitgenommen, aber Lillie war unten im Wohnzimmer geblieben. Als Lillie jetzt darüber nachdachte, kam sie zu dem Schluß, daß Royce vielleicht denselben Gedanken gehabt haben könnte, obwohl er ihn nie ausgesprochen hatte. Danach hatte er in Micheles Zimmer gesucht. Nach einem Beweis, daß sie mit einem Jungen befreundet gewesen war.

Aber dieser Beweis, überlegte Lillie, mußte für den Sheriff nicht unbedingt relevant sein. Es könnte sich um etwas handeln, das nur einer Mutter Aufschluß gab.

Sie wußte, sie mußte in das Zimmer gehen und danach suchen. Aber an der Schwelle zögerte sie voller Angst. Nur die Hoffnung, eine Antwort auf ihre Frage zu finden, gab ihr die Kraft, die Tür zu öffnen.

Lillie trat ein. Der Anblick, der Geruch des Zimmers brachten sie einer Ohnmacht nahe. Das rosafarbene Ballkleid hing noch immer an der Schranktür. Zitternd setzte sie sich aufs Bett und strich über die Tagesdecke, während Erinnerungen sie überfluteten. Die grausame Endgültigkeit dieses unsinnigen Todes überwältigte sie, aber sie lief nicht vor ihrem Schmerz davon. Nach einer Weile hatte sie sich etwas gefaßt. Schließlich war sie hier, weil sie nach etwas suchte, obwohl sie keine Ahnung hatte, wie dieses Etwas aussehen könnte.

Im Gegensatz zu den meisten Mädchen ihres Alters hatte Michele kein Tagebuch geführt. Vielleicht deshalb, dachte Lillie, weil sie so viele Jahre krank gewesen war und nie wieder über diese Zeit lesen wollte. Wenn Michele etwas schrieb, waren es immer ihre Schularbeiten. Sie hatte sich viel Mühe gegeben, hinter die Leistungen der anderen nicht zurückzufallen.

Lillie blätterte geistesabwesend in den Büchern und Heften. Michele war außerordentlich gewissenhaft gewesen. Nirgends fanden sich Flecke oder Eselsohren. Dann nahm sie das Jahrbuch der Klasse zur Hand, das viele von Micheles Mitschülerinnen und Mitschülern signiert hatten. Freundliche, aber unpersönliche Worte standen darin. Nichts ließ auf ein geheimes Rendezvous oder eine besondere Party schließen.

Lillie stellte das Buch ins Regal zurück und sah sich im Zimmer um. Alles war sauber aufgeräumt. Gab es denn keine Geheimnisse im Leben dieses Kindes? fragte sich Lillie. Sie ging zum Schrank und suchte in den Taschen von Micheles Kleidern und Hosen. Sie ging zur Kommode und durchsuchte jedes sorgfältig gefaltete Kleidungsstück. In der untersten Schublade berührte ihre Hand plötzlich etwas Weiches unter einem Stapel Sweatshirts. Lillie nahm den Gegenstand heraus. Es war eine Papiertüte mit dem Aufdruck von Floods Apotheke und Drugstore. Lillie machte die Tüte auf. Darin befand sich ein kleiner Plüschhund mit Schlappohren, ein Spielzeug, das man einem Kleinkind schenken würde. Lillie schüttelte die Tüte, doch es war keine Quittung darin. Sie drehte das Spielzeug nachdenklich in ihren Händen. Michele mochte keine Plüschtiere, dachte sie. Vielleicht hatte sie den kleinen Hund für irgendein Kind gekauft, das sie kannte. Und dann kam ihr eine andere Idee. Vielleicht hatte jemand *Michele* dieses Spielzeug geschenkt. Vielleicht ein heimlicher Bewunderer. Und vielleicht hatte sich diese Bewunderung eines Tages in Haß verwandelt.

Lillie steckte den kleinen Hund wieder in die Tüte. Das ist zu weit hergeholt, sagte sie sich. Du klammerst dich an etwas, weil du dieses sinnlose Verbrechen erklären möchtest. Sie betrachtete das Emblem auf der Tüte. Wahrscheinlich gab es eine ganz simple Erklärung dafür, warum das Spielzeug da in der Schublade gelegen hatte. Aber es schadet nichts, wenn ich versuche, das herauszufinden, dachte sie.

Lillie machte sich zum Ausgehen fertig und fuhr dann ins Zentrum von Felton. Sie parkte auf der Main Street und ging über den Platz zu Floods Apotheke und Drugstore. Eine Klingel läutete leise, als sie die Tür öffnete und hineinging. Das blonde Mädchen, das für Bomar arbeitete, stand hinter der Kosmetiktheke und arrangierte ihr baumwollartiges Haar mit dem Stiel eines Kamms. Ohne den Blick vom Spiegel abzuwenden, fragte sie: »Kann ich Ihnen behilflich sein?«

Lillie wurde sofort unsicher und versteckte die Tüte hinter ihrem Rücken. Dieses Mädchen würde sich niemals daran erinnern, wer irgendwann mal einen Stoffhund gekauft hatte. Es gab keine Quittung, also konnte man das Datum des Kaufs nur raten. Lillie gab vor, eine Grußkarte auswählen zu wollen. Da sie ihre Pflicht erfüllt hatte, legte die Verkäuferin jetzt Lidschatten auf.

Lillie ging in die Spielzeugabteilung und starrte die Plüschtiere dort an, als könnten sie ihr eine Antwort auf ihre bohrende Frage geben. Runde Plastikaugen in Fellgesichtern blickten sie verständnislos an. Geh nach Hause, dachte Lillie, das ist eine törichte Idee.

»Lillie, meine Liebe, wie geht es Ihnen?«

Lillie schrak zusammen. Sie hatte Bomar nicht kommen hören. Sein zerfurchtes Gesicht strahlte sie an. »Bomar.«

»Hilft Kimberly Ihnen?« fragte er ernst und warf der Verkäuferin einen Blick zu, die plötzlich geschäftig Parfümflaschen auf der Theke sortierte.

»Ich wollte mich nur mal umschauen«, sagte Lillie ausweichend.

»Nun, dann will ich Ihnen wenigstens gratulieren«, sagte er.

Lillie sah ihn verständnislos an. »Wozu?«

»Ach«, sagte Bomar, »jetzt habe ich die Überraschung verdorben.«

»Welche Überraschung?« fragte Lillie.

»Na, dann muß ich es Ihnen jetzt wohl erzählen«, sagte der alte Mann fröhlich. »Die Handelskammer hat heute morgen eine Versammlung abgehalten, und Grayson wurde als einer der Preisträger eines Stipendiums nominiert. Der Preis wird nächsten Freitag anläßlich eines Banketts verliehen.«

»Oh, das ist phantastisch«, sagte Lillie. »Gray wird sich freuen.«

»Er verdient diese Auszeichnung, das wissen Sie. Er ist ein feiner Kerl.«

»Danke, Bomar.«

»Ich habe ihn nominiert«, sagte der Apotheker stolz.
»Das war sehr nett von Ihnen.«
Bomar zuckte die Schultern und rieb sich die Hände. »Ich hab's gern getan«, sagte er. »Nun, was kann ich für Sie tun?«
Lillie zögerte, aber wenn irgend jemand etwas über das Spielzeug wußte, war es Bomar Flood. Sie nahm den Plüschhund aus der Tüte und zeigte ihn dem Apotheker.
»Ich weiß, meine Vermutung hört sich etwas verrückt an, aber ich möchte Sie trotzdem etwas fragen.«
»Nur zu.«
»Unter Micheles Sachen habe ich das gefunden. Der Hund steckte noch in der Papiertüte. Sie verkaufen doch solche Plüschhunde! Ich kann hier keinen entdecken.«
Bomar betrachtete den Hund und nickte. »O ja«, sagte er, »so etwas verkaufe ich.« Dann sah er sie unbehaglich an. »Wollen Sie ihn zurückgeben?«
»O nein«, sagte Lillie. »Nein. Ich möchte nur wissen, woher meine Tochter dieses Spielzeug hat. Von wem. Falls es sich um ein Geschenk handelt.«
Bomar sah sie traurig an. »Lillie«, sagte er, »wollen Sie auf den Rat eines alten Mannes hören und nicht über solche Dinge nachdenken? Es ist nicht gesund.«
»Bomar, das tue ich nicht. Ich möchte nur herausfinden, ob sie vielleicht einen Freund hatte, von dem wir nichts wußten. Jemand, der in sie verliebt war. Jemand, dessen Liebe vielleicht nicht erwidert wurde und der deshalb einen Groll gegen sie hegte.«
Bomar verstand plötzlich Lillies Gedankengang. »Einer von diesen jungen Leuten etwa?« fragte er ungläubig. »Nein.«
»Irgend jemand hat es getan«, sagte Lillie zornig. »Warum nicht einer dieser Jungs?«
»Na gut. Ich will nachdenken.« Der Apotheker stemmte die Hände in die Hüften, runzelte die Stirn und starrte zu

Boden. »Sie kam öfter nach der Schule her, wie die anderen auch. Mit ihren Freundinnen. Sie hatte keinen Freund. Soviel kann ich Ihnen sagen.«

»Ja, ich weiß«, sagte Lillie.

Bomar nahm den Plüschhund und betrachtete ihn näher. »Ich will ehrlich sein, Lillie. Ich kann mich nicht erinnern, wer ihn kaufte.«

Lillie seufzte. »Das dachte ich mir. Es war einfach ein Schuß ins Blaue«, sagte sie.

»Obwohl ich mich erinnere«, sagte Bomar und deutete mit seinem knochigen Zeigefinger auf den Hundekopf, »daß es eines Nachmittags wegen dieser Plüschtiere hier Krawall gab. Die anderen ärgerten Tyler Ansley, weil er anscheinend Gefallen an einem dieser Tiere gefunden hatte. Ich erinnere mich, weil mir die Szene so seltsam vorkam. Tyler gab sich immer so selbstsicher, doch damals rastete er förmlich aus, und ich mußte ihn rauswerfen, sonst hätte er mir was kaputtgeschlagen.« Bomar schüttelte den Kopf. »Armer Junge. Ich hoffe, es geht ihm in der Militärschule besser. Obwohl er überall ein Ausgestoßener sein wird. Ich weiß nicht, ob Michele an diesem Tag auch hier war. Ich weiß es einfach nicht mehr.«

Lillie starrte das Spielzeug an. Tyler Ansley. Plötzlich mußte sie an das Baseballspiel am Gründungstag denken. Michele war entrüstet gewesen, weil jeder Tyler so unfair behandelte.

»Ja«, sagte Bomar, »manchmal redeten die beiden miteinander. Aber er fühlte sich in der Gesellschaft von Mädchen nicht wohl. Ich hatte den Eindruck, daß sie ihn mochte. Aber ich glaube nicht, daß er an ihr interessiert war. Ich sage es nicht gern, weil sein Vater ein Freund von mir ist, aber Tyler interessierte sich im Drugstore eigentlich nur für Drogen. Nicht, daß er welche gestohlen hätte. Verstehen

Sie mich richtig. Aber wenn er hier war, hielt ich immer die Augen offen.«

Bomar hielt inne, denn er sah, daß Lillie ganz bleich geworden war. »Sie dürfen nichts Falsches denken. Um Gottes willen, Lillie«, sagte er. »Ich bin alt und kann den Charakter eines Menschen ziemlich gut beurteilen. Dieser Junge würde keiner Fliege etwas zuleide tun. Er hat zwar Probleme, aber er ist kein Mörder.«

»Vielen Dank, Bomar«, sagte Lillie. Plötzlich war ihr ganz leicht im Kopf. »Sie haben mir Ihre kostbare Zeit geschenkt. Noch einmal, danke.«

»Ich meine, was ich sage, Lillie. Haben Sie mich verstanden? Sie müssen diesen verrückten Gedanken aufgeben.«

»Ja«, sagte sie und ging auf die Tür zu.

»Ich sehe Sie dann auf dem Bankett«, sagte Bomar.

Lillie sah ihn verständnislos an.

»Dem Bankett der Handelskammer. Graysons Preis.«

»Oh, ganz richtig«, sagte sie. »Bis dann ...«

»Freitag abend«, sagte Bomar.

»Freitag.«

Die Türglocke läutete hinter ihr, als sie auf die Straße eilte.

Lillie stieg in ihren Wagen und fuhr gedankenverloren und ziellos über eine Stunde in der Gegend herum. Als ein Lastwagen hinter ihr hupte, merkte sie, daß sie unaufmerksam fuhr. Erst da wurde ihr bewußt, wo sie sich befand: nicht weit vom Crystal Lake entfernt. Sie mußte anhalten und nachdenken. Sie fuhr in Richtung See und parkte ihren Wagen auf dem verlassenen Platz neben einem geschlossenen Imbißkiosk.

Durch die fast entlaubten Äste der Bäume konnte sie die silbern schimmernde Oberfläche des Sees sehen. Hierher war Lillie ihr ganzes Leben gekommen, wenn sie über ein wichtiges Problem nachdenken mußte. Sie hatte mit Brenda an seinem Ufer gespielt, und später hatten die beiden lange Spaziergänge gemacht und über Jungen diskutiert. Mit Jordan hatte sie nachts im Sommer bei Vollmond hier gebadet. Sie war an diesem Ufer allein spazierengegangen, um die Entscheidung zu treffen, ob sie Pink heiraten sollte oder nicht.

Lillie stieg aus ihrem Wagen und folgte einem schmalen Pfad, der zum Rand des Wassers führte. Sie ging eine Weile. Kleine, sanfte Wellen leckten das Ufer, und sie nahm einen Kieselstein und ließ ihn über die glatte Wasserfläche hüpfen. Auf der anderen Seite des Sees gab es ein Motel, und daneben standen ein paar Wohnwagen, doch sonst war es ein ruhiges, friedliches Fleckchen.

Lillie fühlte sich alles andere als friedlich. Sie marschierte weiter, bis sie zu einem hölzernen Bootssteg kam. An seinem Ende setzte sie sich hin und ließ die Füße über dem Wasser baumeln.

Sie hielt den Plüschhund in der Hand und betrachtete sein nicht bedrohliches, aber häßliches Gesicht. Tyler Ansley, dachte sie. Das konnte nicht sein. Er war gestört. Das wußte jeder in der Stadt. Aber ein Mörder? Nein. Das war er nicht. Sie hatte ihn ihr ganzes Leben gekannt. Er war jung und konfus und haßte die Welt. Aber er war nicht gemein. Nicht bösartig. Er war ein Rebell.

Und Royce Ansley war ihr Freund. Einer der feinsten Menschen, die sie kannte. Er hätte niemals seinen Sohn zum Mörder erziehen können. Dann kam ihr ein unliebsamer Gedanke. Es hieß doch, die Kinder von Pfarrern seien die größten Sünder. Vielleicht traf das ebenfalls auf den Sohn eines Sheriffs zu. Vielleicht suchte Royce nach einem Mörder, der sein eigener Sohn war.

Und dann hatte sie einen noch schlimmeren Gedanken.

Vielleicht wußte Royce es bereits. Hatte er denn nicht zwei Tage nach Micheles Tod Tyler zu dieser Militärschule gebracht? Nein, dachte sie, das kann nicht wahr sein.
Lillie legte sich auf den Steg und fühlte die Wärme der Holzbohlen durch ihre Kleidung dringen. Sie bedeckte ihre Augen mit der Hand, trotzdem tauchten drohend, wie aus einem Nebel, Royce' und Tylers Gesichter vor ihr auf. Vielleicht neigte der Junge zur Gewalttätigkeit, und Royce wußte davon. Es war bekannt, daß Tyler ein Alkohol- und Drogenproblem hatte. Vielleicht hatte er Michele getötet, es seinem Vater erzählt und ihn gebeten, ihn zu schützen.
Lillie setzte sich wieder auf. Nein, dachte sie noch einmal. Nein, es gibt keinen Grund, warum er sie hätte umbringen sollen. Das ergibt keinen Sinn. Wäre Sex im Spiel gewesen, hätte Lillie das verstehen können. Doch Michele war unberührt gewesen. Und außerdem, dachte sie, warum hatte Royce von Anfang an auf Ronnie Lee Partins Unschuld bestanden, wenn er seinen Sohn schützen wollte?
Lillie nahm den kleinen Hund und drehte ihn ungeduldig in ihren Händen. Der Gedanke war ungeheuerlich. Und worauf gründeten sich alle ihre Überlegungen? Auf ein Plüschtier wie Millionen andere. Auf das lückenhafte Erinnerungsvermögen eines alten Mannes. Und wenn Michele in Tyler Ansley verliebt gewesen war und er ihre Gefühle nicht erwidert hatte? Stempelte das den Jungen zu einem Mordverdächtigen?
Inzwischen war es dämmrig geworden. Lillie merkte, daß sie schon ziemlich lange hier gesessen hatte. Sie stand auf und ging zu ihrem Wagen zurück. Sie legte den Plüschhund auf den Nebensitz und fuhr nach Hause.
Als sie ankam, wusch Pink sein Auto vor der Garage im Licht der Außenlampe. »Ist es dafür nicht ein bißchen spät?« fragte sie.

»Es muß nächsten Freitag blitzsauber sein«, sagte Pink und winkte sie mit der Hand zurück, damit sie nicht naß wurde, als er den Wagen abspritzte.
»Warum denn?« fragte Lillie.
Pink drehte das Wasser ab. Den Schlauch hielt er wie ein Zepter in der Hand. »Du hast es sicher noch nicht gehört«, sagte er stolz. »Es geht um unseren Sohn.«
»Ach ja. Er hat ein Stipendium von der Handelskammer bekommen. Ich weiß es bereits. Ich habe heute mit Bomar gesprochen.«
Pink nahm einen Lappen und wischte das Autodach ab.
»Wieso denn das?«
»Ich bin sehr stolz auf ihn«, sagte Lillie.
»Nur stolz?« sagte Pink kopfschüttelnd. »Das hebt unser Ansehen mächtig. Ich sage dir, Lillie, Grayson ist unsere Hoffnung für die Zukunft.«
»Ich weiß«, sagte Lillie leise.
Pink polierte die Windschutzscheibe. »Es ist verrückt, im Dunkeln das Auto zu putzen, aber ich habe sonst keine Zeit dafür. Ich habe Grayson einen Anzug für das Bankett versprochen. Wenn man es richtig bedenkt, sollte ein Junge in seinem Alter schon einen Anzug besitzen.«
Lillie betrachtete den Spielzeughund in ihrer Hand. »Du hast wohl recht«, sagte sie.
»Ich habe den Eindruck, daß es uns wieder bessergeht«, sagte Pink. »Wir brauchen nur unseren Sohn zu unterstützen und müssen die Vergangenheit hinter uns lassen, dann wendet sich alles zum Guten. Ich glaube, diese Auszeichnung ist ein Zeichen dafür.«
»Vielleicht«, flüsterte Lillie.
»Was?« sagte Pink. »Was hast du da? Übrigens, warum hast du heute mit Bomar gesprochen?«
Lillie öffnete den Mund und wollte reden, aber Pink bückte

sich nach dem Autowachs. Hinter der Kühlerhaube rief er: »Wußtest du, daß Bomar ihn nominiert hat?«

Lillie wußte, daß er nicht hören wollte, was sie ihm zu sagen hatte. Sie wußte, daß er wütend sein würde. Er wollte nur die schönen Dinge des Lebens wahrhaben. Grayson. Und er hatte natürlich recht. Es *gab* Dinge, für die man dankbar sein mußte. Dinge, über die man glücklich sein konnte. Aber sie sagte es trotzdem.

»Ich habe das in Micheles Zimmer gefunden«, sagte Lillie langsam, »und ich dachte, sie könnte es für Tyler Ansley gekauft haben.«

Pink richtete sich auf, das Wachs in einer, das Tuch in der anderen Hand. Trotz der Kühle des Abends schwitzte er vor Anstrengung. »Was hast du da gesagt? Was ist mit Tyler Ansley?«

Sie sah ihren Mann hilflos an. Ja, was ist mit Tyler Ansley? dachte sie. Ein Junge, den sie beide ihr ganzes Leben gekannt hatten. Das Kind eines Freundes. Sie versuchte sich ihn als den Täter vorzustellen. Den Mörder Micheles. Selbst ihr kam das absurd vor. Aber irgend jemand hatte Michele getötet. Es hätte Tyler sein können.

»Ich glaube, Michele hat ihn gern gehabt«, sagte Lillie dickköpfig.

Pink starrte sie an. »Und wenn?« fragte er wachsam. »Was schließt du daraus?«

»Pink«, sagte Lillie, »glaubst du, daß er möglicherweise ...?«

»Daß er was?« fragte Pink ungeduldig.

»Daß er sie umgebracht hat«, platzte Lillie heraus.

»Das ist wohl unglaublich!« brüllte Pink.

Sie sah ihn durchdringend an. Obwohl sie ihn im Licht der Lampe nur undeutlich sah, bemerkte sie, daß er den Plüschhund furchtsam anschaute, als hätte er Angst, das Spielzeug würde in ihren Händen zum Leben erwachen.

»Pink«, sagte sie, »was ist mit dir los? Du siehst so sonderbar aus.«
»*Ich* sehe sonderbar aus?« sagte er wütend. Er tat Wachs auf seinen Lappen und fuhr mit unkontrollierten Bewegungen über die Kühlerhaube. »Es ist nicht zu fassen. Um Himmels willen, du bist doch diejenige mit den sonderbaren Ideen.«
Sie starrte ihn an. »Pink«, sagte sie langsam, »hast du vielleicht schon dasselbe gedacht?«
»Du bist verrückt, Lillie.«
»Ich kenne dich, Pink. Du glaubst, ich könnte recht haben.«
Pink richtete sich auf und wedelte mit dem Lappen vor ihrer Nase herum. »Hast du nicht gehört, was ich eben über unsere Familie gesagt habe?«
»Pink«, beharrte sie, »wir können das nicht einfach unter den Teppich kehren.«
Pink schrie wieder. »Kannst du nicht einen Augenblick aufhören, daran zu denken?« brüllte er. »Und wie wenig Interesse du deiner eigenen Familie entgegenbringst! Muß ich denn alles tun? Unterstützt du mich denn nicht einmal ein bißchen?«
Die Tür wurde geöffnet, und Grayson trat heraus, eine Flasche Coke in der Hand. Lillie sah ihn schuldbewußt an.
»Warum schreit ihr beiden hier herum?« fragte er. »Dad, wäschst du etwa jetzt das Auto?«
Pinks Gesichtsausdruck wurde sanfter, als er seinen Sohn ansah. »Ich will, daß er Freitag glänzt«, sagte er. »Ich will nicht, daß du in einem schmutzigen Wagen zum Bankett fährst. Du bist einer der Auserwählten!«

15

Obwohl Home Cookin', Lillies Firma, beauftragt worden war, Speisen und Getränke für das Bankett der Handelskammer zu liefern, und Lillie geplant hatte, zu bedienen, sagte sie Brenda, daß sie an diesem Abend nicht arbeiten würde.

Sie hatte viel über Pinks Klagen nachgedacht. Und wenn sie auch Gedanken über Micheles gewaltsamen Tod quälten, so war das doch kein Grund, ihren Sohn und Mann zu vernachlässigen. Sie erwog, zu Royce zu gehen und ihn mit ihrer Theorie bezüglich Tyler zu konfrontieren, doch als Pink sie sarkastisch fragte, welche Beweise sie denn habe, ließ sie ihr Vorhaben fallen. Sie vermutete, daß Pink dieselben Ansichten wie sie über Tyler hegte, doch er stritt das kategorisch ab. Er erklärte ihr, er wolle sich nicht mehr mit der Vergangenheit, sondern nur noch mit der Gegenwart und Zukunft beschäftigen, und Lillie nahm sich vor, dasselbe zu tun – es wenigstens zu versuchen.

Aber sie merkte, daß es schwierig war, in das Duo Pink und Grayson einzudringen. Trotz Pinks dringendem Wunsch, sie möge sich mehr um die beiden kümmern, kam sie sich wie ein Eindringling vor. Du hast sie schon viel zu lange vernachlässigt, dachte sie. Jetzt brauchen sie dich nicht mehr.

Der Hauptprogrammpunkt für die Woche war der Kauf eines Anzugs für Gray. Lillie schlug vor, die beiden zu begleiten, und versuchte, den unwilligen Blick, den Pink und Grayson bei ihrem Vorschlag tauschten, zu ignorieren.

»Es ist ein Herrengeschäft«, sagte ihr Sohn.
»Na, na«, sagte Pink schnell. »Damen wird dort nicht der Eintritt verwehrt.«
Lillie unterdrückte den scharfen Schmerz, den sie bei den Worten ihres Sohnes empfunden hatte. Das ist allein dein Fehler, dachte sie. Du hast dich nur um Michele und deine Arbeit gekümmert, jetzt kommen sie ohne dich aus und brauchen dich nicht mehr. Am Morgen des Einkaufstages war sie schon früh fertig und plauderte fröhlich während der Fahrt in die Stadt.
Als sie im Geschäft waren, konnte sie nur mit Mühe den Mund halten, da Grayson den teuersten Anzug auswählte und Pink die Wahl seines Sohnes natürlich billigte. Sie versuchte auf taktvolle Weise das Augenmerk der beiden auf andere Anzüge zu lenken, doch Pink verkündete großspurig, wenn es sich um Grayson handele, sei ihm nichts zu teuer. Also schwieg sie, als sich Grayson nicht zwischen zwei Hemden entscheiden konnte und Pink dann beide kaufte.
Als sie wieder zu Hause waren, warf Grayson den teuren Anzug und die Hemden aufs Bett und setzte sich vor den Fernseher. Lillie hängte den Anzug auf. Dann nahm sie die Hemden, um sie in die Schublade seiner Kommode zu legen. Als sie sie öffnete, entdeckte sie darin wenigstens ein Dutzend neuer Hemden, noch in der Originalverpackung.
»Grayson!« rief sie.
Als ihr Sohn das Zimmer betrat, deutete sie auf die Schublade. »Was ist das?« fragte sie.
»Hemden«, sagte er fröhlich.
»Was tust du mit all diesen neuen Hemden? Du hast sie noch nicht einmal getragen.«
Grayson betrachtete die Hemden in der Schublade ausdruckslos. »Manchmal«, sagte er, »habe ich einfach nicht die passenden anderen Sachen dafür.« Er bückte sich und

griff nach einem gelbgestreiften Hemd. »Zu diesem hier müßte ich einen dunkelblauen Blazer tragen. Und der, den ich habe, ist mir in den Schultern zu eng.«

»Mit welchem Geld hast du diese Hemden bezahlt?« fragte Lillie. »Du hast doch keinen Job.«

»Ich gebe manchmal Nachhilfestunden«, sagte er abwehrend. »Das weißt du doch.«

»Und damit hast du soviel verdient, um alle diese Hemden kaufen zu können? Oder hat dein Vater sie dir gekauft? Und warum hast du dann heute noch zwei neue gebraucht?«

»Von diesen hier paßt keines zum Anzug«, sagte Grayson und schob die Schublade mit dem Fuß zu. Er drehte sich um und sah seine Mutter an. »Ich dachte, du möchtest, daß ich bei dem Bankett gut aussehe. Da habe ich dich wohl mißverstanden.«

Pink, der die immer lauter werdenden Stimmen gehört hatte, erschien in der Tür.

»Ich will, daß du gut aussiehst. Aber das ist Verschwendung, Grayson. Du hast den ganzen Schrank voller Klamotten ...«

Grayson sagte zu Pink: »Mom glaubt, daß ich diese Klamotten nicht brauche. Vielleicht sollten wir sie ins Geschäft zurückbringen.«

»Nichts wird zurückgebracht«, sagte Pink wütend und bedeutete Grayson, aus dem Zimmer zu gehen. Dann fuhr er seine Frau an. »Mußt du denn immerzu deinen Sohn kritisieren? Gütiger Himmel, die meisten Mütter würden bei einem solchen Sohn vor Stolz aus allen Nähten platzen. Aber du kannst immer nur auf ihm herumhacken.«

Lillies Wangen brannten. »Ich habe nicht gesagt, er soll die Kleider zurückbringen. Ich wollte nur wissen, woher er das Geld für alle diese Hemden hat. Wenn du sie ihm nicht gekauft hast ...«

»Ich habe sie ihm nicht gekauft«, sagte Pink höhnisch. »Er gibt Nachhilfestunden. Und er ist gern anständig gekleidet. Das ist dir wohl noch nicht aufgefallen.«
»Aber was macht er denn mit diesen Unmengen?« protestierte Lillie.
Pink wedelte angeekelt mit einer Hand. »Geh wieder in deine Traumwelt, Lillie. Ich wußte, daß es nicht funktionieren würde. Geh zurück zu deinen Erinnerungen und deinen Zwangsvorstellungen, was Michele betrifft. Laß uns in Ruhe! Hast du mich verstanden?«
Lillie wandte sich ab, die Hemden an ihre Brust gepreßt. Ein Teil von ihr wollte ihn anschreien, doch ein anderer dachte, er könne vielleicht recht haben. Lange Jahre hatte sie sich wegen Michele nicht genug um ihren Sohn gekümmert, und jetzt wußte sie so wenig von ihm. Sie schwor, ihrem Sohn mehr Aufmerksamkeit zu schenken, ihn zu lieben. Und ihren Mann. Das war es, was beide brauchten, keine Kritik.
Die Anstrengungen, die sie in den folgenden Tagen machte, schienen sich auszuzahlen. Sie redete ausführlich mit Grayson über seine Erlebnisse in der Schule. Anfangs war er mißtrauisch, doch ihr unverhülltes Lob machte ihn gesprächiger. Sie erfuhr von Grayson, daß Pink mit ihm zweimal in der Cafeteria der Schule geluncht hatte. Falls Grayson das als lästig empfunden hatte, ließ er jedoch nichts darüber verlauten.
Getreu ihrem Vorsatz sprach Lillie nie Micheles Namen aus. Wenn die Erinnerungen an ihre Tochter und die Verdachtsmomente, die mit ihrem Tod zusammenhingen, sie zu überwältigen drohten, verdoppelte sie ihre Anstrengungen, ihrer Familie zu gefallen. Den Lebenden.
Am Abend, als das Bankett stattfand, war sie schon früh ausgehbereit, während Pink noch nicht fertig war. Grayson sah in seinem neuen Anzug sehr elegant aus. Lillie bewun-

derte ihn gebührend, und er schien in ihren Komplimenten zu baden.

Das Bankett fand im Briar Hill House statt. Als sie die gewundene Auffahrt entlangfuhren, erstrahlte es im festlichen Glanz. Doch Lillie lief bei diesem Anblick ein Schauder über den Rücken. Sie stiegen aus dem Wagen und standen einen Augenblick in der feuchten Nachtluft; sie roch nach vermodernden Blättern. Lillie sah Pink an und fragte sich, ob er sich an ihren letzten Besuch hier erinnerte. Er wich ihrem Blick aus und zupfte Graysons Krawatte und Manschetten zurecht.

»Er sieht wirklich gut aus«, sagte Lillie. »Der Anzug sitzt perfekt.« Sie gingen über welkes Laub auf das hellerleuchtete Haus zu.

»Dies ist einer der schönsten Tage meines Lebens«, sagte Pink.

»Für mich auch«, sagte Lillie. »Obwohl ich etwas Angst habe, jetzt wieder hierherzukommen.«

Sie spürte sofort, daß die Stimmung eisig geworden war. Grayson starrte mit steinernem Blick vor sich hin, und Pink seufzte schwer. Die ganze Woche über hatte sie durch ihr Schweigen, was Michele betraf, die unausgesprochene Anerkennung der beiden bekommen. Doch jetzt hatte ihre Bemerkung sie beleidigt, als hätte sie eine stillschweigende Vereinbarung gebrochen.

»Ob ich wohl anläßlich dieses großen Tages das Vergnügen habe, daß mir der Ehrengast den Arm reicht?« sagte sie fröhlich. Grayson sah sie argwöhnisch an, streckte ihr aber seinen Arm entgegen. Lillie tätschelte seine kühle Hand, als er sie ins Foyer geleitete.

Das alte Herrenhaus war mit Erntemotiven dekoriert worden: Früchten und Garben. Auf der Empore über dem Foyer spielte Gay Jones, die Musiklehrerin, Klavier.

Die drei hängten ihre Mäntel auf und gingen dann in die ehemalige Bibliothek, die man in eine Bar umfunktioniert hatte und wo Punsch ausgeschenkt wurde. Als Lillie von der Toilette zurückkam, warf sie einen Blick in den Ballsaal, wo Brenda und Loretta letzte Hand an die Gedecke auf den dort aufgestellten runden Tischen legten.

»Es sieht phantastisch aus«, sagte Lillie zu Brenda, die sie auf die Wange küßte. »Ich habe Schuldgefühle, weil ich nicht geholfen habe.«

»Unsinn. Solche Entschuldigungen lassen wir nicht länger gelten. Nicht wahr, Loretta?« sagte Brenda.

Loretta kicherte und gratulierte Lillie zu der Auszeichnung, die Grayson bekommen hatte. »Sie sehen wirklich hübsch aus.«

»Ich muß jetzt gehen«, sagte Lillie. »Bis später.«

Sie ging aus dem Ballsaal und durch das Foyer, da sah sie in der Nähe einer der Türen, die zu den hinteren Räumen führten, eine vertraute Gestalt stehen. Heute trug er einen Anzug, und sein kurzgeschnittenes Haar wirkte, als wäre es gestärkt.

»Royce«, sagte Lillie. Das Wort war ihr ohne ihr Zutun entschlüpft.

Der Sheriff drehte sich um und sah sie durchdringend und kalt an. »Hallo, Lillie.«

Sie fühlte sich schuldig, als sie ihm in die Augen sah, schuldig wegen dieser häßlichen Gedanken, die sie über seinen Sohn hegte. Doch gleichzeitig fragte sie sich immer wieder: Wußte er es? Er wirkte so völlig einsam und deplaziert an diesem Ort. Seit Lulenes Tod besuchte er kaum noch gesellschaftliche Veranstaltungen, es sei denn, seine Anwesenheit war unbedingt nötig – so wie heute. Laß ihn in Ruhe, dachte sie. Er ist ein so anständiger Mann. Aber sie konnte nicht anders, sie mußte ihrer Eingebung folgen.

»Wie geht's Tyler in der Militärschule?« fragte sie.
Sie bemerkte ein leichtes Zögern, als er den Blick von ihr abwandte. Aber seine Stimme klang ruhig. »Tyler kann sich nur schwer anpassen. Tut mit leid, das zu sagen. Aber Tylers ganzes Leben besteht aus Anpassungsschwierigkeiten.«
Es war das erste Mal, daß Royce die Enttäuschung über seinen Sohn aussprach. Warum jetzt? Es schien ihr grausam, näher auf das Thema einzugehen, aber sie mußte es einfach tun.
»Dieser Schulwechsel kam so plötzlich für uns. Haben Sie das schon länger geplant?«
Royce' Augen blickten gequält. »Sagen wir mal, daß eine solche Lösung schon seit langem absehbar war«, sagte er ausdruckslos.
»Ich habe bis vor kurzem gar nicht gewußt, daß Tyler und Michele befreundet waren.« Lillie fühlte, wie sie zitterte, als sie die Worte aussprach.
»Tyler und Michele?« fragte er.
»Ja«, sagte Lillie. »Ich glaube, daß sie Tyler sehr gern mochte.«
»Das wußte ich auch nicht«, sagte Royce. »Ich kenne niemanden, der Tyler gern mochte. Außer mir natürlich«, fügte er mit flacher Stimme hinzu.
Lillie wünschte, sie hätte nicht mit ihm darüber gesprochen. Es tat ihr leid, und sie fühlte sich schuldig, weil sie solche entsetzlichen Dinge von ihm und seinem einzigen Sohn auch nur dachte.
»Wir haben Sie in letzter Zeit nicht oft gesehen«, sagte sie.
Royce blickte geistesabwesend in das menschenüberfüllte Foyer. »Ich habe Michele nicht vergessen«, sagte er, »sollten Sie das meinen. Ich muß immerzu an sie denken.«
»Das habe ich nicht gemeint«, sagte Lillie freundlich. »Ich weiß, daß Sie an dem Fall arbeiten. Entschuldigen Sie mich bitte, Royce. Ich muß noch mit ein paar Leuten reden.«

»Aber natürlich«, sagte der Sheriff. »Heute ist ein großer Tag für Grayson.«
Sie glaubte, in seiner Stimme einen bitteren Unterton gehört zu haben, und drehte sich nach ihm um. Er bahnte sich einen Weg in Richtung Bar. Mit einem Sohn wie Tyler, dachte sie, ist es kein Wunder, daß er verbittert ist.
Sie betrat die ehemalige Bibliothek und begrüßte Freunde und Bekannte. Dann strömten alle in den Ballsaal und setzten sich an ihre mit Tischkarten bezeichneten Plätze. Grayson saß am Ehrentisch, Lillie und Pink ganz in der Nähe. Als jeder Platz genommen hatte, klopfte der Präsident der Handelskammer, Sterling Grisard, an sein Glas, um die allgemeine Aufmerksamkeit zu erbitten. Das Murmeln erstarb, und er dankte allen für ihr Kommen und erklärte, daß die Reden nach dem Dinner gehalten werden würden. Dann stellte er die beiden Geistlichen am Ehrentisch vor. Einer von ihnen war Reverend Ephraim Davis, der das Tischgebet sprach.
Danach wurden die Speisen aufgetragen, und alle begannen zu essen. Als die allgemeine Unterhaltung wieder einsetzte, sagte die Frau neben Pink: »Wie finde ich denn das? Ein schwarzer Geistlicher spricht das Gebet. Er hat nicht mal eine eigene Gemeinde in unserer Stadt. Er vertritt nur Reverend Olive.«
Pink leerte sein Weinglas auf einen Zug und sah sich auf dem Tisch nach der Flasche um. »Na ja«, sagte er, »die Handelskammer hat in diesem Jahr zwei Schwarze als Mitglieder aufgenommen.«
»Und wer ist es?« fragte die Frau.
»Die Besitzer der Geflügelfarm, draußen an der Route einunddreißig.«
»Ach ja«, sagte die Frau. »Ich glaube, das habe ich in der Zeitung gelesen.«

»Sie haben in diesem Jahr auch einen Pakistani aufgenommen«, sagte Pink. »Er und seine Frau sind die Besitzer des Motels am Crystal Lake.«
Die Frau stocherte ungehalten auf ihrem Teller herum. »Nächstes Jahr werden sie das Gebet auf Hindi sprechen«, schnaubte sie.
Pink kicherte und sprang auf, als er Brenda mit der Weinflasche in der Hand vorbeigehen sah. »Schenkst du mir ein?«
Brenda kam an den Tisch und verdrehte die Augen. »Du liebe Güte, das ist ein Job heute«, sagte sie zu Lillie. »Ich bin froh, wenn du wieder arbeitest. Grayson sieht wirklich gut aus. Hat er einen neuen Anzug?«
»Wir haben ihn vor ein paar Tagen gekauft.« Lillie nickte. »Er ist der bestaussehende Junge hier im Saal.«
Lillie lächelte und blickte stolz zu ihrem Sohn hinüber, der mit dem Geschäftsmann neben ihm plauderte.
Das Dinner verlief angenehm, und bald war es Zeit für die Reden und die Vorstellung der neuen Mitglieder der Handelskammer. Alle Anwesenden ließen das geduldig über sich ergehen, bis schließlich die Stipendiaten an der Reihe waren. Pink, der bei jeder sich bietenden Gelegenheit sein Weinglas nachgefüllt hatte, applaudierte laut, als Bomar Flood das Podium betrat. Lillie sah, daß Pinks Nacken rot war und Schweißtröpfchen auf seiner Stirn perlten.
»... ein junger Mann, der sich auf allen Gebieten ausgezeichnet hat, in der Schule, im Sport und im Familienkreis«, sagte Bomar. »Wir sind stolz, ihm dieses Stipendium verleihen zu dürfen.«
Als der Applaus einsetzte und Gray zum Podium ging, sah Lillie, wie Bill und Betty Starnes aufstanden und mit erstarrten Gesichtern zur Tür gingen. Lillie errötete verwirrt, als ihr Sohn zu reden anfing.
Grayson lehnte sich über das Podium. »Habe ich das wirklich

alles geleistet?« fragte er mit kindlich unbefangener Stimme. Die Frauen kicherten, und die Männer rutschten auf ihren Stühlen herum. »Und ich fühle mich durch diese Auszeichnung sehr geehrt.« Seine Rede war kurz; er betonte Pflichtgefühl und Gemeinsinn. Als er fertig war, klopfte ihm Bomar auf den Rücken, und sie schüttelten sich wieder die Hände, worauf nochmals Applaus aufbrandete. Grayson setzte sich wieder, und von Lillie wich die Spannung, denn jedem schien die Rede gefallen zu haben – außer den Starnes, die schweigend gegen Grays Nominierung protestiert hatten.
Pink sah sie mit strahlenden Augen aus hochrotem Gesicht an. »Allein dafür hat sich alles gelohnt«, sagte er, leicht nuschelnd. »Alles hat sich gelohnt.«
»Was sagst du?« fragte Lillie, als die Frau neben Pink sagte: »Sie sollten auf diesen jungen Mann sehr stolz sein.«
»Ja, Ma'am«, sagte Pink. »Wir sind sehr stolz.«
Die folgenden Redner leierten ihre Texte herunter, bis Lillie glaubte, sie würde einschlafen, und dann war plötzlich alles vorbei. Die Leute standen auf. Freunde und Nachbarn gratulierten Lillie und Pink. Loretta stand in der Nähe und unterhielt sich mit dem Geistlichen, der das Gebet gesprochen hatte. Niemand sonst schien sich um die beiden zu kümmern. Sie entschuldigte sich und ging zu Loretta.
»Loretta«, sagte sie, »verzeihen Sie, aber ich wollte mich nur bei Ihnen bedanken. Das Dinner war großartig. Brauchen Sie mich wirklich nicht?«
»Ach, Unsinn«, sagte Loretta. »Ihr Sohn hat eine hübsche Rede gehalten.«
»Danke.«
Loretta deutete auf den Geistlichen, der neben ihr stand. »Lillie, ich möchte, daß Sie einen lieben alten Freund von mir und meiner Familie kennenlernen, Reverend Davis. Reverend, das ist Mrs. Lillie Burdette.«

Lillie gab dem alten Priester die Hand. »Es ist schön, Sie hier zu sehen, Reverend.«

»Ich freue mich, Sie kennenzulernen, Mrs. Burdette. Ich bete oft für Sie.«

Lillie sah den alten Mann überrascht an. »Sie beten für mich?«

»Ihre Familie und Ihre Tochter.«

»Oh, danke, Reverend«, sagte Lillie. »Das ist sehr nett von Ihnen.«

»Hat der Sheriff etwas mit dem anfangen können, was ich ihm erzählt habe? Ich habe nie wieder von ihm gehört.«

Lillie runzelte die Stirn und schüttelte den Kopf. »Ich weiß nicht recht, wovon Sie sprechen.«

Der alte Mann war etwas verwirrt. »Ach, es ist wahrscheinlich bedeutungslos«, sagte er. »Der Sheriff hat wohl nichts damit anfangen können.«

»Nein. Erzählen Sie mir, was Sie dem Sheriff berichtet haben«, beharrte Lillie.

»Nun, ich habe ihm nur gesagt, daß ich Ihre Tochter in jener Nacht sah ...«

»Der Nacht, in der sie ermordet wurde«, unterbrach Lillie ihn.

»Ganz recht. Sie ging die Straße entlang, die zur Brücke führt. Ich hatte mich verfahren, müssen Sie wissen ...«

Lillie spürte plötzlich einen Knoten in ihrem Magen. »War sie *allein?*«

»Ja. Aber dann sah ich bei der Brücke einen jungen Mann. Hat der Sheriff es Ihnen nicht erzählt? Dann muß er es sofort überprüft haben.«

Lillies Hände waren eisig, und ihre Knie zitterten, als könnten ihre Beine sie kaum noch tragen. »Was für ein junger Mann?« fragte sie ruhig.

»Er stand unten an der Brücke. Sie war ein so hübsches

Mädchen, Mrs. Burdette. Sie wies mir den Weg, und als ich dann wendete, sah ich den jungen Mann dort.«

Lillie mußte kämpfen, damit ihre Stimme normal klang. »Wie sah er aus?«

Der Reverend rieb sich nervös die Wange. »Nun, ich habe ihn nur eine Sekunde gesehen. Er war groß und gut gebaut. Schwarzes Haar, das er ziemlich lang trug. Hat der Sheriff Ihnen denn gar nichts davon erzählt?«

Lillie schüttelte den Kopf. Loretta sah sie an. »Lillie, Sie sehen gar nicht gut aus«, sagte Loretta. »Kommen Sie, setzen Sie sich.«

»Entschuldigen Sie, Mrs. Burdette«, sagte der Reverend. »Ich hätte Sie an diesem glücklichen Abend nicht an all diese schrecklichen Dinge erinnern dürfen.«

Lillie drückte die Hand des alten Mannes, als würde sie ihn um Unterstützung anflehen. »Nein«, flüsterte sie, »ich danke Ihnen, daß Sie mir das alles erzählt haben.«

»Hier, setzen Sie sich«, sagte Loretta und wollte ihr zu einem Stuhl helfen.

Lillie sah Loretta flehend an. »Loretta, ich muß hier raus.«

»Dann hole ich Ihren Mann.«

»Nein. Ich gehe schon selbst.« Sie tätschelte Lorettas Hand und ging wie betäubt auf Pink zu, der mit Grayson den Mittelpunkt einer Gruppe bildete. Sie bedeutete ihm, zu ihr zu kommen, aber er lächelte sie nur an.

»Pink«, bat sie inständig.

Grayson hatte ihre Stimme gehört und drehte sich um. Er hob die Plakette, die er für seine Auszeichnung bekommen hatte, damit sie sie bewunderte. Pink hatte einen Arm um die Schultern seines Sohnes gelegt. Lillie nickte zerstreut, und der Triumph in Graysons Augen verblaßte. Sie gab durch Zeichen zu verstehen, daß sie mit Pink reden wollte.

Gray sprach mit seinem Vater, und Pink kam und zerrte Gray hinter sich her.

»Na, wie findest du unseren Sohn?« fragte er.

Lillie nickte. »Pink, ich muß mit dir reden. Hast du den Sheriff gesehen? Hast du Royce gesehen? Ich habe gerade etwas erfahren. Ich kann es kaum glauben ...«

»Was ist los?« schimpfte Pink. »Was soll das?« Grayson starrte sie nur an.

Lillie berichtete in knappen Sätzen, was Reverend Davis ihr erzählt hatte. »Er sah einen Jungen«, schloß sie mit zitternder Stimme, »einen Jungen, der große Ähnlichkeit mit Tyler Ansley hat.«

Pink sah sie mit verzerrtem Gesicht an, als wäre er gerade Zeuge eines blutigen Unfalls geworden.

»Pink«, sagte Lillie, »der Sheriff hat nie ein Wort darüber verlauten lassen. Ein Augenzeuge.«

Pink schaute zu dem Geistlichen hin. »Warum sollten wir Leuten wie seinesgleichen Glauben schenken? Was hatte er überhaupt da draußen zu schaffen und mit Michele zu reden?«

Lillie griff nach dem Arm ihres Mannes und schüttelte ihn. »Pink, um Himmels willen! Ich glaube, er hat Tyler dort gesehen.«

»Es hätte irgendein beliebiger Junge sein können«, sagte Pink. »Deshalb hat der Sheriff wohl nie darüber gesprochen.«

»Oder es war Tyler, und der Sheriff weiß es!« stieß Lillie hervor.

Grayson starrte seine Eltern an.

»Lillie, reiß dich zusammen«, sagte Pink. »Warum sollte Tyler Ansley Michele etwas antun?«

»Ich weiß es nicht«, jammerte Lillie. »Aber es würde erklären, warum Royce den Mörder bisher noch nicht gefaßt hat. Und warum wir keine Informationen bekommen.«

Pink funkelte seine Frau wütend an. »Ich dachte, Royce Ansley wäre unser Freund. Und du verdächtigst ihn jetzt?«
»Tyler ist sein Sohn. Kannst du wissen, was er nicht alles für seinen Sohn tun würde?«
»Ach«, unterbrach Grayson seine Eltern mit kläglichem Grinsen, »es war wohl dumm von mir anzunehmen, ich würde heute abend im Mittelpunkt des Interesses stehen.«
Lillie starrte ihren Sohn an. Bei seiner Bemerkung erwachte wieder dieses wohlbekannte Schuldgefühl in ihr, aber gleichzeitig zerbrach irgend etwas in ihr. »Hör auf zu jammern, Grayson«, sagte sie. »Ich weiß, wie wichtig dieser Tag für dich ist. Aber deine Schwester wurde ermordet, und das ist wichtiger als irgendeine Auszeichnung. Ja, das ist es.«
Grayson wich vor ihr zurück; Wut flackerte in seinen Augen auf. Doch im nächsten Augenblick sah er zerknirscht aus, sein Gesicht war bleich und verschlossen.
»Ich möchte nach Hause gehen«, sagte Lillie.
Pink sah sie empört an. Er griff in seine Tasche und gab ihr seine Autoschlüssel. »Irgend jemand wird uns schon heimfahren«, sagte er, als er die Schlüssel in ihre Hand fallen ließ. »Grayson kann noch nicht gehen. Er hat Verpflichtungen hier.«
Lillie spürte, wie ihr Gesicht wegen seiner Gleichgültigkeit vor Zorn rot wurde. Sie ging auf die Tür zu. Brenda rief ihr im Vorbeigehen etwas zu, aber Lillie setzte ihren Weg fort. Sie stieg in den Wagen und fuhr weg. Auf dem ganzen Nachhauseweg beschäftigten sie die widersprüchlichsten Gedanken.
Die beiden wollten sie bestrafen, weil sie Kummer hatte und sich Sorgen machte, aber es funktionierte nicht. Warum empfanden sie nicht dasselbe wie sie? Das war die eigentliche Frage. Pink war auf die Festnahme von Ronnie Lee Partin geradezu versessen gewesen. Aber als sich dessen

Unschuld herausgestellt hatte, schien er jedes Interesse an der Ergreifung des Mörders verloren zu haben. Und nun, da Tyler als Tatverdächtiger gelten konnte, wollte er nicht einmal davon hören. Und Grayson war nicht besser. Er schien nur an sich selbst zu denken. Alle Kinder waren egoistisch. Das wußte sie. Aber wenn er sich nur ein wenig für den Tod seiner Schwester interessieren würde, hätte er vielleicht über Tyler etwas in Erfahrung bringen können. Seit Jahren besuchten die beiden dieselbe Schule. Na, dann muß ich eben alles alleine machen, dachte sie. Das wichtigste war, den Mörder zu finden. Sie parkte und ging in das dunkle, stille Haus.

Wenn Tyler der Schuldige war, dachte sie – aber warum hatte Royce dann so reagiert? Warum hatte er Ronnie Lee Partin den Mord nicht angelastet? Sie mußte wieder an den Sheriff denken, wie er verschlossen und mürrisch dem Treiben am Abend zugesehen hatte. Würde er seinen Sohn schützen? Und dann fragte sie sich, ob Royce bemerkt hatte, daß sie mit Reverend Davis gesprochen hatte. Sie hatte den Sheriff nirgendwo gesehen. Sie vermutete, daß er früh gegangen war. Aber wenn er sie nun beobachtet hatte und wußte, was der Geistliche ihr erzählt hatte, und daraus gewisse Schlüsse zog? Lillie erschauderte und knipste alle Lampen im Haus an.

Und als sie das tat, schalt sie sich wegen ihrer Angst. Royce würde dir nie etwas tun, dachte sie. Aber ein Knacken an einem der Fensterläden draußen ließ sie zusammenfahren. Sie hätte es auch nie für möglich gehalten, daß Royce einen Mörder decken könnte. Nicht einmal seinen Sohn. Wenn er so weit ging ... Sie trat ans Fenster, hielt den Atem an und schaute nach draußen. Der Garten lag still und verlassen in der Dunkelheit da. Sie schloß das Fenster und zog die Vorhänge vor.

Dann ging sie in Micheles Zimmer, machte Licht und ließ den Rolladen herunter. Lillie ging im Geist noch einmal die Unterhaltung mit dem Sheriff durch. Sie hatte ihm erzählt, sie habe von der Freundschaft Micheles mit Tyler erfahren. Wußte er mehr über diese Freundschaft? Konnte es möglich sein, daß es zwischen ihrer Tochter und dem Sohn des Sheriffs eine heimliche Liebesbeziehung gegeben hatte? Eine Leidenschaft, die in Haß geendet hatte? Lillie sah sich fieberhaft in dem Zimmer um, als könnte es sprechen. Wo nur konnte sie die Antwort auf ihre bohrenden Fragen bekommen? Dann ging sie zum Bücherregal und nahm das Jahrbuch heraus. Mit kalten Fingern blätterte sie die Seiten um, bis sie sein Foto fand. Tyler Ansley. Daneben war ein Fleck. Sie hielt das Buch unter das helle Licht der Schreibtischlampe. Sie brauchte nur eine Sekunde, um zu erkennen, daß es ein Lippenstiftfleck war. Als ob jemand das Bild geküßt hätte. Lillie starrte auf das Foto; ihr Herz klopfte wie rasend. Tyler, dachte sie. O nein.
Beim schrillen Läuten des Telefons zuckte sie zusammen. Sie stieß einen kleinen Schrei aus und klappte das Buch heftig zu, als wollte sie ihre Entdeckung verstecken. Sie eilte in die Küche und nahm den Hörer ab. »Hallo«, sagte sie wachsam.
»Lillie«, sagte eine weit entfernte Stimme. »Ich bin's. Jordan.«
Lillie sank auf einen Stuhl. »Jordan«, flüsterte sie.
»Was ist los? Du hörst dich so komisch an. Geht's dir gut?«
Lillie leckte sich über die Lippen und versuchte, ruhig zu atmen. »Ich weiß es nicht.« Sie wußte, warum er anrief. Sie wollte es ihm nicht erzählen. Sie konnte sich seine Reaktion vorstellen – höflicher Unglauben. Am liebsten hätte sie aufgelegt. »Was willst du?«
»Ich habe an Michele gedacht. An was sonst. Störe ich?«

Lillie saß zusammengekauert auf dem Stuhl, hielt den Hörer in einer zitternden Hand, und ihre Gedanken rasten. Plötzlich wollte sie es ihm sagen. Sie wollte getröstet werden, denn sie hatte Angst, verrückt zu werden.

»Ich glaube«, sagte sie ruhig, »daß Tyler Ansley sie ermordet hat. Und daß sein Vater ihn schützt.«

Sie hörte, wie er scharf einatmete. Dann herrschte Schweigen, bis er schließlich fragte: »Was bringt dich zu dieser Annahme?«

Lillie fing an zu lachen. Sie konnte einfach nicht anders. Das Lachen – freudlos und den Tränen nahe – brach ohne ihr Zutun aus ihr heraus. »Ich muß verrückt sein«, sagte sie. »Ich verliere den Verstand.«

»Nicht du, Lillie. Du bist der gesündeste Mensch, den ich kenne. Erzähl mir alles. Bitte.«

»Nein, Jordan. Die Geschichte ist zu lang und zu kompliziert. Ich bin zu müde, und es gibt überhaupt keine Beweise. Keine wirklichen. Ich lege jetzt auf«, sagte sie.

»Lillie!«

»Auf Wiedersehen.« Sie legte auf und rieb ihre frierenden Arme. Dann ging sie in Micheles Zimmer zurück. Das Haus erschien ihr kalt und unerträglich einsam. Sie schleuderte die Schuhe von ihren Füßen und kroch vollständig angezogen ins Bett. Dann knipste sie die Nachttischlampe aus und lag im Dunkeln. Sie versuchte sich Michele in diesem Bett vorzustellen, wie sie von Tyler Ansley träumte. Wie sie ein Rendezvous mit ihm plante. Und nicht ahnte …

Lillie stand auf und ging zur Tür. Sie schloß ab. Nachdem sie sich vergewissert hatte, daß die Fenster ebenfalls geschlossen waren, kroch sie wieder unter die Decke. Nach ein paar Minuten, das Kopfkissen ihrer Tochter fest umklammert, war sie eingeschlafen.

16

Sie erwachte mit einem Gefühl, als hätte sie einen Kater. Ihr Kopf war schwer, ihre Augen verquollen, denn sie hatte wohl im Schlaf geweint. Zuerst war sie verwirrt wegen der ungewohnten Umgebung, und dann fiel ihr alles wieder ein. Michele. Und Tyler. Sie setzte sich mühsam auf.

Aus der Küche kam Kaffeeduft. Sie schaute auf ihre Uhr. Es war fast halb elf. Sie fragte sich, warum Pink noch nicht ins Büro gegangen war. Vielleicht wollte er mit ihr wegen gestern abend sprechen. Sie fühlte sich nicht wohl, deshalb scheute sie jetzt diese Aussprache. Aber das war ihr kleinstes Problem. Was sollte sie wegen Tyler unternehmen?

Sie schlurfte auf Strümpfen in die Küche. Jordan Hill saß am Tisch, vor sich eine Tasse Kaffee.

»Gütiger Himmel!« rief sie. »Was machst du denn hier?«

Jordan konnte nicht anders, er mußte einfach über Lillies Aussehen lächeln. Ihr Haar war zerzaust, das Kleid zerknittert und ihr Make-up verschmiert.

»Früher sahst du morgens immer hübsch aus«, sagte er.

»Verdammt, Jordan! Ich habe dich gefragt, was du in meiner Küche tust.«

»Was glaubst du wohl?« sagte er nüchtern. »Im Gegensatz zu *dir* konnte ich nach meinem Anruf gestern nicht schlafen. Ich bin im Morgengrauen aufgestanden und losgefahren und habe das erste Flugzeug nach Nashville genommen. Dann fuhr ich hierher. Die Hintertür war nicht ver-

schlossen.« Er bot ihr einen Becher Kaffee an. »Er ist noch heiß. Ich bin gerade gekommen.«
Lillie starrte den Becher in seinen Händen an.
»Nun trink ihn schon«, sagte er. »Du hast meinen Kaffee immer gemocht.«
Lillie nahm den Becher mit zitternden Händen, und der aufsteigende Dampf tat ihren Augen wohl. Dann trank sie einen Schluck und trug den Becher zum Fenster, wärmte ihre Hände daran und schaute hinaus, in den grauen, regnerischen Tag.
»Eine ziemlich dramatische Geste von dir«, sagte sie. »Aber du hattest ja schon immer eine dramatische Ader.« Sie drehte sich um und schenkte ihm ein trauriges Lächeln, dann trank sie wieder einen Schluck Kaffee. »Ich komme mir wie jemand vor, der ›Feuer‹ geschrien hat. Ich habe keine Beweise.« Sie fuhr sich müde über die Stirn. »Tyler ist ein netter Junge. Ich habe ihn mein ganzes Leben gekannt. Er ist nicht schlecht.«
»Erzähl mir alles von Anfang an«, sagte Jordan. »Schritt für Schritt.«
Lillie seufzte und versuchte, ihre Gedanken zu ordnen. Dann fing sie an zu berichten, langsam. Als sie die Unterredung mit Reverend Davis wiedergab, unterbrach Jordan sie.
»Warte«, sagte er. »Ein Schwarzer, wie? Untersetzt und schon älter? Mit grauen Schläfen?«
»Das ist er.« Sie nickte.
Jordan stand auf und schritt in der Küche auf und ab. »Ich kenne ihn, Lillie. Am Tag meiner Abreise begegnete ich ihm vor dem Büro des Sheriffs.«
»Ich sagte dir doch, daß er mit dem Sheriff gesprochen hat.«
»Ja. Aber als er das Büro verließ, wollte ich gerade reingehen. Und als ich Ansley fragte, ob es etwas Neues gebe, sagte er nein. Einfach nein.«
»Er wird wahrscheinlich behaupten, daß es sich um vertrau-

liche Informationen gehandelt hat, die nur die Polizei was angehen.«

»Wir müssen mit diesem Priester noch mal reden, Lillie.«

»Warum denn?« fragte sie. »Ich habe dir erzählt, was er gesagt hat.«

»Wir zeigen ihm das Foto von Tyler im Jahrbuch. Vielleicht erkennt er ihn wieder.« Er sah Lillie an, die sich über das Spülbecken beugte, als wäre ihr schlecht. »Fühlst du dich dazu in der Lage?«

»Ja«, sagte sie. »Ich will mich nur umziehen.« Sie ging zur Tür, drehte sich dann aber um. »Jordan, und wenn er es nun ist? Was machen wir dann?«

»Darum kümmern wir uns später. Ich spüle inzwischen«, sagte er und wusch die beiden Becher unter dem fließenden Wasser ab.

Lillie rief Loretta an, um die Adresse des Reverends zu erfahren, und dann fuhren sie in Jordans Leihwagen durch den Nebel, der schwer über der Stadt hing. Lillie saß neben ihm und preßte das Jahrbuch gegen ihre Brust.

»Nebel und Regen und noch mehr Regen«, sagte Jordan. »Tennessee im Herbst.«

»Das merke ich gar nicht mehr«, sagte Lillie. »Weißt du noch, wie du zur Bell Street fahren mußt?«

»Ja«, sagte er. »Ich glaube, ich kenne jede Straße in diesem County. Im Moment regnet es auch viel in den Bergen, wo ich mein Haus habe. Im Winter wird es dort wohl schneien.«

»Michele hat mir von der Schlittenpartie erzählt, die ihr beide letzten Winter unternommen habt.«

»Sie hat viel Spaß gemacht«, sagte Jordan traurig. Dann schwiegen sie, bis sie das Haus der Walkers erreicht hatten. Das Haus wirkte verlassen, und Lillie dachte kurz, daß sich Loretta in der Adresse geirrt haben müsse, aber Clara Walker öffnete die Haustür.

Lillie und Jordan rannten durch den Regen auf die Veranda, und Clara bat sie hinein. Reverend Davis saß im Wohnzimmer und blätterte in seiner Bibel.
»Vielen Dank, daß Sie uns empfangen, Reverend Davis«, sagte Lillie. »Das ist mein ... das ist Micheles Vater, Jordan Hill.«
Sie gaben sich die Hände, und Clara Walker beugte sich vertraulich vor und flüsterte Jordan ins Ohr: »Ich schaue mir immer Ihre Serie an. Ich finde sie sehr gut.«
Jordan strich über seinen Schnurrbart, lächelte und dankte ihr. Er wandte sich an den Priester. »Reverend Davis, meine Frau erzählte mir, daß Sie dem Sheriff berichteten, Sie hätten in der Mordnacht bei der Brücke Three Arches einen jungen Mann gesehen.«
Der Reverend nickte. Lillie wollte den Mund aufmachen und Exfrau sagen, unterließ es aber. Der Geistliche machte den Eindruck, als wollte er die beiden so schnell wie möglich wieder loswerden.
»Würden Sie sich bitte einmal dieses Bild anschauen«, sagte Jordan, »und uns sagen, ob es sich um denselben Jungen handelt?«
Lillie schlug das Buch auf. Sie gab es Reverend Davis und deutete auf Tylers Foto. Ephraim Davis betrachtete das Bild schweigend. Lillie glaubte, daß jeder im Zimmer ihr Herz klopfen hören konnte.
Der alte Mann schaute auf. »Ansley«, sagte er. »So heißt auch der Sheriff.«
»Das ist der Sohn des Sheriffs«, sagte Jordan. Die beiden Männer sahen sich vielsagend an.
Dann betrachtete der Reverend wieder das Bild und klappte das Buch zu. Er gab es Lillie zurück. »Ich bin mir nicht sicher«, sagte er.
»Aber Sie haben ihn doch gesehen!« protestierte Lillie.

»Ich sah einen jungen Mann«, sagte der Geistliche. »Es könnte dieser Junge sein. Aber es war dunkel, ich sah ihn nur kurz im Licht meiner Scheinwerfer.«

»Oh, bitte!« jammerte Lillie. »Sie sind der einzige Zeuge, der einzige, der uns helfen kann. Sie brauchen uns nur die Wahrheit zu sagen.«

Der Reverend stand auf und starrte Lillie wütend an. »Genau das tue ich, Ma'am. Zuerst wollte ich überhaupt nicht zum Sheriff gehen. Doch dann folgte ich meinem Gewissen und tat, was ich tun mußte. Aber ich kann nicht aufgrund eines kleinen Fotos einen jungen Mann des Mordes beschuldigen, der vielleicht unschuldig ist. Ich bin ein alter Mann, und meine Augen sind nicht mehr so gut.«

Jordan bedeutete Lillie zu schweigen. »Vielen Dank, daß Sie sich für uns Zeit genommen haben«, sagte er höflich.

»Nichts zu danken«, sagte der Reverend steif. Clara Walker brachte sie zur Tür. Sie eilten zu ihrem Wagen und schlugen die Türen zu.

»Das war's wohl«, sagte Lillie. »Jetzt glaubst du sicher auch, daß ich mir alles einbilde.«

»Nein«, entgegnete Jordan. »Ich glaube, daß du recht hast.« Sie betrachtete sein Profil, als er den Motor startete und den Wagen in Bewegung setzte. Sie fragte nicht, wohin er fuhr. Sie fand es ganz normal, neben ihm zu sitzen, ihm die Verantwortung zu überlassen. Sie fuhren über nasse Landstraßen. Sie war nicht überrascht, als er auf den Feldweg einbog, der zur Old Stone Arches Bridge führte. Nasse Äste streiften das Auto im Vorbeifahren. Schließlich hielt er auf einer Lichtung. Von dort aus konnten sie die Brücke und die Trauerweide mit ihren tiefhängenden Ästen darüber sehen. Der schmale Fluß darunter wirkte wie eine dunkle Wunde in der Erde. Jordan stellte den Motor ab, und sie saßen schweigend da. Lillie hielt noch immer das Jahrbuch vor ihre Brust gepreßt.

Der Wagen roch nach feuchter Kleidung, Jordans Aftershave und Lillies Parfüm. Wie aus Versehen trafen sich ihre Blicke, und beide sahen schnell in eine andere Richtung.

»Was tun wir hier?« fragte Lillie.

»Wir denken nach.«

Lillie nickte und betrachtete die Brücke. Sie fing an zu zittern. Jordan zog seine Jacke aus und hängte sie ihr trotz ihres Protestes über. Dann starrten beide wieder durch die Windschutzscheibe.

»Die Sache ergibt einen Sinn«, sagte er schließlich.

»Das ist mir auch klar«, sagte Lillie.

»Wir wissen nur nicht, warum er es getan hat. Aber alles andere ergibt einen Sinn.«

Lillie sah ihn an. »Ich danke dir für dein Kommen, Jordan.«

Jordan zuckte die Schultern und sah sie nicht an. »Es war höchste Zeit, daß ich gekommen bin.«

»Ich habe versucht, mit Pink zu reden, aber er behandelt mich wie eine Verrückte. Er ist der Meinung, wir sollen dem Sheriff alles überlassen. Aber wie können wir dem Sheriff alles überlassen, wenn der Mörder sein Sohn ist? Ich kenne Royce als rechtschaffenen Mann. Aber wenn es sich um das eigene Kind handelt ...«

Jordan sah sie mit großen Augen an. »Vielleicht weiß Pink, daß Tyler der Täter ist, aber der Sheriff verbietet ihm zu reden.«

»Sei nicht töricht«, sagte Lillie. »Das ist undenkbar.« Aber sofort fiel ihr Pinks ausweichende Reaktion ein, als sie mit ihm über Tyler gesprochen hatte.

»Warum denn nicht? Royce könnte ihm gedroht haben.«

»Denk doch mal nach, Jordan. Könnte der Sheriff dich

zum Schweigen bringen? Selbst mit Drohungen? Das geht nicht.«

»Okay«, sagte Jordan. »Du hast recht.«

»Du weißt nicht, wie sehr Pink Michele geliebt hat. Er war ganz vernarrt in sie. Wie konntest du nur so etwas sagen?«

»Reg dich nicht auf«, sagte Jordan. »Ich wollte Pinks Verdienste nicht schmälern. Ich dachte, vielleicht hat der Sheriff sein Leben bedroht oder was in der Richtung.«

»Royce würde so etwas niemals tun«, sagte Lillie.

»Wer weiß schon, was er tun würde?« sagte Jordan nachdenklich.

Lillie ließ ihren Kopf gegen die Lehne sinken, und Jordan stieg aus. Einen Augenblick schaute er zu dem trüben Himmel hoch und ging dann mit gesenktem Kopf, die Hände in seinen Hosentaschen, auf die Brücke; er blieb neben der Trauerweide stehen und betrachtete die Stelle, wo Michele gestorben war.

Lillie beobachtete ihn wie einen Fremden. Nachdem sie Pink geheiratet hatte, war jahrelang ihre Antwort auf indiskrete Fragen bezüglich Jordan gewesen: »Ich hasse ihn nicht. Er tut mir leid.« Das war eine gute Antwort. Sie ließ erkennen, daß alles in ihrem Leben zum Besten stand und daß er derjenige war, der jemanden verloren hatte. Und das stimmte auch zur Hälfte. Zuerst mußte sie sich um Michele kümmern, dann um Pink und Grayson. Sie hatte keine Zeit, an Jordan zu denken. Aber wenn sie einmal an ihn dachte, so wie sie ihn jetzt betrachtete, den Kopf gesenkt, die Schultern wegen des Regens hochgezogen, dachte sie immer dasselbe: Wie hast du mich nur verlassen können? Wir waren alles füreinander.

Er blickte auf, als hätte er ihre Gedanken gelesen, und sah sie ernst an. Sie stieg aus und ging langsam, fast widerstrebend zu ihm.

Jordan lehnte sich gegen die Trauerweide und blickte in die Runde. »Was ist hier passiert?« fragte er.

Lillie zog seine Jacke enger um sich. »Glaubst du, daß der Reverend gelogen hat? Daß er Tyler erkannte?«

Jordan schüttelte den Kopf. »Ich glaube, er wollte keinen Fehler machen.« Sie betrachteten den trostlosen Ort, die verfallenen grauen Steine, den lehmigen Fluß. »Allein wäre sie nie hierhergegangen. Sie muß eine Verabredung gehabt haben.« Er verlagerte sein Gewicht. »Na gut. Ich denke, der nächste Schritt ist klar.«

Lillie wischte sich mit dem Handrücken den Regen aus dem Gesicht. »Mir nicht«, sagte sie.

»Ich werde Tyler Ansley besuchen.«

Lillie machte große Augen. »Und was willst du tun?«

»Es ist zwecklos, mit Royce zu sprechen, falls er seinen Sohn deckt. Aber wenn ich mit einem unvorbereiteten Tyler sprechen kann – und vorgebe, mehr zu wissen, als ich weiß –, dann erfahre ich wahrscheinlich etwas von ihm.«

»Das ist richtig«, murmelte sie.

»Wir müssen nur sichergehen, daß Royce nichts davon erfährt. Ich will nicht, daß er Tyler vor meinem Besuch warnt.«

»Das wird er auf keinen Fall«, sagte Lillie grimmig entschlossen. »Wann willst du fahren?«

»Je eher, desto besser. Heute nachmittag. Am besten, die Leute wissen nicht, daß ich in der Stadt bin. Außerdem sind es fünf Stunden Fahrt bis dorthin. Er ist doch in der Militärschule, nicht wahr?«

Lillie nickte.

»Ich fahre dich nach Hause. Ich werde nicht einmal meine Mutter besuchen. Sie würde mir nur tausend Fragen stellen.«

»Und falls er gesteht? Was dann?« fragte Lillie. Sie starrten sich ziemlich erschrocken an bei dem Gedanken, Gewißheit über den Mörder ihrer Tochter zu bekommen.

»Dann bringe ich ihn dort zur Polizei. Somit kann Royce sich nicht mehr einmischen«, sagte Jordan resolut.

Lillie kaute an ihrer Unterlippe. »Es ist schrecklich, den Jungen eines solchen Verbrechens anzuklagen. Vielleicht ist er unschuldig.«

»Dann hat er auch gegen ein paar Fragen nichts einzuwenden, Lillie. Komm, ich fahre dich nach Hause.«

Als sie dort ankamen, sah Lillie sich sorgfältig um. Sie wollte von niemandem beobachtet werden. Sie gab ihm seine Jacke. Sofort fing sie wieder an zu zittern. »Ruf mich an, ja?« sagte sie. »Sei vorsichtig.«

»Geh ins Haus«, sagte er und nickte. »Ich will nicht, daß du dir eine Erkältung holst.«

17

Als Lillie im Haus war, ging sie sofort in ihr Zimmer und zog einen warmen Pullover und Hosen an. Ihr nasses Kleid hängte sie zum Trocknen auf. Sie schaute in den Spiegel. Ihr Haar war in einem desolaten Zustand.
Trotz ihrer körperlichen Erschöpfung war sie erleichtert und empfand eine seltsame Ruhe. Jordan war auf dem Weg zu Tyler und würde wahrscheinlich die Wahrheit herausfinden. Eigentlich wäre sie gern mitgefahren, aber Tyler würde in ihrer Gegenwart sicher schweigen, und außerdem wäre Pink außer sich, wenn sie mit Jordan irgendwohin führe. Nach all den Jahren war er noch immer auf Jordan eifersüchtig.
Sie mußte daran denken, wie Pink reagiert hatte, als Jordan sich zum erstenmal mit ihr in Verbindung gesetzt hatte. Michele war damals sechs gewesen, und er hatte gebeten, seine Tochter ab und zu sehen zu dürfen. Tatsächlich hatte sie seiner Bitte zu Anfang ablehnend gegenübergestanden. Aber Bessie, Jordans Mutter, die Michele immer eine gute Großmutter gewesen war, hatte für ihren Sohn plädiert und Lillie zum Nachgeben bewogen. Jahrelang hatte Pink gemurrt, wenn Jordan kam und seine Tochter abholte, und Lillie merkte sofort, daß sich Michele schuldig fühlte, weil sie ihren »neuen« Vater mochte. Aber Michele liebte Jordan nun einmal, und Lillie hatte Pink beschworen, diese Situation zu akzeptieren. Also hatte Pink gelernt, damit zu leben. Sie alle hatten das.

Nur einmal war Pink explodiert, als Michele zwölf gewesen war. Jordan hatte gebeten, seine Tochter möge ihn in New York besuchen, und ein Flugticket geschickt. Sie fuhren Michele zum Flughafen nach Nashville, und während der ganzen Fahrt hatte Grayson geheult, weil er nicht mitfliegen durfte. Das hatte Michele Jordan erzählt, und als Micheles nächster Besuch anstand, hatte Jordan angerufen und wollte beide Kinder zu sich einladen.
Lillie wurde noch immer schlecht, wenn sie an die darauffolgende Szene dachte. Michele hatte die gute Nachricht sofort ihrem geliebten kleinen Bruder verkündet, worauf Pink durchdrehte. »Er bräuchte nur mit den Fingern zu schnicken, und du würdest zu ihm zurückkehren!« schrie er. »Er hat schon meine Tochter, und jetzt soll ich ihm auch noch meinen Sohn geben. Niemals, nie wird er meinen Sohn bekommen! Hast du mich verstanden?«
Diesmal schluckte Grayson seine Enttäuschung hinunter. Und danach wurde das Thema nie wieder erwähnt.
Ja, dachte Lillie ängstlich, Pink wird böse sein, wenn er erfährt, daß Jordan die Sache in die Hand genommen hat. Vielleicht war er der Meinung, das wäre seine Aufgabe gewesen. Sie bekam Kopfschmerzen, wenn sie daran dachte, daß sie es ihm erzählen mußte. Aber er hatte kein Recht, sich darüber zu empören, denn er hatte ihren Verdacht bezüglich Tyler schlichtweg ignoriert. Er vertraute dem Sheriff blindlings. Und irgend jemand mußte sich um die Angelegenheit kümmern. Wenn Jordan versuchte, den Mörder seiner Tochter ausfindig zu machen, wer konnte es ihm übelnehmen?
Lillie seufzte. Sie wußte, wer es ihm übelnehmen würde. Aber es führte kein Weg daran vorbei. Sie mußte es Pink erzählen. Vielleicht, dachte sie, kann ich ihn von der Richtigkeit dieses Vorgehens überzeugen, wenn ich nur die richtigen Worte wähle. Sie waren schließlich keine Kinder mehr.

Mit diesen logischen Argumenten ausgerüstet, zog Lillie ihren Mantel an und beschloß, sofort zu Pink zu fahren, ehe ihr Mut schwand. Sie stieg in ihren Wagen und fuhr in die Stadt.
Pinks Büro befand sich im zweiten Stock eines Gebäudes am Marktplatz. Im Parterre war ein altmodisches Schuhgeschäft. Lillie winkte im Vorbeigehen dem Besitzer, Ben Duvall, zu, der hinter der regennassen Scheibe stand, und ging durch die Seitentür die Treppe hoch. Am Ende der Treppe gab es einen langen Gang. Das erste Büro zur Linken gehörte einem Rechtsanwalt. Die grüne Tür war geschlossen. Lillie ging weiter, bis sie zu der Tür mit der Messingtafel kam, worauf stand: GRAYSON BURDETTE, GRUNDSTÜCKSMAKLER. Ihre Schuhe quietschten auf dem Linoleum, und sie ging geradewegs durch die offenstehende Tür ins Büro. Am Schreibtisch saß niemand. Reba Nunley, eine Hausfrau, die vor kurzem ihr Examen gemacht hatte und eine Lizenz besaß, half stundenweise aus, nahm Telefonate entgegen und empfing Klienten. Pinks Schreibtisch stand hinter einer Trennwand hinter Rebas Schreibtisch. Lillie klopfte darauf und rief: »Ist jemand da?«
Pink kam hinter der Trennwand hervor. Er war überrascht, seine Frau zu sehen.
»Hallo, Liebling«, sagte sie.
»Hallo«, sagte Pink.
»Wo ist Reba? Zum Lunch gegangen?«
»Sie wollte ein paar Besorgungen machen.«
»Pink, ich muß mit dir reden.«
»Was für eine angenehme Überraschung. Da du dich die Nacht über in Micheles Zimmer eingeschlossen hast, dachte ich, du würdest nicht mehr mit mir reden.«
»Ich habe mir nichts dabei gedacht«, sagte Lillie. »Ich war nur erschöpft.«

»Du scheinst dich ja beruhigt zu haben. Das ist ein gutes Zeichen.«
Lillie zuckte die Schultern. »Wenn man so will.«
»Du hättest bleiben sollen, um dir die Komplimente über unseren Sohn anzuhören.«
»Er hat sie verdient«, sagt Lillie.
»Er möchte, daß du stolz auf ihn bist. Er möchte, daß du dich um ihn kümmerst.«
»Das tue ich. Ich bitte dich, Pink.«
»Na«, sagte Pink, »davon ist manchmal nichts zu spüren. Entschuldige mich.« Er ging hinter die Trennwand, denn das Telefon hatte begonnen zu läuten. Er nahm ab. »Burdette. Was kann ich für Sie tun?«
Lillie ging zu der Anschlagtafel mit den Immobilienangeboten. Sie waren spärlich.
»Sie haben Glück«, sagte Pink zu dem Anrufer. »Ich habe genau das, was Sie wünschen. Wie wär's, wenn Sie hierherkommen würden? Sagen wir, um vier. Dann reden wir über Ihr Traumhaus. Ganz recht. Vier Uhr.«
Pink kam wieder hinter der Trennwand hervor, und Lillie drehte sich um und sah ihn an. »Pink, ich muß dir etwas sagen. Deshalb bin ich gekommen.«
»Na, dann erzähle mal«, sagte er und verschränkte die Arme vor der Brust.
»Jordan hat mich heute morgen besucht.«
Pinks fleischiges Gesicht fiel zusammen. »Was für eine angenehme Überraschung.«
»Als ich gestern abend nach Hause kam, rief er an. Ich habe ihm von meinem Verdacht erzählt. Er hielt ihn für begründet. Deshalb ist er gekommen.«
Pink lächelte traurig. »Wenn du ihm befiehlst: ›Spring!‹, fragt er: ›Wie hoch?‹ Ist es nicht so?«
Lillie ignorierte seinen Sarkasmus. »Wir haben heute Reve-

rend Davis aufgesucht und ihm Tylers Foto gezeigt.« Sie sah, wie Pink sich bei ihren Worten versteifte. »Er konnte nicht mit Bestimmtheit sagen, ob es sich um ihn handelte.«

»Das ist ja toll«, sagte Pink und nahm einen Schlüsselbund von dem Brett hinter ihm und spielte unablässig damit herum. »Ihr beiden gebt ein phantastisches Team ab. Richtige Detektive.«

»Ich habe dir das nur erzählt, falls uns jemand gesehen haben sollte und es dir weitersagt«, meinte Lillie verlegen.

»Ach, mich kann doch nichts mehr überraschen«, sagte Pink und klimperte mit den Schlüsseln. »Er macht doch alles, um dich wiederzukriegen. Und du frißt ihm aus der Hand.«

»Jordan fährt zu der Schule und will Tyler befragen. Wir glauben immer noch, daß er der Täter sein könnte.«

Pink knallte die Schlüssel auf seinen Schreibtisch. »Was?« schrie er. »Was, zum Teufel ...«

»Pink«, unterbrach ihn Lillie. »Wenn Jordan Tyler überrumpelt, erzählt ihm der Junge vielleicht alles. Es ist den Versuch wert.«

»Ach, wirklich?« sagte Pink sarkastisch. »Und was wird Royce Ansley davon halten, wenn ihr seinen Sohn des Mordes beschuldigt? Was ist nur in euren Köpfen? Stroh?«

»Jordan hatte eine interessante Idee«, sagte Lillie kalt. »Er fragte sich, ob Royce Ansley dich vielleicht unter Druck setzt.«

Pinks rotes, wütendes Gesicht wurde plötzlich weiß. Er starrte seine Frau aus schmalen Augen an. »Was sagst du da?« fragte er leise.

Sie fühlte sich sofort schuldig und wünschte, sie könnte ihre Worte zurücknehmen. »Nichts«, sagte sie. »Er suchte nach einer Erklärung. Es ist doch offensichtlich, daß Royce in diesem Mordfall nichts unternimmt. Außerdem ist es seltsam, daß er Tyler so plötzlich in die Militärschule steckte. Das war doch gar nicht geplant. Jordan dachte, daß du vielleicht diesbezügliche Vermutungen geäußert hast. Dem Sheriff gegenüber, meine ich. Jordan klammert sich an jeden Strohhalm. Wir alle tun das.«

Pink schritt im Büro auf und ab, als wäre er in Trance. »Er würde alles behaupten, um das zu kriegen, was er haben will. Er klagt mich an, damit er gut dasteht. Und du tust nichts dagegen. Das ist die Gelegenheit, auf die er gewartet hat. Oh, das gefällt mir.« Pink lachte bitter.

»Pink, es geht nicht um Jordan. Das hat nichts mit ihm zu tun.«

Pink sah sie an, das Gesicht vor Wut verzerrt. »Alles hat mit ihm zu tun! Er kommt hierher, weil er dich mir wegnehmen will. Und du läßt es geschehen. Wahrscheinlich hast du vergessen, wie er dich sitzengelassen hat. Dich und Michele. Ein todkrankes Kind.«

»Ich habe nichts vergessen«, sagte Lillie. »Ich bin gekommen, weil ich dir erklären wollte, was wir unternehmen, aber du hörst mir nicht einmal zu.«

»Ich soll wohl die Hände in den Schoß legen und zuschauen, wie er meine Familie zerstört, wie? Er benutzt den Tod meiner Tochter als Waffe gegen mich. Genau. *Meine Tochter.* Nicht seine. Meine. Ich habe die Rechnungen bezahlt. Ich habe nächtelang an ihrem Bett gesessen. Ich habe für sie Opfer gebracht. *Das tat ich.* Und nun kommt der strahlende Ritter daher, und es ist *seine* Tochter.«

»Hör doch damit auf, Pink. Es ist kleinlich. Dazu haben wir keine Zeit.«

»Oh, Verzeihung, Ma'am. Er hat dich fallenlassen, und du hast dich für mich entschieden. Aber wenn er zur Tür reinmarschiert, küßt du ihm den Hintern. Soviel über deinen Stolz.«

»Geh zum Teufel!« rief Lillie und stürmte aus seinem Büro. Sie schlug die Tür hinter sich zu, außer sich vor Zorn, und lief den Gang entlang. Doch auf dem ersten Treppenabsatz gebot sie sich Einhalt.

Sie lehnte sich gegen die Wand und atmete tief ein. Die Art, wie er alles verdrehte, war derart bösartig und häßlich, daß sie ganz krank davon wurde. Aber sie konnte ihn verstehen. Er hatte das Gefühl, daß sie sich wieder Jordan zuwandte. Und davor hatte er am meisten Angst. Schon immer war er auf Jordan eifersüchtig gewesen. Und sie dachte schuldbewußt: Hat er denn so unrecht? Er konnte ihr nichts Böses vorwerfen, und seine Ängste, sie würde ihn Jordans wegen verlassen, waren unbegründet. Jordan war Vergangenheit. Aber er war ihre einzige große Liebe gewesen, und die Erinnerung daran schlummerte noch immer in ihr. Pink war kein Narr. Er ahnte es, und es erschreckte ihn. Deshalb brauchte sich Pink nicht zu entschuldigen, es war an ihr, den ersten Schritt zu tun.

Langsam ging sie die Treppe wieder hoch. Es ist nicht gut, vor Schwierigkeiten davonzulaufen, dachte sie. Die Bürotür war angelehnt. Sie drückte sie auf und ging hinein. Er telefonierte hinter der Trennwand. Sie wollte ihn überraschen, deshalb wartete sie.

»Und wann kommt er zurück?« sagte Pink gerade. »Richten Sie Sheriff Ansley aus, daß Pink Burdette angerufen hat und daß es sehr wichtig ist, daß er zurückruft. Danke, Francis.«

Also kümmert er sich doch darum, dachte Lillie. Er nimmt sich das alles sehr zu Herzen, nur kann er es nicht zeigen. Jetzt nimmt er die Dinge in seine eigenen Hände. Er will sich Gewißheit verschaffen. Wie gut. Es ist auch höchste Zeit, daß er die Initiative ergreift. Sie fühlte die alte, vertraute Wärme für ihren Mann in sich aufsteigen, der so hart für sie arbeitete und sich niemals beklagte. Sie wollte sich bei

ihm entschuldigen. Sie liebte ihn *wirklich.* Er hatte sich immer soviel Mühe gegeben.
Aber noch ehe sie ihn rufen konnte, hörte sie ihn wieder wählen. Und dann hörte sie ihn sagen: »Ja, hallo. Ich möchte mit einem Ihrer Schüler sprechen, Tyler Ansley. Ja, sicher, das glaube ich Ihnen gern, aber diese Nachricht ist von äußerster Dringlichkeit. Richten Sie ihm aus, er soll Mr. Burdette unter dieser Nummer anrufen.« Pink nannte seine Büronummer. »Nicht unter meiner Privatnummer. So schnell wie möglich. Es ist dringend. Danke. Auf Wiedersehen.« Pink legte auf. Er rieb seine schweißfeuchten Handflächen gegeneinander und fuhr sich über die Stirn. Dann stand er auf.
Lillie stand neben der Trennwand; sie starrte ihn an, das Gesicht weiß wie Papier.

18

»O mein Gott!« rief Pink. Er sah Lillie schuldbewußt an, dann wandte er stirnrunzelnd den Blick ab. »Schau mich nicht so an«, murmelte er. »Ich dachte, du wärst gegangen. Warum, zum Teufel, bist du zurückgekommen?«

Lillie war übel, ihr Magen krampfte sich zusammen. Sie blinzelte ihn an, als könnte sie ihn nur undeutlich sehen. Ein Gesicht, das sie kannte. Zu kennen glaubte.

Pink stieß derart heftig gegen seinen Drehstuhl, daß er rollend gegen einen Karteischrank krachte. Lillie stieß einen Schrei aus. Pink war zur Tür gegangen und hatte sie geschlossen. Jetzt drehte er sich zu ihr um.

»Erspar mir einen hysterischen Auftritt, Lillie.« Er seufzte. »Sag einfach, was du mir zu sagen hast.«

»Du *hast* Tyler angerufen«, sagte sie langsam. Aber es klang fast wie eine Frage, als hoffte sie immer noch, daß sie sich irrte.

»Das stimmt«, sagte Pink knapp.

»Um ihn zu warnen«, schrie Lillie. »Um ihn zu warnen.«

»Ja«, sagte Pink. »Das stimmt.«

Lillie trat so dicht vor ihn, daß er gezwungen war, sie anzusehen. Jedes Wort brachte sie zwischen zusammengepreßten Zähnen hervor. »Wage es nicht mehr, mich mit einsilbigen Wörtern abzuspeisen. Du erzählst mir jetzt, was hier, verdammt noch mal, vorgeht. Sofort.«

Pink krümmte die Schultern und klammerte sich an die

Lehne seines Stuhls. »Da gibt es einen guten Grund, Lillie«, sagte er.
Lillie war, als litte sie unter Atemnot, als könnte sie nur noch das Notwendigste sprechen. »Welchen?«
Pinks Augen flohen vor ihr; irrten unstet von einer Ecke zur anderen.
»Keine Lügen, Pink!« schrie sie. »Du hast mich genug belogen. Ich kenne diesen Blick. Das geht jetzt schon seit Wochen so, und ich dachte, ich hätte mir alles eingebildet.«
»Na gut«, sagte er stirnrunzelnd. »Na gut. Wollen wir nicht nach Hause gehen und darüber reden? Hier ist nicht der richtige Ort dafür.«
»Ich will es jetzt wissen«, beharrte sie. »Warum hast du Tyler angerufen? Er hat sie ermordet, nicht wahr? Hast du deinen Verstand verloren? Warum hast du ihn angerufen?« Pink ließ sich müde in seinen Stuhl fallen und bedeckte sein blasses, verschwitztes Gesicht mit den Händen. Das Telefon auf seinem Schreibtisch fing an zu läuten, und er schrak zusammen. Dann nahm er den Hörer ab. Ohne eine Sekunde zu zögern, beugte sich Lillie über den Tisch, riß ihm den Hörer aus der Hand und knallte ihn auf die Gabel. Pink wollte protestieren, doch sie starrte ihn aus wilden Augen an.
Pink schüttelte den Kopf. »Lillie, ich weiß nicht, wie ich es dir sagen soll. Ich hoffte, du würdest es niemals herausfinden.« Er legte seine zitternden Hände flach auf den Tisch. »Ja«, sagte er. »Es stimmt. Du hast richtig vermutet. Er hat sie umgebracht.«
Es spielte keine Rolle, daß sie es vermutet hatte. Sie hatte sich Fragen gestellt und Spekulationen angestellt. Pinks Geständnis schmetterte sie nieder, betäubte sie förmlich. Sie griff nach einem Stuhl und setzte sich.
»Du wußtest es?« flüsterte sie.

»Von Anfang an.«
»Und du hast es mir nie gesagt. Du Bastard.«
»Lillie, wenn ich dir sage ...«, flehte er.
»Du Bastard!« spie sie ihm ins Gesicht. »Du wußtest es, und du hast ihn ungestraft davonkommen lassen? Und jetzt – jetzt hast du ihn angerufen, um ihn zu warnen?«
Pink stand auf und ging zu ihr. Hilflos stand er da. »Lillie, hör mich an.«
Lillie lehnte den Kopf zurück und schloß die Augen. Sie schüttelte den Kopf. »Nein«, murmelte sie. »Nein, nein, nein.«
Pink beugte sich über sie und rüttelte sie. Ihre Augen öffneten sich, sie wirkten leblos, wie die einer Puppe.
»Deine eigene Tochter«, murmelte Lillie ungläubig. »Du verlogener Bastard. Dafür gibt es keine Entschuldigung.«
»Erstens«, erklärte Pink, »war es nicht so, wie du glaubst. Es war eigentlich kein Mord. Es war mehr ein Unfall. Sie alberten herum, wie Jugendliche das tun. Sie hatten getrunken.«
»Tyler, willst du wohl sagen.«
»Dazu komme ich noch.«
»Michele hat nicht getrunken.«
»Doch. Auch sie hatte ein paar Gläser. Michele war nicht perfekt, mußt du wissen«, sagte Pink abwehrend.
»Ich höre wohl nicht recht!« Lillie sprang auf.
»Setz dich! Ich versuche, dir klarzumachen ...«, fing Pink an.
»Ich kriege keine Luft mehr. Mir wird schlecht«, schrie sie. »Dieser Junge ermordet eiskalt deine Tochter, und alles, was du vorbringst, ist, daß sie getrunken hat?«
»Mach's nicht noch schlimmer, als es schon ist«, sagte Pink. »Er ist doch noch ein Kind. Er wollte es nicht tun.«
»Der Gerichtsmediziner hat festgestellt, daß man ihr wenig-

stens drei Schläge auf die Schädelbasis versetzt hat. Kannst du dich daran erinnern, Pink?«
Pink erstickte sie mit seinen fortwährenden Erklärungen. »Nach dem Picknick waren sie da unten, bei der Brücke. Sie hatten getrunken. Und Tyler war betrunken. Du weißt ja, wie er ist. Er ist Alkoholiker. Und er hatte noch immer den Baseballschläger vom Spiel bei sich. Und Michele neckte ihn. Es sollte wohl ein Scherz sein, aber er wurde immer wütender, und er schlug nach ihr.«
»Sprich es aus. Er ermordete sie. Er schlug ihr den Schädel ein.«
»Es passierte alles ganz schnell«, protestierte Pink. »Ehe sie wußten ...«
»Und du warst damit einverstanden, ihn zu schützen?« schrie Lillie. »Royce weiß das alles? Bist du verrückt, Pink?«
»Ich mußte so handeln!« schrie Pink zurück.
»Du *mußtest!*«
»Es war ein Unfall«, flehte Pink.
»Niemals, niemals«, sagte Lillie und rieb ihre Hände, als würde sie entsetzlich frieren. »Niemals.«
»Ich mußte es tun«, wiederholte Pink. Sein Gesicht war schweißgebadet und verzerrt, als hätte er Schmerzen. »Es war so ... weißt du, Grayson war auch da.«
Lillie starrte Pink an. Sie stieß mit ihrem Atem ein einziges Wort aus: »Grayson?«
»Sie waren alle drei da unten«, sagte Pink schnell. »Grayson hatte auch ein paar Drinks. Und Tyler ist stark wie ein Bär. Grayson hatte nicht die geringste Chance, ihn zu stoppen.«
»Grayson?« wiederholte sie. »Unser Grayson?«
»Lillie, hör doch endlich auf damit. Um Himmels willen! Wie du das sagst. Als ob Grayson dafür verantwortlich wäre. Der Alkohol war daran schuld. Ich weiß, es ist tragisch, aber

solche Dinge passieren eben unter Jugendlichen. Es hätte jedem passieren können.«
Pink schwieg und sah seine Frau besorgt an. »Lillie, du siehst schrecklich aus«, sagte er. »Ich weiß, es ist ein Schock. Deshalb wollte ich es dir auch nicht erzählen.« Er umfaßte ihren Arm und wollte sie beruhigen. »Komm, setz dich wieder, Liebling. Sonst fällst du noch um.«
Lillie entriß ihm ihren Arm. Er hatte recht. Ihr war schwindlig, und sie hätte sich gern hinsinken lassen, aber sie war zu zornig, um nachzugeben. »Rühr mich nicht an!« fauchte sie. »Wage es ja nicht!«
»Ich wußte es«, sagte Pink. »Davor hatte ich solche Angst.«
»Ich wiederhole, weil ich sichergehen möchte, ob ich alles richtig verstanden habe«, sagte sie und sprach jedes Wort aus, als wäre ihr Mund gefühllos. »Tyler Ansley ermordete meine Tochter, während Grayson danebenstand und zusah. Und du hast beschlossen, mir das nicht zu erzählen – du willst die beiden ungestraft davonkommen lassen.«
Pink schwitzte noch mehr. Unter seinen Achselhöhlen hatten sich Schweißflecke auf seinem Hemd gebildet. »Nein. So war es nicht. Royce und ich ... Er fand sie dort. Ich weiß es nicht. Es schien die beste Lösung zu sein. Nicht, daß sie ungestraft davonkommen sollen. Aber was nützt es schon, wenn ihrer beider Leben ruiniert ist? Das bringt Michele nicht ins Leben zurück. Und es tat ihnen leid. Du mußt mir glauben. Du hast noch nie zwei Jungen so am Boden zerstört gesehen. Es war einfach ein entsetzlicher Unfall.«
»*Ihr* Leben ruiniert?« rief Lillie.
»Lillie«, sagte Pink ernst. »Glaube mir, ich weiß, was du empfindest. Ich wollte sie beide mit eigenen Händen umbringen, als ich davon erfuhr. Aber wir müssen logisch denken. Deshalb haben wir es dir nicht erzählt. Wir wußten,

du würdest derart außer dir sein, daß du nicht mehr klar denken kannst.
Und dann hatte Royce den glänzenden Einfall, Tyler auf die Militärschule zu schicken. Und um ehrlich zu sein, sind solche Anstalten noch schlimmer als das Gefängnis. Glaube mir, sie können den Jungen dort wieder auf die rechte Bahn bringen, diese alten Offiziere, die sie dort haben ...«
»Hör auf, Pink! Hör bloß auf!« sagte sie wütend. »Er ist ein Mörder. Er hat unsere Tochter ermordet. Und du läßt ihn wegen Grayson einfach laufen. So ist es und nicht anders. Mach dir nichts vor. Ich bin keine Närrin. Du hast es getan, damit niemand weiß, daß er seine eigene Schwester hat sterben lassen. Damit niemand weiß, was für ein Feigling er ist.«
Pinks rotes Gesicht wurde plötzlich bleich, und er drohte seiner Frau mit dem Zeigefinger. »Das darfst du nicht von ihm sagen, Lillie. Es geht ihm dreckig genug. Wage es nicht, ihn einen Feigling zu nennen.«
»Nein, aber nein. Du hast ja so recht«, schrie Lillie und hob die Hände, als wollte sie sich ergeben. »Wir dürfen seine Gefühle nicht verletzen. Selbst wenn Michele ihr Leben verloren hat, weil er dabeistand und einfach zuschaute.«
Pink starrte sie aus zusammengekniffenen Augen an. Lillie stand zitternd vor Wut da. Ihre Gedanken rasten.
»Na«, sagte sie. »Dann werde ich mich eben darum kümmern.« Sie drehte sich um und wollte zur Tür gehen. Blitzschnell war Pink vor ihr und vertrat ihr den Weg. Als sie nach der Klinke griff, packte er ihr Handgelenk.
»Wo gehst du hin?« fragte er.
Lillie sah ihn haßerfüllt an. In ihren Augen standen Tränen.
»Ich gehe zu ihm«, sagte sie. »Er wird mir ein paar Fragen beantworten. Wie konntest du nur, Pink? Du Lügner. Alle seid ihr Lügner.«

»Lillie, das kannst du nicht machen.«
»Warum denn nicht?« schrie sie. »Warum nicht, Pink? Soll ich denn auch lügen?«
Pinks Gesicht hatte einen seltsam starren Ausdruck angenommen; sein Blick wirkte abwesend. »Ich wußte, daß du so reagieren würdest«, sagte er und umfaßte ihr Handgelenk noch fester. »Du hörst mir jetzt zu. Ich habe es satt, mich bei dir zu entschuldigen. Grayson ist fast noch ein Kind. Er hat sein ganzes Leben vor sich. Ich lasse es nicht zu, daß du sein Leben zerstörst.«
Lillie funkelte ihn, außer sich vor Zorn, an und drängte ihn zurück. »Er ist ein Lügner und ein Feigling und ein ... Verräter!« schrie sie. »Und es ist mir egal, ob jemand davon erfährt.«
Nur eine Sekunde standen sie da und starrten sich haßerfüllt an, aber Lillie kam es viel länger vor. Ihr war, als würde er die Knochen ihres Handgelenks zerquetschen. Verwundert sah sie, daß er die Hand hob, und als sie begriff, was er als nächstes tun würde, war es zu spät, ihr Gesicht zu schützen. Blut schoß in ihren Mund, als seine Faust sie hart an der Wange traf. Ihre Knie knickten ein. Pink stieß sie von sich, und sie fiel gegen die Wand.
Ihr Auge schmerzte höllisch, und sie war derart gelähmt, daß sie sich eine Weile nicht rührte. Aber dann sah sie, wie Pink sich drohend über sie beugte, und sie stand mühsam auf.
»Das lasse ich nicht zu!« schrie Pink, dann brach seine Stimme. »Es tut mir leid, Lillie. Entschuldige, aber das kann ich nicht.«
»Hallo«, ertönte eine Stimme vom Flur her, und es wurde an der Klinke gerüttelt. »Pink, bist du da drin? Ich bin's, Reba.« Pink und Lillie rührten sich nicht. Sie hörten, wie Reba nach ihrem Schlüssel suchte.

»Wo sind sie denn nur?« sagte Reba verärgert.

Pink ging wie in Trance zur Tür und schloß auf. Er zögerte, dann öffnete er sie. Er starrte Reba ausdruckslos an.

»Schatz«, sagte sie, »es ist nicht gut fürs Geschäft, wenn du die Tür am Wochenende während der Öffnungszeiten versperrst.« Dann stürmte Reba, mit Paketen beladen, an Pink vorbei, ins Büro. Sie lächelte Pink nachsichtig an, und dann sah sie Lillie, die noch immer an der Wand stand und ihre Hand vor eine Gesichtshälfte hielt. Sie verfärbte sich bereits, und ihr Auge begann zuzuschwellen. Rebas Lächeln schwand, und sie sah Pink an.

»Ach, entschuldigt«, sagte sie, als wäre sie für die Auseinandersetzung, in die sie hineingeplatzt war, verantwortlich. Mit gesenktem Blick eilte sie zu ihrem Schreibtisch und kramte in den Papieren, die darauf lagen. »In einer Minute bin ich weg«, sagte sie schnell. »Ich brauche nur den Prospekt für dieses Haus an der Larkspur und die Schlüssel. Wo sind denn nur die Schlüssel?« Das Telefon läutete, und Reba griff erleichtert nach dem Hörer. »Burdette und Partner«, flötete sie mit falscher Fröhlichkeit. »Einen Moment, bitte. Wen soll ich melden?« Sie nickte und hielt Pink den Hörer hin.

»Tyler Ansley möchte dich sprechen. Der Sohn des Sheriffs.«

Pinks Blick fiel automatisch auf Lillie, doch er wandte sich sofort ab, denn er konnte die bittere Anklage in ihren Augen nicht ertragen. »Ich rede mit ihm«, sagte er, nahm den Hörer und bedeckte die Sprechmuschel mit der Hand. Reba sammelte schnell ihre Sachen zusammen.

Sie schlüpfte an Lillie vorbei und schenkte ihr ein kurzes, bedauerndes Lächeln. »Ich mache die Tür zu«, sagte sie.

»Danke, Reba«, sagte Pink. Dann wandte er seiner Frau den Rücken zu und sprach.

»Hallo, Tyler«, sagte er. »Ja, das stimmt.«

Lillie hätte am liebsten das Kabel aus der Wand gerissen.

Aber was würde das nützen? Pink konnte von anderswo aus telefonieren.
»Ja«, sagte er. »Hier schnüffelt jemand rum. Der Exmann meiner Frau, und er glaubt, daß du der Täter bist. Jetzt ist er auf dem Weg zu dir und will dich zum Reden bringen. Du hältst besser den Mund, weil er hinter dir her ist.«
Pink hörte einen Moment verärgert zu. »Du brauchst nur den Mund zu halten, habe ich dir gesagt. Am besten wäre es, wenn er dich gar nicht zwischen die Finger bekäme, denn wenn du nicht dichthältst, kann niemand mehr für etwas garantieren. Er will Blut sehen.«
Pink hörte wieder kurz zu, dann unterbrach er Tyler. »Nein. Hör mir jetzt zu, Junge. Was ich dir sage, ist zu deinem Besten. Der Kerl ist hinter dir her. Was? Jordan Hill. Er ist vor kurzem hier weggefahren, also könnte er in fünf oder sechs Stunden bei dir sein. Das weiß ich nicht. Aber wenn du die Wahrheit sagst, sind wir alle dran. Wir haben beschlossen zu schweigen, also halte dich daran. Bei Gott, sonst weiß ich nicht, was passiert. Okay.«
Pink knallte den Hörer auf die Gabel. Er drehte sich nach Lillie um, sein Blick war herausfordernd, doch er sah gerade noch, wie sie die Tür hinter sich schloß. Sie war gegangen. Pinks Schultern sackten zusammen, und er fühlte einen ungeheuren Druck auf seiner Brust. Er hätte gern geweint, doch statt dessen griff er nach dem Telefon und wählte wieder. Für Tränen war es zu spät. Grayson und Royce mußten informiert werden. Grayson zuerst. Vor diesem Anruf fürchtete er sich am meisten. Er hatte versprochen, seinen Sohn zu schützen, und es war ihm nicht gelungen. Er hatte alles verpatzt. Und Lillie war in einer Verfassung, wo sie zu allem fähig war. Sie alle mußten sie wieder zur Vernunft bringen, ehe es zu spät war.

19

Lillie rannte fast die Treppen hinunter, doch als sie auf den Bürgersteig trat, traf sie die kalte Luft wie ein Schlag, und ihr wurde schwindlig. Ihr Herz klopfte, und sie konnte sich nicht erinnern, wo sie ihren Wagen geparkt hatte. Passanten sahen sie an. Diese Blicke erschreckten sie, als ob alle wüßten, daß sie das Ungeheuerliche erst jetzt herausgefunden hatte. Ihr gehetzter Blick fiel schließlich auf die vertraute Form und Farbe ihres Autos, und sie stolperte mit weichen Knien darauf zu. Als sie drin saß, zitterten ihre Hände derart, daß sie unfähig war, den Schlüssel ins Zündschloß zu stecken. Sie wollte Grayson windelweich prügeln, ihn schütteln, wie eine Katze ihre Beute schüttelt, und ihn anschreien: »Warum?«, aber sie saß zitternd hinter dem Lenkrad und versuchte zu denken.

Grayson. Ihr Kind. Ihr Sohn. Immer war er unabhängig gewesen. Hatte sie von Anfang an zurückgewiesen. Wollte alles selber tun. Das Gegenteil von Michele, die sich ihr zugewandt, sie gebraucht, ihre Liebe akzeptiert hatte. Grayson war stark, gesund, immer unterwegs, und Michele hatte ihm bewundernd zugesehen, während er Erfolg auf Erfolg häufte. Sie hatte ihn angebetet. Und er hatte sie sterben lassen.

Lillie legte die Hände aufs Lenkrad und verschmierte es mit Blut. Sie hatte ihre zitternden Fäuste derart zusammengepreßt, daß sich ihre Nägel tief in ihre Handflächen gegra-

ben hatten, so daß sie bluteten. Sie versuchte zu denken. Wo konnte er sein? Nächste Woche sollte ein Baseballspiel stattfinden, und heute nachmittag würde er sicher dafür trainieren. Der Kapitän der Mannschaft, der Vizepräsident des Schülerrats, der Gewinner eines Stipendiums. Er hatte daneben gestanden. Er hatte zugeschaut, wie Tyler Ansley seine Schwester ermordete. Und dann diese Lügen. Alle diese Lügen. Lillie war, als würde diese ungeheure Last sie zerschmettern. Sie würde sich ihn vorknöpfen. Das war alles, was sie wußte. Nie hatte er um ihren Rat gebeten, und wenn sie ihm trotzdem manchmal einen gab, pflegte er ihn ungeduldig mit diesem für ihn typischen halb leidenden, halb verächtlichen Blick zu ertragen. Aber heute würde er ihr zuhören. Bei Gott, das würde er.
Sie wartete noch ein paar Minuten, bis sie in der Lage war zu fahren. Dann lenkte sie ihren Wagen in Richtung High-School, zu dem angrenzenden Sportplatz. Die Cress County Cougars trainierten. Lillie stieg aus und versuchte unter den Spielern die Nummer fünf auszumachen, aber sie konnte Grayson nicht entdecken.
Jemand rief ihren Namen, und Lillie drehte sich um. Oben auf der Tribüne saß eine einsame Gestalt. Lillie erkannte Allene an ihrem flammendroten Haar. Unsinniger Zorn überkam sie beim Anblick des jungen Mädchens, das ihr schüchtern zuwinkte.
»Grayson wurde ans Telefon gerufen«, rief Allene ihr zu. Lillie wußte sofort, wer angerufen hatte. Pink. Um seinen Sohn zu warnen. »Allene«, fragte sie, »was machst du hier?« Aber auch das wußte sie. Allene wartete auf Grayson.
»Ich bin mit Grayson nach dem Training verabredet«, gab Allene zu.
Normalerweise hätte sich Lillie aus dieser Geschichte herausgehalten. Normalerweise hätte sie ihrem Sohn vertraut.

Aber heute war kein normaler Tag. Und ihr Sohn verdiente kein Vertrauen mehr. Er verdiente es nicht, daß dieses Mädchen ihm schöne Augen machte – irgendein Mädchen. Noch viel weniger dieses empfindsame, verletzbare Mädchen.

»Allene!« rief sie schneidend. »Komm mal her. Sofort.«

Allene wollte protestieren, doch dann nahm sie ihre Schultasche und kletterte über die Sitze der Tribüne hinunter. Lillie warf einen Blick aufs Spielfeld. Noch immer kein Zeichen von Grayson. Wahrscheinlich schmiedete er mit Pink einen Schlachtplan, wie er ihrem Zorn entgehen konnte. Aber dieses Mal würde ihr Grayson nicht ungeschoren davonkommen.

Allene hatte die unterste Sitzreihe erreicht, und Allene reichte ihr die Hand, als sie von der Bank sprang. Die schmalgliedrige, sommersprossige Hand lag kühl in ihrer, und Lillie schien es, als hätte sie das junge Mädchen aus einer gefährlichen Situation befreit.

O nein, dachte Lillie wütend. Grayson würde dieses Mädchen – kein Mädchen – nicht rücksichtslos behandeln. Dafür würde sie sorgen. Nicht einmal seine eigene Schwester hatte er verteidigt. Er war für eine Freundschaft nicht reif. Er würde nie wieder jemandem weh tun. Das würde sie zu verhindern wissen.

»Allene«, sagte sie ernst, »wissen deine Eltern, daß du dich wieder mit Grayson triffst?«

Allene schüttelte traurig den Kopf.

»Es ist besser, wenn du ihn nicht mehr siehst. Sonst muß ich es deinen Eltern erzählen. Ich meine, was ich sage. Vergiß Grayson. Verschwende dich nicht an ihn. Er wird dir nur weh tun. Du bedeutest ihm nichts.«

Lillie hatte eigentlich erwartet, daß Allene mit Trotz reagieren würde, aber das junge Mädchen zuckte nur mit den

Schultern und steckte die Hände in die Hosentaschen. »Das weiß ich«, sagte sie.
»Dann halte dich von ihm fern.«
»Grayson wird wütend sein«, sagte Allene besorgt.
»Ich kümmere mich um ihn. Mach dir deshalb keine Sorgen«, sagte Lillie bitter.
»Mrs. Burdette, bitte sagen Sie meiner Mutter nichts davon.«
»Nur, wenn du dich wieder mit ihm triffst. Geh jetzt.«
Das Mädchen nahm seine Schultasche und verabschiedete sich. Lillie sah Allene nach, bis sie hinter den Tribünen verschwunden war. Dann richtete sie ihre Aufmerksamkeit auf das Spielfeld. Grayson kam gerade aus der Umkleidekabine.
Er mußte einen Blick auf die Tribüne geworfen haben, um zu sehen, ob Allene ihn von dort aus noch immer bewunderte, denn er hatte bereits seine Mutter entdeckt und sprang über die Sitzreihen, sein Gesicht eine Maske aufgesetzter Unschuld.
»Wo ist Allene geblieben?« fragte er zur Begrüßung.
»Ich habe sie nach Hause geschickt. Komm her!« zischte sie wütend.
»Mom, ich muß zum Training«, entgegnete er verstockt.
Lillie starrte ihn außer sich vor Zorn an. »Tu nicht so, als wüßtest du nicht, warum ich hier bin! Ich weiß, daß du gerade mit deinem Vater telefoniert hast. Jetzt tust du, was ich dir sage. Ich bin schließlich noch immer deine Mutter.«
Ihr Ton ließ ihn verstummen, und er senkte den Blick. Sein Nacken rötete sich. Dann schaute er sie an und sah ihr zugeschwollenes Auge. »Mom!« rief er. »Wie ist das passiert?«
»Das kann dir egal sein!« erwiderte sie aufbrausend.
»Entschuldige«, sagte er schulterzuckend und folgte ihr zum Ende der Tribüne.

Lillie zitterte vor Wut und drehte sich erst um, als sie außer Sichtweite der Baseballspieler waren. Sie wollte ihm alles Häßliche an den Kopf werfen, was ihr gerade in den Sinn kam. Sie wollte ihren Zorn wie ein Unwetter über ihn ergießen. Sie wollte ihn demütigen, verletzen, anklagen. Aber als sie ihn vor sich stehen sah, gehorsam, ergeben, das Haar zerzaust, als hätte er gerade geschlafen, seine großen Augen auf sie gerichtet, unschuldig wie die eines kleinen Kindes, fühlte sie ihren Zorn schwinden. Zurück blieben nur Verwirrung und Unglaube. Das war ihr Sohn. Ihr kleiner Junge. Pink mußte sich geirrt haben. Er hätte niemals seine Schwester auf diese entsetzliche Weise im Stich gelassen. Vielleicht war er nicht einmal dabeigewesen. Vielleicht hatte Tyler das nur behauptet. Es mußte eine andere Erklärung für das Geschehene geben.
»Grayson«, begann sie mit ernster, aber zitternder Stimme. »Dein Vater hat dir eben am Telefon erzählt, daß ich alles weiß. Tyler Ansley brachte deine Schwester um, und du standest daneben und hast es nicht verhindert.«
Grayson umklammerte seinen Baseballhelm und starrte sie aus weit aufgerissenen Augen an. Jede Farbe war jetzt aus seinem Gesicht gewichen.
Lillie zögerte. Es stimmt nicht, dachte sie, und eine wilde Hoffnung keimte in ihrem Herzen auf. Er wird mir sagen, daß es nicht stimmt. Daß er nicht dabei war. Daß Tyler gelogen hat. »Stimmt das?« fragte sie.
Antworte nicht mit ja, dachte sie.
Grayson blickte mit zusammengekniffenen Augen über das Spielfeld und trat nervös von einem Fuß auf den anderen.
»Nun?« sagte sie.
Grayson schüttelte den Kopf. Dann sagte er mit dünner Stimme: »Es tut mir leid, Mom. Ich hatte gehofft, du würdest es nie herausfinden.«

Zu ihrer Verwunderung schockierte sie sein Geständnis derart, als hätte sie es nicht schon vorher gewußt. »Grayson«, flüsterte sie. »Mein Gott ...«

»Mom«, flehte er. »Mom, es tut mir leid. Verzeih mir. Er ... er ist einfach durchgedreht ...«

Lillie kämpfte um ihre Selbstbeherrschung. Ihr war, als würde sie ersticken. »Du sagst mir jetzt, was geschehen ist«, befahl sie stockend. »Ich kann einfach nicht glauben ... was dein Vater mir erzählt hat ... daß das die ... die ganze Geschichte war. Daß du es zu ... zugelassen hast, daß er deine Schwester umbrachte. Grayson, ich muß es wissen ... wie konnte das geschehen?«

Sein Gesicht war verzerrt, und Tränen strömten aus seinen Augen. »Mom, ich weiß, du bist wütend auf mich ...«, sagte er.

»Wütend?« schrie sie und hätte am liebsten über dieses unpassende Wort gelacht. »Grayson, sieh mich an. Ich kenne dich. Du bist mein Sohn. Du würdest doch nicht ... du könntest es einfach nicht. Deine Schwester allein lassen. Sie sterben lassen. Du hast sie doch geliebt ...« Ihre Stimme klang schrill, flehend.

»Ich habe es aber getan! Du weißt, daß ich es getan habe!« schrie er. »Aber ich schwöre es, Mom. Ich hätte nie geglaubt, daß Tyler ihr etwas antun würde. Ich dachte, er macht nur Spaß.«

Er sah sie kläglich an, wartete auf eine Entgegnung, aber sie schwieg. »Wir hatten getrunken«, sagte Grayson. »Ich weiß, wir hätten es nicht tun sollen, aber alle tun es.«

Sie starrte ihn an, als hätte sie Mühe, ihn zu verstehen, als spräche er eine fremde Sprache.

Grayson wand sich unter ihrem Blick und fuhr stockend fort: »Michele hätte ... hätte eigentlich nicht mitkommen sollen. Sie hatte gehört, daß wir dorthin gehen wollten, und ging

einfach mit. Ich wollte, daß sie nach Hause ginge, aber ... sie ... sie mochte ihn. Sie wollte in seiner Nähe sein.
Also, wir hatten getrunken, und sie neckte ihn, und er schwang den Baseballschläger, und Michele lachte, und dann *boing, boing*. Noch ehe ich begriff, was passierte, hatte er sie getroffen. Und sie stürzte zu Boden.«
»Hör auf!« schrie Lillie und hielt sich die Ohren zu. Sie konnte es nicht ertragen, das zu hören. Sie wollte sich nicht vorstellen, wie ihr kleines Mädchen niedergeschlagen wurde. Sie konnte es nicht ertragen, wie ihr Sohn den Vorgang erzählte, als handelte es sich um irgendeinen Zwischenfall in der Schule.
»Mom, versteh mich doch«, sagte er drängend. »Wie konnte ich denn ahnen, daß er sie niederschlagen würde?«
»Du hättest ... du hättest sie beschützen müssen!« schrie Lillie.
»Mom, das konnte ich nicht. Bitte.« Er machte einen Schritt auf sie zu.
»Bleib, wo du bist!« Sie wich vor ihm zurück und hob mit einer hilflosen Gebärde die Hand, um ihn abzuwehren. Dann stolperte sie rückwärts und fiel auf die Tribünenbank. Tränen trübten ihren Blick. Sie wischte wütend über ihre Augen.
»Also«, konstatierte sie mit kalter und grausamer Stimme, »hat dieser Junge deine Schwester getötet, während du wie ein Feigling daneben standest und nichts tatest. Außer die Wahrheit zu vertuschen, zu lügen und ihn in Schutz zu nehmen.«
»Nein«, wimmerte er. »Nein. Ich ging auf ihn los. Ich schlug ihn. Es war zu spät. Mom, du warst nicht dabei. Niemand hätte es verhindern können.«
»Ist das alles, was du mir darüber sagen kannst? Daß du hilflos warst?«

»Mom! Glaubst du nicht, daß ich etwas getan hätte, wenn ich es gekonnt hätte?« In seinen Augen standen Tränen, und er wischte sich mit seinem schmutzigen Ärmel übers Gesicht und verschmierte es.

Lillie schüttelte wütend den Kopf und kämpfte gegen ihre Tränen an. »Ich weiß nicht«, weinte sie. »Ich werde es niemals wissen. Du stehst da und erzählst mir das. Als ob dir überhaupt nicht bewußt wäre, daß du sie verraten hast. Du hast Michele verraten. Und mich. Uns alle. Schämst du dich nicht?«

Das schien zu treffen; sein Gesicht wurde hart. »Sieh mal«, sagte er, »ich bin nicht der einzige ...«

»Ich kann es einfach nicht begreifen«, sagte sie. »Sosehr ich mir auch Mühe gebe. Wie konntest du nur dastehen? Und nichts tun? Wie kannst du nachts schlafen, wenn du daran denkst? Wie kannst du leben, als ob nichts geschehen wäre?«

»Ich habe gesagt, daß es mir leid tut«, schrie er unter Tränen. »Was willst du denn von mir? Was soll ich tun? Sag's mir, dann tue ich es.«

Lillie wandte sich von ihm ab und betrachtete den stahlgrauen Himmel. Es stimmte. Was sollte er sonst sagen?

Michele war tot. Natürlich tat es ihm leid. Seine Tränen sprachen für sich.

Lillie starrte blicklos in die Ferne. »Ich will dich nicht damit quälen«, sagte sie mitfühlend. »Du bist mein Sohn. Ich weiß, daß es dir leid tut. Und ich weiß, daß auch du gelitten hast. Aber ich kann alle diese Lügen einfach nicht hinnehmen. Hast du eigentlich einmal an Michele gedacht? Als du geschwiegen hast?«

»Was willst du damit sagen?« fragte er, plötzlich wachsam.

»Du weißt, was ich damit sagen will«, entgegnete sie. »Deine Schwester wird ermordet, und ihr alle tut so, als wäre es nie geschehen.«

»Moment mal, Mom«, sagte er. »Wir durften die Wahrheit nicht sagen. Wenn herausgekommen wäre, daß ich ebenfalls da war ...«

»Ja, ja«, unterbrach sie ihn. »Ich verstehe, daß du dich dieser Demütigung nicht aussetzen willst. Vielleicht sogar einem Prozeß. Das möchte ich auch nicht, bei Gott. Und jetzt ist dein Vater darin verwickelt. Und der Sheriff. Aber sag mir doch eins, Grayson. Glaubst du, daß der Mörder deiner Schwester ungestraft davonkommen soll? Wie können wir damit leben?«

Grayson stand unbeweglich vor ihr und kaute an seiner Unterlippe, den Blick geistesabwesend auf das Spielfeld gerichtet. Dann setzte er sich langsam auf die Bank neben seine Mutter. »Mom, es gibt da noch etwas«, sagte er. »Ich wollte es dir eigentlich nicht erzählen ... du weißt noch nicht alles.«

Lillie sah ihn stirnrunzelnd an. »Was weiß ich nicht?«

Grayson leckte sich über die Lippen und drehte seinen Baseballhelm in den Händen. Er vermied es, sie anzusehen. Dann sagte er: »Es ist noch etwas in jener Nacht passiert. Selbst Dad weiß nichts davon.«

»Seit wann erzählst du mir etwas, was dein Vater nicht weiß?« fragte sie steif.

Grayson seufzte. »Ich habe es Dad nicht erzählt, weil ... es geht um Michele. Ich wollte nicht, daß er es erfährt. Du weißt doch, wie er sie geliebt hat. In seinen Augen war sie doch nur ... nur ein kleines Mädchen.«

»Was willst du damit sagen?« fragte Lillie. »Ich kann nicht mehr viel ertragen, Grayson.«

»Du hältst mich für einen Feigling, aber auf meine Weise möchte ich Michele auch schützen. Damit nicht rauskommt, was wirklich passiert ist.«

»Halt mal!« rief Lillie. »Du willst doch nicht etwa behaupten, daß deine Schwester an ihrem Tod schuld ist? Willst du mir vielleicht sagen, sie hätte getrunken und Tyler als erste geschlagen? Das kannst du nicht tun, Grayson. Wage es ja nicht.«

»Wir alle hatten getrunken«, unterbrach er sie.

»Du standest daneben und hast nichts getan. Du könntest wenigstens jetzt Mann genug sein, diese Tatsache einzugestehen, Grayson.«

»Ich stand gar nicht daneben. In Wahrheit ging ich weg«, sagte Grayson.

»Das wissen wir, Grayson«, sagte sie schneidend.

»Ich mußte gehen.«

»Das mußtest du nicht. Du zogst vor zu gehen«, beharrte Lillie.

»Ich mußte!« schrie er. »Sie ... sie hat ihre Bluse ausgezogen.«

Lillie starrte ihn an. Eine flammende Röte überzog sein Gesicht. Er sah sie nicht an. Ihr Gesicht brannte. »Das hat sie nicht getan«, sagte Lillie mit zitternder Stimme.

»Mom, sie hat es getan«, sagte Grayson. »Sie mochte ihn. Sie war in Tyler verknallt. Sie wollte, daß er sich für sie interessiert. Sie sagte, es sei zu heiß, und sie zog ihre Bluse aus. Ich konnte nicht einfach da rumstehen, Mom. Ich mußte gehen.«

Lillie schüttelte den Kopf. Nicht Michele, dachte sie, und ihre Wangen brannten vor Scham für ihre Tochter. Nicht mein Kind. Aber sie war kein Kind mehr gewesen.

»Sie dachte wohl, es würde ihm gefallen, aber er hat es mißverstanden.« Grayson seufzte. »Jedenfalls ging ich und hörte dann, was passierte, und als ich zurückging ...«

Lillie barg ihr Gesicht in den Händen, gedemütigt, entsetzt, als würde sie die letzten Momente ihrer Tochter durchleben.

»Ich habe ihr dann wieder ihre Bluse angezogen«, sagte Grayson. »Mehr konnte ich nicht tun. Ich wollte nicht, daß jemand sie so findet.«
Lillie schloß die Augen, aber sie konnte das Bild ihrer Michele nicht verscheuchen. Michele, entfesselt durch Alkohol und Mondschein, Michele, die begehrenswert sein wollte ... ein Opfer ihrer eigenen Unschuld.
Grayson unterbrach ihre Gedanken. »Sag Dad nichts davon«, bat er ernst. »Versprichst du mir das, Mom?«
Lillie nickte wie betäubt.
»Versprichst du es oder nicht?« fragte Grayson.
Lillie sah ihren Sohn ausdruckslos an. »Ich habe nicht vor, mit deinem Vater in nächster Zeit zu reden.«
»Ich will, daß niemand davon weiß«, sagte Grayson. »Denn so war Michele nicht. Die Leute könnten einen falschen Eindruck bekommen. Sie war eher schüchtern. Ich weiß noch immer nicht, warum sie das getan hat.«
Warum? dachte auch Lillie. Ihr Zorn war einem Gefühl der Leere gewichen. Hatte Michele geglaubt – wie es junge Mädchen manchmal taten –, daß niemand sie begehrenswert fand? Sie hätte mit mir über ihre Gefühle sprechen sollen, dachte Lillie bitter. Ich hätte ihr begreiflich machen können, daß es dazu keinen Grund gab. Daß sie eines Tages verehrt und geliebt werden würde. Lillie wurde schwindlig von dieser neuen Erkenntnis. Du hättest mir vertrauen sollen! hätte sie am liebsten herausgeschrien. Wir standen uns so nahe. Lillie wurde schlecht bei diesem Gedanken.
»Ich habe versucht, sie zu beschützen, Mom«, sagte Grayson drängend.
Lillie sah ihren Sohn an, als wäre sie gerade aus einer Trance erwacht, und sie spürte ihr Herz ihm gegenüber weich werden. Sie sah ihn an, sah in seine verstörten Augen. Dann nickte sie. »Ja, ich weiß«, sagte sie und berührte

flüchtig seine Hand. Trotz der Entsetzlichkeit dieser Enthüllung war sie froh, daß er es ihr erzählt hatte. Sie hatte das Gefühl, wieder eine Beziehung zu ihm aufbauen zu können. Es war, als hätte ihr Herz aufgehört zu schlagen, doch jetzt spürte sie es wieder, wenn auch schwach.

»Ich danke dir, daß du das für sie getan hast«, sagte sie.

»Ich wünschte, ich hätte sie davor bewahren können«, schluchzte er.

»Ach, Grayson, ich wünschte es mir auch so sehr«, stöhnte sie. Langsam stand sie auf.

Auch Grayson stolperte auf die Füße. »Wenn du nach Hause kommst ...«, sagte er.

»Ich gehe nicht nach Hause«, unterbrach Lillie ihn.

»Wohin gehst du denn?« fragte er verstört.

Lillie warf einen Blick in die Runde, das jetzt leere Spielfeld, die tief dahintreibenden Wolken, die einbrechende Dämmerung. »Ich fahre zu Tante Brenda und bleibe dort über Nacht, wenn sie mich haben will.«

Er sah ihr zugeschwollenes Auge an. »Deswegen?«

»Wegen allem, was geschehen ist. Ich kann jetzt nicht zu Hause sein, Grayson. Ich muß nachdenken. Ich weiß nicht, was ich als nächstes tun soll. Ich muß allein sein und alles überdenken.«

»Und was willst du tun?« fragte er ängstlich.

»Das weiß ich nicht«, sagte sie. »Noch nie bin ich mir im Leben derart verloren vorgekommen.«

»Man braucht Zeit, um damit fertig zu werden«, sagte er. »Aber es wäre besser, wenn du gerade jetzt zu Hause wärst.«

»Mach dir um mich keine Sorgen«, sagte sie. »Zieh dich jetzt um. Ich komme schon zurecht.«

Grayson sah sie aus schmalen Augen an. »Du wirst doch Tante Brenda nichts davon erzählen, oder?«

»Ich werde heute niemandem etwas erzählen, das kannst du mir glauben. Ich brauche nur etwas Platz zum Atmen.«
Diese Antwort schien ihn zu befriedigen. »Schau, Mom«, sagte er. »Ich *habe* viel darüber nachgedacht. Und es *tut* mir leid.«
»Ich weiß«, sagte sie automatisch.
»Aber jetzt ist es zu spät, um etwas zu ändern. Das würde nur noch mehr Unglück über uns alle bringen.«
»Das Unglück ist bereits geschehen«, sagte sie.
»Ja. Aber wir müssen an die Zukunft denken. Was hätte es für einen Sinn, das alles noch einmal aufzurühren?«
»Ich muß jetzt gehen«, sagte Lillie seufzend. »Sag deinem Vater, wo ich bin, okay?«
Sie wartete nicht auf seine Antwort. Sie mußte weg von ihm. Weg von allem. Sie fühlte sich geschlagen, leer. Sie hatte geglaubt, daß der Mord an Michele ein Alptraum sei. Sie lächelte bitter über ihre Naivität. Es schien, als sei der Tod ihrer Tochter nur der Anfang gewesen. Ihr war, als wäre die Welt aus den Fugen geraten.
Lillie ging langsam zu ihrem Wagen. Als sie dort angekommen war, drehte sie sich um und schaute zurück. Ihr Sohn stand noch immer da in der beginnenden Dämmerung, mit geballten Fäusten. Sein Blick durchbohrte sie. Seine Gestalt wirkte wie die Silhouette einer idealisierten Skulptur eines Mannes gegen den grauen Himmel.

20

Im abendlichen trüben Zwielicht wirkten die schwach erleuchteten Gebäude der Sentinel Military Academy wie eine Festung, die man dort am Fuß eines Hügels in North Carolina errichtet hatte. Jordan fuhr an dem Straßenschild vorbei, auf dem stand, daß die Schule im Jahre 1887 gegründet worden war, und lenkte seinen Wagen auf den Parkplatz neben dem Hauptgebäude.

Es war fast sieben Uhr, und er war von der Reise müde, aber er wollte seine Aufgabe sofort erledigen. Er war nervös, weil er nicht wußte, wie er den Jungen behandeln sollte, also hatte er beschlossen, die Sache so schnell wie möglich hinter sich zu bringen. Auf der Rasenfläche vor dem Hauptgebäude wehte die amerikanische Flagge, daneben stand eine alte Kanone aus dem Ersten Weltkrieg. Dort würde er wohl mit dem Mann sprechen können, der für die Schüler verantwortlich war. Eine Gruppe grauuniformierter Kadetten ging mit gesenkten Köpfen an ihm vorbei, und auf dem Rasen raschelte vom Wind getriebenes getrocknetes Laub, doch sonst war es ruhig. Jordan erklomm die Stufen des Hauptgebäudes, trat ein und sah sich um.

Die Halle war ganz mit Mahagoni verkleidet und schimmerte, selbst in dem trüben Licht. Das Gebäude wirkte verlassen, aber er folgte einem Schild, das zum Büro des Kommandanten wies, und war froh, als er sah, daß dort noch Licht brannte. Niemand saß hinter dem Schreibtisch der Sekretärin im Vorzimmer. Die holzverkleideten Wände waren mit gerahmten Auszeichnungen und Bücherregalen bedeckt, die dickleibige Bände der Militärgeschichte und Jahrbücher beherbergten, die bis in die 30er Jahre zurückreichten. Die Bürotür war nur angelehnt, und als Jordan darauf zuging, bemerkte er das Messingschild darauf: Colonel James Preavette. Jordan klopfte an die Tür. Als eine rauhe Stimme ihm befahl einzutreten, steckte Jordan den Kopf hinein und sah einen sonnengebräunten, drahtigen Mann in Hemdsärmeln, mit silberumrandeter Brille, die zu seinem dichten grauen Haar paßte, hinter dem Schreibtisch sitzen. Seine Brillengläser blitzten, als er aufblickte.

»Tut mir leid, Sie stören zu müssen, Colonel Preavette«, sagte Jordan.

»Macht nichts. Kommen Sie rein. Ich war gerade mit Papierkram beschäftigt.«

Jordan sah, als er sich vorstellte, daß der Schreibtisch des Colonels bis auf zwei Aktendeckel und ein gerahmtes Foto seiner Familie leer war.

»Was kann ich für Sie tun?« fragte der Colonel.

»Ich bin gekommen, weil ich einen Ihrer Schüler sprechen möchte. Ach, übrigens, mein Name ist Jordan Hill.«

Der Colonel nickte knapp. »Es tut mir leid, aber da müssen Sie morgen wiederkommen. Sonntag ist hier Besuchstag. Sind Sie ein Mitglied der Familie?«

Jordan zögerte. »Ein Freund der Familie«, sagte er vage. »Aber es ist sehr wichtig. Es wäre mir lieb, wenn ich den jungen Mann noch heute abend sprechen könnte.«

»Ist jemand in seiner Familie ernsthaft erkrankt?« fragte der Colonel besorgt.

Jordan kam sich wie ein Soldat vor seinem Vorgesetzten vor. Er wollte nicht lügen. »Nein. Aber diese Angelegenheit ist für mich von größter Wichtigkeit. Ich glaube, daß dieser Junge wichtige Informationen bezüglich eines schweren Verbrechens hat ...«

»Sind Sie Polizist?« fragte der Colonel.

»Nein, Sir«, gestand Jordan. Plötzlich war er sich seiner vernachlässigten Erscheinung bewußt, seines langen Haars und seines zerknitterten Jacketts, das noch immer nach Lillie roch.

»Disziplin und feste Regeln sind die Grundelemente dieses Instituts, Mr. Hill. Unser Beispiel ist für alle Kadetten wichtig. Ganz in der Nähe gibt es ein anständiges Motel, in dem die meisten Familien übernachten, wenn sie hierher zu Besuch kommen. Kommen Sie morgen wieder, Mr. Hill«, sagte der Colonel und schenkte Jordan ein eisiges Lächeln.

Jordan wußte, daß er entlassen war. Er wußte ebenfalls, daß es zwecklos war, den Colonel umstimmen zu wollen. »Um welche Zeit morgen?« fragte er kalt.

»Jederzeit nach neun. Welchen unserer Kadetten wollten Sie sprechen?«

Aha, dachte Jordan. Das Erwähnen eines Verbrechens hat ihn neugierig gemacht. »Tyler Ansley ist der Name des Kadetten, Sir.«

Die Brauen des Colonels schossen hinter seiner silbernen Brillenfassung in die Höhe. Er griff nach dem Päckchen Camel auf seinem Schreibtisch und schüttelte mit einer Hand eine Zigarette heraus. Jordan wartete geduldig, bis der Colonel sie angezündet und einen tiefen Zug genommen hatte. Dann nickte er.

»Ich wußte, daß da etwas nicht stimmt«, sagte er. »Ich kann es meilenweit riechen, wenn ein Junge in Schwierigkeiten steckt.«

Jordan schwieg. Wenn der Colonel Näheres wissen wollte, mußte er seine eigenen eisernen Regeln brechen. Doch der

Colonel begriff sofort. Er überlegte einen Moment. Dann schüttelte er den Kopf.

»Kommen Sie morgen wieder, Mr. Hill.«

Jordan dankte ihm kurz und ging. Als er vor dem Hauptgebäude stand, sah er sich wütend um. Wahrscheinlich hauste in einem der Nebengebäude der Mörder seiner Tochter. Aber er konnte ihn nicht erreichen. Versuchte er es trotzdem ohne die Erlaubnis des Colonels, würde man ihn vom Schulgelände weisen und ihm verbieten, morgen wiederzukommen.

Plötzlich überfiel ihn eine große Müdigkeit, und der Gedanke, ausschlafen zu können, erschien ihm verführerisch. Er konnte es kaum fassen, daß er erst heute morgen sein Bauernhaus im Green County verlassen hatte. Ihm war, als wäre ein ganzen Monat und nicht eine Nacht vergangen, seit er Lillie angerufen und sich zu der Reise entschlossen hatte. Er stieg in sein Auto und fuhr zu dem Motel. Man gab ihm ein Zimmer mit grünem Teppichboden und einer braunen Tagesdecke. Er packte sein Rasierzeug aus, machte sich im Badezimmer frisch und starrte eine volle Minute sein abgespanntes Gesicht im Spiegel an.

Eigentlich wollte er nichts als schlafen, aber er hatte auch Hunger und beschloß, in das Restaurant des Motels zu gehen, ehe es zumachte. Während er dorthin ging, dachte er über seine Unterredung mit dem Colonel nach. Der alte Offizier war nicht überrascht gewesen, daß es Tyler war, den er sprechen wollte. Im Gegenteil, irgendwie hatte das den Verdacht des Colonels bestätigt. Verdammt, dachte Jordan. Nun, es blieb ihm nichts anderes übrig, als bis zum Morgen zu warten. Dann würde er schon herausfinden, was er wissen wollte.

Jordan öffnete die Doppeltür und marschierte durch die Halle ins Restaurant. Er konnte die Klänge einer Country-

Band hören und fragte sich, ob die Musiker vor einem leeren Saal spielten, denn auf dem Parkplatz standen nur wenige Autos.
Jordan setzte sich an einen Ecktisch und sah sich in dem fast leeren Speisesaal um. In der Nähe saßen ein erschöpft aussehendes junges Paar mit einem Baby und zwei Ehepaare mittleren Alters. Das eine beendete gerade seine Mahlzeit und lachte, während der Mann mit der Bedienung schäkerte. Zwei Tische weiter saßen ein alter Mann und eine alte Frau. Sie studierten die Speisekarte und berieten sich.
Dann kam die Bedienung an Jordans Tisch. Er bestellte einen Jack Daniel's und ein Steak. Als die Bedienung ging, um seine Bestellung aufzugeben, winkte die alte Frau sie an ihren Tisch zurück.
Sie lächelte die junge Frau an und sagte: »Ich hätte gern eine Tomatensuppe zu dem Seniorenmenü für drei Dollar, meine Liebe.«
Die Bedienung sagte: »Das kostet aber extra. Die Suppe ist nicht im Preis mit inbegriffen.«
Die alte Frau sah ihren Mann erschrocken an und beugte sich wieder stirnrunzelnd über die Speisekarte. »Normalerweise kostet sie doch nicht extra, oder?« fragte der alte Mann.
»Manchmal«, entgegnete die junge Frau geduldig. »Aber diese Woche nicht.«
Sie können es sich nicht leisten, dachte Jordan plötzlich, während er sie beobachtete.
Der alte Mann sagte stolz: »Bringen Sie meiner Frau einen Teller Tomatensuppe.«
Aber seine Frau schüttelte den Kopf. »Nein, Liebling, nein. Ich möchte eigentlich gar keine. Ich esse hier im Restaurant immer zuviel. Wenn ich Suppe esse, habe ich keinen Platz mehr für den Pudding.«

»Wirklich?« fragte ihr Mann ziemlich erleichtert.

»Wirklich.«

Jordan knabberte an seinem Brötchen und gab vor, nicht zuzuhören. Er wollte nicht, daß der alte Mann sah, wie er ihn bemitleidete. Einst hast du ihr wohl die Sterne vom Himmel versprochen, dachte er. Und jetzt kannst du ihr nicht einmal einen Teller Tomatensuppe spendieren. Er starrte schuldbewußt auf sein Whiskeyglas, das die Bedienung ihm gerade gebracht hatte. Dann hörte er die alte Frau lachen, und als er zu den beiden hinübersah, gab sie ihrem Mann gerade einen Klaps. Trotz ihrer Armut waren sie glücklich. Sie würden nach Hause fahren und wahrscheinlich noch in der Küche zusammensitzen und über ihre Enkel reden und dann in ihrem alten Bett zusammen einschlafen. Sein Steak wurde gebracht. Er kaute lustlos daran herum, denn er hatte plötzlich keinen Hunger mehr. Nach dem Essen ging er langsam in sein Zimmer zurück. Die Leere erinnerte ihn an sein Apartment in New York. Niemand erwartete ihn, nicht einmal ein Haustier. Er hatte erwogen, einen Hund zu kaufen, scheute aber die damit verbundene Verantwortung. Es war, als würde er wieder heiraten. Auch eine neue Ehe hatte er in Betracht gezogen, aber sie hätte bedeutet, daß er sein ganzes Leben hätte ändern müssen.

Michele hatte ständig davon geredet, wenn sie ihn besuchte. Und wenn er manchmal mit ihr und einer Freundin zum Essen oder ins Kino ging, hatte Michele immer die Vorzüge seiner jeweiligen Bekannten gepriesen und ihm tausend Fragen über das Mädchen gestellt. In Erinnerung daran mußte er lächeln. Sie benahm sich dann, als wäre sie die Erwachsene und er der Teenager. In ihre Augen trat dann ein wissender Blick, und sie sagte ihm, daß er eines Tages schon die Richtige finden würde. Einmal hatte er sie gefragt: »Warum willst du mich denn unbedingt verheiraten?« Und sie hatte geantwortet: »Damit du nicht allein bist, wenn ich nicht bei dir bin.«

Jordans Lächeln erlosch; seine Augen brannten. »Ich darf nicht an sie denken«, sagte er laut zu niemandem. Er schaltete den Fernseher ein und drückte wahllos auf alle Programme. Dann schaltete er ihn wieder aus. Er war erschöpft, aber ruhelos, von den Anstrengungen des Tages wie ausgebrannt. Er würde schlecht schlafen, denn am nächsten Morgen würde er Tyler gegenüberstehen.

Sein Blick fiel aufs Telefon, und er dachte an Lillie. Eigentlich gab es keinen Grund, sie heute abend anzurufen. Plötzlich sah er sie vor sich, wie sie am Morgen ausgesehen hatte. Ihr nasses, wirres Haar. Es erstaunte ihn immer wieder, wie frisch und jung sie aussah. Als hätte das Leben ihr keine Wunden geschlagen.

Jetzt fragte er sich, warum er sie damals derart leichten Herzens hatte verlassen können – Lillie und Michele. Ein Agent in Nashville hatte sein Foto gesehen und ein Vorsprechen für ihn in New York arrangiert. Für Jordan war das ein Wunder gewesen. Die Chance, seine Träume zu realisieren. Die Liebe schien dagegen nur unbedeutend zu sein.

Er hatte beschlossen, sie zu verlassen, sonst würde er sein ganzes Leben bedauern, diese einmalige Gelegenheit verpaßt zu haben. Und er hatte die Rolle bekommen, und schon kurz darauf drehte er in Kalifornien Fernsehserien. Doch der Trennungsschmerz von Lillie war nicht nur heftig gewesen, er hatte lange gedauert. Er war mit anderen Frauen flüchtige Verbindungen eingegangen, aber alle hinterließen eine unbeschreibliche Leere in ihm, und nachts träumte er von Lillie und dem Baby und wachte bedrückt auf. Und eines Morgens, nach einem besonders bedrücken-

den Traum, hatte er begriffen, daß er sich nichts sehnlicher wünschte, als zu ihr zurückzukehren.
Also machte er Pläne für die Zukunft und träumte von ihrem gemeinsamen Leben. Doch drei Wochen später, zwei Tage bevor er nach Felton reisen wollte, schrieb seine Mutter, daß Lillie wieder geheiratet habe und nun die Frau von Pink Burdette sei.
Jordan nahm den Telefonhörer und wog ihn in der Hand. Bald, schon bald, dachte er, gibt es keinen Grund mehr, sie anzurufen. Michele ist tot. Wenn das alles vorbei ist, wirst du tausend Meilen weit weg leben, und es gibt nichts Gemeinsames mehr zwischen uns. Nichts mehr zu sagen. Aber jetzt gibt es einen plausiblen Grund. Er wählte.
Nach dem ersten Klingeln antwortete Pink.
»Pink, Jordan am Apparat.«
»Was willst du?« fragte Pink ausdruckslos.
Er fragte sich, ob Lillie ihm von ihren Vermutungen bezüglich Tyler erzählt hatte. Wahrscheinlich. Aber Pink war offensichtlich nicht in der Stimmung, darüber zu reden.
»Kann ich Lillie kurz sprechen?«
»Sie ist nicht hier«, sagte Pink. Keine weitere Erklärung.
»Oh. Na gut. Kannst du ihr ausrichten, daß ich angerufen habe?«
Pink schwieg zuerst, doch dann sagte er: »Ja. Wiedersehen.«
»Auf Wiedersehen.« Jordan legte auf. Aus irgendeinem Grund war er froh, daß sie nicht zu Hause war. Es war völlig unsinnig, aber so fühlte er eben. Ganz kurz ging ihm der absurde Gedanke durch den Kopf, sie sei ihm nachgefahren. Er schaute zur Tür, als würde gleich jemand klopfen, doch dann schüttelte er, verwirrt über seine Dummheit, den Kopf. Nach einer Weile stand er seufzend auf und schaltete wieder den Fernseher ein.

21

Brenda Daniels hatte nie des Geldes wegen geheiratet, aber sie hatte es bei ihren verschiedenen Scheidungen immer verstanden, für ihr Herzeleid angemessen entschädigt zu werden. Konsequenterweise war sie mit vierunddreißig die Besitzerin eines der elegantesten Häuser im ganzen Cress County.

Als sie ihren leise summenden Lincoln in die baumgesäumte Auffahrt lenkte, überkam sie beim Anblick ihres luxuriösen weißen Hauses mit den Frontsäulen ein gewohntes Gefühl der Befriedigung. Sie hatte den Tag in Nashville in einem Hotel verbracht, das ein Feinschmeckertreffen veranstaltet hatte, und kurz überlegt, ob sie den Gitarristen anrufen sollte, mit dem sie ein lockeres Verhältnis hatte, sich aber dagegen entschieden.

Sie wußte, daß viele Frauen in Felton sie für leichtlebig hielten, aber sie glaubte, daß die anderen nur neidisch auf ihr Haus und ihre Freiheit waren. Diese Klatschbasen wären erstaunt darüber gewesen, in welch ruhigen Bahnen ihr Liebesleben normalerweise verlief. Nicht, daß es ihr an Verehrern gemangelt hätte. Sie war noch immer eine sehr schöne Frau. Aber sie liebte ihr Haus und hatte keine Lust, noch einmal zu heiraten.

Manchmal sehnte sie sich nach einer Familie wie alle anderen auch, aber dann überwog ihre Skepsis. Nach der Hochzeit kühlten die Männer immer beträchtlich ab und ließen sich gehen. Sie tranken zuviel und gingen mit ihren Frauen nicht mehr aus. Sie konnte Unordnung nicht ausstehen: überall volle Aschenbecher, halbvolle Gläser, die Ränder auf ihrem kostbaren französischen Mobiliar hinterließen. Sie hielt sich für sehr tolerant, aber unordentliche Männer waren ihr ein Greuel. Schmutzige Socken, die in Schuhen steckten, zerknüllte Zigarettenpackungen in den Spalten der weißen Ledersitze ihres Wagens brachten sie zum Wahnsinn. Sie liebte die Ordnung, und das konnten Männer nie verstehen.

Trotzdem lag jetzt ein einsamer Abend vor ihr, und sie war entzückt, als sie Lillies Auto vor der Garage stehen sah. Sie drückte auf den automatischen Garagentüröffner und parkte ihren Lincoln neben dem Geschäftslieferwagen. Schon vor langer Zeit hatte sie Lillie einen Schlüssel zu ihrem Haus gegeben, also würde ihre Freundin drinnen auf sie warten. Sie sammelte ihre Pakete aus dem Kofferraum ein und freute sich, Lillie die neuen Gerichte zu zeigen, die sie bei dem Feinschmeckertreffen gekauft hatte.

Brenda schloß die Tür auf und rief: »Lillie«, erhielt aber keine Antwort. Sie lud ihre Päckchen in der Küche ab und sah sich um. Sie führte ihren Haushalt derart penibel, daß ihr die kleinsten Veränderungen auffielen. Ein Glas im Geschirrtrockner und ein brauner Tropfen daneben bedeuteten, daß Lillie Tee getrunken hatte. Brenda wischte den Tropfen weg und ging durchs Haus. Eine ihrer Zeitschriften lag aufgeschlagen auf dem Couchtisch. Lillie hatte gelesen. Brenda ging weiter. Das Fernsehgerät war nicht eingeschaltet. Dann merkte sie, daß auf der Terrasse Licht brannte. Es ist zu kalt, um draußen zu sitzen, dachte sie. Doch als sie zur Glasschiebetür ging und hinausschaute, konnte sie die Umrisse einer zusammengekauerten Gestalt auf einem der schmiedeeisernen Stühle sitzen sehen. Brenda öffnete die Tür und trat auf die Terrasse. »Lillie?«

Lillie drehte sich um und sah sie an.
»Liebling, was machst du hier draußen?« fragte Brenda. »Es ist viel zu kalt. Wie lange sitzt du schon da?«
»Ein paar Stunden«, sagte Lillie. »Brenda, du mußt mir helfen.«
Lillies Stimme zitterte. Der Klang gefiel Brenda überhaupt nicht. Ohne es in der Dunkelheit sehen zu können, wußte sie, daß Lillie weinte.
»Natürlich. Was ist geschehen, Liebling? Ich dachte, es ginge dir besser?«
»Ich möchte eine Weile bei dir bleiben«, sagte Lillie.
»Oh«, sagte Brenda verständnisvoll. Sie hatte immer vermutet, daß die Ehe zwischen Lillie und Pink nicht so glücklich war, wie ihre Freundin vorgab, aber heute hatte sie ihn zum erstenmal verlassen. »Was hat er angestellt?«
»Das ist meine zweite Bitte«, sagte Lillie und starrte in die Nacht. »Ich kann nicht darüber reden. Frag mich nicht, weil ich wirklich nicht darüber sprechen kann. Nicht, bis ich weiß ...«
»Wie du willst«, sagte Brenda und versuchte vergeblich, nicht beleidigt zu klingen. Sie ging zu Lillie und setzte sich, wobei ihr die klamme Kühle der eisernen Stühle unangenehm auffiel. »Ich habe die Kissen schon vor Wochen ins Haus gebracht«, sagte sie. »Ich bringe sie dir, falls du die ganze Zeit hier draußen verbringen willst.«
»Brenda, mir ist, als würde mein ganzes Leben auseinanderbrechen. Du weißt gar nicht, wie gern ich mit dir über meine Probleme reden möchte.«
»Wenn du mir nicht vertrauen kannst ...«
»Ach, Brenda.«
»Du hast ja recht. Ich bin nicht fair«, gab Brenda zu.
»Wenn du nicht willst, daß ich hierbleibe, nehme ich mir ein Motelzimmer.«

»Sei nicht töricht«, sagte Brenda. »Du bleibst, solange du willst.«
»Ich wußte, daß ich auf dich zählen kann.«
»Ja, das kannst du«, sagte Brenda. »Und wenn du trotzdem reden möchtest ... Schließlich kenne ich mich mit Ehemännern aus.«
Lillie schüttelte den Kopf. »Ich kann nicht.«
»Gut, gut«, sagte Brenda und stand auf. »Aber laß uns doch ins Haus gehen. Es ist kalt hier draußen. Du erkältest dich noch.«
»Mir fehlt nichts«, sagte Lillie.
»Komm schon«, sagte Brenda. »Du kannst nicht die ganze Nacht hier sitzen. Und ich möchte dir zeigen, was ich bei dem Feinschmeckertreffen gekauft habe.«
Lillie stand auf und folgte Brenda in die fröhliche Küche, die mit handgemalten Kacheln ausgestattet war.
»Ich könnte einen Drink gebrauchen«, sagte Brenda, ging zur Bar und nahm eine Flasche Southern Comfort heraus. »Schau mal in die Päckchen. Das habe ich von dem Feinschmeckertreffen mitgebracht. Willst du auch einen Schluck?« fragte sie und drehte sich um.
Da sah Brenda zum erstenmal das Gesicht ihrer Freundin im hellen Licht der Küche. Sie knallte die Flasche auf den Tisch. »Was, zum Teufel, hat er dir angetan?« fragte sie.
Lillie trat einen Schritt zurück, als Brenda auf sie zuging.
»Dieser Hurensohn!« sagte Brenda. »Laß mich mal sehen.«
Lillie reckte ihr das Gesicht mit der blauschwarz verfärbten Wange entgegen.
»Kein Wunder, daß du ihn verlassen hast«, sagte Brenda und betrachtete das Gesicht ihrer Freundin prüfend. »Hast du Eis daraufgelegt?«
Lillie nickte nur.
»Lillie, dafür gibt's keine Entschuldigung. Das weißt du

doch, nicht wahr? Aus welchem Grund auch immer er das getan hat.«
»Ich weiß«, sagte Lillie ruhig.
»Verdammt noch mal!« sagte Brenda. Sie nahm ein Glas, gab Eiswürfel hinein und goß Southern Comfort darüber. Sie fügte einen Spritzer Zitronensaft hinzu und trank einen Schluck. »Laß dich von ihm scheiden«, sagte sie. »Ich kann dir nur eins raten, Lillie. Wenn sie einmal mit diesem Scheiß angefangen haben, hören sie nie mehr damit auf. Das nächste Mal wird es wieder passieren.«
Lillie setzte sich auf einen der Küchenstühle, den Blick in eine imaginäre Ferne gerichtet. »Es wird kein nächstes Mal mehr geben.«
»Das ist auch besser so. Dieser Bastard. Ich konnte ihn nie leiden, Lillie. Vielleicht bedauere ich eines Tages, das gesagt zu haben, aber es ist mir egal. Ich weiß, daß er ein guter Vater ist, aber schau doch mal dein Gesicht an.«
Lillie ging zu dem Spiegel hinter der Bar und berührte leicht ihre Verletzung. Sie starrte unbewegt auf ihr Spiegelbild, als gehöre es jemand anderem. Plötzlich läutete die Haustürglocke. Die beiden Frauen schraken zusammen und sahen sich an.
»Das ist wahrscheinlich Pink«, sagte Lillie ruhig. »Schick ihn weg. Ich will ihn nicht sehen und auch nicht mit ihm sprechen.«
Brenda knallte ihr Glas auf den Tisch und starrte haßerfüllt in Richtung Haustür. »Ich werde mehr als das tun«, sagte sie böse. Sie öffnete die Tür eines antiken Serviertischchens aus Eichenholz und suchte eine Weile herum. Dann zog sie eine 38er Smith-&-Wesson-Pistole heraus.
»Brenda!« rief Lillie. »Was hast du vor?«
»Ich werde ihm Beine machen«, sagte sie.
»Ist das Ding geladen?«

»Darauf kannst du Gift nehmen«, sagte Brenda. »Du wärst erstaunt, wie nützlich diese Dinger für alleinstehende Frauen sind.«
»Leg die Pistole weg«, bat Lillie.
»Wir müssen dir auch eine besorgen«, sagte Brenda, die Bitte ignorierend. Sie marschierte zur Haustür, das Kinn angriffslustig vorgestreckt, in der Hand die Waffe. Sie wirkte wie eine natürliche Verlängerung ihrer manikürten, mit Diamanten geschmückten Hand.
Das Klopfen an die Tür war zu einem Hämmern geworden. Diese Laute kannte Brenda nur zu gut. Der wütende Ehemann. Na, dem mache ich ein schnelles Ende, dachte sie. Brenda knipste das Flutlicht vorne an und riß die Tür auf. Die Pistole hielt sie gesenkt. Als sie sah, wer davorstand, begrüßte sie ihn, den Lauf auf seine Brust gerichtet.
Pink hatte nervös mit seinen Schlüsseln gespielt. Als er die Pistole sah, sprang er entsetzt zurück.
Brenda sah ihn kalt an. »Sie will dich nicht sehen.«
»Ich muß mit ihr reden«, beharrte Pink und streifte die Pistole mit einem besorgten Blick. »Das kann nicht warten.«
»Hau ab, Pink!«
»Komm schon, Brenda. Hör auf, mich zu bedrohen. Laß mich rein.«
»Warum denn? Damit du sie wieder prügeln kannst?«
Pink runzelte die Stirn, wirkte aber unsicher. »Das geht dich nichts an«, sagte er. »Mach Platz.«
»Probier's nicht, Pink. Ich schieße.«
Pink war verwirrt. »Das würdest du wahrscheinlich.«
»Ich zähle bis drei«, sagte Brenda.
»Jeder weiß, daß du Männer haßt«, sagte Pink.
»Und du Frauen schlägst«, gab Brenda zurück. »Eins ...«
»Ich will meine Frau sprechen!« schrie Pink.
»Verschwinde!« schrie Brenda und bedrohte ihn.

»Lillie«, rief Pink und stolperte rückwärts die Stufen zwischen den weißen Säulen hinunter. »Lillie, komm da raus!« Brenda folgte ihm und wedelte mit der Pistole. Pink murmelte etwas, das sie nicht verstehen konnte, und sprintete zu seinem Oldsmobile.

»Komm ja nicht wieder!« rief Brenda. Sie stapfte die Treppe hoch und knallte die Tür hinter sich zu. Sie wandte sich zu Lillie, die hinter einer antiken Kommode in der Halle wie erstarrt dastand. »Ich denke, er hat's kapiert.«

»Danke«, sagte Lillie mit einem bitteren Lächeln.

Brenda blies in den Lauf, als hätte sie gerade mit der Waffe geschossen, und strahlte Lillie an. »Ich habe es richtig genossen.«

»Du solltest mit dem Ding vorsichtiger umgehen«, sagte Lillie. »Leg es um Himmels willen wieder weg.«

»Ich meine, du solltest eine Waffe haben, wenn Pink versucht, dich wieder zu schlagen. Weißt du, wie man damit umgeht?«

»Natürlich. Aber ich will keine Waffe. Ich habe vor Pink keine Angst.«

Brenda hob die Brauen und starrte angelegentlich auf Lillies Verletzung. »Vielleicht solltest du das aber.«

»Ach, Brenda«, sagte Lillie und schüttelte den Kopf. »Das ist das geringste meiner Probleme.«

»Mein Gott, Lillie«, entfuhr es Brenda. »Warum redest du nicht mit mir?«

»Ich muß mir erst über alles klarwerden. Ich will wissen, warum alles so schiefgelaufen ist. Und wie es weitergehen soll.«

»Na, hoffentlich brauchst du nicht die ganze Nacht dazu. Du hast Schlaf nötig.«

»Dazu brauche ich mehr als eine Nacht«, sagte Lillie müde.

»Dann geh ins Bett«, sagte Brenda. »Versuch zu schlafen.«

»Ja, das will ich tun«, sagte Lillie.
Brenda kaute auf ihrer Unterlippe und sah wütend ihrer Freundin hinterher, die ihr verletzlich wie ein Kind vorkam, als sie durch die Halle ging. »Falls du noch etwas brauchst ...«, rief sie.
»Ich habe alles«, antwortete Lillie, drehte sich um und winkte gute Nacht.
Brenda trommelte mit ihren Fingernägeln auf die Kommode, als Lillie im Gästezimmer verschwunden war. Dann starrte sie auf die Pistole in ihrer Hand und prüfte ihr Gewicht, als fasse sie einen Entschluß. Mit einem entschlossenen kleinen Nicken marschierte sie in die Küche zurück und sah sich um, bis sie Lillies Handtasche entdeckte. Nachdem sie die Sicherung überprüft hatte, ließ sie die Waffe in die Tasche fallen. Lillie, du bist zu vertrauensselig, dachte Brenda. Wenn die Kerle erst mal Geschmack am Schlagen gefunden haben, lassen sie es nicht mehr. Es gefällt ihnen. Sie müssen es immer wieder tun. Dann ging sie in ihr Schlafzimmer und war froh, daß kein Mann heute abend ihr Bad mit nassen Handtüchern verunzierte.

22

Seit frühester Kindheit hatte Lillie den Klang der Kirchenglocken am Sonntagmorgen geliebt. Sie hatte dann immer das Gefühl gehabt, in dem friedlichsten Ort der Welt zu leben. Aber heute nacht hatte sie sich schlaflos bis zur Morgendämmerung in Brendas Gästebett herumgewälzt, und die Glocken klangen in ihren Ohren am Morgen schrill wie ein Weckruf.

Sie stand auf, wusch sich und kleidete sich an. Sie warf einen Blick in Brendas Rokoko-Schlafzimmer, dessen Tür offenstand, und sah, daß ihre Freundin noch schlief. Lillie wünschte, sie müßte diesen Tag nicht erleben, aber sie mußte ihm entgegentreten.

Die ganze lange Nacht hatte sie nachgedacht – über ihre Ehe, ihre Kinder und die unmögliche Situation, in der sie sich befand. Doch als der erste Sonnenstrahl in ihr Zimmer drang, brannte sie darauf zu handeln. Sie hatte einen Entschluß gefaßt, und den wollte sie sofort in die Tat umsetzen. Sie ging in die Küche, zog ihren Mantel an und nahm ihre Tasche. Die Tasche wog seltsam schwer an dem Riemen über ihrer Schulter, aber das schob sie ihrer Erschöpfung zu. Sie griff nach ihren Autoschlüsseln und ging leise aus dem Haus.

Es war ein kühler Herbstmorgen, die Luft klar und still, nur ein paar Vögel zwitscherten. Als sie auf ihren Wagen zuschritt, entdeckte sie den schwarzen Oldsmobile auf der Straße. Pink hing zusammengesunken über dem Lenkrad.

Lillie zögerte; vielleicht sollte sie mit ihm reden. Doch der pochende Schmerz in ihrer Wange belehrte sie eines anderen. So vorsichtig wie möglich öffnete sie ihre Autotür, in der Hoffnung, Pink würde sie nicht hören. Aber er setzte sich so plötzlich auf, als wäre das leise Klicken ein Pistolenschuß gewesen. Er kletterte aus dem Oldsmobile und eilte auf sie zu.
»Lillie, warte.«
»Sprich nicht so laut«, sagte Lillie verärgert. »Brenda schläft noch.«
»Wir müssen reden«, sagte Pink. Er sah verwahrlost aus und hatte gerötete Augen, da er wohl ein gehöriges Quantum Bourbon getrunken hatte, wie Lillie vermutete.
»Ich will nicht mit dir reden«, sagte sie.
»Ach, Liebling, sei doch nicht so«, sagte er und wollte sie umarmen. Lillie wich vor ihm zurück.
»Rühr mich nicht an!« fauchte Lillie.
»Liebling, ich will dir nur sagen, wie leid es mir tut. So etwas ist mir noch nie passiert. Ich habe einfach die Kontrolle verloren.«
»Und das macht es ungeschehen?« sagte Lillie schrill.
»Nein«, entgegnete Pink. »Es ist geschehen, und ich weiß, es war verkehrt. Und ich verspreche dir, daß es nie wieder passiert. Niemals. Warum hast du es so eilig? Und wohin willst du überhaupt fahren?«
»Ich muß mit jemandem reden«, sagte sie.
»Komm, ich fahr dich hin.«
»Ich kann selber fahren.«
Pink nahm ihre Hand und wollte sie drücken, aber Lillie entzog sie ihm. »Ich möchte nur, daß wir alle wieder zusammen sind. Du und ich und Grayson. So sollte es sein. Das würde auch Michele wünschen.«
Als Pink den Namen ihrer Tochter aussprach, versteifte sich

Lillie. »Wie kannst du es wagen?« schrie sie. »Ihren Namen in meiner Gegenwart zu nennen. O mein Gott, was würde sie von uns denken? Laß mich in Ruhe, Pink.«
Pink starrte sie zuerst verwirrt, dann wütend an, als er begriff, daß seine Entschuldigung nicht die gewünschte Wirkung gehabt hatte.
»Ich habe gesagt, daß es mir leid tut.«
»Ich habe es zur Kenntnis genommen.«
»Es ist doch nur eine Verletzung. Warum machst du ein solches Geschrei? Und wohin willst du fahren?«
Lillie sah ihn gereizt an. »Ich fahre zu Royce. Schließlich hat sein Sohn meine Tochter ermordet. Oder ist dir das entfallen?«
»Schau mal, daran kann Royce jetzt auch nichts mehr ändern. Wir haben eine Entscheidung getroffen«, sagte Pink dickköpfig. »Warum willst du die ganze Angelegenheit wieder aufrühren?«
»*Du* hast eine Entscheidung getroffen, nicht ich. Ich wurde nur mit Lügen abgespeist.«
Pink schüttelte ungläubig den Kopf und schlug dann mit der Faust auf die Kühlerhaube des Wagens. »Was ich auch tue, nichts ist dir recht. Ich habe mein ganzes Leben versucht, dich zufriedenzustellen. Und mit welchem Ergebnis? Daß du dich gegen mich wendest. Und gegen unseren Sohn.«
»Pink, ich wende mich nicht gegen dich. Du bist meine Familie. Du und Grayson ... ihr seid alles, was ich habe. Aber das war ein *Mord,* Pink. Nicht irgendein Streich. Du tust so, als sei er nie geschehen. Unsere Tochter wurde *ermordet!*«
»Du willst dich doch nur rächen, wie?« fragte Pink. »Weil wir dich übergangen haben. Du willst uns an den Pranger stellen. Aus diesem Grund habe ich dich auch nicht eingeweiht.«

»Ach ja, Pink?« sagte Lillie sarkastisch. »Wie recht du doch hast. Mir kann man ja in einer solchen Angelegenheit nicht trauen. Aber du hast die wichtigste Entscheidung unseres Lebens allein getroffen und das Blaue vom Himmel gelogen. Dafür müßte ich dir eigentlich dankbar sein. Ich sollte dir auf Knien dafür danken.«

Pink starrte sie hartnäckig an. »Sei nicht so selbstgerecht. Ich dachte an Graysons Zukunft. Jemand mußte schließlich daran denken. Was, glaubst du wohl, passiert, wenn die Sache herauskommt?«

»Das weiß ich nicht«, sagte Lillie.

»Wie schön. Du weißt es nicht, und es ist dir völlig egal. Du hast nichts im Kopf, als Graysons Leben zu ruinieren und dich an Tyler zu rächen. Michele ist tot, wir können ihr nicht mehr helfen. Du hast sie immer mehr als Grayson geliebt.«

Lillie wollte ihren Protest herausschreien, aber die Worte kamen nicht über ihre Lippen. Pinks Bemerkung hatte sie getroffen wie ein Schlag unter die Gürtellinie. Stimmte es? Michele hatte sie immer gebraucht. Und Grayson war, seit er laufen konnte, selbständig gewesen. Und vielleicht *hatte* sie das verletzt. Vielleicht hatte sie Michele mehr Liebe geschenkt, weil ihre Tochter sie brauchte. Aber sie liebte beide Kinder. Es waren ihre Kinder. Sie brauchte sich nicht zu verteidigen. Trotzdem weckten Pinks Worte Schuldgefühle in ihr. Aber sie wollte nicht, daß er davon wußte.

»Es tut mir leid, daß du dieser Meinung bist, Pink«, sagte sie kalt. Sie griff nach der Türklinke, doch Pink riß ihre Hand weg.

Sie zischte ihn wütend an. »Laß mich los!«

Er tat es. Sie stieg in ihren Wagen. Mit zitternder Hand steckte sie den Schlüssel ins Schloß. Pink versuchte, ihn ihr zu entreißen. Lillie schrie auf und kurbelte das Fenster hoch. Sie startete den Motor und legte den Rückwärtsgang ein. Als sie in den Rückspiegel blickte, sah sie ihren Mann hinter dem Wagen stehen.

Sie kurbelte das Fenster herunter und steckte den Kopf raus. »Geh mir aus dem Weg, Pink«, sagte sie.

»Das kannst du nicht tun«, sagte Pink. »Du kannst nicht unser aller Leben zerstören.«

»Ich zerstöre überhaupt nichts. Aber ich werde mit Royce Ansley reden. Jetzt. Sofort.« Sie fuhr ein Stück zurück.

»Nur zu! Fahr mich über den Haufen!« schrie er. »Warum tust du's nicht?«

Sie hupte, aber er stand da mit seinem massigen Körper und blockierte ihr den Weg.

Sie sah ihn verständnislos an. »Geh aus dem Weg!« rief sie.

»Fahr nur«, sagte er. »Es ist mir völlig egal.«

Und in diesem Augenblick wußte sie, daß es stimmte. In seinem Wahn, Grayson schützen zu wollen, würde er stur stehenbleiben. Sie wußte nicht, was sie fühlte: Mitleid, Ekel oder gar Zuneigung.

Sie legte den ersten Gang ein; der Wagen schoß vorwärts. Sie schlug hart ein und kurvte gnadenlos über Brendas perfekt gemähten Rasen, in dem sie tiefe Reifenspuren hinterließ. Pink schrie ihr irgend etwas hinterher, aber sie kurbelte das Fenster wieder hoch, so daß sie ihn nicht hören konnte.

Royce Ansley lebte in einer ruhigen Straße, in einem ehemaligen Farmhaus, das ein Veteran aus dem Ersten Weltkrieg in ein französisches Landhaus umgemodelt hatte. Lillie parkte in der Auffahrt und mußte daran denken, wie die jetzt schäbige Fassade ausgesehen hatte, als Lulene noch lebte. Damals rankten sich Rosen über der Tür, und der Garten hatte nicht seinesgleichen in Felton.

Nach dem Krebstod seiner Frau war Royce' braunes Haar über Nacht grau geworden, und er hatte sich von dem Verlust nie wieder erholt. Er hatte sehr spät geheiratet, und als die Trauerzeit verstrichen war und die Leute meinten, er solle wieder heiraten, lautete seine stereotype Antwort: »Ich hatte meine Frau.« Aber wie er das sagte, klang es, als hätte er gesagt: »Ich habe mein Leben gelebt.«

Lillie verbannte die Zuneigung, die sie immer für ihn empfunden hatte, aus ihrem Herzen. Sie ging zur Haustür und betätigte den alten eisernen Türklopfer. Sie wartete, hörte Schritte, und die Tür wurde geöffnet. Royce Ansley, noch im Bademantel, sah sie aus müden Augen an. Er schien nicht überrascht, sie zu sehen.

»Ich habe mir schon gedacht, daß Sie es sind«, sagte er. »Kommen Sie rein.«

Lillie schloß die Tür und folgte ihm ins Wohnzimmer.

»Darf ich mich erst anziehen?« fragte er.

Lillie war versucht, ihm seine Bitte zu verwehren. Ein Teil von ihr wollte ihn demütigen, wollte, daß er diese Unterredung in dieser unpassenden Kleidung durchstand. Das war nicht der Mann, den sie jahrelang geachtet hatte. Er war ein Lügner und Gesetzesbrecher. Aber aus einem Grund, den sie selber nicht verstand, wollte sie fair zu ihm sein.

»Gehen Sie nur«, sagte sie brüsk.

»Danke. Machen Sie es sich bequem.«

Lillie nickte und schaute sich in dem Zimmer um, als Royce gegangen war. Wie kann er sich hier zu Hause fühlen? dachte sie. Es war sauber und aufgeräumt. Aber die vergilbten Vorhänge wirkten, als wären sie seit Jahren nicht mehr gewaschen worden. Lillie wußte, daß Royce seit Lulenes Tod nicht einen Gegenstand verrückt hatte. Nicht mal einen Aschenbecher. Sie erinnerte sich, mit Jordan hiergewesen zu sein, als er eine Rolle in dem Stück *Unsere kleine*

Stadt spielte. Lulene hatte ihnen Tee serviert und über Aufführungen gesprochen, die sie am Broadway gesehen hatte. Jordans Augen hatten damals geglänzt, und Lillie hatte nicht gemerkt, welche Gefahr das für sie bedeutete. Sie war nur glücklich gewesen, weil er von seiner Lehrerin geschätzt wurde. Zu jener Zeit war Lulene mit Tyler schwanger gewesen. Auch damals war das Haus sauber gewesen, aber heiter, voller Blumen. Wie trostlos muß es für Tyler gewesen sein, in einer solch tristen Atmosphäre aufzuwachsen, dachte sie.

»Da bin ich«, sagte Royce und trat ins Zimmer.

»Hat Pink Sie angerufen?« fragte sie direkt.

»Ja.«

»Ich habe Sie immer respektiert, Royce. Ich habe immer viel von Ihnen gehalten. Wenn jemand mir gesagt hätte, daß Sie zu so etwas fähig seien ...«

Er war nicht aggressiv. Er ließ sich in einen verschlissenen Brokatsessel sinken und starrte auf sein Hochzeitsfoto, das auf einem Tisch neben dem Sessel stand. »Ich weiß nicht, wie ich Ihnen das erklären soll«, murmelte er.

»Es gibt keine Erklärung«, sagte Lillie scharf. »Ich bin nicht gekommen, weil ich eine Erklärung oder Entschuldigung erwarte. Von Entschuldigungen habe ich die Nase voll.«

Royce sah sie an und schüttelte den Kopf. »Es war Pinks Idee, das alles zu verschweigen. Er behauptete, Sie würden sich derart aufregen, daß Sie nicht mehr klar denken könnten. Ich war anderer Meinung, wußte aber keinen Ausweg. Ich habe es gehaßt, Sie anlügen zu müssen, Lillie. Ich erwarte kein Verständnis, aber ich möchte gern, daß Sie mir glauben.«

Lillie wollte ihn nicht so leicht davonkommen lassen. »Also haben Sie und Pink einfach gelogen. Und jetzt sind wir alle

in diese Lüge verstrickt. Und was wollen Sie jetzt unternehmen?«
»Das weiß ich nicht«, sagte Royce. Er stand auf und ging zum Schreibtisch, der in einer Ecke stand. Plötzlich entdeckte Lillie seine Waffe, die darauf lag, und einen Moment lang schlug ihr Herz angstvoll.
»Royce, nicht! Tun Sie's nicht!« rief sie.
Royce sah, wohin sie blickte, und runzelte die Stirn. Dann sah er sie traurig an. »Oh, Lillie, glauben Sie, daß ich derart verkommen bin?«
»Ich weiß nicht mehr, was ich glauben soll«, antwortete sie ruhig.
Er nahm ein gerahmtes Foto von Tyler und betrachtete es eine Weile. Dann stellte er es auf den Schreibtisch zurück.
»Wie konnten Sie das nur tun?« sagte Lillie. »Ihr ganzes Leben waren Sie Polizist. Glauben Sie, daß Sie jetzt über dem Gesetz stehen?«
Royce seufzte. »Lieben Sie Ihren Sohn, Lillie?«
»Kommen Sie mir nicht damit«, sagte sie ungeduldig. »Pink hat genug auf mich eingeredet. Ich kann es nicht mehr ertragen. Gott weiß, daß ich nicht will, daß mein Sohn eingesperrt oder öffentlich gedemütigt wird. Ich bin seine Mutter. Ich möchte ihn beschützen. So wie Sie Tyler beschützen möchten. Aber wir reden nicht über eine zerbrochene Fensterscheibe. Oder einen gestohlenen Wagen. Das war Mord. Meine Tochter hat ihr Leben verloren. Also reden Sie nicht davon, daß Sie Ihren Sohn lieben. Wir alle lieben unsere Kinder. Aber was ist das Beste für sie? Das ist jetzt die Frage.«
»Nein, ich bin vom Gegenteil überzeugt«, sagte er. »Ich bin mir dieser Liebe nicht sicher. Ich weiß nicht, welche Gefühle ein Vater seinem Sohn entgegenbringen sollte. Wenn ich an Tyler denke ... Lillie, ich will Ihnen gegenüber aufrichtig sein ...«

»Es wird auch Zeit«, sagte sie.
»Ich wollte eigentlich keine Kinder. Ich bin nie mit Kindern zurechtgekommen. Und ich war älter als die meisten Väter. Aber Lulene war mit Tyler so glücklich.« Er deutete vage auf das Hochzeitsfoto. »Sie betete ihn an. Ich ging ihm möglichst aus dem Weg und strafte ihn nur, wenn es sein mußte. Als er alt genug für die Jagd, den Sport war, Dinge, die ich ihm zeigen konnte, interessierte er sich nicht dafür. Seine Mutter war tot, und ich wußte nicht, was ich mit ihm anfangen sollte. Er war verschlossen und rebellisch. Wir redeten nie miteinander, deshalb stritten wir auch nie. Aber er bekam immer Ärger in der Schule, überall. Er trank. Ich wußte es. Und Gott allein weiß, was er sonst noch tat. Vor einem Jahr etwa fing er an, mir Geld aus der Brieftasche zu stehlen. Ich sagte es ihm, drohte ihm – es nutzte nichts. Er stahl wieder. Er stellt alles das dar, was ich verachte.«
Lillie saß ganz ruhig da und sah ihn an. Royce setzte sich wieder und schaute ihr in die Augen. »Als ich Michele in jener Nacht fand und den Baseballschläger ... Dieses nette Mädchen ... Und dann stöberte ich die Jungen auf, und sie erzählten mir, was passiert war.
Am liebsten hätte ich meinen Sohn eigenhändig erwürgt. Das müssen Sie mir glauben, Lillie. Tyler in Schutz zu nehmen war gegen mein innerstes Gefühl. Gegen alles, an was ich je geglaubt habe oder was ich je gefühlt habe. Wenn Pink nicht gerade in diesem Augenblick erschienen wäre ... Das wollte ich eigentlich nicht sagen. Ich will ihn nicht für mein Handeln verantwortlich machen. Ich habe es nicht für Tyler getan, und ich habe es nicht für mich getan. Ich tat es für sie. Weil sie ihn geliebt hat.«
»Ich verstehe«, sagte Lillie. »Und das ist das Ende der Geschichte. Tyler besucht die Militärschule. Zum Teufel

mit meiner Tochter. Und was passiert, wenn ihm das nächste unschuldige Mädchen in die Finger gerät?«
»Ich glaube, daß die Schule der beste Ort für ihn ist. Ich bete, daß sie ihm dort Manieren beibringen.«
Lillie glaubte, ihren Ohren nicht trauen zu können. Ihr war, als würde sie wieder um Micheles Leben kämpfen. »Er hat meine Tochter umgebracht«, sagte sie. »Er gehört ins Gefängnis.«
»Gerechtigkeit«, seufzte Royce.
»Genau«, sagte Lillie.
»Auge um Auge«, sagte Royce.
»Das sind doch Haarspaltereien, Royce. Wissen Sie eigentlich, wie sehr mich das alles schmerzt? Ich meine, mein Mann und mein Sohn werden dann ebenso zur Rechenschaft gezogen. Ich weiß nicht, was ich tun soll. Aber kann ich Tyler einfach so davonkommen lassen? Er muß dafür bestraft werden.«
»Wollen Sie, daß er dafür stirbt, Lillie?«
»Seien Sie doch nicht melodramatisch, Royce. Kein Gericht verurteilt einen Siebzehnjährigen zum Tode, weil er in betrunkenem Zustand ... Nicht mal in Tennessee. Aber er wird zu einer Gefängnisstrafe verurteilt werden. Die Schule ist keine Strafe.«
»Ich verstehe Sie«, sagte Royce. »Aber was *Sie* verstehen müssen, ist folgendes: Wenn Tyler ins Gefängnis geht, wird er dort umgebracht. Von seinen Mitgefangenen. Er wird umgebracht, weil er mein Sohn ist. Weil ich eine Menge Burschen im Laufe der Jahre dorthin gebracht habe. Sie müssen ihn in Isolationshaft nehmen, aber das wird sein Leben nicht schützen. Sie werden ihn kriegen.«
Lillie sank ins Sofa zurück und umklammerte die Armlehne.
»Aus diesem Grund habe ich geschwiegen«, sagte Royce.

»Weil ich wußte, daß er dort sterben würde, meinetwegen sterben würde. Nun mögen Sie vielleicht der Ansicht sein, daß er den Tod verdient hat, aber ich konnte doch nicht meinen eigenen Sohn zum Tode verurteilen.«
Das ist nicht gerecht, dachte Lillie. Ich will das nicht hören. Ihre Gedanken rasten, doch sie wußte, daß Royce recht hatte.
»Jetzt verstehen Sie das Problem«, sagte Royce.
Sie verstand es.
Das Problem war, daß Tylers Leben jetzt in ihren Händen lag. Und das wollte sie nicht.
»Lillie«, sagte Royce aufrichtig, »ich weiß keinen Ausweg. Aber ich bitte Sie, Gnade vor Recht ergehen zu lassen und das Leben meines Sohnes zu schützen. Obwohl er Ihre Tochter getötet hat und Sie keinen Grund haben, ihm zu verzeihen.«
»Vielleicht muß er gar nicht ins Gefängnis«, protestierte Lillie schwach.
»Warum denn nicht? Wir leben in Tennessee. Wenn Sie im Besitz von Rauschgift sind, wandern Sie zwanzig Jahre ins Gefängnis. Und er verdient eine Gefängnisstrafe, wie Sie schon sagten. Aber leider müssen Sie jetzt entscheiden: Verdient er auch den Tod?«
Lillie starrte ihn an.
»Sie wissen, wie ich mich entschieden habe. Aber schließlich *ist* er mein Fleisch und Blut.«
Lillie fühlte, wie eine Welle der Hoffnungslosigkeit sie überkam. Es war nicht gerecht. Diese Verantwortung war zu groß für sie. Es war etwas anderes. Sie konnte den Jungen ins Gefängnis, aber nicht in den Tod schicken. Und gleichzeitig ihre Familie auseinanderreißen. Nur Gott wußte, was aus Grayson und Pink wurde. Wahrscheinlich würden sie ebenfalls verurteilt werden. Grayson war sechzehn und

straffähig. Beide hatten gelogen. Sie hatten einen Verbrecher gedeckt. Und wozu das Ganze?
Aber sollte Micheles Tod ungestraft bleiben? Ungerächt, als wäre sie nur ein Tier, das von einem Auto überfahren worden war? Ach, mein kleines Mädchen, schrie sie stumm, was soll ich nur tun? Was willst du, daß ich tue?
Und noch während sie die Frage stellte, sah sie Michele vor sich, die immer gegen die Todesstrafe gewesen war. Michele hatte in ihrem jungen Leben oft so nahe am Tod gelebt, daß sie dieses Urteil nur allzugut verstanden hatte.
Das Herz war Lillie schwer, wog wie ein Stein in ihrer Brust. Es war nicht gerecht, ihr die Entscheidung zu überlassen. Auf der einen Seite war ihre ermordete Tochter, auf der anderen waren ihr Sohn und Tyler. Wer ist wichtiger, die Tote oder die Lebenden? Und wenn sie alle dieses Geheimnis bewahrten, würden sie nicht schließlich alle darunter leiden? Würde es sie quälen?
»Überdenken Sie die Sache noch einmal?« fragte Royce bittend.
Lillie stand auf. Sie war wie gelähmt. »Ich sehe keinen Sinn mehr darin«, sagte sie.
»Ich weiß«, sagte Royce mitfühlend. »Wie immer wir uns auch entscheiden, wir können nur verlieren.«
Die beiden sahen sich voller Angst an.

23

Jordan hatte im Motel gebeten, daß man ihn telefonisch wecken möge, doch er war bereits aufgestanden und rasierte sich, als das Telefon läutete. Er nahm den Hörer ab und wollte sich kurz bedanken, als eine männliche, autoritäre Stimme am anderen Ende seinen Namen bellte.

Jordan runzelte die Stirn. »Ja?«

»Colonel Preavette am Apparat.«

»Guten Morgen, Colonel«, sagte Jordan überrascht.

»Ist Kadett Ansley bei Ihnen?« fragte der Colonel mit ungeduldiger, anklagender Stimme.

»Bei mir?« sagte Jordan. »Nein. Natürlich nicht.«

»Sie wollten ihn doch gestern abend sprechen«, sagte der Colonel.

»Das stimmt. Und Sie sagten mir, ich solle heute früh wiederkommen. Ich wollte mich gerade auf den Weg machen.«

Am anderen Ende herrschte kurzes Schweigen. »Mir wurde gerade mitgeteilt, daß Kadett Ansley gestern abend nicht in sein Quartier zurückgekehrt ist. Wissen Sie, wo er sich aufhält?«

»Verdammt noch mal!« explodierte Jordan und entschuldigte sich dann schnell. »Colonel, haben Sie ihm gesagt, daß ich ihn sprechen will?«

»Nein, das habe ich nicht. Ich habe Kadett Ansley seit ein paar Tagen nicht mehr gesehen.«

Wo, zum Teufel, steckt er? dachte Jordan. Das ist kein Zufall. Woher wußte Tyler, daß er kommen würde?
»Mr. Hill?« sagte der Colonel.
»Ich komme zu Ihnen«, sagte Jordan. »In zehn Minuten bin ich da.«
Er legte auf, zog sich schnell an und bezahlte seine Rechnung. Während der kurzen Fahrt zur Militärschule stellte er wütende Überlegungen an. Im Morgenlicht wirkte die Schule viel schäbiger und nicht mehr so beeindruckend. Selbst im Süden erfreuten sich derartige Anstalten nicht mehr der früheren Wertschätzung, und deshalb standen ihnen auch weniger finanzielle Mittel zur Verfügung. Jordan parkte seinen Wagen und eilte ins Verwaltungsgebäude. Die in properen Uniformen steckenden Jungen bemerkte er auf seinem Weg kaum. Vielleicht hatte der alte Reverend den Sheriff von seinem und Lillies Besuch benachrichtigt, dachte er. Und Royce hatte seinen Sohn angerufen und ihm geraten, sich zu verstecken, bis Jordan wieder abgereist war. Das war eine Möglichkeit. Nur konnte sich Jordan nicht vorstellen, daß der Reverend das getan hatte. Der alte Mann wollte mit dieser Sache nichts zu tun haben. Das ergab keinen Sinn.
Als Jordan ins Büro trat, saß Colonel Preavette hinter seinem Schreibtisch und telefonierte. Der Colonel bedeutete ihm, sich zu setzen. Dann legte er auf und sah Jordan an.
»Nun?« sagte Jordan.
»Offensichtlich hat er den Campus verlassen«, sagte der Colonel gelassen. Von der Dringlichkeit während des Telefonats war nichts mehr zu hören.
Jordan unterdrückte einen Fluch. »Seit wann wird er vermißt?«
»Laut Aussage seines Zimmerkameraden kam er nach der Abendmesse nicht mehr zurück. Der Junge nahm an, daß

Tyler eine Ausgangsgenehmigung besäße. Er sagte, Tyler sei nach einem Anruf gestern nachmittag sehr aufgeregt gewesen. Nun, da Sie behaupten, daß der Junge nicht bei Ihnen ist ...«

»Er ist nicht bei mir«, sagte Jordan wütend. »Ich möchte mit diesem Zimmerkameraden reden.«

»Ich glaube nicht, daß eine Notwendigkeit dazu besteht«, sagte der Colonel milde. »Es ist möglich, daß Kadett Ansley die Nacht mit einer jungen Lady in der Stadt verbracht hat. So etwas kommt vor. Kein Grund zur Aufregung.«

»Wie heißt dieser Zimmerkamerad?« fragte Jordan. »Wo kann ich ihn finden?«

»Schauen Sie, Mr. Hill. Es handelt sich hier um einen Verstoß gegen die Schuldisziplin. Ich bedaure, Sie informiert zu haben. Das geschah nur, weil ich dachte, daß Kadett Ansley sich vielleicht bei Ihnen aufhielte.« Die Augen des Colonels wirkten kalt und grau wie Austern hinter seinen Brillengläsern.

»Seine Abwesenheit ist auf meinen Besuch zurückzuführen, Colonel. Darauf können Sie wetten«, sagte Jordan mit einiger Schärfe. »Jetzt möchte ich mit diesem Jungen sprechen und herausfinden, wer Tyler angerufen hat.«

»Das kann ich nicht gestatten, Sir«, sagte der Colonel. »Ist das klar? Wir kümmern uns schon um Tylers Verschwinden.«

Jordan überlegte. Er wußte, daß er bei dem Colonel seine Worte sorgfältig wählen mußte. Dieser Mann würde weder auf Drohungen noch auf Zorn reagieren. Dieser Mann lebte nach festen Regeln und glaubte an Recht und Gesetz. Trotz seiner Steifheit hielt Jordan ihn für einen guten Mann, dem das Wohl seiner Schützlinge am Herzen lag. Und er machte sich um Tyler Sorgen, obwohl er es nicht zugab. Warum sonst saß er an einem Sonntagmorgen in seinem Büro?

»Colonel«, sagte er, »ich verstehe vollständig Ihre Position. Und ich möchte diesen jungen Mann nicht belästigen. Aber ich muß Tyler Ansley unbedingt finden. Wenn dieser Junge mir irgendeinen Hinweis geben könnte … Colonel, darf ich Sie ins Vertrauen ziehen?«

Da war es wieder, dieses neugierige Aufflackern in den Augen des Colonels. Unter seinem militärischen Panzer steckt viel Menschlichkeit, dachte Jordan.

»Das könnte nützlich sein«, sagte der Colonel.

»Sir, meine Tochter, mein einziges Kind«, sagte Jordan, »wurde vor kurzem ermordet.« Er ließ diese schockierenden Worte einen Moment wirken. Jordan deutete auf die Fotografie, die auf dem Schreibtisch stand. »Wie ich sehe, sind Sie verheiratet und haben Kinder, Sir. Ich bin sicher, Sie können verstehen, welcher Schlag das für mich gewesen ist.«

Colonel Preavette nickte. »Tut mir schrecklich leid«, sagte er.

»Ich habe allen Grund zu der Annahme«, sagte Jordan vorsichtig, »daß Tyler Ansley etwas über dieses Verbrechen weiß. Es ist sehr wichtig für mich, mit ihm zu sprechen.«

»Es klingt, als sei das ein Fall für die Polizei«, sagte der Colonel.

»Ich stimme Ihnen zu«, sagte Jordan. »Und meine … Frau und ich haben uns wiederholt an den Sheriff gewandt. Aber wie Sie ja wissen, ist der Sheriff Tylers Vater.«

»Ich verstehe.« Der Gesichtsausdruck des Colonels schien sich nicht zu verändern, obwohl Jordan glaubte gesehen zu haben, wie er die Zähne fest aufeinanderpreßte. Der Colonel nahm sein Päckchen Camel und schnickte eine Zigarette heraus. Er zündete sie an und überdachte, was Jordan ihm gesagt hatte. Dann seufzte er. »Mr. Hill, ich kenne Royce Ansley schon seit Jahren. Er hat unter mir in Korea gedient.«

Jordans Hoffnung sank.

»Als er Tyler hierherbrachte, nahm ich den Jungen wider bessere Einsicht in die Schule auf, nur seinem Vater zuliebe. Ich merkte sofort, daß der Junge Probleme hatte. Und ich konnte die Spannung zwischen den beiden spüren. Aber ich habe großes Vertrauen in diese Schule. Wir können einem Jungen wirklich helfen, wenn er das Seine dazu beiträgt.«

Der Colonel nahm einen tiefen Zug aus seiner Zigarette und betrachtete das Familienporträt auf seinem Schreibtisch. »Obwohl manchmal, wenn ein Junge einen Vater wie Royce Ansley hat, der das Gesetz vertritt und sehr streng ist ... Nun, ein solcher Vater ist besonders leicht angreifbar.«

Jordan nickte, schwieg aber. Er fragte sich, wohin das führen sollte. Der Colonel zog wieder an seiner Zigarette und drückte sie dann sorgfältig in dem sauberen Aschenbecher auf seinem Tisch aus. »Gut«, sagte er. »Ich lasse Sie mit diesem Jungen reden, aber ich komme mit, um sicherzugehen, daß Sie Ihr Privileg nicht mißbrauchen.«

»Danke, Sir.«

Sie gingen gemeinsam über den Campus zum Jackson-Haus, wo Tyler Ansley wohnte. Der Kadett hinter dem Schreibtisch am Eingang salutierte, und der Colonel gab den Gruß zurück. Ein Ehepaar in mittleren Jahren kam gerade die Treppe herunter und betrat die Halle. Ihr Sohn ging steif zwischen ihnen. Die Mutter betupfte sich die Augen mit einem Taschentuch. Der Sohn salutierte vor Colonel Preavette, und sein Vater strahlte.

»Diese Treppe hier hoch«, sagte der Colonel.

Ihre Schritte hallten auf den eisernen Stufen, als sie in den dritten Stock gingen. Im Flur klopfte der Colonel an eine der Zimmertüren und sagte: »Kadett Fredericks, öffnen Sie. Hier ist Colonel Preavette.«

Die Tür wurde sofort von einem rothaarigen Jungen geöffnet, der ängstlich schaute. »Ja, Sir?«
»Kadett Fredericks, das ist Mr. Jordan Hill. Mr. Hill, Kadett Fredericks.«
Jordan schüttelte die feuchte Hand des Jungen.
»Mr. Hill möchte Ihnen ein paar Fragen über Kadett Ansley stellen, und ich möchte, daß Sie ihm alles erzählen, was Sie wissen.«
»Ja, Sir.«
Jordan trat in das kalte, zellenartige Zimmer und machte für den Colonel Platz. Der Colonel schüttelte den Kopf. »Ich mache einen Rundgang hier oben.« Er sah Jordan bedeutungsvoll an. »In ein paar Minuten bin ich wieder zurück.«
»Danke, Colonel.« Jordan wandte sich an den Kadetten, der steif in der Tür stand. »Warum setzen Sie sich nicht?« fragte er.
Der Junge setzte sich dankbar auf seine Bettkante und starrte Jordan an. Fredericks' Zimmerhälfte war sauber und ordentlich. Tylers Seite war ein Saustall. Hefte und Papiere stapelten sich auf seinem Schreibtisch, und Kleidungsstücke schauten aus der Schranktür hervor. Jordan setzte sich auf Tylers Schreibtischstuhl. »Der Colonel hat mir gesagt, daß Tyler gestern abend nicht zurückgekommen ist«, sagte er und sah den jungen Mann an.
»Das stimmt.«
»Hat Sie das nicht gewundert?«
Der Junge zuckte mit den Schultern. »Ich dachte, er hätte eine Ausgangserlaubnis.«
»Da war von einem Telefonanruf die Rede.«
»Sind Sie ein Cop?« fragte der Junge.
»Nein«, sagte Jordan. »Ich bin ein ... Freund der Familie. Hatte er Angst vor Cops?«

»Sein Vater ist doch Sheriff.«
»Ja. Das stimmt. Und dieser Anruf?«
»Ihm wurde ausgerichtet, er solle jemanden anrufen. Ich weiß nicht, wen. Ich dachte, es sei jemand von seiner Familie gewesen und daß er nach Hause müsse.«
»Er hat Ihnen nicht erzählt, wer angerufen hat?«
»Er hat mir nie etwas erzählt«, sagte Fredericks. »Wir haben nie viel geredet.«
»Sie mögen ihn nicht«, sagte Jordan.
Der Junge zuckte wieder mit den Schultern und sah Jordan prüfend an, als wollte er feststellen, ob Jordan auf Tylers Seite stünde. »Er ist irgendwie verrückt.«
»Was soll das heißen, verrückt?« fragte Jordan.
»Na, verrückt eben«, sagte der Junge und wich Jordans Blick aus.
Er weiß mehr, dachte Jordan, er sagt es nur nicht. »Also hat er Ihnen nicht erzählt, wer angerufen hat? Oder warum? Oder wo er hingehen sollte?«
Der Junge schüttelte den Kopf. »Nein. Mir nicht.«
»Kennen Sie vielleicht jemanden, dem Tyler vertraut hat?« fragte Jordan. »Hatte er eine Freundin in der Stadt? Oder ist er schon mal über Nacht weggeblieben?«
Fredericks kicherte kurz.
»Was ist daran so lustig?« fragte Jordan.
»Nichts«, sagte der Junge. »Er blieb immer für sich. Und die meisten Jungen hielten sich von ihm fern. Schauen Sie doch mal in seinen Schreibtisch. Vielleicht finden Sie einen Zettel, auf dem steht, wer ihn anrief.«
»Ein Zettel?« sagte Jordan hoffnungsvoll und kramte in den Papieren.
»Ja«, sagte Fredericks. »Unten, am Eingang, bekommt man immer Nachricht, wenn etwas vorliegt.«
Jordan stöberte weiter. Er fand nichts. Dann öffnete er die

Schublade und fragte Fredericks: »Hat er jemals eine Michele erwähnt?«
»Ein Mädchen?« fragte der Kadett. Er grinste und schüttelte den Kopf.
Jordan durchsuchte den Inhalt der Schublade.
»Er interessierte sich überhaupt nicht für Mädchen«, sagte Fredericks verschlagen.
Im selben Moment nahm Jordan einen offenen Umschlag, aus dem ein Foto fiel. Das Bild war abgegriffen und hatte Eselsohren; als hätte es jemand immer wieder betrachtet. Es war das Foto eines Jungen mit blondem Haar, zurückgeworfenem Kopf und strahlenden, wissenden Augen, die Lippen zu einem selbstgefälligen Lächeln verzogen.
Jordan nahm das Bild und starrte es an. Grayson. Er sah zu Fredericks, der die Augen verdrehte und noch mal die Schultern zuckte. »Es gibt noch so ein Bild. Das hat er an die Innenseite der Tür seines Spinds geklebt«, sagte er.
Jordan starrte weiterhin das Foto an. Was der Junge sagte, war deutlich genug, aber es ergab keinen Sinn.
Fredericks merkte, wie verwirrt Jordan war, und erklärte: »Das legte er immer in sein Buch und tat, als ob er lesen würde. Aber ich sah, wie er mit dem Finger darüberstrich und den Blick gar nicht mehr abwenden konnte. Ich bekam dann jedesmal eine Gänsehaut, da ich doch mit ihm ein Zimmer teilen muß. Weil ich wußte, wie er ist. Und ich hatte Angst, er könnte auch bei mir auf komische Gedanken kommen.«
Jordan war wie benommen. Tyler und Grayson. Natürlich war das denkbar. Aber Michele paßte nicht hinein. Es ergab keinen Sinn. Doch er wußte, daß Fredericks nicht gelogen hatte. Er hatte keinen Grund zum Lügen. Jordan warf einen

letzten Blick auf das Foto und ließ es dann in seine Tasche gleiten. Er stand mit zittrigen Beinen auf.

»Hat er Schwierigkeiten?« fragte Fredericks.

Jordan ignorierte die Frage. »Sie wissen nicht, wohin er gegangen sein könnte?«

»Wenn er in Schwierigkeiten steckt, wird er wohl so weit wie möglich von hier weg sein, nehme ich an.«

»Ja. Das mag wohl stimmen«, sagte Jordan zerstreut.

»Ich wollte Sie nicht schockieren«, sagte Fredericks freundlich. »Man würde es nie vermuten. Er sieht doch wie ein richtig gemeiner Macho aus.«

Jordan sah den Jungen an. »Werden die Nachrichten unten registriert? In einem Buch?«

Fredericks schüttelte den Kopf. »Das weiß ich nicht. Sie können ja fragen.«

Jordan nickte. »Wenn der Colonel zurückkommt, sagen Sie ihm bitte, daß ich unten in der Halle bin.«

»Mach ich«, sagte Fredericks.

»Danke für Ihre Hilfe«, sagte Jordan.

»Gern geschehen. Ich hoffe, Sie finden ihn. Aber bringen Sie ihn nicht wieder hierher zurück.«

Jordan schaute den Gang entlang, konnte den Colonel aber nirgends entdecken. Schnell ging er die Treppe hinunter zu dem diensthabenden Kadetten. Der Junge, der ihn als Gast des Colonels erkannte, lächelte ihn höflich an.

Mit Mühe erwiderte Jordan das Lächeln. »Ich glaube, Sie können mir helfen«, sagte er.

»Gern«, sagte der Kadett strahlend.

»Gibt es eine Liste der Telefonanrufe für die Kadetten hier?«

»Ja. Warum?«

»Ich wüßte gern, wer gestern Tyler Ansley angerufen hat. Können Sie mir das sagen?«

Der Junge blätterte in dem Dienstbuch. Jordan sah sich hastig um. Der Colonel war noch nicht in der Halle aufgetaucht.

»Ich kann die Eintragung nirgends finden«, sagte der Junge.

»Es muß nachmittags gewesen sein«, sagte Jordan. Er hörte Schritte auf der Treppe. Schweiß trat auf seine Stirn.

»Hier steht es!« rief der Kadett. »›Mr. Burdette bittet um Rückruf. Nicht zu Hause, sondern in seinem Büro.‹ Und da steht auch die Nummer.« Der Kadett sah Jordan an. »Wollen Sie die Nummer notieren?« fragte er.

»Mr. Hill, was geht Sie unser Dienstbuch an?« Der Colonel durchquerte mit großen Schritten die Halle.

Der Kadett blickte verwirrt zum Colonel, dann zu Jordan. »Brauchen Sie die Nummer?« fragte er besorgt und klappte das Dienstbuch zu.

»Nein«, sagte Jordan, »das ist nicht nötig.«

24

Brenda war gerade mit ihrer Morgengymnastik fertig und aß zur Belohnung einen Joghurt in der Küche. Dabei lauschte sie einem Band auf ihrem Walkman und summte laut die Melodie mit. Als sie aufblickte, sah sie, wie ein Mann sein Gesicht gegen die Glasschiebetür am Ende der Küche preßte. Sie sprang mit einem Schrei auf und kleckerte Joghurt auf ihr T-Shirt. Als sie den Besucher erkannte, verwandelte sich ihr Schreck in Zorn.

Sie öffnete wütend die Schiebetür.

»Jordan Hill, du hast wohl nie von der Existenz einer Haustürklingel gehört? Du hast mich zu Tode erschreckt.«

»Ich hab geklingelt«, sagte er. »Du hast nicht reagiert, aber ich habe dein Auto gesehen.«

»Komm rein«, sagte sie. »Was tust du hier überhaupt?«

»Ich suche Lillie«, sagte er. »Zu Hause bei ihr ist niemand, deshalb habe ich es bei dir versucht. Hast du sie gesehen?«

»Ach, ich verstehe«, sagte Brenda verständnisinnig. »Nun ja. Sie war hier und ist schon wieder weg. Frag mich nicht, wo sie hingegangen ist. Wie steht's denn mit euch beiden? Wollt ihr wieder zusammenleben? Mir hat sie nichts erzählt.«

»Brenda, ich muß sie sofort sprechen«, sagte er.

»Tut mir leid, ich weiß nicht, wo sie ist. Sie ist heute morgen früh aufgestanden und ging ...«

»Sie hat die Nacht bei dir verbracht?« fragte Jordan.

»Ach, tu doch nicht so unschuldig«, sagte Brenda. »Natürlich. Sie hatte mit Pink Streit. Ich nehme an, deinetwegen.« Sie piekste ihm ihren langen, roten Fingernagel in die Brust.

»Nein, meinetwegen haben sie gewiß nicht gestritten«, murmelte er. Lillie muß erfahren haben, daß Pink Tyler angerufen hat, dachte er. Warum sonst sollten sie streiten?

»Wann bist du überhaupt hier angekommen?« fragte Brenda.

»Brenda, ich kann jetzt nicht reden«, sagte er. »Hast du eine Ahnung ...«

»Niemand sagt mir irgendwas«, klagte Brenda. »Nein. Ich habe keine Ahnung. Sie hat nur gesagt, sie müsse allein sein und nachdenken. Das ist alles, was ich weiß. Aber sie ist in einem schrecklichen Zustand.«

Jordan runzelte überlegend die Stirn. »Danke, Brenda.«

»Schon gut. Aber hör mir zu, Jordan. Du darfst sie nicht noch mehr aufregen. Sie hat schon Kummer genug. Noch mehr kann sie nicht verkraften.«

»Danke, Brenda«, sagte er noch mal. »Ich werde daran denken.«

Seit ihrer Ankunft am Crystal Lake war Lillie die Familie aufgefallen, die etwa eine Viertelmeile von ihr entfernt auf einer Lichtung zeltete. Lillie war, wie schon oft in der Vergangenheit, zum See gefahren, um in Ruhe über ihre Lage nachdenken zu können, aber als sie sich am Ende des Bootsstegs hinsetzte, schien nichts anderes mehr als diese Leute für sie zu existieren.

Eigentlich war es viel zu kalt zum Zelten. Doch dieser Familie schien das rauhe Wetter nichts auszumachen. Sie saßen um ein Lagerfeuer, und Vater und Sohn hatten fast den ganzen Nachmittag mit Fischen verbracht, während die

Mutter – in einen dicken Pullover gehüllt – in einem Klappstuhl saß, strickte und ein Auge auf ihre Zwillinge hatte, die auf der Lichtung spielten. Jetzt hatten sich alle am Feuer eingefunden, brieten Fisch, und ihre Stimmen klangen wie Glocken in der kalten Luft. Der Geruch des Essens machte Lillie bewußt, wie hungrig sie war, und sie dachte, der herüberwehende Rauch des Lagerfeuers brächten ihre Augen zum Tränen, obwohl es so weit entfernt war. Aber es bildeten sich Tränen in ihren Augen, als sie die Leute beobachtete. Die Szene wirkte irgendwie traumhaft auf sie. Die Worte konnte sie nicht verstehen, und das Treiben in der Ferne brachte sie zum Weinen, obwohl die Leute nichts Trauriges taten. Die Erschöpfung des gestrigen Tages machte sich bemerkbar, sie fühlte sich ausgelaugt und schloß die Augen.

Nein, dachte sie. Du mußt nachdenken. Du mußt Entscheidungen treffen. Aber vergeblich. Sie legte sich auf den Rücken; die schwache Herbstsonne wärmte ihr Gesicht. Eine unendliche Müdigkeit überkam sie, und kurz darauf war sie eingeschlafen. Ihr Schlaf war leicht und von Angstträumen erfüllt, denn sie lag auf den Planken des Bootsstegs unbequem, und die Luft wurde kühler.

Als der Steg unter ihr zu vibrieren begann, erwachte sie nicht, sondern integrierte die Bewegung in ihren Traum. Sie war allein; ein Gewitter zog auf; es donnerte.

Eine Hand berührte ihre Schulter, und sie erwachte mit einem Schrei. Sie setzte sich auf und blickte in Jordan Hills dunkle Augen.

»Jordan!« rief sie. »Mein Gott, wie hast du mich erschreckt.«

Jordan kauerte sich neben Lillie, die hastig ihr Haar und ihre Kleidung glattstrich.

»Wann bist du zurückgekommen?« fragte sie und stand unbeholfen auf. »Wie hast du mich gefunden?« Ihr Herz klopfte schneller. Sie war noch nicht bereit. Sie wußte noch nicht, was sie Jordan sagen sollte. In Wahrheit hatte sie ihn fast vergessen und auch die Gefahr, die er darstellte.

Jordan stand ebenfalls auf. »Ich fuhr bei Brenda vorbei, und sie sagte mir, daß du allein weggefahren bist. Um nachzudenken. Da wußte ich, wo ich dich finden würde.«

»Ach so«, sagte Lillie. Trotz ihres Ärgers war sie seltsam gerührt, daß er sich an ihren Lieblingsplatz erinnerte. »Wie spät ist es?« fragte sie und sah gleichzeitig auf ihre Uhr. »Ich muß gehen.«

Jordan ergriff ihr Handgelenk und hielt sie zurück. Auf dem schmalen Steg war wenig Platz. Sie blickte ins Wasser; Panik stieg in ihr auf.

»Es ist doch egal, wie spät es ist«, sagte er. »Wir müssen reden. Was ist los, Lillie?« Erst jetzt sah er die Verletzung auf ihrer Wange und sagte wütend: »Pink hat das getan.« Es war keine Frage.

»Warum nimmt jeder das an?« fragte Lillie abwehrend.

Jordan strich ihr zart das Haar aus dem Gesicht, als könnte eine Strähne den häßlichen Bluterguß durch ihre Berührung noch mehr schmerzen lassen. Lillie zuckte zusammen, ließ ihn aber gewähren. Er berührte sie, als wäre sie zerbrechlich, doch innerlich stählte sie sich gegen ihn, gegen seine Fragen.

»Hast du mit Tyler gesprochen?« fragte sie obenhin.

»Nein. Tyler war schon lange fort, als ich dort ankam. Wahrscheinlich ist er jetzt auf halbem Weg nach New York oder Kanada.«

Lillie heuchelte Überraschung, als erführe sie Neuigkeiten. Doch sie war noch bei Royce gewesen, als dieser einen Anruf von der Militärschule erhielt, wo ihm Tylers Verschwinden mitgeteilt wurde. »Dann hast du ihn überhaupt nicht gesehen?« sagte sie vorsichtig.

»Nein«, sagte er.
Sie versuchte, sich ihre Erleichterung nicht anmerken zu lassen. Jordan wußte noch immer nichts. Jetzt konnte sie ihm nahelegen, sie beide hätten sich geirrt; ihm sagen, er solle nach Hause fahren und sie würden ihn auf dem laufenden halten. Sie mußte daran denken, wie dankbar sie noch gestern für seine Hilfe gewesen war. Jetzt wünschte sie, er wäre nie gekommen. »Das ist aber ein seltsamer Zufall«, sagte sie.
»Eigentlich nicht«, sagte er. »Pink hat ihn rechtzeitig gewarnt.«
»Pink!« sagte sie protestierend, aber als sich ihre Blicke trafen, erkannte er die Wahrheit. Sie sah schnell weg und spürte ihr Gesicht vor Scham erröten. Und vor Angst. Er wußte es.
»Lillie, lüg mich nicht an. Darin bist du nicht gut. Du wußtest es bereits. Deshalb hat er dich geschlagen, nicht wahr?« Er deutete auf ihre Verletzung. »Warum schützt Pink ihn?«
Lillie starrte dickköpfig auf den See. »Ich weiß nicht, was du meinst.«
»Ich habe dir eine Frage gestellt. Warum schützt Pink den Mörder unserer Tochter?«
»*Unserer* Tochter?« fuhr Lillie ihn an. »Mein Gott, wie besitzergreifend du plötzlich bist! Ich kann mich nicht an deine Anwesenheit erinnern, als sie dich brauchte.«
»Schon gut«, sagte Jordan. »Du kannst mir keine Schuldgefühle mehr einflößen. Ich will dir mal was sagen. Jetzt bin ich überzeugt, daß du mit deinem Verdacht recht hattest. Ich weiß nur nicht, wie Pink in die Geschichte paßt. Du kannst mich aufklären oder es bleiben lassen. Aber wenn du glaubst, daß ich Tyler ungeschoren davonkommen lasse, hast du dich geirrt. Ich werde ihn seiner gerechten Strafe

zuführen, auch ohne Royce Ansley. So weit kann der Junge gar nicht fortlaufen.«

Lillie sah Jordan nicht an; ihr Herz war unendlich schwer. »Ich beneide dich«, sagte sie langsam. »Für dich ist alles so einfach. Es muß ein großartiges Gefühl sein.«

Jordan sah sie wütend an. »Lillie, ich weiß, daß du mich zum Teufel wünschst. Aber diese Geschichte geht auch mich an, ob es dir nun gefällt oder nicht. Und ob du es nun glaubst oder nicht, ich möchte dir helfen.«

»Mir helfen?« Sie lachte bitter.

»Gestern warst du für meine Hilfe dankbar«, erinnerte er sie.

Lillie drehte sich um und sah ihm in die Augen. Ja, dachte sie. Und heute sitze ich in der Falle. Wenn ich dich nicht aufkläre, gehst du zu einer Zeitung oder dem Staatsanwalt, und alles wird offenbar. Und wenn ich es dir sage ... »Ich habe dich nicht gebeten zu kommen«, protestierte sie schwach.

»Mein Gott, schützt du ihn jetzt auch? Was ist eigentlich los? Übt Royce auf Pink irgendeinen Druck aus? Daß sein Sohn mit dem Mord ungestraft davonkommt? Hast du vergessen, daß Michele tot ist?«

»Nein, natürlich nicht«, blaffte sie.

»Warum muß ich dich dann darauf hinweisen?« fragte er.

Sie seufzte, schüttelte den Kopf und starrte ihre Hände an. »Das mußt du nicht.«

»Was ist denn los? Was?« fragte er flehend. »Bitte, vertrau mir.«

Sie sah ihn forschend an, doch sein Gesicht drückte nur Sorge aus: Er sah alles in Schwarz und Weiß, während ihre Welt grau geworden war. Ihr blieb keine andere Wahl, als ihm alles zu erzählen. Sie hatte ihn ja da hineingezogen. Und er würde die Konsequenzen daraus ziehen, ob sie wollte oder nicht. Sie konnte ihn nur um Verständnis bitten. Sie sah ihm in die Augen, die jetzt von feinen Fältchen umgeben waren, und mußte daran denken, wie sie ihm einmal vollkommen vertraut hatte. Damals war sie jung gewesen und hatte geglaubt, daß gegenseitige Liebe gleichzeitig Vertrauen bedeutete. Nun wußte sie, daß diese Annahme manchmal sehr töricht sein konnte. Sie würde es ihm erzählen. Aber nicht, weil sie ihm vertraute, sondern weil sie keine andere Wahl hatte.

Er wartete geduldig.

Endlich redete sie. »Du hast recht«, sagte sie. »Tyler hat sie umgebracht.«

Trotz seiner vorherigen Gewißheit zuckte Jordan bei den Worten zusammen. Er nickte und sagte dann: »Du zitterst ja. Komm, setzen wir uns.« Sie setzte sich gehorsam neben ihn. »Wie hast du das herausgefunden?« fragte er. »Und was hat Pink damit zu tun?«

Lillie atmete tief ein. Sie brachte es kaum über sich, darüber zu reden. Ihr war, als hätte auch sie Schuld auf sich geladen. »Grayson war dabei.«

»Grayson!« schrie er. Sein Gesicht wurde weiß, und sie konnte sehen, wie er um seine Selbstbeherrschung kämpfte. »Ich kann es nicht glauben. Mein Gott ... hast du deshalb ...«

»Nein. Hör mir zu«, unterbrach sie ihn. »Ich will dir alles erzählen.« Sie berichtete ihm, was sie über den Totschlag und die Verschwörung zwischen Vätern und Söhnen wußte, und schilderte auch ihren Streit mit Pink und das Gespräch mit Royce.

Jordan hörte still zu, seine Kaumuskeln arbeiteten wütend, aber er unterbrach sie nicht. Als sie fertig war, schüttelte er den Kopf, als sei er unfähig zu sprechen. Schließlich sagte er mit zusammengepreßten Zähnen: »Wie konnte er das nur tun? Seiner eigenen Schwester.«

Lillie wurde rot, als sei es ihr Fehler, daß Grayson versagt hatte, aber sie verteidigte ihren Sohn. »Ich habe es dir doch erzählt«, sagte sie. »Die drei hatten getrunken. Und Michele zog ihre Bluse aus. Er sagte, er hätte ihre Ehre verteidigt...«

»Was? Indem er sie mit dem Gesicht im Dreck liegenließ? Komm, Lillie, Michele hätte das niemals getan.«

»Aber sie tat es. Er hat es mir doch gesagt!« schrie Lillie. »Er muß in Panik geraten sein.«

»Scheiße. Er lügt«, sagte Jordan. »Damit er gut dasteht.«

»Bei so etwas würde er nicht lügen«, sagte Lillie wütend.

»Er lügt doch ständig!« schrie Jordan.

»Wage es nicht, meinen Sohn einen Lügner zu nennen!« sagte Lillie außer sich. »Wage es ja nicht. Er hat einen entsetzlichen Fehler gemacht, den er sein ganzes Leben nicht vergessen wird. Er hätte sie beschützen sollen. Er hätte sie nicht verlassen dürfen. Glaubst du nicht, ich weiß das? Glaubst du nicht, er weiß das?«

»Das hoffe ich«, brüllte Jordan. »Ich hoffe, es läßt ihn keine Nacht mehr schlafen.«

»Und Tyler? Was ist mit ihm? Er hat Michele umgebracht. Warum greifst du immer nur Grayson an?« Sie zitterte vor Wut.

Jordan kämpfte um Selbstbeherrschung. Er wußte, daß er seinen Haß gegen Tyler richten mußte. Aber der Gedanke, daß Grayson Michele in dem Moment verlassen hatte, als sie ihn am nötigsten brauchte, machte ihn rasend. Und zusätzlich hatte er seine Mutter belogen, sie leiden lassen ... Mach es Lillie nicht noch schwerer, sagte er sich. Er unterdrückte seinen Zorn.

»Entschuldige«, sagte er, doch seine Stimme klang bitter. »Ich weiß, was du durchgemacht hast. Du bist durch die Hölle gegangen.«

»Aber jetzt bin ich wieder hier«, sagte sie.

Jordan schaute sie an, und es schmerzte ihn, wie zart und zerbrechlich sie aussah. Er fragte sich, wieviel sie noch ertragen konnte. Sie hatte bereits ihre Tochter verloren und mußte dann erfahren, daß ihr Sohn untätig das Verbrechen hatte geschehen lassen und daß ihr Mann und ihr Sohn sie auf schamlose Weise belogen hatten. Und er kannte sie gut genug, um zu wissen, daß sie einen Teil dieser Schuld auf sich nehmen würde. Seine eigene Wut kam ihm dagegen fast wie Selbstmitleid vor. Sie wollte, daß der Tod ihrer Tochter gerächt wurde. Welche Mutter würde das nicht wollen? Und wenn Tyler angeklagt würde, mußten sich Pink und Grayson ebenfalls vor Gericht verantworten. Mit allen Konsequenzen. Das bedeutete, ihr Leben wäre zerstört. Das, was von ihrem Leben geblieben war. Er sah, wie zerrissen Lillie war, und hätte sie am liebsten in die Arme genommen. Er wollte sie beschützen, doch statt dessen sagte er: »Was wirst du jetzt tun?«

Lillie sah ihn erstaunt an. »Was soll das heißen?« fragte sie. »Es geht doch wohl darum, was *du* tun willst, nicht wahr? Das ist die Frage. Ich wollte dich gerade bitten, mir noch etwas Zeit zu lassen.«

»Ich beuge mich ganz deiner Entscheidung«, sagte er.

Lillie sah ihn ungläubig an. »Warum?« fragte sie. »Warum überläßt du sie mir?«

Jordan seufzte. »Lillie, ich will dich nicht anlügen. Am liebsten würde ich Tyler für den Rest seines Lebens hinter Schloß und Riegel wissen. Und wenn er im Gefängnis umgebracht würde, glaube ich nicht, daß mich das eine schlaflose Nacht kostet. Nur weil er der Sohn des Sheriffs ist, verdient er keine Sonderbehandlung. Vielleicht bin ich kaltherzig, aber das sind nun mal meine Gefühle. Er hat meine Tochter ermordet. Ich will, daß er bestraft wird. Das ist das einzige, was für mich zählt.«

Lillie hörte ihm schweigend zu, das Gesicht bleich und angespannt.
»Aber«, fuhr er fort, »ich weiß ebenfalls, daß mit Tyler auch Pink und Grayson vor Gericht gestellt werden. Die ganze Geschichte wird rauskommen, und die beiden werden wahrscheinlich auch ins Gefängnis gehen. Sie haben einen Verbrecher gedeckt, wenn nicht mehr. Und ich würde lügen, wenn ich behauptete, daß mir auch das was ausmachen würde. In meinen Augen haben sie die Strafe verdient.«
Ihr Verstand sagte ihr, daß er recht hatte und auch nicht unfair war. Aber ihr Herz konnte seine Worte nicht ertragen, und sie haßte ihn, weil er diese Worte aussprach und sie sich ebenfalls schuldig fühlte.
Jordan nahm ihre Hand in seine beiden und hielt sie fest. »Lillie«, sagte er, »wenn es nach mir ginge, würde ich sagen, verlaß die beiden. Sie verdienen dich nicht. Komm zu mir zurück. Auch wenn ich dich nicht verdiene. Das weiß ich.« Er sah sie unerschrocken an. Er war so froh, ihr das gesagt zu haben. Lillie starrte schockiert und wachsam zurück.
»Aber es geht nicht nach mir«, sagte er. »Es ist dein Leben. Es ist deine Familie. Nur du kannst entscheiden. Ich beuge mich dieser Entscheidung.«
Sie schwiegen eine Weile, und er hoffte wider besseres Wissen, und dann sagte sie genau das, was er befürchtet hatte. Tränen standen in ihren Augen. »Danke, Jordan. Ich kann dir niemals genug dafür danken.«
Er streichelte ihre Hand, dann ließ er sie los. »Das war ein fürchterlicher Alptraum«, sagte sie und wischte sich schnell über die Augen. »Du kannst mir glauben: Ein Teil von mir möchte genau das, was du gesagt hast. Daß Tyler bestraft wird, wie auch immer die Konsequenzen für uns aussehen. Glaub mir: Zutiefst in meinem Inneren schwelt ein bren-

nender Zorn. Manchmal, wenn ich an alle die Lügen denke, die Pink und Grayson ... dann kann ich kaum atmen. Aber sie sind meine Familie. Alles, was ich auf der Welt habe – mein Mann, mein Sohn. So viele gemeinsame Erinnerungen verbinden uns. Und manchmal habe ich mich um die beiden nicht richtig gekümmert. Wenn Michele krank war. Und dann fing ich dieses Geschäft mit Brenda an, obwohl Pink dagegen war. Ich habe einfach meinen Kopf durchgesetzt. Vielleicht haben sie mir aus gutem Grund nicht vertraut. Vielleicht hätte ich ihnen mehr geben müssen. Vielleicht bin ich diejenige, die sie um Verzeihung bitten sollte.«
Das bezweifle ich, dachte Jordan wütend. Aber er ließ sich nichts anmerken. »Dieses Geheimnis wird zu einer schrecklichen Last in eurem Leben werden«, sagte er schließlich.
Lillie nickte. »Das weiß ich«, sagte sie. »Und es ist nicht richtig, daß auch du unseretwegen damit leben mußt. Das weiß ich alles, Jordan. Ich hätte auch niemand anderen darum gebeten. Du weißt gar nicht, wie dankbar ich dir bin.«
»Ich lebe ja in New York«, sagte er. »Ich sehe sie nicht jeden Tag und werde an das Geschehene erinnert wie du.« Seine Worte klangen genauso kalt, wie er fühlte.
Lillie machte keine Einwände. »Ich vergesse dir das nie, Jordan.«
»Schon gut«, sagte er. »Ich war dir noch etwas schuldig.«
Eine Weile herrschte peinliches Schweigen zwischen ihnen, dann sagte Jordan: »Ich will dir etwas Seltsames über Tyler erzählen, das ich in der Militärschule erfahren habe.«
»Ja?«
»Es ist möglich, daß unsere Tochter in jener Nacht Tyler hinterhergelaufen ist«, sagte er, und Lillie zuckte bei den Worten »unsere Tochter« nicht zusammen, »aber Tyler war wegen Grayson dort.«

»Was willst du damit sagen?« fragte Lillie.
Jordan suchte in seiner Jackentasche und holte das Foto hervor, das er in Tylers Schreibtisch gefunden hatte. »Wie es scheint, ist Tyler wahnsinnig in Grayson verliebt. Graysons Foto klebt in seinem Spind, und dieses Bild hier fand ich in seinem Schreibtisch.« Er gab ihr das Foto. »Sein Zimmerkamerad sagte mir, daß er es oft stundenlang anstarrte.«
Lillie betrachtete verwundert die abgegriffene Fotografie. »Mein Gott. Ich bin sicher, daß Grayson keine Ahnung davon hatte.«
Jordan nickte. Aber er war sich da nicht so sicher. Grayson war zu hellsichtig, um derartige Signale zu übersehen. Aber das sagte er Lillie nicht. Seine Abneigung gegen den Jungen hatte sich fast zu Haß gesteigert, doch er konnte nicht erwarten, daß Lillie Grayson auf dieselbe Weise sah. Schließlich war sie seine Mutter.
Jordan mußte immer wieder an Michele denken. Nicht eine Minute glaubte er, daß Grayson versucht hatte, ihr zu helfen, oder ihr die Bluse wieder angezogen hatte. Er war wie ein Feigling davongelaufen und hatte sie allein gelassen. Aber Lillie glaubte seine Geschichte, weil sie daran glauben wollte. Weil sie diesen Glauben brauchte. Wenn er versuchte, Grayson als den egoistischen kleinen Scheißkerl darzustellen, der er war, würde sie ihn deswegen hassen.
Lillie fröstelte und merkte erst jetzt, daß es zu dämmern begann. »Ich fahre jetzt wohl besser nach Hause«, sagte sie.
Jordan fluchte innerlich, als er diese Worte hörte, aber er nickte nur. Er stand auf und reichte ihr seine Hand. Sie nahm sie und stand ebenfalls auf.
»Was willst du jetzt tun?« fragte sie.
»Zuerst fahre ich bei meiner Mutter vorbei«, sagte er, »und dann nehme ich das nächste Flugzeug nach New York

zurück. Vielleicht gibt es heute abend noch einen Flug. Ich muß morgen drehen.«
Lillie nickte. Sie zitterte – vor Kälte, nahm er an –, und er wollte den Arm um sie legen, tat es aber nicht. Er durfte sich nichts vormachen: Sie brauchte ihn nicht mehr. Die Bindung zwischen ihnen würde mit dem heutigen Tag abreißen.
»Ich bringe dich zu deinem Wagen«, sagte er.
»Jordan«, sagte sie und preßte dann die Lippen zusammen und schaute in die Ferne, über den See. »Hasse mich deswegen bitte nicht.«
»Niemals«, sagte er. »Hasse dich nicht selbst. Komm. Wir wollen gehen.«

25

Lillie hatte Magenschmerzen, als sie in die Auffahrt zu ihrem Haus einbog. Sie blieb im Wagen sitzen, versuchte, Haltung zu gewinnen, und betrachtete ihr Heim. Als sie das Haus kauften, hatte sie es nicht besonders gemocht, aber damals war sie von Micheles Krankheit zu sehr in Anspruch genommen gewesen, und Pink hatte auf dem Kauf bestanden, da er ihn für ein gutes Geschäft hielt. Deshalb hatte sie ihn akzeptiert. Und während all der Jahre hatte sie es behaglich eingerichtet und ihm ihre persönliche Note verliehen. So war es zu einem Heim geworden.

Sie stieg aus ihrem Wagen, ging auf die Haustür zu und zögerte. Sie hatte das Gefühl, wenn sie jetzt ihr Haus beträte, gäbe es keinen Weg mehr zurück. Sie würde zur Komplizin am Verrat ihrer Tochter, um das aufrechtzuerhalten, was noch von ihrem gemeinsamen Leben übriggeblieben war. Am liebsten wäre sie davongelaufen. Jordans Worte klangen ihr noch in den Ohren. Nach all den Jahren, nach allem, was geschehen war, liebte er sie noch immer. Die Ironie der Situation schmerzte sie. Wie oft hatte sie sich vorgestellt, daß er gerade diese Worte zu ihr sagen würde. Wie oft hatte sie davon geträumt! Aber das schien jetzt nicht mehr wichtig. Sie mußte an ihre Familie denken, was er sicherlich nicht verstehen konnte. Einst hatte er seine Familie leichten Herzens verlassen. Und nun, da sie sein Angebot abgelehnt hatte, fühlte sie sich einsamer als je zuvor in ihrem Leben. Geh rein, dachte sie. Schau nicht zurück. Sie

atmete tief ein, griff nach der Klinke, öffnete die Tür und ging ins Haus.
Pink saß mit einem Glas in der Hand in seinem Sessel. Er starrte auf den Bildschirm, obwohl das Fernsehgerät nicht eingeschaltet war. Lillie wußte, daß er schon ein paar Gläser getrunken hatte, aber er war noch nicht betrunken. Als die Tür geöffnet wurde, schnellte sein Kopf herum, und er starrte sie an. Seine Augen waren blutunterlaufen, ob vom Whiskey oder weil er geweint hatte, wußte sie nicht. Sein normalerweise rotes Gesicht war noch röter, und sie machte sich um seinen Blutdruck Sorgen.
»Lillie«, sagte er rauh, »bist du zurückgekommen?«
Lillie schloß die Tür hinter sich. »Hallo, Pink.« Sie hängte ihre Jacke in den Schrank und durchquerte das Wohnzimmer. Pink folgte ihr mit wachsamen Augen. »Ist Grayson zu Hause?« fragte sie.
»Nein.«
»Wo ist er?«
Pink griff wieder nach seinem Glas. »Ich weiß es nicht. Ich bin heute morgen ins Büro gegangen. Ich mußte etwas tun. Er war nicht hier, als ich nach Hause kam. Ich habe ihn den ganzen Nachmittag nicht gesehen.«
»Ich muß mit euch beiden reden«, sagte sie.
»Du wirst dich wohl mit mir begnügen müssen«, sagte Pink. »Das sollte dir nicht allzu schwer fallen. Du hast es ja schon einmal getan.« Er schwenkte ihr sein Whiskeyglas prostend zu.
Lillie ignorierte seine bissigen Bemerkungen. Sie setzte sich ihm gegenüber in einen Sessel. »Ich habe mit Royce gesprochen«, sagte sie.
»Das habe ich gehört«, sagte Pink.
»Und ich habe Jordan getroffen. Er ist von der Militärschule zurückgekommen.«

Pink wurde plötzlich blaß. »Phantastisch«, sagte er. »Und du hast ihm wahrscheinlich alles erzählt.«
»Er wußte es bereits, Pink. Er wußte, daß du Tyler gewarnt hast. Und den Rest konnte er sich zusammenreimen.«
Pink knallte sein Glas auf den Couchtisch und rieb sich mit den Händen übers Gesicht.
»So steht's also«, sagte er. »Jetzt sitzen wir in der Tinte. Du und dein Liebhaber werdet uns ans Kreuz nageln.« Pink sprang auf und stieß mit einer heftigen Bewegung sein Glas um. »Das hätte ich mir denken können. Das ist doch die Entschuldigung, die dir noch gefehlt hat.«
»Pink!« rief Lillie. »Halt den Mund und hör mir zu. Niemand nagelt irgendwen ans Kreuz.«
»Ach, und das soll ich dir glauben?« sagte Pink und beugte sich zu ihr, so daß sie den Bourbon in seinem Atem riechen konnte. »Glaubst du, ich bin blöde? Glaubst du, ich bin von gestern? Was habt ihr beiden vor? Wahrscheinlich genießt ihr die Situation. Jetzt könnt ihr in die Welt hinausposaunen, was für ein Scheißkerl ich bin. Nur weil ich versuche, meinen Sohn zu schützen. Oh, ich kann mir gut vorstellen, wie selbstgerecht ihr seid. Lillies Rache. Weil du all die Jahre mit mir gelebt hast. Dabei weiß jeder, daß du mich nur wegen meines Geldes geheiratet hast und damit dein Balg ein Dach über dem Kopf hat.«
Lillie wich vor ihm zurück, wich vor dem Gift zurück, das er ausspie. Sie zitterte am ganzen Körper. Sie zwang sich, ruhig zu sprechen. Aber ihre Stimme klang hart und bitter. »Es tut mir leid, daß du so fühlst, Pink. Wir beide haben Enttäuschungen erlitten.«
Pink verzog sein Gesicht; Scham und Bedauern waren in seinen Augen zu lesen. Er ließ sich schwer in seinen Sessel fallen und bedeckte sein Gesicht mit einer Hand. »Ich habe das mit Michele nicht so gemeint«, sagte er zerknirscht. »Sie war das

reizendste kleine Mädchen auf der Welt. Mein kleines Mädchen. Sie hielt ihren Daddy für den Größten. Ich hätte mich so gefreut, wenn du das ebenfalls getan hättest.«

Lillie hörte das Drängende, das Bedürfnis, verstanden zu werden, in Pinks Worten, ging aber nicht darauf ein. »Pink«, sagte sie, »du kannst dich abregen. Ich bin nicht gekommen, um dich an den Pranger zu stellen. Ich versuchte dir zu erklären, daß ich verstanden habe, warum du so gehandelt hast. Aus welchen Gründen auch immer hieltest du mich nicht für stark genug, mit der Wahrheit konfrontiert zu werden ...«

»Das war es nicht«, sagte Pink in weinerlichem Ton. »Ich wollte dir das alles ersparen, Lillie. Und ich mußte an Grayson denken. An seine Zukunft.«

»Nun, ob du es glaubst oder nicht, auch ich liebe meinen Sohn. Ich will ihm nicht weh tun. Oder dir.«

Pink gab einen Laut von sich, halb Lachen, halb Schluchzen. »Aber ...«, sagte er, als wollte er ihrer nächsten Bemerkung zuvorkommen.

»Aber nichts«, entgegnete sie ruhig. »Kein Aber. Ich bin nach Hause gekommen, weil ich bei dir bleiben will. Und wir werden diese Geschichte für uns behalten. Jordan hat mir sein Wort gegeben, daß er ebenfalls schweigen wird.«

Pink sah sie erstaunt an, dann wurden seine Augen schmal.

»Das kaufe ich dir nicht ab, Lillie. Warum sollte er schweigen? Er möchte mir zu gern eins auswischen.«

Lillie sah ihren Mann unverwandt an. »Weil ich ihn darum gebeten habe und weil er das Gefühl hat, mir das schuldig zu sein. Wegen des Kummers, den er mir gemacht hat, wenn du so willst.«

Pink sah seine Frau skeptisch an, aber sie erkannte, daß er anfing, ihr zu glauben.

»Er fliegt nach New York zurück«, sagte sie und war über das Bedauern in ihrer Stimme verwirrt. »Wahrscheinlich ist er

zur Stunde gar nicht mehr in der Stadt«, fügte sie brüsk hinzu.
»Wie können wir wissen, ob wir ihm vertrauen dürfen?« fragte Pink.
Lillie sah ihn an, die Brauen in leichtem Erstaunen über seine Frage erhoben. »Wie kann man wissen, ob man überhaupt jemandem vertrauen kann? Wir müssen es eben tun.«
Pink schüttelte den Kopf. »Ach, mein Gott, Lillie. Ich weiß überhaupt nicht mehr, was ich denken soll.«
»Was bleibt uns denn übrig?« sagte Lillie. »Das Leben geht weiter.«
Pink sah sie an, und zum erstenmal zeichnete sich in seinem Gesicht etwas Hoffnung ab. »Und du wirst deine Meinung nicht ändern?«
»Das habe ich dir bereits gesagt.«
»Ich weiß«, sagte Pink schnell. »Das hast du getan. Ich wünschte, ich hätte dich von Anfang an ins Vertrauen gezogen. Dann hätte Jordan mit der Geschichte nichts zu tun gehabt.«
»Nun«, sagte Lillie mit einem Seufzer, »dann wollen wir versuchen, in Zukunft ehrlich zueinander zu sein. Von Lügen habe ich bis ans Ende meines Lebens genug.«
»Ja, das wollen wir«, sagte Pink eifrig. »Von heute an.« Er ging zu ihr, kniete sich neben ihren Sessel und legte seine dickliche Hand auf ihr Knie. »Und es tut mir leid, daß ich dich geschlagen habe. Ich will es nie wieder tun. Ich schwöre es. Das Leben wird für uns alle wieder schön werden.«
Lillie betrachtete eine Weile traurig sein ernstes Gesicht; als sich die Tür öffnete, blickte sie auf. Grayson kam ins Zimmer, die Wangen rosig, die Augen fiebrig glänzend. Beim Anblick seiner Eltern schrak er zusammen und flüchtete wie eine verschreckte Katze in eine Ecke. Pink kam stol-

pernd auf die Beine und strahlte seinen Sohn an. »Grayson«, rief er. »Schau mal, wer heimgekommen ist!«
»Mom«, sagte Grayson überrascht und gleichzeitig wachsam.
»Deine Mutter hat schließlich eingesehen, daß wir das Richtige getan haben, Sohn. Wegen Tyler und dem allen. Also ist sie zu uns zurückgekommen. Die ganze Angelegenheit ist geregelt.«
»Das ist ja großartig«, sagte Grayson.
Lillie fühlte sich von Pinks Formulierung abgestoßen, sie korrigierte ihn aber nicht. Pink war fröhlich und voller Hoffnung.
»Und was ist mit Jordan Hill?« fragte Grayson.
»Mit ihm haben wir nichts mehr zu tun«, frohlockte Pink. Dann fügte er nüchtern hinzu: »Er hat versprochen, sich aus allem herauszuhalten und zu schweigen. Er ist nach New York zurückgekehrt.«
»Besser spät als nie«, sagte Grayson strahlend. Bei Pinks Worten löste sich die Verspannung in seinen Schultern. »Gute Reise.«
Lillie versuchte zu lächeln, aber innerlich war sie durch die Fröhlichkeit ihres Mannes und Sohnes verletzt. »Ich glaube, daß die Lösung dieser Angelegenheit kein Grund zur Freude ist«, sagte sie steif. »Eigentlich wollte Jordan die Sache nicht auf sich beruhen lassen. Er hatte nur das Gefühl, daß unsere Familie genug gelitten hat.«
»Na, das ehrt ihn aber mächtig, wenn man bedenkt, welchen Kummer er dieser Familie früher zugefügt hat«, schnaubte Pink.
»Pink, wenn du wieder anfängst, schwöre ich ...«, sagte Lillie.
»Ach, hört doch auf zu streiten, ihr beiden«, sagte Grayson fröhlich. »Wir wollen glücklich sein, daß er gegangen ist.«

»Amen«, sagte Pink. »Wichtig ist nur, daß Mom wieder zu Hause ist und daß alles wieder gut wird.«

»Ja«, sagte Grayson. »Jetzt können wir alles vergessen und so tun, als wäre niemals etwas passiert.«

Lillie wollte gerade protestieren, da läutete das Telefon, und alle schraken zusammen. Grayson stand dem Telefontisch am nächsten und nahm den Hörer ab. Er sprach kurz und hielt ihn dann Pink hin. »Für dich. Mrs. Nunley ist am Apparat.«

»Um Himmels willen, was will die denn?« sagte Pink. Er nahm den Hörer und redete mit Reba.

Grayson und Lillie tauschten einen Blick, Graysons Blick war ernst, der von Lillie hart. Dann schaute der Junge weg.

»Na gut«, sagte Pink ärgerlich. »Hoffentlich meinen sie es auch ernst. Mich an einem Sonntagabend zu belästigen ... Den halben Tag war ich im Büro. Dann hätten sie kommen können. Schon gut. Schon gut.«

Pink legte auf und ging zum Garderobenschrank. Er nahm sein Sportjackett und zog es über.

»Was ist los?« fragte Lillie.

»Ach, vor geraumer Zeit habe ich diesem Ehepaar einen Besitz gezeigt. Sie sind gerade ins Büro gekommen und wollen ihn noch mal besichtigen. Es ist fast dunkel. Wie wollen sie da etwas sehen? Eigentlich möchte ich gar nicht hinfahren, aber die Erfahrung hat gezeigt, daß die Leute gewöhnlich kaufen, wenn sie etwas zum zweitenmal anschauen. Und wir brauchen Geld, wenn unser Sohn in Harvard studieren soll, nicht wahr? Ich bin bald zurück.«

»Laß dir Zeit«, sagte Lillie.

»Es paßt mir nicht, daß unsere Versöhnung auf diese Weise gestört wird«, sagte Pink.

»Ich warte auf dich«, entgegnete Lillie.

»Das ist mein altes Mädchen«, sagte Pink. »Grayson, du

hilfst deiner Mutter mit dem Abendessen. Ich bin bald wieder da.«

Die Tür fiel hinter ihm ins Schloß, und Lillie konnte Pink auf seinem Weg zum Auto pfeifen hören. Sie wandte sich an Grayson. »Ich habe dir etwas zu sagen«, verkündete sie abrupt.

Grayson sah sie bestürzt an. Sie mußte sich eingestehen, daß sie den Wunsch hatte, ihn zu bestrafen. Er soll sich nicht ewig deswegen grämen, dachte sie. Aber sie fragte sich, wie lange es dauern würde, bis sie ihm wieder ohne Groll begegnen konnte. »Schau mal, Grayson«, sagte sie ruhig. »Es ist viel geschehen. Und ich habe das alles noch nicht verarbeitet.«

Grayson betrachtete angelegentlich seinen Manschettenknopf. »Ich weiß«, sagte er ernst.

»Nur weil ich beschlossen habe, daß alles unter uns bleibt, bedeutet das nicht, daß alles vergessen und unter den Teppich gekehrt wird. Hast du mich verstanden?«

Grayson runzelte die Stirn und sah sie fragend an. »Du hast doch gesagt, alles wäre erledigt.«

»Nun ja. Offiziell ist alles erledigt. Ich meine, was das Gesetz betrifft. Aber die Tatsache bleibt bestehen, daß deine Schwester ermordet wurde. Und das kann man nicht einfach akzeptieren. Unsere Familie wird von nun an nie mehr dieselbe sein.«

Grayson hob das Kinn und strich sich das blonde Haar aus der Stirn. »Das weiß ich«, sagte er.

»Grayson, komm her und setz dich. Ich will mit dir reden.«

Lillie setzte sich auf die Couch, und Grayson setzte sich nach kurzem Zögern neben sie. Lillie tätschelte sein Knie und verschränkte dann die Hände.

»Wußtest du, daß Tyler von der Militärschule weggelaufen ist?« fragte sie.

Grayson fuhr sich mit den Fingern durchs Haar. »Ja«, sagte er. »Der Sheriff rief heute morgen an.«

»Beunruhigt dich das?« fragte sie.
Grayson sah sie verständnislos an. »Nein. Warum sollte es das?«
Lillie wählte ihre Worte sorgfältig. »Mein Junge, ich weiß, daß diese letzten Monate schwierig für dich waren. Vielleicht für dich noch schwieriger als für uns alle. Du mußtest vieles für dich behalten, Schmerz und auch Schuldgefühle. Das ist nur zu natürlich. Und es nützt dir nichts, wenn du so tust, als sei nichts geschehen. Du kannst nicht einfach darüber hinweggehen. Das kann niemand von uns. So etwas kann einen innerlich auffressen.«
Grayson rutschte auf dem Sofa hin und her und starrte nachdenklich vor sich hin. Lillie betrachtete prüfend sein Gesicht und fragte sich, was er dachte. Manchmal erstaunte es sie, daß sie so wenig von ihm wußte.
»Mir kommt es vor, als wäre das alles vor langer Zeit geschehen«, sagte er schließlich. »Ich versuche, nicht zuviel darüber nachzudenken.«
»Auf diesen Punkt wollte ich gerade kommen, Gray. Ich halte es für besser, wenn wir darüber nachdenken. Und darüber sprechen. Hier. Zu Hause, natürlich.«
Grayson sah seine Mutter argwöhnisch an. »Wir wissen doch alle, was passiert ist. Es ändert nichts, wenn wir immer wieder darüber reden. Ich dachte, wir wollen einen neuen Anfang machen.«
»Das tun wir auch«, sagte Lillie müde.
»Mom, ich möchte ja darüber reden, wenn du es wünschst«, sagte er in versöhnlichem Ton. »Aber ich habe noch Hausaufgaben zu machen. Hast du etwas dagegen, wenn ...«
Lillie nickte. »Geh nur«, sagte sie.
Als er gegangen war, ließ sie sich gegen die Sofakissen sinken. Wieder überfiel sie dieses Gefühl der Einsamkeit. Hör auf damit, schalt sie sich. Hör mit diesem Selbstmitleid

auf. Du hast eine zweite Chance. Mach das Beste daraus. Die Dinge ändern sich nicht über Nacht. Du mußt Geduld haben und Graysons Verschlossenheit durchbrechen. Sein Vertrauen gewinnen. Er hat ein schweres Trauma erlebt, und er ist es nicht gewohnt, dir zu vertrauen.

Aber im Augenblick fühlte sie sich nicht stark und entschlossen. Sie kam sich ausgehöhlt vor. Schuldbewußt dachte sie wieder an Jordan, seine ernsten Augen, die sie forschend ansahen, seine heiße, trockene Hand auf ihrer. Laß die Vergangenheit ruhen, dachte sie. Nur die Zukunft zählt. Aber sie weinte ein paar Tränen und ließ sie einfach über ihr Gesicht laufen, bis sie ihr den Hals hinunterrannen. Dann suchte sie in ihrer Tasche, die auf dem Boden neben ihr stand, nach einem Kleenex.

Plötzlich berührten ihre Finger etwas Kaltes und Metallisches. Sie griff zu und zog eine kleine Pistole hervor. Eine Sekunde starrte sie die Waffe verblüfft an und fragte sich, wie sie in ihre Tasche gekommen war. Dann erinnerte sie sich. Brenda hatte ihr gesagt, daß sie eine Waffe brauche. Gestern. Ihr schien ein Jahr seitdem vergangen zu sein.

Lillie wischte sich die Tränen ab und lächelte bitter. So etwas brauchte sie nicht. Pink war reumütig. Nie wieder würde etwas Derartiges passieren. Doch Brendas Fürsorge berührte ihr Herz, dieser Wunsch, sie auch aus der Ferne beschützen zu wollen. Vielleicht war die Pistole ein Zeichen, daß man sie beschützen wollte und liebte.

Mit einem Seufzer stand Lillie auf und legte die Waffe auf den Kaminsims zwischen die gerahmten Fotografien. Es war, als wollte sie die Pistole außer Reichweite von Kindern aufbewahren, obwohl es keine Kleinkinder im Haus gab. Morgen gebe ich sie ihr zurück, dachte Lillie. Wahrscheinlich wird sie mich deswegen gehörig ausschimpfen. Lillie lächelte. Aber wozu gab es schließlich Freunde?

26

Das brauchst du nicht zu tun, Jordan«, protestierte Bessie Hill, als ihr Sohn ein Handtuch nahm und anfing, das Geschirr vom Abendessen abzutrocknen. »Ruh dich aus. Du hattest einen langen Tag.«

»Wenn wir gemeinsam spülen, können wir uns beide ausruhen«, sagte er. Er hatte seiner Mutter so gut wie nichts über den Grund seines Besuchs hier erzählt. Er hatte nur gesagt, daß Lillie ihn gebeten hatte zu kommen. Bessie wußte, daß er Dinge für sich behielt, aber sie stellte ihm keine Fragen. Dafür war er ihr dankbar.

Bessie legte ihm eine Hand auf den Arm und drückte ihn. »Ich wünschte, du müßtest nicht heute abend abreisen«, sagte sie. »Kannst du nicht morgen früh fliegen?«

Jordan lächelte sie an. »Ich wollte, ich könnte es«, sagte er, »aber ich muß schon zeitig arbeiten.«

Bessie machte sich am Spülbecken zu schaffen, während Jordan das abgetrocknete Geschirr wegräumte. »Sei nicht traurig«, sagte er. »Ich komme bald wieder.«

»Was du schon bald nennst! Ich habe eine andere Vorstellung davon«, sagte sie mit einem leichten Vorwurf.

Es stimmte, was sie sagte. Er hatte sie nicht regelmäßig besucht. Erst vor ein paar Jahren, als ihm die Besuche seiner Tochter wichtig wurden, hatte er erkannt, wie sehr seine Mutter unter seiner Abwesenheit litt, und sie öfter besucht.

»Ich weiß, Mama«, sagte er. »Aber ich tue mein Bestes.«

»Du hast ja auch viel zu tun.«
»Sei nicht immer so verständnisvoll«, neckte er sie.
»Ich weiß, daß du es gut mit mir meinst«, sagte Bessie und hielt einen Teller unter fließendes Wasser.
»Du hast mir immer sehr viel Verständnis entgegengebracht.«
»Na ja. Ich habe es versucht.«
»Das war sicher nicht immer einfach«, murmelte er.
Bessie nickte. »Es gab Zeiten ...«
»Als ich Lillie und das Baby verließ, zum Beispiel«, sagte Jordan.
Bessie unterbrach ihre Arbeit. »Ja. Damals war ich wirklich sehr ärgerlich über dich. Du hast auch mir sehr weh getan. Ich war sehr enttäuscht von dir.«
»Ja«, sagte er. »Aber als ich in New York lebte, schicktest du mir Geld und Pakete. Und du riefst mich an.«
»Natürlich«, sagte Bessie. »Ich liebe dich. Ich machte mir um dich Sorgen. Was du Lillie angetan hast, hatte damit nichts zu tun. Außerdem glaubte ich immer, daß du einen guten Grund für deine Handlungsweise hattest. Es war wohl besser, die beiden zu verlassen, sonst hättest du sicher ein Leben lang bereut, diese Chance nicht ergriffen zu haben. Manchmal müssen Menschen dem Ruf ihres Schicksals folgen.«
»Und wenn ich das nur aus einer Laune heraus getan hätte?«
»Aber das hättest du niemals«, sagte sie einfach. »Ich kenne dich.«
Bessie nahm sein Handtuch und hängte es auf. »Ich war nur immer der Meinung, daß es eine traurige Geschichte war, denn Lillie war nun einmal die richtige Frau für dich. Nur sehr wenige Menschen erleben noch einmal eine so große Liebe.«

»Das ist wohl richtig.«
»Es ist kühl heute abend«, sagte sie. »Ich hole mir eine Strickjacke.«
»Soll ich sie dir holen?« fragte er.
»Du weißt nicht, welche ich anziehen möchte«, sagte sie, schob ihn sanft beiseite und ging in ihr Schlafzimmer.
Jordan lächelte und trat dann hinaus auf die Veranda. Es war Nacht geworden, still und friedlich. Er wunderte sich, daß er früher einmal seine Heimatstadt so eng und erstickend empfunden hatte. Nur die Welt draußen war ihm als schön erschienen. Und sie war schön gewesen, dachte er. Aber nicht besser.
Bessie kam wieder, machte es sich auf der Couch bequem und setzte ihre Lesebrille auf. Sie nahm die Zeitung und überflog sie.
Jordan trat ins Zimmer und sagte: »Ich muß noch mit jemandem reden, ehe ich abreise.«
Bessie sah ihn fragend an, aber er beugte sich hinunter und küßte sie auf die Wange. »Ich bleibe nicht lange«, sagte er. »Gegen acht muß ich nach Nashville fahren.«

Jordan war überrascht, wie leicht es ihm fiel, Royce Ansleys Haus wiederzufinden. Vor achtzehn Jahren war er zum letztenmal dort gewesen und nicht sehr oft. Aber diese wenigen Besuche hatten einen tiefen Eindruck in ihm hinterlassen. Hier, in diesem Haus, hatte er zum erstenmal von seinem Talent erfahren und die Hoffnung genährt, er könnte reich und berühmt werden. Jetzt pochte er gegen die Tür. Niemand antwortete; das Haus war dunkel. Royce' Wagen stand nicht in der Einfahrt. Jordan wartete einen Augenblick, doch es rührte sich nichts. Er stieg wieder in seinen Mietwagen, fuhr zur Stadtmitte und parkte. Es war nicht wahrscheinlich, daß Royce an einem Sonntag arbeitete, doch Jordan wollte sich im Büro des Sheriffs erkundigen, wo er sein könnte. Gerade als er den Platz überquerte, schloß Bomar Flood seine Apotheke ab, während eine Kundin ihm dankte.

»Ein Kranker braucht doch sein Insulin«, entgegnete der Apotheker.

»Hallo, Bomar«, grüßte Jordan.

Bomar konnte seine Überraschung schlecht verbergen. »Hallo, Jordan. Was führt Sie denn in die Stadt?«

»Ich suche Royce Ansley«, sagte Jordan. »Er ist nicht zu Hause. Ich wollte gerade in seinem Büro nachschauen.«

Bomar versuchte, nicht neugierig zu erscheinen, aber er zeigte sich hilfreich. »Lassen Sie mich nachdenken. Sonntag abend. Da ist er wahrscheinlich im *Winchester Hotel.* Dort ißt er schon seit Jahren jeden Sonntagabend.«

»Danke«, sagte Jordan.

»Wissen Sie, wo es ist?«

»Ja, sicher. Nochmals, vielen Dank.«

Bomar sah ihm nach, als er wieder in sein Auto stieg und davonfuhr. Na, das wird Bomar und seiner Frau Gesprächsstoff für den ganzen Abend geben, dachte Jordan, während er durch die Stadt zum Hotel fuhr. Es war ein großes Südstaatenhotel, einst der Stolz des County, doch jetzt war es heruntergekommen.

Ein paar Autos standen auf dem Parkplatz, darunter der Wagen des Sheriffs. Jordan ging durch die Lobby ins Speisezimmer. Dort saß eine einsame Gestalt an einem Ecktisch. Jordan trat auf den Tisch zu. »Darf ich mich setzen?« fragte er.

Royce sah ihn unbewegt an. »Wenn es sein muß.«

Jordan setzte sich Royce gegenüber. »Ich habe Ihnen einiges zu sagen.«

Royce knabberte an einem Brötchen und wischte sich dann die Finger an seiner Serviette ab. »Nur zu.«

»Wir wollen ehrlich sein«, sagte Jordan. »Sie wissen, daß ich Tylers Schule einen Besuch abgestattet habe. Und ich fand heraus, daß Pink ihn gewarnt hat. Lillie hat mir dann den Rest erzählt. Über den Tod meiner Tochter und Ihre und Pinks Verschwörung.«

Royce' Gesicht war im Licht der Tischlampe sehr bleich. Er schwieg.

»Und wenn ich Sie auch gern leiden sehen würde«, sprach Jordan weiter, »so will ich Ihnen dennoch sagen, daß ich beschlossen habe, den Mund zu halten.«

»Ich halte es für eine gute Idee, daß Sie sich nicht einmischen, denn diese Geschichte geht Sie nichts an«, sagte Royce ruhig.

»Sie *geht* mich etwas an«, sagte Jordan kalt. »Wir reden von meiner Tochter. Ich habe dem nur zugestimmt, weil Lillie es wollte.«

»Leider kann ich Sie nicht als Micheles Vater betrachten«, sagte Royce. »Trotz Ihrer beträchtlichen Anstrengungen in letzter Zeit.«

Jordan hieb mit der Hand auf den Tisch, so daß die Brötchen in dem Korb hochsprangen. »Ich *bin* ihr Vater, ob Ihnen das nun gefällt oder nicht. Und Sie sind ein Lügner. Treiben Sie es nicht auf die Spitze, sonst könnte ich meine Meinung ändern.« Die anderen Gäste starrten den Sheriff und Jordan an.

»Spielen Sie sich nicht auf«, sagte Royce leise, als wieder das normale Gemurmel im Raum herrschte. »Ich lasse mich von Ihresgleichen noch längst nicht einschüchtern.«

Die beiden Männer starrten sich herausfordernd an. Dann trank Royce einen Schluck von seinem Eistee. »Vielen Dank, daß Sie sich eingemischt haben«, sagte er langsam. »Mein Sohn ist aus der Schule geflohen und jetzt Gott weiß wo.«

»Ach? Ich hätte wohl nichts unternehmen dürfen, damit der Sheriff seine Pflicht tun kann, wie?«
»Ja«, sagte Royce. »Sie hätten sich nicht einmischen dürfen. Ich weiß, warum Sie hier sind. Denken Sie, ich weiß es nicht? Damit Sie sich hier als Held aufspielen können. Ich will Ihnen mal was sagen, Mister. Meine Meinung über Sie hat sich nicht einen Deut geändert. Sie kommen hier als rächender Vater in die Stadt gestürmt und stecken Ihre Nase in anderer Leute Angelegenheiten, die Sie nichts angehen. Und jetzt wollen Sie einen großen Eklat inszenieren und wieder verschwinden. Das macht auf mich überhaupt keinen Eindruck. Andere zu verlassen ist doch Ihre Spezialität. Sie haben keine Ahnung, was es bedeutet, Vater zu sein. Und drohen Sie mir nicht. Sie werden den Mund halten.«
»Moment mal«, sagte Jordan laut. Er senkte die Stimme, als die anderen Gäste sie wieder anstarrten. »Seit wann steht mein Charakter hier zur Diskussion? Sie haben Ihr Amt verletzt. Sie haben einen Mörder zum Sohn«, flüsterte er zwischen zusammengepreßten Zähnen.
Royce' Augen blickten wie versteinert. Er mied Jordans Blick und sah sich nach der Bedienung um. Nach einer Weile sah er Jordan wieder an. »Ich schulde Ihnen keine Erklärung«, sagte er. »Sie können hier sitzen, bis Sie schwarz werden. Von mir bekommen Sie gar nichts. Ich will Ihnen eins sagen. Mein Sohn ist auf der Flucht, weiß nicht, wo er hin soll, und das ist nur geschehen, weil Sie sich eingemischt haben. Gott weiß, wo er jetzt steckt. Vielleicht hat er schon das Land verlassen. Und wenn ich ihn nicht finde, mache ich Sie dafür verantwortlich.«
Jordan lehnte sich in seinem Stuhl zurück. »Ich kann es nicht fassen«, sagte er. »Ich weiß ja, daß Angriff die beste Verteidigung ist, aber treiben Sie es nicht zu weit? Jetzt bin ich also für Tylers Verschwinden verantwortlich?«

»Verdammt noch mal, ja«, sagte Royce böse.
Die beiden Männer schwiegen verbittert, als die Bedienung kam und das Essen für Royce servierte.
»Möchten Sie etwas bestellen?« fragte sie Jordan.
»Er bleibt nicht zum Essen«, sagte der Sheriff.
In dem Augenblick erschien ein aufgeregter Wallace Reynolds in der Tür und eilte zu Royce.
»Was ist los, Wallace?« fragte der Sheriff verärgert.
»Sheriff«, sagte der Deputy, »ich habe gerade einen Anruf bekommen. Eine Frau hat auf der Millraney-Farm im Brunnen einen Körper entdeckt. Wir müssen eine Rettungsmannschaft hinschicken, um ihn zu bergen.«
»Lebt er noch?« fragte der Sheriff.
»Das weiß ich nicht. Es ist zu dunkel, um etwas Genaues zu erkennen. Auf Sprechen reagiert er nicht.«
Der Sheriff seufzte und legte seine Serviette auf den Tisch. »Gut. Rufen Sie Estes Conroy an. Sein Jeep hat eine Winde. Und lassen Sie einen Krankenwagen kommen.«
»Das habe ich schon getan«, sagte Wallace.
Royce schaute auf seinen Teller. »Es macht nichts. Ich habe sowieso keinen Appetit mehr.« Er starrte Jordan an. »Wollten Sie nicht abreisen?« fragte er.
»Heute abend«, sagte Jordan. »Es kann gar nicht früh genug sein.«

27

Pink ging wieder zum Brunnenrand und schaute hinein. Die Taschenlampe aus seinem Handschuhfach war zu schwach, um viel erkennen zu können, aber wenn er sie im richtigen Winkel hielt, sah er die verdrehten Beine und den Oberkörper. Auf der Kleidung waren dunkle Flecken, die Pink für Blut hielt. Der arme Kerl hatte nur einen Schuh an, der andere lag wohl auf dem Grund des Brunnens. Das Gesicht oder den Kopf konnte Pink nicht sehen.

Das junge Ehepaar, das die Farm besichtigen wollte, die DuPres, saß zusammengekauert auf der Hintertreppe des alten Farmhauses. Pink hatte ihnen vorgeschlagen, drinnen zu warten, bis die Polizei kam, denn das Haus war schließlich vollständig möbliert. Aber die junge Frau hatte kategorisch abgelehnt. Sie hatte gesagt, sie würde das Haus nie wieder betreten.

Wieder ein Geschäft geplatzt, dachte Pink, der noch immer neben dem Brunnen stand und auf Geräusche herannahender Fahrzeuge lauschte. Zum Glück funktionierte das Telefon noch, so daß er Hilfe hatte anfordern können. Vielleicht lebte der Bursche ja noch, aber Pink bezweifelte es. Pink und DuPre hatten wiederholt hinuntergerufen, aber keine Antwort bekommen.

Pink hörte, wie die Frau sich bei ihrem Mann beklagte: »Ich will nichts als hier weg.« Und der junge Mann beruhigte sie. »Mir ist kalt«, schimpfte sie.

Dann geh doch ins Haus, dachte Pink. Niemand hat dir befohlen, draußen zu sitzen. Er war wütend auf sie. Eigentlich hatte er heute abend überhaupt nicht hierherkommen wollen. Er war erschöpft und wollte sich zu Hause entspannen, vor allem, weil Lillie jetzt wieder da war. Aber er war gekommen, weil er diesen Verkauf unter Dach und Fach bringen wollte, und zuerst ließ sich das Geschäft auch gut an. Der Mann war interessiert, und seine Frau schien ihre früheren Vorbehalte verloren zu haben. Und dann hatte sie sich nach dem Brunnen erkundigt.

»Ist er trocken, oder führt er noch immer Wasser?« hatte sie gefragt. Pink wußte es nicht. Niemand hatte jemals derart gründlich die Millraney-Farm inspiziert.

Immer sind es die Frauen, die bei solchen Angelegenheiten Ärger machen, dachte Pink. Sie kritisierten den Geschmack des Vorbesitzers und hatten an allem etwas auszusetzen. Genauso hatte Lillie reagiert, als sie ihr Haus gekauft hatten.

Pink schaute wieder die Straße hinunter. Warum kamen sie nicht? Er konnte es noch nicht fassen, daß der Tag jetzt so endete. Nun ja, am wichtigsten war wohl, daß Lillie zurückgekommen und Graysons Zukunft gesichert war. Er war ziemlich guter Stimmung gewesen, als er mit den DuPres hier angekommen war. Doch dann hatte die Frau seine Taschenlampe genommen und in den Brunnenschacht geleuchtet, war mit dem Kopf gegen den Eimer gestoßen und hatte angefangen zu schreien. Damit war der Verkauf geplatzt.

Pink blickte beim Geräusch der sich nähernden Sirene auf. Er rannte zur Einfahrt und winkte mit seiner Taschenlampe.

Der Krankenwagen traf zuerst ein. Pink bedeutete ihm, neben seinem Oldsmobile zu parken. Die DuPres kamen ebenfalls angelaufen. Zwei Sanitäter stiegen aus, und es herrschte ein allgemeines Durcheinander, weil alle gleichzeitig redeten. Währenddessen trafen andere Wagen ein. Pink lief den Feldweg hinunter und manövrierte Estes Conroys Jeep zum Brunnen. Aus den zwei Streifenwagen stiegen der Sheriff – noch immer in seinem Sonntagsanzug – und Wallace Reynolds mit dem zweiten Deputy, Floyd Peterson. Royce ging zu Pink. Die DuPres eilten auf den Sheriff zu, als wäre er ein wärmendes Feuer in einer kalten Nacht.

»Was ist passiert?« fragte Royce.

»Mein Mann und ich besichtigten die Farm«, platzte die verstörte junge Frau heraus, »und dann schaute ich in den Brunnen und sah ihn.«

Der Fahrer des Krankenwagens trat auf die Gruppe zu. »Lebt er noch?« fragte er.

»Das bezweifle ich«, sagte Pink.

»Wie wollen Sie ihn denn da rausholen?« fragte Mrs. DuPre schrill.

Royce ging zum Brunnen und inspizierte den Schacht. Er konnte nur die verdrehten Beine sehen. Er rief nach Estes Conroy, der sich an seiner Seilwinde zu schaffen machte. »Beeilen Sie sich, Estes.«

»Ich bin gleich fertig, Sheriff.«

Royce wandte sich an Wallace und den jungen Deputy. »Floyd«, sagte er, »übernehmen Sie das?«

Der junge Deputy nickte entschlossen. »Ja, Sir.«

Estes, ein stämmiger Mann mit einer Zigarette im Mundwinkel, kam mit dem Seil auf sie zu. »Wer klettert da runter?« fragte er.

Floyd Peterson trat vor, und Wallace half Estes, die Schlinge um die Brust des Deputys zu legen. Ein Sanitäter überprüfte den Knoten, dann fertigte er eine zweite Schlinge an, die Floyd mit in den Brunnenschacht nehmen würde.

»Wenn er noch lebt«, sagte der Sanitäter, »versuchen Sie festzustellen, wo er verletzt ist. Wir müssen sehr vorsichtig sein, wenn wir ihn hochziehen.«

Floyd nickte.

»Es ist da drin sehr glitschig«, sagte Royce. »Stemmen Sie sich an den Seiten ab. Wallace, Sie halten das zweite Seil.«

Wallace nickte ebenfalls und stellte sich neben den Brunnenrand, als der athletische Floyd im Licht der Scheinwerfer aller Autos im Schacht verschwand. Estes ging zu seinem Jeep, um die Seilwinde zu bedienen.

Die Umherstehenden schwiegen. Schließlich sagte Pink, der neben Royce stand: »Kein besonderes Vergnügen an einem Sonntagabend.«

Royce antwortete nicht. Er entfernte sich von der Gruppe. Pink ging ihm nach, bis sie außer Hörweite der anderen waren.

»Lillie ist zurückgekommen«, sagte Pink glücklich. »Sie hält unsere Entscheidung für richtig.«

»Das habe ich gehört. Ihr Exmann hat mich gerade aufgesucht.«

»Dieser Scheißkerl!« rief Pink. Der Sheriff starrte ihn an, so daß er seine Stimme senkte. »Was wollte er?«

»Ach, er wollte mir nur drohen«, seufzte Royce.

»Dieser Hurensohn!« schrie Pink. »Er sagte Lillie, er würde den Mund halten. Ich hasse diesen Hurensohn!«

»Sind Sie in Ordnung?« rief Wallace ängstlich in den Brunnen.

»Was ist los?« rief Royce und ging wieder zu den anderen.

»Er glitt am Rand aus«, sagte Wallace. »Aber er ist okay.«

Mrs. DuPre klammerte sich an ihren Mann, der beruhigend auf sie einflüsterte. Beide wollten nicht sehen, was aus dem Brunnen herausgezogen wurde, und doch konnten sie – wie alle anderen – nicht den Blick davon abwenden.

Pink stellte sich wieder neben Royce, weil er über Jordan reden wollte, doch der Sheriff schien sich ganz auf die Bergung des Mannes zu konzentrieren. Pink zupfte ihn penetrant am Arm, und Royce starrte ihn müde an. Sein Gesicht wirkte im Scheinwerferlicht erschöpft und grau.
»Ich dachte, er sei abgereist«, sagte Pink klagend. »Warum treibt er sich noch immer hier rum?«
»Weil er's genießt«, sagte Royce. »Aber er hat gesagt, daß er heute abend fährt und daß er schweigt.«
»Er tut gut daran, zu schweigen«, schäumte Pink. »Wenn er zurückkommt und noch mal meine Familie belästigt, schwöre ich ...«
Die anderen beugten sich jetzt über den Brunnenrand und riefen Floyd ermutigende Worte zu.
»Lebt er noch?« rief der Sanitäter.
Floyds Stimme klang schwach und hohl. »Überall ist Blut. Er ist tot.«
Royce starrte mit blinden Augen auf das Geschehen. »Ich glaube nicht, daß er uns noch Ärger macht. Er wollte sich nur abreagieren. Oder vielleicht wollte er sich in Szene setzen, damit er mehr Publicity bekommt.«
»Na, jedenfalls ist es ihm gelungen, Lillie mächtig aufzuregen. Ich glaube, ich konnte sie beruhigen. Und ich will nichts anderes, als daß diese Geschichte endlich zu Ende ist.«
Ein schwacher Schrei drang aus dem Brunnen, aber er wurde von dem Gemurmel und den guten Ratschlägen der Umstehenden erstickt.
»Ziehen Sie ihn hoch, Estes!« rief Wallace Reynolds, als Floyd von unten das Zeichen gab.
»Sagt's dem Sheriff«, hörten alle die schwache Stimme aus dem Brunnen.
»Was sollen wir dem Sheriff sagen?« fragte der Sanitäter.

Doch da machte der Motor der Seilwinde jede weitere Unterhaltung unmöglich.
»Jordan Hill ist an allem schuld«, beharrte Pink.
»Wir sind an allem schuld«, sagte Royce bitter.
Das Seil auf der Winde quietschte, der Motor brummte, und die Leute redeten durcheinander, als Floyd Peterson mit bleichem, verschwitztem Gesicht über dem Brunnenrand auftauchte. Seine Augen suchten forschend die Menge ab, bis sie an Royce hängenblieben.
»Okay«, schrie Wallace Reynolds, »helft ihm runter und befestigt das andere Seil!«
Floyd kletterte über den Brunnenrand und sank auf dem Boden zusammen, das Gesicht mit den Händen bedeckt. Die anderen Männer befreiten ihn von dem Seil und befestigten das zweite Seil an der Winde. Das war in ein paar Sekunden erledigt. Dann startete Estes den Motor wieder, um die Leiche zu bergen. Royce befreite sich aus Pinks Griff und ging zu seinem Deputy, der, nach Atem ringend, am Brunnen kauerte.
»Sheriff, es tut mir so leid«, schluchzte Floyd.
»Das ist harte Arbeit«, sagte Royce, beugte sich nieder und legte tröstend eine Hand auf die Schulter des Deputys.
»Gut so«, schrie Wallace. »Da kommt er. Noch etwas mehr.«
Langsam tauchte der leblose, blutige Körper aus der Tiefe des steinernen Brunnens auf. Mrs. DuPre schrie bei dem Anblick auf und barg das Gesicht an der Brust ihres Mannes. Das Murmeln der anderen verstummte plötzlich. Schweigen herrschte, als alle den Leichnam erkannten.
»O mein Gott!« stöhnte Wallace Reynolds. Dann drehte sich auch der Sheriff um und sah dorthin, wohin alle starrten: auf den zerbrochenen Körper, den schlaffen Kopf, das blutige Gesicht.
Pink verstand zuerst nicht. Er sah nur dunkle Ströme ge-

trockneten Bluts auf dem Gesicht des Toten. Der Bursche ist hinüber, dachte er. Gräßlicher Anblick. Sie konnten den Krankenwagen wegschicken. Aber er konnte nicht verstehen, warum alle den Sheriff anstarrten. Als hätten sie Angst, was er jetzt tun würde. Das kam Pink sonderbar vor. Der Sheriff hatte doch schon viele Tote gesehen. Mehr als sie alle.

Nein, Pink begriff nicht, bis er sah, wie der Körper vom Seil gelöst und sanft auf die Erde gelegt wurde. Und dann, plötzlich, als er sah, wie Royce neben dem Körper zu Boden sank und ihn zärtlich in die Arme nahm, da begriff er.

28

Lillie ging durchs Haus und knipste alle Lampen an, als würde das Licht irgendwie die Kälte bannen, die von den leeren Räumen auszugehen schien. Du bist daheim, sagte sie sich. Alles ist wie früher, dasselbe. Aber es war nicht mehr dasselbe. Als sie das letztemal diese Zimmer betreten hatte, war sie unwissend gewesen, hatte im Dunkeln gelebt. Pink und Grayson hatten ihr geheimes Wissen über Micheles Tod geteilt und sie allein gelassen, blind in ihrem Schmerz.

Hör auf damit, befahl sie sich. Du darfst so nicht denken. Du mußt ganz normale Dinge tun. Bereite das Abendessen zu. Ein Versöhnungsessen. Den Beginn einer neuen Zeit. Eigentlich hätte die Arbeit sie ablenken müssen, aber diesmal war der Schmerz um Micheles Verlust noch stärker. Ich frage mich, ob diese Trauer je vergehen wird, dachte Lillie. Ich frage mich, ob ich je wieder normal leben kann.

Sie machte sich in der Küche zu schaffen, holte Teller, Schüsseln und Töpfe aus den Schränken, mit automatischen Gesten, wie sie es tausendmal getan hatte. Sie nahm kaltes Huhn aus dem Kühlschrank und machte einen Geflügelsalat. Sie stellte Wasser auf den Herd, um Reis zu kochen. Die ganze Zeit war ihr Herz schwer. Sie dachte daran, das Radio anzustellen, aber der Gedanke an Musik machte sie nervös. Sie zog die Stille vor.

Nachdem der Salat fertig war, ging sie in die Halle und rief

Grayson. Nach ein paar Minuten erschien er in der Küchentür.
»Warum hast du mich gerufen?« fragte er.
»Wie wär's, wenn du den Tisch decktest?« fragte sie.
»Natürlich«, sagte er freundlich. Dann blickte er sich um. »Wo sind die Sets?«
»Junge, du findest dich hier ja gar nicht mehr zurecht«, sagte Lillie in neckendem Ton. »Michele hat immer behauptet, du hättest ihr geholfen.«
Das Lächeln verschwand von Graysons Gesicht. Die Bemerkung stand zwischen ihnen. Anscheinend wollte er nicht an seine Schwester erinnert werden.
»In der linken Schublade«, sagte Lillie. Grayson ging zu der Schublade.
Normalerweise hätte Lillie die Sache auf sich beruhen lassen, aber sie hatte beschlossen, ehrlicher zu sein und sich mit dem Schweigen in diesem Haus nicht mehr abzufinden. Irgendwo mußte sie damit anfangen. »Grayson«, sagte sie. »Das ärgert mich. Ich meine ... es scheint, als ob du ... du und dein Vater nicht möchtet, daß ich Michele auch nur erwähne. Stimmt das? Fühlt ihr euch nicht wohl, wenn ich nur ihren Namen ausspreche?«
Grayson legte die Sets auf den Tisch und glättete sie. Dann dachte er kurz nach. »Nein«, sagte er schließlich. »Es macht mir nichts aus, wenn du von ihr redest. Jetzt, da du weißt, was passiert ist. Ich nehme an, das ist eine Angewohnheit von vorher. Da wollten wir nicht über sie sprechen.«
Lillie seufzte vor Erleichterung. Sie glaubte, einen kleinen Erfolg erzielt zu haben. »Das ist gut«, sagte sie. »Ich will nicht, daß jeder zusammenzuckt, wenn ihr Name fällt. Wir werden in diesem Haus hier doch ständig an sie erinnert.«
Grayson betrachtete die Sets. »Brauchen wir Löffel?« fragte er und sah sie dann unversöhnlich an.

»Verstehst du mich, Grayson?« fragte sie.
»Ja«, antwortete er ungehalten. »Du möchtest manchmal über Michele reden. Das ist schon in Ordnung.«
»Oder vielleicht möchtest du oder dein Vater über sie reden«, sagte Lillie nachdrücklich.
»Ganz recht«, sagte Grayson. »Brauchen wir Löffel?«
Lillies Mut sank. Das sollte mich nicht überraschen, dachte sie. Er ist wie sein Vater. Das Thema vermeiden. Gefühle für sich behalten. Grayson, sei nicht so! hätte sie am liebsten geschrien. Teile den Schmerz mit mir. Aber das durfte sie nicht tun. Das würde ihn noch verstockter machen. »Ja, wir brauchen Löffel«, sagte sie. »Es gibt Bananenpudding.«
»Ach, wie gut«, sagte er. »Den mag ich.«
Während Grayson den Tisch deckte, goß sich Lillie ein Glas Wein ein. Sie beobachtete ihn aus den Augenwinkeln. Vielleicht verlange ich zuviel von ihm, dachte sie. Er hat viel durchgemacht, und die Geschichte mit Tyler jetzt reißt alte Wunden wieder auf. Sie sah seinen anmutigen Bewegungen zu und mußte an die Bemerkung Jordans denken, der behauptet hatte, Tyler sei in ihren Sohn verliebt. Wie konnte Tyler nur dieses Gefühl aufrechterhalten, nachdem er Graysons Schwester ermordet hatte. Sie wußte, daß sie eigentlich schweigen sollte, aber sie konnte nicht umhin, das auszusprechen, was ihr durch den Kopf ging.
»Ich habe heute etwas Seltsames über Tyler erfahren«, sagte sie.
Grayson hielt abrupt in seiner Bewegung inne, sah seine Mutter aber nicht an. »Ich weiß«, sagte er. »Er ist davongelaufen. Du hast es bereits erzählt.«
»Darum geht es nicht«, sagte Lillie, trank einen Schluck Wein und stellte das Glas auf das Küchenbüfett. »Hast du eigentlich gewußt, daß Tyler ... daß er sich mehr für Jungen als für Mädchen interessiert?«

Grayson sah sie unbewegt an. »Sicher. Alle wußten es. Ich habe gehört, daß er einen Mitschüler bezahlte, um Sex mit ihm zu haben. Das Geld stahl er seinem Vater.«

Lillie sah ihn ungläubig an. »Du wußtest das?«

»Es war nur ein Gerücht«, sagte er. »Was ist denn so Besonderes daran?«

»Na ja. Du hast es nie erwähnt. Michele wußte es sicher nicht.«

»Nein. Sie war etwas naiv, was Tyler anging.«

»Und Royce wußte es auch nicht. Er sagte mir, daß Tyler ihn bestiehlt, aber er wußte nicht, was er mit dem Geld macht.«

»Mom«, sagte Grayson plötzlich, das Thema wechselnd. »Müssen wir auf Dad warten? Ich habe schrecklichen Hunger.«

»Ich dachte, wir würden zusammen essen. Eine Art Versöhnungsdinner«, sagte sie.

»Du weißt doch, wie er ist, wenn er etwas verkaufen will. Das kann noch Stunden dauern. Ich habe keine Lust zu warten.«

In Lillies Magen bildete sich ein Knoten. »Nun gut«, sagte sie. »Wenn du soviel Hunger hast.«

»Kann ich in meinem Zimmer essen?« fragte er.

»Nein, Grayson«, sagte sie schneidend, denn sie war verletzt, weil er ihr so offensichtlich aus dem Weg gehen wollte. »Du kannst hier am Tisch essen.«

Grayson zuckte mit den Schultern, nahm einen Teller und füllte ihn. Lillie setzte sich mit ihrem Glas Wein an den Tisch. »Ich warte auf deinen Vater«, sagte sie.

Der Junge setzte sich ihr gegenüber und fing an zu essen. Lillie schwenkte ihr Glas und starrte hinein. Nach einer Weile sagte sie etwas giftig: »Wenn du wußtest, daß Tyler so ist, warum seid ihr dann mit ihm zur Brücke gegangen in jener Nacht?«

Grayson verdrehte die Augen und sah seine Mutter geduldig leidend an. »Er hatte Schnaps. Du weißt das doch alles«, sagte er. »Wir wollten ihn da trinken.«
»Aber wer bat Michele mitzukommen? Du oder er?«
»Keiner von beiden«, sagte Grayson und kaute an seinem Hühnchen. »Sie ist einfach mitgegangen.«
»Aber Reverend Davis hat sie die Straße allein entlanggehen sehen.«
»Reverend Davis«, schimpfte er. »Sieh mal, wir haben uns dort getroffen. Ich kann mich nicht erinnern, wer als erster da war.«
»Grayson, sei nicht frech. Für dich ist das nichts als eine alte Geschichte, aber ich habe davon erst gestern erfahren. Und ich habe dir noch eine ganze Menge Fragen zu stellen.«
Grayson starrte mit einem seltsamen Gesichtsausdruck auf seinen Teller. Sekundenlang dachte Lillie, sie hätte einen wunden Punkt bei ihm getroffen und daß er sie gleich schlagen würde. Doch dann blickte er plötzlich auf und sagte: »Mom, in diesem Salat sind Gurken. Du weißt doch, daß ich keine Gurken mag.«
Lillie starrte ihn an. »Was soll dieses Gerede von Gurken jetzt?«
Grayson spießte mit der Gabel eine Gurkenscheibe auf und betrachtete sie voller Ekel. »Ich habe dir immer wieder gesagt, daß ich sie nicht mag«, sagte er.
Lillie stand vom Tisch auf und stellte sich mit dem Rücken zu ihm ans Fenster, während Grayson die unerwünschten Gurkenstücke aus seinem Salat entfernte und an den Rand seines Tellers schob. Als er zufrieden war, blickte er auf und sagte versöhnlich: »Sonst schmeckt alles ausgezeichnet.«
Lillie drehte sich um und betrachtete ihren Sohn illusionslos. Sie war lebenserfahren genug, um zu wissen, daß es Menschen gab, die ihre Gefühle verleugneten und versuch-

ten, sie unter der Fassade der Normalität zu verstecken, und daß manchmal nur ein Psychiater ihnen helfen konnte. Vielleicht muß sich Grayson einer Behandlung unterziehen, dachte sie. Nach außen wirkte er völlig gesund, aber sie war seine Mutter und durfte kein Risiko eingehen. Es gab sicher Ärzte im Cress County, die ihn behandeln konnten. Sie würde sich an Mary Dean im Krankenhaus wenden und sie um den Namen eines geeigneten Spezialisten bitten.

»Mom, starr mich nicht so an«, beklagte er sich. »Ich möchte essen.«

»Grayson«, sagte sie. »Ich habe mir gerade etwas überlegt. Vielleicht sollten wir einen Facharzt um Hilfe bitten ... einen Arzt deines Vertrauens natürlich, mit dem du sprechen kannst, um mit der ganzen Sache fertig zu werden.«

Graysons Augen wurden schmal. »Was willst du damit sagen? Ein Psychiater?«

»Liebling, du hast ein schreckliches Erlebnis hinter dir ...«

Grayson umklammerte seine Gabel. »Mir geht es gut«, sagte er. »Ich brauche mit niemandem zu reden. Du schaffst ein Problem, wo es keins gibt.«

Lillie setzte sich wieder an den Tisch. »Grayson, du hast viel durchgemacht ... warst dabei, als deine Schwester umgebracht wurde. Und dann hast du mit diesem Wissen leben müssen ... ohne darüber sprechen zu dürfen. Das war entsetzlich.« Tränen traten ihr, während sie redete, in die Augen. »Dieser Gründungstag war der schlimmste Tag deines Lebens ... unseres Lebens.«

Grayson lächelte und tätschelte ihren Arm. »He, der Tag war doch gar nicht so schlecht. Wir haben das Baseballspiel gewonnen, oder nicht?«

Lillie riß ihren Arm weg, als hätte seine Hand sie verbrannt.

»He, Mom. Ich mache doch nur Spaß«, sagte er, als er ihren

versteinerten Gesichtsausdruck bemerkte. »Du gerätst immer gleich aus der Fassung.«
In diesem Moment läutete das Telefon. Lillie stand auf und ging aus der Küche. Sie wollte, daß das Läuten aufhörte, ebenso wie das Läuten in ihrem Kopf. Sie fühlte sich wie betäubt und angeekelt, als hätte sie eben eine Schublade geöffnet und eine Ratte darin entdeckt, die sie jeden Augenblick anspringen könnte. Sie mußte die Schublade schließen, dann würde die Ratte nie wiederkommen, aber Lillie konnte nicht so tun, als hätte sie die Ratte nie gesehen.
»Mom«, rief er hinter ihr her. »Das habe ich nicht so gemeint.«
»Warum hast du es dann gesagt?« schrie Lillie mit zitternder Stimme. Sie wartete nicht auf seine Antwort. Sie nahm den Hörer ab und war für die Ablenkung dankbar.
Pink, am anderen Ende, war fast hysterisch. Sie wußte, daß er sprach, aber sie konnte seine Worte nicht verstehen.
»Was ist los, Pink?«
»Tyler«, plärrte Pink. »Er ist tot. Sie haben ihn gerade gefunden.«
»Tyler Ansley?« Lillies Beine knickten ein, und sie ließ sich auf den Stuhl neben dem Telefontischchen fallen. »Das kann nicht sein. Wovon redest du? Was ist passiert?«
Sie stand unter Schock. Sie merkte vage, daß Grayson im Rahmen der Wohnzimmertür stand. Sein ganzer Körper drückte ein intensives Interesse aus.
Lillie sah ihn an. Durch diese Nachricht war ihre Empörung verflogen. Sie war nur dankbar, daß er hier bei ihr und in Sicherheit war. Daß nicht ihr Sohn tot war.
»Auf der Millraney-Farm«, schrie Pink. »Ich zeigte meinen Klienten den Besitz. Er wurde ermordet, Lillie. Jemand schlug ihm den Kopf mit einem Hammer ein.«

»O mein Gott!« rief Lillie. »O mein Gott. Weiß Royce es schon? Was hatte er dort zu suchen? Jordan sagte doch, er sei weggelaufen.«
»Royce war hier. Er war dabei. Lillie, ich kann nicht reden. Ich wollte nur, daß du und Grayson es wißt. Er ist doch bei dir, nicht wahr?«
Lillie sah ihren Sohn an, der noch immer am Türrahmen lehnte. Seine Augen blickten besorgt und fragend. Er sah so jung und verletzlich aus. »Ja, er ist hier«, sagte sie schwach.
»O Gott. Das ist so entsetzlich. Wer, glauben sie, hat ...«
»... ihn umgebracht?« beendete Pink den Satz. »Ist das nicht offensichtlich?«
»Was willst du damit sagen?« fragte Lillie.
»Jordan Hill. Wer denn sonst? Er war hinter Tyler her, und plötzlich verschwindet Tyler, und dann findet man ihn tot auf. Er wollte ihm an den Kragen, Lillie.«
»Hör auf damit, Pink. Das ist lächerlich«, schrie Lillie. »Jordan würde niemals ...«
»Lillie, ich kann nicht länger telefonieren.«
»Nein, Pink, das ist unmöglich. Das mußt du Royce sagen.«
Pink hustete. »Ich werde Royce gar nichts sagen. Außerdem ist er schon weg. Er ging vor einer Weile, und er sieht nur noch Blut.«
»Hat er nicht ...« Lillie hörte das Telefon klicken. »Nein. Jordan nicht.«
Lillie saß da, den Hörer in der Hand, und dann ließ sie ihn in ihren Schoß fallen. Das Herz hämmerte in ihrer Brust. Tyler tot. Ermordet. Es konnte nicht sein. Ihre Hände waren eiskalt. Sie legte den Hörer unsicher auf die Gabel.
»Was ist los?« fragte Grayson.
Lillie sah ihn an. Sie war benommen und entsetzt. »Tyler Ansley. Er ist tot. Er wurde ermordet«, sagte sie fassungslos.

»Soviel habe ich kapiert.«
Lillie starrte ihren Sohn an. »Royce ist wohl der Meinung, daß Jordan der Täter ist.«
»Und wenn er es getan hat?« sagte Grayson mit einem Achselzucken. »Na, den sind wir los. Er hat's verdient.«
»Grayson!« rief Lillie.
»Schau doch mal. Er hat Michele ermordet. Warum sollte sich jemand wundern, wenn er ebenfalls ermordet wird? Er steckte immer in Schwierigkeiten. Er war betrunken und hing mit schmierigen Typen rum. Irgend jemand hätte ihn umbringen können. Vielleicht hatte er auch mit Drogen zu tun.«
Lillie nickte, wieder ruhiger geworden. »Das stimmt«, sagte sie. »Es ist verrückt, Jordan zu beschuldigen. Royce ist nur außer sich. Er hat sein Kind verloren.« Sie ging zum Fenster und schaute nach draußen. Niemand war da, nur die Geräusche der Nacht, der Wind in den Bäumen, das Pfeifen einer weit entfernten Lokomotive und das Rumpeln eines gelegentlich vorbeifahrenden Autos.
»Es könnte trotzdem Ärger geben«, sagte Grayson. »Ich meine, wenn der Sheriff Jordan unter Druck setzt, könnte Jordan zu reden anfangen. Auge um Auge, Zahn um Zahn.«
»Er hat mir ein Versprechen gegeben«, sagte Lillie vage.
»Ja. Aber wenn er uns Ärger machen will, kann er das tun.«
»Er hat gesagt, er schweigt. Also wird er schweigen. Kannst du denn nie an etwas anderes als an dich denken?« sagte Lillie ärgerlich und starrte in die Nacht hinaus. »Tyler ist tot. Ich kann es immer noch nicht glauben. Jordan hat es nicht getan, deshalb können sie ihn auch nicht festnehmen.« Sie sprach ruhig, aber sie wußte in ihrem Innersten, wie verzweifelt Royce sein mußte. Sie betete nur, daß ihm Jordan nicht in diesem Zustand begegnete. »Was für ein

Schock muß das für ihn gewesen sein«, sagte Lillie, »sein Kind tot aufzufinden.«
»Wo wurde er denn gefunden?« fragte Grayson. »Hast du nicht etwas von der Millraney-Farm gesagt?«
»Ja«, sagte Lillie. »Dein Vater war draußen, um sie Klienten zu zeigen. Und da fanden sie ihn.«
»Überlaß doch alles Dad«, sagte Grayson.
»Dein Vater hat wohl kaum etwas damit zu tun.«
»Ich weiß. Aber er konnte diesen Leuten doch nicht nur das Haus zeigen und sie dann allein lassen. Er mußte ihnen auch den Brunnen zeigen, wenn er den Besitz verkaufen wollte.«
Lillie drehte sich um und starrte ihren Sohn an.
Grayson sah sie fragend, mit hochgezogenen Brauen, an. Aus Lillies Gesicht war jede Farbe gewichen. Sie blinzelte Grayson an, als wäre ihre Sicht getrübt. Ihr Mund stand offen.
»Was ist denn?« schrie Grayson. »Soll ich vielleicht so tun, als ob es mir leid täte? Das tut es nicht. Er war ein widerlicher Kerl. Er hat es verdient.«
»Was wolltest du mit dem Brunnen sagen?« fragte sie.
Sie starrten sich an, er mit großen Augen, dann schaute er schnell weg. »Du hast es doch am Telefon gesagt«, stieß er triumphierend aus, »als du mit Dad sprachst. Wahrscheinlich hast du es vergessen.«
»Nein, darüber habe ich nicht gesprochen«, sagte sie langsam. »Er hat den Brunnen überhaupt nicht erwähnt. Ich wußte nicht mal, daß es dort einen Brunnen *gibt.*«
»Ich weiß nicht«, sagte Grayson unsicher. »Vielleicht habe ich es mir auch nur eingebildet. Aber ich bin sicher, daß du es gesagt hast.«
Ihr wurde schwindlig. Ihr Kopf weigerte sich, den entsetzlichen Gedanken zu denken. Eine eisige Kälte kroch in ihr hoch und umklammerte ihr Herz.

»Grayson«, flüsterte sie. »Du mußt mir die Wahrheit sagen. Du hast doch damit nichts zu tun?«
Grayson sah sie empört an, als wäre seine Mutter ein zurückgebliebenes Kind. »Natürlich nicht. Willst du mich jetzt *deswegen* fertigmachen?«
»Wenn du es getan hast, mußt du es mir sagen.«
»Ich habe es gesagt. Nein. Wie oft muß ich es noch wiederholen?«
»Mein Sohn, ich ... ich möchte dir glauben. Aber warum hast du den Brunnen erwähnt?«
Grayson starrte sie wie versteinert an. »Ich weiß gar nicht, worüber du redest. Ich habe nichts über den Brunnen gesagt. Das bildest du dir nur ein.«
Lillie wollte sofort ihren Protest herausschreien, aber dann riß sie sich zusammen. »Nun gut«, sagte sie mit zitternder Stimme. »Das läßt sich ja feststellen. Ich rufe im Büro des Sheriffs an und frage, wo die Leiche gefunden wurde.«
»Nein, das tust du nicht«, bellte Grayson und vertrat ihr den Weg. »Bleib da stehen!«
Als er so vor ihr stand, wurde Lillie zum erstenmal bewußt, wie groß und stark er war. Er war kein Kind mehr. Er war ein Mann. Ein wütender Mann. Fähig, sie zu schlagen, wenn er wollte. Sie verbannte den entsetzlichen Gedanken aus ihrem Hirn. Das war ihr Sohn.
»Du gibst mir keine Befehle«, sagte sie. »Geh mir aus dem Weg!«
Grayson zögerte kurz, und dann ließ er sie zu ihrer Überraschung vorbeigehen. Er starrte geistesabwesend vor sich hin.
Lillie warf ihm einen Blick zu und ging dann unsicher zum Telefon. Sie hatte innerlich völlig die Fassung verloren, versuchte aber nach außen ruhig zu erscheinen. Und entschlossen. Grayson hatte sich von ihr abgewandt und knete-

te seine Faust mit der anderen Hand. »Okay«, sagte er ungeduldig. »Okay. Leg den Hörer wieder auf die Gabel. Du brauchst nicht anzurufen.«

Lillie umklammerte den Hörer. »Warum?« fragte sie schwach, ohne ihn anzusehen.

»Weil ... weil er in dem Brunnen war.«

Ihr Kopf dröhnte. »Woher weißt du das?« fragte sie.

»Was glaubst du wohl?« sagte er.

»O mein Gott!«

»Du wolltest, daß ich es dir sage. Also sage ich es dir«, entgegnete er wütend.

»O Gott, nein«, stöhnte Lillie.

Grayson umrundete sie, zwang sie, ihn anzusehen. »Warte, Mom. Tu nicht so, als wäre etwas Tragisches passiert. Wir reden über Tyler. Du wolltest doch, daß ich es tue. Stimmt das nicht?« Er sah sie flehend an. »Stimmt das nicht, Mom?«

Sie starrte ihn an, mit wild klopfendem Herzen, ihr Gesicht brennend.

»Michele rächen!« schrie er. »Das wolltest du doch. Du hast mich doch beschuldigt, daß ich es nicht früher tat. *Das* wolltest du. Du kannst es nicht abstreiten. Ich habe es nur für dich getan. Und für Dad.«

Lillies Beine gaben nach, und sie griff nach Pinks Sessel, um sich zu stützen. Gott, hilf mir! dachte sie immer und immer wieder. Habe ich das getan? Hat er das geglaubt? Tränen traten in ihre Augen, und sie schüttelte den Kopf. »Nein, Liebling, nein.«

Grayson begann im Zimmer hin und her zu gehen. »Heute morgen, nachdem Dad aus dem Haus gegangen war«, sagte er, »rief mich Tyler an. Er wollte sich mit mir treffen. Zuerst wollte ich ihn nicht sehen, aber dann dachte ich, warum nicht? Das ist meine Chance. Ich tue es. Ich tue, was sie wünschen. Dann können sie wieder stolz auf mich sein. Weil Gerechtigkeit geschehen ist. Für Michele.«

»Du hast ihn getötet?« flüsterte Lillie.

»Er hat Michele getötet«, schrie Grayson.

»Oh, Gray, ich weiß, ich habe gesagt, er soll bestraft werden«, stöhnte Lillie. »Aber als ich das sagte, meinte ich nicht ... nicht, daß ihm das Leben genommen wird. Das habe ich niemals gemeint.«

»Hör mal«, protestierte Grayson. »Das kannst du jetzt nicht behaupten. Du wolltest Rache: Auge um Auge, Zahn um Zahn. Du hast mich als Feigling beschimpft. Und als er dann zurückkam, habe ich beschlossen, daß er dafür zahlen muß. Ein für allemal.«

Lillies Kopf schmerzte. Ihr Mund war so trocken, daß sie kaum sprechen konnte. »Liebling. O mein Gott. Ich war zornig und habe dich angeschrien. Und ich habe manche Dinge im Zorn gesagt ... aber ich habe niemals ... ich habe niemals gewollt, daß du einen Menschen tötest. Dafür gibt es keinen Grund. Nicht einen. Mein Gott.« Sie versuchte die Vision, wie er die Schläge austeilte, zu verdrängen.

»Du kannst dich jetzt nicht aus der Verantwortung stehlen, Mom«, sagte er. »Dafür ist es zu spät. Ich habe nur getan, was du gesagt hast.«

Lillie schüttelte hilflos den Kopf und wollte ihn berühren, aber er wich vor ihr zurück. »Grayson«, sagte sie. »Du hast recht. Ich fühle mich so schuldig, als hätte ich ihn selbst getötet. Das leugne ich nicht, mein Sohn. Glaub mir.« Sie atmete nur mit Mühe, und ihr Herz schmerzte derart, daß sie fürchtete, sie würde einen Herzanfall bekommen.

»Gut«, sagte er.

»Es spielt keine Rolle, was ich gesagt habe. Du hast mich nur so verstanden, daß ich wollte, daß du es tust.«

»Ganz richtig!« rief er.

»Das werde ich ihnen sagen, Grayson. Dein Vater und ich, wir beide haben da Fehler gemacht. Und ich weiß, daß die anderen das verstehen werden. Nach allem, was wir durchgemacht haben, wird das berücksichtigt werden.« Ich hoffe es inständig, dachte sie.

Grayson starrte sie mit eiskalten Augen an, überrascht. »Hör mal«, sagte er. »Du wirst niemandem davon erzählen. Ich habe dir das nicht gesagt, damit du mich den Wölfen zum Fraß vorwerfen kannst. Du allein bist dafür verantwortlich. Du mußt mich decken.«

»Ach, Grayson«, flehte Lillie mit erstickter Stimme. »Du mußt mir glauben, daß ich dich liebe und daß es nichts gibt, was ich nicht für dich tun würde. Aber das dürfen wir nicht verschweigen. Das geht zu weit. Wir müssen die Wahrheit sagen. Davon sind auch andere Menschen betroffen.«

»Wer denn? Jordan Hill? Wir haben wegen Michele geschwiegen«, schrie er. »Und du hattest nichts dagegen.«

»Das war etwas anderes«, sagte Lillie und fragte sich gleichzeitig: Wieso? »Sie gehörte zu uns. Wir waren die Opfer«, brachte sie schließlich heraus. »Aber darum geht es nicht. Hier haben wir keine Wahl.«

»Es geht doch nur darum«, schrie er, »daß ich das für dich getan habe und du mich jetzt decken mußt!«

»Begreifst du denn nicht?« sagte sie. »Das versuche ich doch gerade. Wie soll es denn weitergehen, Grayson? Wie? Glaubst du denn, daß Royce Ansley nicht eines Tages dahinterkommt, daß du der Täter bist? Und dann? Eines Tages gehst du von der Schule nach Hause und wirst von einem Auto überfahren. Also hat Royce sich gerächt. Und dann? Nie wird jemand festgenommen. Wo soll das enden? Ich versuche dich auf die einzige mir mögliche Weise zu schützen. Das Ganze muß aufhören.« Ihre Augen waren vor Tränen blind.

»Okay, Mom. Schau mal. Du redest Unsinn«, sagte Grayson.

»Dad kommt bald nach Hause. Er weiß, was zu tun sein wird. Wir erzählen ihm alles und überlassen ihm die Entscheidung.«

Lillie schüttelte traurig den Kopf. »Ach, ich weiß doch, wie dein Vater entscheiden wird. Er denkt, daß noch mehr Lügen die Antwort sind. Aus diesem Grund warte ich nicht auf deinen Dad. Wir können so nicht mehr weiterleben. Dir erscheint diese Lösung jetzt einfacher, aber diese Lügen werden unser Leben zerstören. Das mußt du mir glauben. Einen anderen Weg gibt es nicht.«

Sie drehte sich um und ging zum Schrank. Sie öffnete die Tür und nahm ihren Mantel heraus.

»Was willst du tun?« fragte Grayson.

»Ich gehe zum Polizeirevier«, sagte sie ruhig. »Und ich will, daß du mitkommst.«

»Bist du verrückt?« schrie er. »Da gehe ich nicht hin. Warum tust du mir das an? Ich dachte, du *liebst* mich.« Seine Stimme klang sarkastisch.

»Ich liebe dich«, sagte sie. »Gerade deshalb müssen wir dorthin gehen.« Sie nahm seine Jacke aus dem Schrank. »Zieh dir das an. Es ist kühl heute abend.«

»Nein, das tue ich nicht«, sagte er.

Sie drehte sich um, seine Jacke in der Hand. Er stand ihr gegenüber, Haß in den Augen. In der Hand hielt er Brendas Pistole und zielte ruhig auf sie.

»Du wirst es niemandem sagen!« drohte er.

Sie traute ihren Augen nicht. »Grayson, um Himmels willen«, stöhnte sie.

Er entsicherte die Waffe. Er starrte sie kalt an, Mordlust in den Augen. In den Augen ihres Sohnes. Sie wollte schreien, aber kein Laut kam über ihre Lippen.

»Geh von der Tür weg!« befahl er. »Du tust jetzt, was ich sage. Oder ich bringe dich auch um.«

29

Jordan löste sich aus der Umarmung seiner Mutter und küßte sie auf die Wange. Dann ging er zum Wagen. »Ich rufe dich bald an«, rief er winkend. Sie stand auf der Treppe, hielt mit einer Hand ihren Mantel zusammen und winkte mit der anderen.
Er warf seine Reisetasche auf den Rücksitz des Mietwagens und fuhr aus der Stadt. Er wollte nur einen kurzen Umweg machen, ehe er den Wagen am Flughafen wieder abgab.
Auf der Hauptstraße bog er in Richtung Friedhof ab. Nachdem er geparkt hatte, ging er den Hügel hoch und auf das Eisentor zu. Der Mond schien hell genug, so daß er sehen konnte, aber er fürchtete sich trotzdem allein, hier, an einem solchen Ort. Er ging nur zögernd auf das Grab seiner Tochter zu. Dann mußte er an das kleine Mädchen denken, das da für alle Ewigkeit in seinem Sarg lag, und schämte sich seiner atavistischen Angst.
Welkes Laub raschelte unter seinen Füßen, als er den Pfad entlangschritt, und die nackten Äste der Bäume zeichneten sich scharf vom Himmel ab. Jordan seufzte und betrachtete den Grabstein. Er sprach ein stummes Gebet und schüttelte dann den Kopf. Er mußte noch immer an die Worte des Sheriffs denken: »Am besten, Sie verschwinden aus der Stadt.«
Das Quietschen des Eisentors riß ihn aus seinen Gedanken. Er drehte sich um. Eine schattenhafte Gestalt näherte sich ihm, und plötzlich überlief ihn ein eisiger Schauer.

Jordan starrte in die Dunkelheit. Sein Herz klopfte. Als die dunkle Gestalt näher kam, erkannte er die vertrauten Umrisse und atmete erleichtert auf. Es war Sheriff Royce Ansley. Doch als er den Gesichtsausdruck des Sheriffs sah, überfiel ihn wieder Angst.

»Royce«, sagte er übertrieben herzlich, »was tun Sie hier?«

Royce' Augen waren schwarz und ausdruckslos, tief in ihre Höhlen eingesunken. Sein Gesicht schien gealtert wie das eines Greises. »Ich wollte Sie gerade aus dem Haus Ihrer Mutter holen, da sah ich, wie Sie hierherfuhren, und bin Ihnen gefolgt«, sagte er.

Jordan gefiel dieses »holen« überhaupt nicht, aber er war trotzdem neugierig. »Ich beschloß, vor der Abreise hier vorbeizufahren. Um mich zu verabschieden«, erklärte er.

Royce sah nieder auf Micheles Grab. »Sie wollten wohl Ihren Triumph genießen, wie? Und ihr erzählen, daß Sie sich um Tyler gekümmert haben?«

Jordan sah den Sheriff an. »Ich dachte, das wäre erledigt«, sagte er.

»Fast wären Sie damit davongekommen«, sagte Royce langsam. »Aber nur fast.«

»Schauen Sie, Sheriff«, sagte Jordan ungeduldig. »Ich glaube, wir haben genug darüber geredet.« Er blickte auf seine Armbanduhr, deren Zifferblatt grün im Dunkeln leuchtete. »Ich weiß, daß Sie wütend sind und vielleicht Ihr Mütchen kühlen wollen, aber ich muß mein Flugzeug erreichen.«

Royce bedachte Jordan mit einem gnadenlosen Lächeln. »Sie dachten wohl, Sie hätten das perfekte Versteck für ihn gefunden, wie? Sie haben wohl nie angenommen, daß wir ihn so schnell finden. Mann, müssen Sie überrascht gewesen sein, als Wallace heute abend ins Hotel kam.«

Jordan war verwirrt. »Wovon reden Sie überhaupt? Wer wurde gefunden?«

In Royce' Augen trat plötzlich unverhüllte Wut. »Ich sollte Sie mit meinen bloßen Händen umbringen«, sagte er und trat einen Schritt auf Jordan zu.

Jordan sprang zurück und versuchte noch immer zu verstehen. Dann, ganz plötzlich, begann er zu begreifen. Er starrte den Sheriff an. »Mein Gott, Royce. Wurde etwa Tyler gefunden?« krächzte er. »Was ist mit ihm passiert? Geht es ihm gut?«

»Ersparen Sie mir Ihre Vorstellung«, sagte Royce. »Heben Sie Ihre Schauspielkunst für jemanden auf, der sie zu schätzen weiß. Das Gericht zum Beispiel. Kommen Sie. Sie sind festgenommen.« Während des Sprechens hatte Royce die Handschellen von seinem Gürtel gelöst. Er trat vor und ließ sie um Jordans Handgelenke schnappen, wobei er ihm rüde die Arme auf den Rücken drehte. Jordan hatte keine Chance zur Gegenwehr.

»Festnehmen?« schrie Jordan. »Moment mal. Was tun Sie denn? Ist Tyler tot?«

Royce stieß Jordan in den Rücken, und Jordan stolperte vorwärts. »Oh, natürlich ist er tot«, sagte Royce schleppend. »Was haben Sie denn gedacht? Sie schlagen ihm auf den Kopf und werfen ihn in den Brunnen, um ihm eine keine Lektion zu erteilen?« Trotz der Wut, mit der Royce das sagte, brach seine Stimme bei den letzten Worten.

Sie hatten jetzt das Tor erreicht, und Royce gab Jordan einen heftigen Stoß, so daß er hart aufs Gesicht fiel und den Hügel hinunterrollte, ohne den Fall mit seinen Armen bremsen zu können. Jordan kam mühsam auf die Knie, als Royce die hintere Tür des Streifenwagens öffnete. Er riß Jordan am Ellbogen hoch und stieß ihn brutal ins Auto. Jordan knallte mit der Wange gegen den gegenüberliegenden Türgriff.

Er kämpfte sich in eine sitzende Position, als Royce den

Wagen umrundete und sich auf den Fahrersitz setzte. Jordan spürte, wie ihm Blut übers Gesicht rann. »Royce!« schrie er.
»Halt's Maul!« sagte der Sheriff und fuhr los.
»Was ist geschehen? Was ist mit Tyler geschehen? Mein Gott! Ich habe Ihnen doch gesagt, daß ich ihn nicht einmal gesehen habe.«
»Das haben Sie gesagt«, entgegnete der Sheriff bitter.
»Ich schwöre es«, sagte Jordan. »Er war nicht mehr da, als ich zur Schule kam. Der Colonel hat Sie angerufen. Er kann es bestätigen.«
»Sie behaupten, daß er nicht mehr da war«, korrigierte Royce ihn. »Da müssen Sie ihn schon umgebracht haben. Dann haben Sie ihn hierhergebracht und da abgeladen, wo Sie glaubten, daß niemand ihn finden würde. Und jetzt diese Überraschung, Mister Filmstar.«
Jordan ließ sich in den Sitz zurücksinken und leckte das Blut, das in seinen Mund rann. Er schloß die Augen und versuchte zu denken. Irgendwie mußte er zu Royce durchdringen. Beruhige dich, befahl er sich. Gebrauche deinen Kopf. Natürlich verdächtigt er dich, weil du hinter Tyler her warst.
Tyler tot. Es war unglaublich. Gestern noch hatte er nach ihm gesucht, und heute war er tot. Jordan erkannte, daß dieser Tod nicht auf einem Zufall beruhte. Aber du kennst die Wahrheit. Die Wahrheit ist, daß Tyler weggelaufen *war.* Was bedeutete, daß er allein nach Felton zurückgekommen sein mußte. Und er mußte einen Grund gehabt haben, zurückzukommen.
Plötzlich öffnete Jordan die Augen und setzte sich auf. Du weißt, warum er zurückgekommen ist, dachte er. Du weißt etwas, das Royce nicht weiß.
Er beugte sich vor. »Sheriff«, sagte er.

Royce ignorierte ihn.
»Royce, es tut mir leid, daß Ihr Sohn tot ist. Es tut mir wirklich leid. Bitte, glauben Sie mir das. Aber ich habe nichts damit zu tun.«
»Ihr kleiner Besuch im Hotel heute abend. Das war wirklich eine nette Geste. Sie wollten wissen, ob ich Ihnen auch noch den Arsch ablecke, nachdem Sie bereits meinen Sohn umgebracht hatten. Ich wünschte, ich könnte Ihnen die Haut bei lebendigem Leib abziehen. Mir ist es scheißegal, wie viele Jahre ich dafür kriege, solange Sie bezahlen.«
»Wollen Sie mir drohen, oder wollen wir über die Wahrheit reden?« rief Jordan. »Ich habe Ihren Sohn nicht hierher zurückgebracht, weder lebend noch tot. Er ist gekommen, weil er jemanden treffen wollte. Und ich weiß, wer derjenige ist.«
Royce saß zusammengesunken über dem Steuer, als könnte er den Klang von Jordans Stimme nicht ertragen. Jordan beugte sich wieder vor. »Grayson Burdette«, sagte er. »Er ist gekommen, weil er den Jungen sehen wollte.«
Royce schüttelte nur den Kopf. Er fuhr automatisch weiter und schien plötzlich jede Kraft verloren zu haben. Dann wurde er langsamer und lenkte den Streifenwagen zum Straßenrand, wo er hielt.
Er saß unbeweglich da.
Jordans Mund war so trocken, daß er kaum sprechen konnte. Er sah Royce' Gesicht nicht und hatte keine Ahnung, was in dem Sheriff vor sich ging. Die Straße war einsam und verlassen, und er hatte Angst. Aber tief im Innersten war er ruhig, denn er glaubte, die Wahrheit zu kennen. Er hatte das Lügengespinst entwirrt.
Als er aus dem Fenster sah, merkte er plötzlich, wo sie hielten.
»Royce«, sagte er zu dem schweigenden Mann vor sich.

»Wir sind an der Brücke. Ich möchte da runtergehen. Ich möchte noch einmal den Ort sehen, wo Michele gestorben ist.« Er wartete ängstlich, halb darauf vorbereitet, daß der Sheriff seine Waffe auf ihn richten würde. Statt dessen stieg Royce nach einer Weile aus dem Wagen und öffnete Jordans Tür. Er schwieg, und in der Dunkelheit konnte Jordan den Ausdruck seiner Augen nicht erkennen. Die beiden Männer gingen den Feldweg entlang, der zur Brücke führte. Jordans Arme schmerzten wegen der Handschellen, aber er beklagte sich nicht. Während des kurzen Marsches rasten seine Gedanken. Nur wegen eines Menschen würde Tyler seine Sicherheit aufs Spiel setzen: wegen Grayson. Grayson, der einzige andere Zeuge. Der einzige, der außer ihm wußte, was wirklich mit Michele passiert war. Deshalb war Grayson der einzige, der einen Grund gehabt haben konnte, Tyler zu töten.

Vielleicht hat Royce dieselben Gedanken, dachte Jordan, oder ähnliche. Aber der Sheriff wußte etwas nicht. Etwas, das er sicherlich nicht hören wollte.

Ein niedrighängender Ast schlug Jordan in der Dunkelheit ins Gesicht, und er stieß einen Schrei aus. Der Sheriff blieb stehen und sah ihn an. Jordan kalkulierte sorgfältig die Wirkung seiner nächsten Worte. Er war gefesselt und hilflos. Er wappnete sich gegen Schläge und sprach schnell. »Er kam wegen Grayson zurück, und ich will Ihnen sagen, warum«, sagte Jordan leise. »Ihr Sohn liebte Grayson Burdette.«

Royce schien sich auf seinen Gefangenen stürzen zu wollen. Selbst im Dunkeln war sein Gesicht rot vor Wut. Aber er schlug Jordan nicht. »Du verlogenes Schwein!« schrie er.

Jordan fühlte den Atem des Sheriffs auf seinem Gesicht, zuckte aber nicht zurück. »Ich habe es in der Schule erfahren. Tyler liebte ihn. Er hätte alles für Grayson getan. Ich glaube, daß Tyler Grayson deckte.« Jordan starrte in Royce' gequälte Augen. »Ich glaube, daß Tyler im Auftrag Graysons gemordet hat.«

»Sie Scheißkerl!« sagte Royce mit harter Stimme. Aber Jordan hörte noch etwas anderes in der Stimme des Sheriffs. Einen Unterton des Zweifels.

»Sie wissen, daß ich recht habe«, sagte Jordan. »Sie wissen, daß er kein gewöhnlicher Junge ist.«

Royce wandte sich ab und stolperte über den Weg wie ein verwundeter Bär. Jordan ging hinter ihm her und nutzte die Gelegenheit. Er sprach einfach aus, was ihm durch den Kopf ging. »Haben Sie sich nie gefragt«, fuhr er fort, »warum Grayson wegen Michele nie Schuldgefühle hatte? Warum er nicht versuchte, Ihren Sohn aufzuhalten, wenn er da war? Sie war seine Schwester. Ist das alles wirklich so schnell geschehen? Ich kann es nicht glauben.«

»Beide haben es behauptet«, bellte Royce. »Tyler hat es gesagt.«

»Und außerdem«, sagte Jordan leise, »hat Grayson behauptet, daß seine Schwester ihre Bluse auszog und er sie ihr wieder anzog, als sie tot war.«

Royce blieb stehen. »Das hat er gesagt?«

Jordan nickte. »Er erzählte es Lillie.«

Royce ging weiter.

Er blieb am Ufer des Flusses stehen und schaute zu der Brücke hinunter.

Jordan trat neben ihn. »Sie haben die Tote gesehen«, sagte Jordan drängend. »Sie lag mit dem Gesicht nach unten im Schlamm. Und er behauptet, er zog ihr die Bluse an. Und dann hat er sie so liegenlassen? Ich behaupte, daß sie niemals ihre Bluse ausgezogen hat. Das ist wieder eine von Graysons Lügen. Welcher Mensch läßt seine eigene Schwester mit dem Gesicht im Dreck liegen?« Die beiden Männer starrten über den Fluß, der eine das Bild Micheles vor Augen, der andere es sich nur mit Entsetzen vorstellend.

»Warum ist er weggelaufen?« sprach Jordan weiter. »Warum war er bereit, einen Jungen zu schützen, der seine eigene Schwester umbrachte? Das kaufe ich ihm nicht ab. Und Sie? Warum haben Sie an die Schuld Ihres Sohnes geglaubt? Es war wohl einfacher, ihn als Mörder zu sehen, als zu akzeptieren, daß er einen Mörder deckte, weil er ihn liebte? Ist es nicht so?«

»Du Hurensohn!« murmelte Royce.

»Nur Tyler wußte, wer Michele tötete. Und solange Tyler bei der Geschichte blieb, war Grayson in Sicherheit. Als ich hinter Tyler her war, wurde Grayson klar, daß die Lüge aufgedeckt werden könnte«, schrie Jordan. »Und dann spielte ihm Tyler geradezu in die Hände. Er tauchte hier auf, weil er wahrscheinlich bei Grayson Hilfe suchte, und Grayson ergriff die Chance und brachte ihn zum Schweigen. Aus eigenem Interesse.«

»Nein«, sagte Royce wütend.

»Ja«, sagte Jordan. »Denken Sie darüber nach.«

»Nein. Das würde bedeuten, daß Grayson seine eigene Schwester getötet hat. Sie war solch ein nettes, harmloses Mädchen. Warum sollte er sie umbringen?«

»Weil sie durch Zufall in jener Nacht die Wahrheit entdeckte. Ich will Ihnen sagen, was ich glaube«, sagte Jordan und sah dem Sheriff herausfordernd in die Augen. »Ich glaube, daß *Ihr* Sohn gelogen hat. Aus Liebe. Aber Grayson ... nun, ich glaube, Grayson würde *alles* tun, um einer Erniedrigung zu entgehen. Alles.«

30

Lillie preßte Graysons Jacke wie einen Schutzschild vor die Brust und starrte ihren Sohn an.

»Setz dich in den Sessel da«, befahl er.

Lillie rührte sich nicht vom Fleck. »Grayson«, sagte sie mit zitternder Stimme. »Leg sofort die Pistole wieder an ihren Platz, und ich will vergessen, was passiert ist. Sofort.«

Grayson lächelte, aber seine Augen waren grausam. »Tut mir leid, Mom«, sagte er. »Du hättest sie dort nicht liegenlassen dürfen.«

Eine irrsinnige Wut stieg in Lillie auf; sie wollte sich auf ihn stürzen. Grayson hob die Waffe und zielte auf ihre Brust. »Bleib stehen!« schrie er. »Glaubst du, ich mache Spaß?«

Sofort wußte sie, daß er abdrücken würde. In seinen Augen stand Entschlossenheit. Lillies Magen zog sich vor Angst zusammen; ihr war, als wate sie in Sand. Sie setzte sich wie befohlen in den Sessel.

»Das ist allein dein Fehler«, sagte er. »Du bist hierher zurückgekommen und hast gesagt, alles würde so wie früher sein. Aber du hast gelogen. Gib's zu. Du wolltest mich nur hinhängen. Und du ergreifst die erste Gelegenheit beim Schopf und willst mich zur Polizei zerren. Mich durch den Dreck zerren.«

»Dich durch den Dreck zerren?« wiederholte Lillie ungläubig. »Grayson, ich hatte Angst um dein Leben. Ich will nicht, daß man dir weh tut. Grayson, leg die Waffe weg. Das meinst du doch gar nicht so. Leg sie weg, und wir reden über alles. Bitte.«

»Reden!« rief Grayson. »Das hast du doch schon den ganzen Abend getan. Mich gemaßregelt. Mich ausgefragt. Michele dieses, Michele jenes. Was ist passiert? Wo warst du? Wer war da? Was macht das noch für einen Unterschied? Wen kümmert das noch? Es ist vorbei. Vergessen. Aber nein. Du mußt darüber reden, reden, reden. Mein Gott! Und jetzt willst du über Tyler reden, wie? Was ist mit dem armen Tyler passiert? Der ganzen Welt willst du es erzählen. Was hat der gemeine Grayson dem armen kleinen Tyler angetan? Tyler war wohl *dein* Sohn, nicht ich.«

Er ist mein Sohn, sagte sie sich immer und immer wieder. Als wäre dieser Gedanke ein Schutz gegen seine Wortgeschosse, die wie Steine auf sie niederprasselten. Mein Sohn. Sie schüttelte hilflos den Kopf. »Nur um dich mache ich mir Sorgen. Nur um dich. Ich habe versucht, dir zu helfen. Ich begreife, daß du es nicht so siehst, aber es stimmt.«

»Du lügst schon wieder«, sagte er. »Ich wußte, daß ich dir niemals trauen kann. Das habe ich Dad sofort gesagt. Er wollte dir alles erzählen. Aber er war so durcheinander, daß er nicht mehr klar denken konnte. Dagegen mußte ich etwas tun, denn ich wußte, daß du wieder auf ihrer Seite stehen würdest, wie immer. Sie war wie ein kleines Schoßhündchen und rannte ständig hinter dir her. Ich bin kein Schoßhündchen. Für niemanden. Ich lasse mich nicht knechten und mir etwas vorschreiben, vor allem nicht von Leuten, die nicht so intelligent wie ich sind. Leute, die nicht gut aussehen und die keine Klasse haben, von der ich mehr in meinem kleinen Finger habe als sie in ihrem ganzen Wesen. Das kann ich nicht zulassen, es wäre nicht richtig.«

Lillie starrte ihren Sohn an. Sie war fassungslos und wünschte, sie würde diese grausame Tirade nicht hören. Woher kam das? War er immer schon so gewesen?

Er erkannte die Verzweiflung in ihren Augen und sagte verschlagen: »Ich weiß, was du denkst. Du denkst, ich bin eingebildet, nicht wahr? Natürlich mußt du das denken, denn du bist zu beschränkt, um die Wahrheit zu erkennen. Jetzt, wo ich darüber nachdenke, kommt es mir ganz logisch vor, daß du Michele vorzogst. Sie war gewöhnlich und ziemlich einfältig. Mehr dein Typ.«

Während er sprach, wedelte er mit der Pistole herum, und Lillie starrte darauf wie auf eine sich windende Schlange. Er genoß seine Position, genoß es, eine Gefangene zu haben und sie zu quälen. Sie mußte seine Worte ignorieren und Haltung bewahren. Erwachsen sein. Versuchen, ihn zu beruhigen. »Grayson«, sagte sie so ruhig wie möglich, »es tut mir leid, daß du den Eindruck hast, ich hätte deine Schwester bevorzugt. Das geschah nur, weil sie krank war. Ich liebte euch beide mehr, als du weißt, und jetzt, da du alles bist, was mir bleibt ...«

»Ach, das ist mir doch völlig egal«, unterbrach er sie ungeduldig. »Mir kommt es nicht als Privileg vor, von dir bevorzugt zu werden. Eigentlich ist das eher lästig.«

»Haßt du mich denn so?« platzte Lillie heraus. Doch kaum hatte sie die Worte ausgesprochen, wurde ihr die Lächerlichkeit der Frage bewußt, denn die Antwort war zu offensichtlich. Er bedrohte sie mit einer Waffe.

Grayson sah sie erstaunt an. »Nein«, sagte er, als wollte er sie wirklich vom Gegenteil überzeugen. »Alles in allem betrachtet, warst du ganz gut als Mutter. Nicht außergewöhnlich gut, aber auch nicht außergewöhnlich schlecht. Du warst eine gute Köchin, und das Haus ist immer sauber, und du siehst noch ziemlich jung für dein Alter aus.«

Seine gleichgültigen Betrachtungen fuhren ihr wie kalter

Stahl ins Herz. Haß wäre ihr lieber gewesen. Ihr wurde auf erschreckende Weise klar – obwohl sie es nicht begreifen konnte –, daß er auf Gefühle nicht reagierte. Sie hätte eine völlig Fremde für ihn sein können.
Ihr schauderte, und sie atmete tief ein. »Grayson«, sagte sie, »was willst du eigentlich von mir?«
Grayson preßte die Lippen aufeinander und schüttelte traurig den Kopf. »Ich fürchte, das ist etwas, das du mir nicht geben kannst. Deine Loyalität. Ich muß die Gewißheit haben, dir vertrauen zu können. Aber das scheint mir kaum möglich.«
Gegen ihren Willen traten ihr Tränen in die Augen, und sie wischte sie ärgerlich fort. »Wie kannst du es wagen?« fragte sie. »Allein aus Liebe habe ich versucht, für dich das zu tun, was ich für das Beste hielt.«
»Du mußt verstehen«, sagte er, »daß wir die Dinge nicht unter demselben Aspekt sehen. Du stehst mir immer im Weg. Immer versuchst du mich im Namen der Mutterliebe in den Dreck zu ziehen. Ich muß dich loswerden.«
Dich loswerden. Diese nüchtern ausgesprochene Drohung traf ihren innersten Nerv. Aber sie hatte weniger Angst als ein unsägliches Schamgefühl – und Mitleid. Ihr Sohn. Er ist verrückt, dachte sie.
Ein Teil von ihr wollte keine Sekunde länger mit diesem Wissen leben, aber ihr Überlebenswille war stärker und lenkte sie. Die Angst kehrte zurück und machte sie wachsam. Sag was, dachte sie. Animiere ihn zum Reden, bis Pink kommt.
»Dein Vater wird jede Minute hier sein«, sagte sie.
»Darauf warte ich ja gerade«, sagte er gleichgültig. »Dann kann ich behaupten, daß er dich umgebracht hat.«
Lillie starrte ihn an.
»Na, jeder in der Stadt weiß doch, daß ihr euch gestritten

habt. Jeder hat dein blaues Auge gesehen. Wir sagen dann, es war ein Unfall. So in etwa. Ich sage, daß ich es verhindern wollte. Ja, bei der Geschichte werde ich gut dastehen, denn Dad wird die Schuld auf sich nehmen. Dad tut alles für mich.«

Sie konnte ihn nicht mehr ansehen. In ihren Ohren war ein Dröhnen wie Meeresrauschen. Sie sah die Pistole an. Spring ihn an und entreiß sie ihm. Und wenn er dich erschießt, was dann? Welchen Grund hast du überhaupt noch zum Leben?

Aber sie blieb wie versteinert sitzen, gelähmt von dem Gedanken, das könnten die letzten Augenblicke ihres Lebens sein. Grayson schaute aus dem Fenster. »Schau mal, wer da ist«, sagte er. Er ging zur Haustür und öffnete sie einen Spalt, die Waffe hielt er gesenkt. »Komm rein.«

Grayson trat zur Seite und öffnete die Tür ganz. Pink betrat das Haus.

»Mach die Tür zu!« befahl Grayson.

Pink schloß die Tür, drehte sich um und sah Grayson, der eine Pistole auf Lillie richtete. Seine Augen wurden groß, und er wich zurück. Doch sofort hatte er sich wieder in der Gewalt und reagierte, als sei es ganz normal, daß sein Sohn eine Waffe auf seine Frau richtete. Nur der Schweiß auf seinem Gesicht verriet seinen inneren Aufruhr.

Lillie begriff sofort, daß er sich furchtbar anstrengte, nicht die Fassung zu verlieren. Dafür war sie ihm dankbar. Gleichzeitig klangen immer wieder Graysons Worte in ihr nach: »Dad tut alles für mich.«

»Was ist hier los?« fragte Pink seinen Sohn. »Was soll das?«

»Sie hat damit angefangen«, sagte Grayson. »Frag sie doch.«

»Ich habe dich gefragt«, sagte Pink ärgerlich. »Woher hast du die Pistole?«

»Sie lag da drüben«, sagte Grayson und deutete mit dem Kopf zum Kaminsims.
»Und was hat sie dort zu suchen?« fragte Pink.
»Das weiß ich nicht«, sagte Grayson.
»Sie gehört Brenda«, flüsterte Lillie. »Sie hat sie in meine Handtasche gelegt.«
Pink schüttelte den Kopf und seufzte. »Brenda«, sagte er. »Ich hätte es mir denken können. Nun gut, Grayson. Gib mir das Ding. Und sag mir, was das alles soll.«
Lillie sah Wut in den Augen des Jungen aufblitzen, Verachtung der Autorität seines Vaters, doch dann schien er sich eines anderen zu besinnen. Er behielt die Waffe, aber sein Ton war vertraulich. Jetzt sprach er zu seinem Verbündeten, seinem Freund. »Sie glaubt, daß ich Tyler getötet habe. Sie hat mir gedroht, zu den Cops zu gehen und alles zu erzählen.«
»Was?« sagte Pink ungläubig. Dann drehte er sich zu Lillie um. »Ich habe noch nie so was Verrücktes gehört.«
»Er sagte mir, er habe es getan«, entgegnete Lillie. »Ich habe ihn bei einer Lüge ertappt, und daraufhin hat er es gestanden.«
»Ich habe ihn nicht getötet«, sagte Grayson. »Sie hat es erfunden.«
»Lillie, du mußt Grayson mißverstanden haben. Das ist einfach empörend. Jeder weiß doch, wer der Mörder ist.« Pink sah Lillie enttäuscht an. »Warum fängst du solche Geschichten an, Lillie?« fragte er. »Gerade fangen wir wieder an, ein richtiges Familienleben zu führen, und du behauptest so etwas. Was muß der Junge dir denn immer beweisen? Warum mußt du von ihm immer das Schlechteste denken?«
Die schwache Hoffnung, die Lillie bei der Ankunft ihres Mannes gehegt hatte, erlosch wieder. Er schalt sie. Anschei-

nend war es nicht wichtig für ihn, daß Grayson eine Waffe auf sie richtete. Sie sah ihren Mann hilflos an. Man hätte glauben können, Pink wäre von seinem Sohn verzaubert worden. Sein Glaube an ihn war unerschütterlich. Er hielt eher seine Frau für eine Lügnerin, als zu wagen, die magische Aura um seinen Sohn zu zerstören.

»Pink«, sagte sie hartnäckig, »als du anriefst, wußte er bereits, daß Tylers Leichnam im Brunnen lag. Als ich ihn damit konfrontierte, gestand er, Tyler aus Rache getötet zu haben.«

Pink runzelte die Stirn und biß sich auf die Unterlippe. »Rache. Ja, das kann ich verstehen.« Er wandte sich an Grayson. »Ist es so geschehen?«

»Nein«, sagte Grayson nach kurzem Zögern. »Sie hat es erfunden.«

Pink sah von einem zum anderen. »Einer lügt hier. Bist du dir sicher, Lillie? Bist du sicher, daß du dir das alles nicht einbildest?«

»Ach, mein Gott, Pink!« schrie Lillie und wandte ihr Gesicht ab.

»Reg dich doch nicht so auf! Ist das denn mein Fehler?« fuhr Pink sie an. »Ich bekomme hier zwei verschiedene Versionen serviert und versuche, die Wahrheit herauszufinden.«

»Merkst du denn nicht, was er tut?« schrie Lillie.

»Er verteidigt sich«, sagte Pink. »Schau mal, warum gehst du nicht irgendwohin, Lillie? Mach doch einen Spaziergang. Grayson und ich können dann ungestört reden.«

»Moment mal, Moment mal«, sagte Grayson. »Sie geht nirgendwohin.«

»He«, sagte Pink. »Wir brauchen sie hier nicht. Wir stecken die Köpfe zusammen und besprechen die Sache.«

Mit jedem anderen, dachte Lillie, hätte dieser geschickte

Schachzug funktioniert. Sie wäre frei gewesen. Aber Pink hatte nicht in ihrem Interesse gehandelt. Nein. Er war noch immer blind. Sie fragte sich, woher er die stupide Borniertheit hinsichtlich seines Sohnes hatte, denn Grayson würde dem Vorschlag seines Vaters niemals zustimmen.

»Nein«, sagte Grayson, »sie bleibt hier.«

»Schau mal, mein Sohn«, sagte Pink geduldig. »Ich mache dir keine Vorwürfe, weil du erregt bist. Dich eines Verbrechens anzuklagen ist einfach schamlos. Es entbehrt jeder Grundlage. Aber du darfst auch keine Waffe auf deine Mutter richten. Das ist erstens gefährlich, und zweitens könnte man wirklich einen verkehrten Eindruck gewinnen.«

»Dad, ich kann sie nicht gehen lassen. Sie wird sofort zum Sheriff laufen und ihm erzählen, daß ich Tyler umgebracht habe und daß ich sie mit der Waffe bedrohte.«

»Das wird sie nicht, ich garantiere es dir«, sagte Pink. »Das ist eine Familienangelegenheit, die allein uns drei angeht. Stimmt das nicht, Lillie?«

Sie hatte Angst zu reden, Angst vor der geladenen Pistole, aber sie mußte es tun. »Nein, nicht mehr«, sagte sie.

»Siehst du?« sagte Grayson.

»Verdammt noch mal, Lillie. Haben wir nicht genug durchgemacht? Mußt du weiteren Ärger inszenieren? Waren wir nicht übereingekommen, unsere Probleme innerhalb der Familie zu lösen?«

»Das war vorher«, sagte sie dumpf. Die beiden verbündeten sich gegen sie, wollten sie niedermachen. Doch irgendwie war ihr das nun egal.

»Warte mal«, sagte Pink plötzlich und kniff die Augen zu schmalen Schlitzen zusammen. »Warte mal. Ich glaube, ich fange jetzt an, gewisse Dinge zu verstehen.« Er sah seine Frau haßerfüllt an. »Sag es mir, wenn ich mich irre. Sag mir, daß es nicht stimmt. O mein Gott. Kein Wunder ... Es geht um Jordan Hill, nicht wahr? Du hast Angst, daß er deswegen ins Gefängnis muß, deshalb hast du dir eine andere Lösung ausgedacht. Gott, ist das ein Wunder, daß Grayson sich so aufführt?«

»Um Himmels willen, Pink!« schrie Lillie. »Glaubst du denn, ich würde meinen eigenen Sohn beschuldigen ... um jemanden zu decken?«

»Schau mal, Lillie«, sagte Pink und preßte seine Hände vor die Brust. »Ich weiß nicht, was du tun würdest. Du bist für mich ein Rätsel. Verstehst du mich? Aber dies ist mein Sohn! Mein Junge. Und ich will nicht, daß du oder irgend jemand ihn verleumdet oder beschuldigt. Wenn du ihn nicht liebst, wirst du schon merken, was du verloren hast.«

»Es geht hier nicht um Liebe ...«, schrie Lillie, aber er hatte ihr den Rücken zugedreht. Er gestikulierte mit der Hand wie ein Verkehrspolizist.

»Okay, mein Sohn. Gib mir die Pistole. Alles kommt wieder in Ordnung.«

»Sie wird's dem Sheriff sagen, daß ich es getan habe«, sagte Grayson. »Sie wird's allen sagen.«

»Mach dir um sie keine Sorgen. Sie wird niemandem irgend etwas sagen. Glaub mir.«

Grayson schüttelte den Kopf. »Nein. Wir können ihr nicht trauen. Sie wird zum Sheriff gehen.«

»Und wir sagen dem Sheriff, daß sie lügt«, sagte Pink geduldig. »Er wird wissen, daß sie lügt. Was auch immer sie sagt, ich kümmere mich darum.«

»Dad«, sagte Grayson fast liebenswürdig. »Dieses Risiko können wir nicht eingehen. Sie wird sich mit Jordan Hill gegen uns verbünden. Jordan Hill ist ein berühmter Mann. Er ist im Fernsehen. Du hast nur ein kleines, unbedeutendes Geschäft. Wem werden die Leute wohl glauben? Ihm.

Und er sagt doch, was sie ihm einflüstert. Du weißt doch, die beiden sind nur darauf aus, uns fertigzumachen.«
»Wieso denn?« plusterte Pink sich auf. »Ich bin zwar kein Fernsehstar, aber ich habe doch einen gewissen Einfluß in dieser Stadt. Jedenfalls sehe ich keine andere Lösung für unser Problem.«
»Wir können die beiden doch nicht einfach so davonkommen lassen. Ich glaube, die beste Lösung ist, wenn sie aus Versehen erschossen würde. Mit dieser Pistole.«
Lillie war fast froh, daß er es endlich ausgesprochen hatte. Langsam hob sie den Kopf und sah Pink an, als wollte sie sagen: »Da. Verstehst du jetzt?«
Pink sah Grayson verwundert an und dann seine Frau. Sein Kiefer fiel herunter, und er blinzelte, als würde er gerade erwachen. Und dann sah er seinen Sohn wieder an, diesmal traurig. Eine solche Trauer hatte Lillie noch nie auf seinem Gesicht gesehen. Tränen des Mitleids traten in ihre Augen, als sie ihn beobachtete. Er hatte so viele Hoffnungen in dieses Kind gesetzt. Alles. Jetzt mußte er irgendwie versuchen, seinen Traum zu retten.
»Grayson«, sagte Pink schließlich mit zitternder Stimme. »Ich weiß, daß du nicht meinst, was du eben über deine Mutter gesagt hast. Du bist nur so verärgert.«
»Dad«, sagte Grayson eifrig, »ich habe darüber nachgedacht. Es wäre gar nicht so schwer. Erst einmal ist es Brendas Waffe. Also müßte Brenda zugeben, daß Mom sie hatte.«
Pink starrte Grayson wie versteinert an, einen gehetzten Blick in den Augen. »Hör damit auf, mein Sohn.«
»Willst du es nicht wissen?« fragte Grayson. »Der Plan ist gut. Wir behaupten, daß ihr beide euch gestritten habt und sie die Waffe auf dich richtete. Es ist doch normal, daß du dann versuchst, sie ihr wegzunehmen. Und dabei hat sich ein Schuß gelöst. Dann wäre sie tot.«

Pink zitterte und war bleich. Lillie vergrub das Gesicht in ihren Händen. Die Darstellung ihrer Exekution aus dem Mund des eigenen Sohnes war zuviel für sie gewesen.
Pink räusperte sich. »Grayson, wir alle verlieren manchmal die Kontrolle über uns und stellen uns vor, Menschen weh zu tun, die uns weh getan haben. Das ist ganz ... ganz normal. Das tut jeder. Es bedeutet nichts.«
»Wir können es tun«, sagte Grayson beharrlich. »Du und ich. Niemand wird je davon erfahren.«
»Okay«, sagte Pink abrupt. »Jetzt reicht mir dieser Unsinn! Gib mir die Waffe! Niemand wird hier erschossen.«
»He, warte«, sagte Grayson. »Ich dachte, daß wir beide zusammenhalten. Das hast du immer gesagt.«
»Das stimmt«, sagte Pink und vermied es, seinem Sohn in die Augen zu sehen. »Und ich versichere dir, daß ich mich um alles kümmern werde. Niemand wird Hand an dich legen. Das verspreche ich dir.«
Graysons Augen wurden schmal, und er schüttelte langsam den Kopf. »Das kaufe ich dir nicht ab, Dad. Was kannst du denn schon erreichen? Du hast keinen Einfluß in dieser Stadt. Du bist ein Niemand. Du hast nicht mal ein neues Auto. Warum sollten sie dir und nicht ihr glauben?«
Pinks Gesicht wurde bei dieser grausamen Beurteilung rot. »Das ist mein Problem«, sagte er. »Ich bin dein Vater. Du wirst tun, was ich dir sage.«
»Diskutiere nicht mit ihm, Pink«, sagte Lillie mit leiser, warnender Stimme.
Pink starrte sie böse an, als hätte sie sich mit ihm angelegt. »Halt dich da raus!« sagte er bitter. Seine Augen waren voller Haß, als sei sie allein für dieses Desaster verantwortlich.
»Hör auf mit diesem ›Ich bin dein Vater‹«, sagte Grayson. »Was ist mit meinen Plänen? Was soll aus meiner Zukunft

werden? Du hast doch immer gesagt, was für ein großartiges Leben ich führen werde.«

»Es wird alles so kommen«, schrie Pink. »Alles wird so sein, wie ich immer gesagt habe.«

»Nicht, wenn du es zuläßt, daß sie mich hinhängt. *Du* hast dich doch all die Jahre in meinem Glanz gesonnt. Ewig hast du mir auf die Schulter geklopft, damit dein Bild auch in der Zeitung erschien; ewig hast du mit deinen schmierigen Fingern meine Trophäen betatscht; ewig hast du so getan, als schulde ich dir alles. Wenn ich ein Spiel gewann, hast du behauptet, du seist der Trainer. Wenn die Leute sagen, daß ich gut aussehe, grinst du verzückt, als wäre das dein Verdienst. Am besten Tag in deinem Leben hast du nicht annähernd so gut ausgesehen wie ich«, sagte Grayson voller Verachtung. »Ich will dir mal was sagen. Ich lasse dir diesen Glauben. Ich lasse dir deine Ehre. Aber du mußt fair sein, weil ich es auch bin. Du mußt die Schuld auf dich nehmen. Jetzt bist du an der Reihe.«

Grayson hob die Waffe und ging auf Lillie zu. Eine Sekunde war Pink wie erstarrt, als ob Graysons Worte alles Leben aus ihm gesogen hätten. Dann sprang er zwischen Grayson und Lillie.

»Grayson«, bat er, den Tränen nahe, »vielleicht hältst du nicht viel von mir. Und vielleicht hast du die Wahrheit gesagt. Ich weiß es nicht. Ich bin auf dich stolz gewesen. Und wie es scheint, bist du nicht gleicherweise stolz auf mich gewesen ...« Pinks Stimme brach, und er schaute zur Seite, am ganzen Körper zitternd. »Aber«, fuhr er fort, »ich bin in der Lage, dieses Problem zu lösen, Grayson. Das muß ich mir selbst beweisen. Du gibst mir jetzt die Waffe, und ich werde es auch dir beweisen.«

Er streckte flehend die Hand aus, aber Grayson hob den Kopf wie ein Tier, das Gefahr wittert. »Was ist das?«

Lillie hatte es auch gehört. Es klang wie eine Autotür, die zugeschlagen wurde. »Es ist der Wind«, sagte sie.
Pink schien den Geräuschen draußen und dem Zustand seines Sohnes keine Beachtung zu schenken. Er trat vor und schüttelte Graysons Arm. »Sohn, du mußt mir diese Pistole geben«, beharrte er. »Du mußt mir vertrauen. Glaube mir, ich habe recht. Vertraue mir. Bitte, Sohn, bitte. Tu es für mich. Ich kann dich retten.«
»Ich hätte wissen müssen, daß du zu schwach bist«, sagte Grayson.
Lillie erkannte den Abscheu in Graysons Augen, als sein Vater ungeschickt nach der Waffe griff. Sie sprang vom Sessel auf. »Nein, Pink, nicht«, flehte sie. »Geh zurück!«
Aber Pink hörte nicht auf sie. Er konzentrierte sich auf seine Aufgabe, einen verbissenen Ausdruck im Gesicht. Grayson duldete das Eingreifen seines Vaters nur kurz. »Du bist mir im Weg«, sagte er.
»Pink, laß ihn in Ruhe!« schrie Lillie. »Er wird dich erschießen!«
Doch ihre Stimme ging im Knall des Schusses unter. Lillie schrie und eilte zu ihrem Mann. Pink stand einen Augenblick ganz ruhig da, die Augen groß vor Überraschung. Er preßte eine Hand auf das blutige Loch in seiner Brust, während Grayson die rauchende Pistole hob. Pink streckte eine Hand der verschwommenen Gestalt seines Sohnes vor ihm entgegen. Grayson zog eine Grimasse und trat zur Seite, und Pink fiel, erst auf die Knie und dann auf den Boden.
Im nächsten Moment wurde die Haustür aufgerissen. Jordan Hill eilte mit großen Sätzen durchs Zimmer und stürzte sich auf Grayson, der sofort umgeworfen wurde. Während des Kampfs fiel die Pistole aus seiner Hand. Grayson kratzte, trat und boxte wütend um sich. Jordan hatte Mühe, mit dem Jungen fertig zu werden.

Lillie schrie und schrie wieder, als Royce Ansley mit gezogenem Revolver in der Tür auftauchte. Der Sheriff betrachtete Pinks Körper, sah Lillie an und drehte sich dann zu dem Jungen um, den Jordan auf dem Boden festhielt.
In dieser Sekunde erkannte Lillie Royce' Absicht in dessen Augen. Sie kroch über den Fußboden und deckte den Körper ihres Sohnes mit ihrem eigenen. »Nein, Royce!« schrie sie. »Töten Sie ihn nicht! Bitte.«
Royce Ansley zögerte. Die Versuchung war groß; er wollte sich rächen. Und dann steckte er seinen Revolver wieder ein. »Gut«, sagte er. Er ging zu Grayson und zerrte ihn brutal hoch. Jordan ließ es gern geschehen. Er ging zu Lillie und nahm ihre Hand. Sie umfaßte sie fest und klammerte sich an ihn. Dann ging sie zu Pink, kniete sich neben ihn und fühlte nach seinem Puls. Sie schüttelte den Kopf, berührte sanft das leblose Gesicht und fing an zu weinen. Jordan kniete sich neben sie und schloß Pink die Augen.
»Gehen wir«, sagte Royce und führte den gefesselten Grayson zur Tür. Royce' dunkle Augen glühten in seinem abgespannten Gesicht, als sie sich Pinks Körper näherten.
»Ist Dad tot?« fragte Grayson. Seine Stimme klang jung und wehmütig.
Lillie drehte sich um und sah zu ihm hoch. »Ja, Grayson«, sagte sie. Jordan half ihr auf die Füße. Sie zitterte unkontrolliert.
»Ich wollte ihn nicht erschießen«, sagte Grayson. »Er griff nach der Pistole, und da ging sie los. Es war ein Unfall. Wirklich.«
Sie wandte sich nicht von ihm ab. Sie sah ihm unbewegt in die Augen. »Nein, das war es nicht«, sagte sie. Ihre Stimme brach nicht. Sie war fest und geduldig, als korrigiere sie den Fehler eines Kindes. Einen Fehler, den man immer wieder korrigieren mußte. Immer und immer wieder.

Epilog

Dr. Carl Lundgren beendete seine Aufzeichnungen, lehnte sich dann in seinem Stuhl zurück und schaute durch das vergitterte Fenster seines Büros auf den verregneten Nachmittag draußen. Die Winter hier waren ein ständig dampfendes, feuchtes Grau, aber sie deprimierten ihn nicht. Er nahm an, daß diese Akzeptanz wohl von seinem skandinavischen Erbe herrührte, irgend etwas in seinen Genen ließ ihn die trostloseste Jahreszeit in Tennessee genießen.

Er schob seine Notizen zur Seite und suchte in der Unordnung auf seinem Schreibtisch nach der gewünschten Akte. Eigentlich brauchte er sie gar nicht mehr zu lesen. In den vergangenen drei Jahren hatte er sich häufig damit beschäftigt. Dies war einer seiner Lieblingsfälle.

Tatsächlich liebte Dr. Lundgren seine Arbeit im Gefängnis, obwohl manche Leute sie für makaber hielten. In seiner regulären Praxis betreute er viele Patienten, aber die außergewöhnlichen Fälle in der Anstalt entschädigten ihn für die banalen Neurosen der anderen. Er war verheiratet und hatte Kinder, ein ausgeglichener Mann, dessen einzige Gesetzesübertretung darin bestand, gelegentlich falsch zu parken. Doch die Menschen innerhalb dieser Gefängnismauern faszinierten ihn. Die Insassen redeten gern mit ihm, da er sich für sie interessierte.

Der Aufseher kam und verkündete, daß jemand im Besucherzimmer auf ihn warte.

»Okay«, sagte der Arzt. »Ich komme gleich.« Er öffnete die Akte und überflog sie noch einmal, um der Mutter des Gefangenen eine möglichst genaue Auskunft geben zu können. Er wußte, daß sie viele Fragen stellen würde. Das tat sie immer. Aber er konnte ihr so wenig erklären.

Nachdem er die Akte wieder eingeordnet hatte, ging Dr. Lundgren durch eine Reihe von Gängen, die hinter ihm immer wieder zugeschlossen wurden, in den Besuchertrakt. Er schaute ins Zimmer, aber sie war nicht da. Zwei Rechtsanwälte berieten sich mit ihren Klienten in Gegenwart zweier Wärter. Er ging zum Kaffeeautomaten und holte sich einen Becher Kaffee. Er schaute auf seine Uhr. Das Treffen mit Lillie sollte um halb drei stattfinden. Als er wieder aufblickte, sah er sie den Gang entlangkommen.

Als sie näher kam, war er wieder – wie beim ersten Treffen – von ihrer Schönheit überwältigt. Doch das war eigentlich nicht überraschend, da ihr Sohn ebenfalls außergewöhnlich gut aussah. Reine Vererbung, dachte er. Doch von Anfang an war er begierig gewesen, sie kennenzulernen, da er aus langjähriger Erfahrung wußte, daß nicht nur die äußere Erscheinung in Familien eine Rolle spielte. Er wollte die Mechanismen ergründen, die zu einer solchen Gestörtheit geführt hatten, wie sie Grayson Burdette verkörperte. Doch ihre Gespräche während der vergangenen drei Jahre hatten ihm keine Aufklärung gebracht, sie waren für ihn sogar oft frustrierend gewesen.

»Hallo, Lillie«, sagte er und streckte ihr seine Hand entgegen.

Sie lächelte, als sie ihm die Hand gab, aber ihre Augen waren voller Tränen. »Vielen Dank, daß ich Sie heute sprechen kann. Das bedeutet mir viel. Haben Sie ihn gesehen?«

»Erst vor kurzem.« Dr. Lundgren nickte. »Es tut mir leid. Er will Sie noch immer nicht sehen.«
Lillie seufzte, und Dr. Lundgren führte sie in eines der Besuchszimmer.
Lillie ließ sich auf einen Stuhl fallen und spielte gedankenverloren mit ihrem Ehering.
»Hat Ihr Mann Sie diesmal begleitet?« fragte der Arzt.
»Ja. Meine beste Freundin heiratet an diesem Wochenende in Felton. Wir bleiben ein paar Tage bei meiner Schwiegermutter.«
»Das ist schön.«
»Ja«, murmelte Lillie zerstreut.
Dr. Lundgren setzte sich und schlürfte seinen Kaffee. »Entschuldigen Sie«, sagte er. »Möchten Sie vielleicht auch einen Becher?«
Lillie schüttelte den Kopf. »Wenn er mich doch nur sehen wollte. Wenigstens ein einziges Mal ...«, sagte sie.
»Er will nicht, daß Sie hierherkommen. Das meint er auch so, Lillie. Ich glaube, daß Sie sich nur unnötig quälen, wenn Sie immer wieder kommen.«
Sie war bei ihren Besuchen immer aufgeregt, aber heute schien sie noch einen zusätzlichen Kummer zu haben. Der Arzt betrachtete voller Mitgefühl ihr sorgenvolles Gesicht.
»Es geht ihm wirklich gut.«
»In welcher Hinsicht?« fragte Lillie.
Dr. Lundgren kannte sie inzwischen. Sie gehörte zu den wenigen Müttern, die er hinter diesen Gefängnismauern kennengelernt hatte, die die Wahrheit wissen wollten. Aber es gab gewisse Dinge, die sie besser nicht wußte. »Nun, er macht ausgezeichnete Fortschritte bei seinen Studien. Und er ist physisch stark, gesund.«
Sie sah ihn traurig an, als hätte er sie verhöhnt.
»Er hat also Erfolg, wie?«

Dr. Lundgren seufzte. »Er ist ein starker junger Mann, Lillie. Er hat die Regeln hier gelernt. Er wird überleben. Tatsächlich hat er sich besser als die meisten angepaßt.«
Lillie sah ihn erschrocken an. »Behandeln Sie ihn?« fragte sie. »Macht er Fortschritte?«
Dr. Lundgren stellte seinen Kaffeebecher hin und sah ihr in die Augen. »Ich sehe ihn manchmal. Aber er ist nicht in ärztlicher Behandlung. Er kann sich nicht ändern, Lillie. Er glaubt nicht, daß er falsch gehandelt hat. Wenn man ihn behandeln könnte, wäre er in einem Sanatorium, nicht im Gefängnis. Eine Behandlung ist sinnlos bei ihm. Er hat sich perfekt an seine Umgebung angepaßt. Glauben Sie mir, es geht ihm gut.«
»Ich habe Sie verstanden«, sagte sie. »Es gibt nur eine Möglichkeit, wie man an einem Ort wie diesem hier zurechtkommt. Durch Selbstaufgabe.«
Dr. Lundgren zuckte die Schultern und schlürfte seinen Kaffee.
»O mein Gott«, stöhnte Lillie. »Wo soll das alles enden?«
»Wollen Sie's genau wissen?« fragte Dr. Lundgren. »Er wird wahrscheinlich nie aus dem Gefängnis entlassen.« Er sah Lillie ernst an. »Sie müssen darüber sehr erleichtert sein.«
Lillie traten Tränen in die Augen. »Ich bin wie betäubt. Ich weiß nicht mehr, was ich mir wünsche.« Sie schien sich in ihrer Angst zu verlieren.
Dr. Lundgren sah sie mitfühlend an. »Es wird nicht leichter, nicht wahr?« sagte er.
Lillie schüttelte den Kopf.
»Warum erzählen Sie mir nicht, warum Sie mich heute so dringend sprechen wollten?«

Als Lillie in die Highway-Ausfahrt nach Felton abbog und über die vertrauten Straßen fuhr, überkam sie wieder dieses

Gefühl einer grenzenlosen Wehmut. Selbst jetzt, nach einem langen Winter, besaß die Landschaft eine ganz spezielle Schönheit. Die Felder waren lavendelfarben, und unter niedrigen Brücken wand sich der Fluß in Mäandern durch die Stadt. Rauch quoll aus den Schornsteinen der Farmhäuser, grau gegen einen grauen Himmel. Die ganze Szenerie strahlte Frieden aus.

Sie fuhr am Friedhof vorbei, wo die Bäume ihre nackten Äste in den Himmel streckten. Sie würde Blumen für Micheles und auch Pinks Grab bringen, ehe sie wieder in den Norden zurückkehrten. Bessie pflegte die Gräber zwischen ihren Besuchen. Lillie wußte, es war töricht, sich darum zu kümmern. Michele war es gleich, ob Blumen auf ihrem Grab lagen oder nicht. Aber Lillie beruhigte der Gedanke, daß Micheles Großmutter sie besuchte. Sie hatten Pink neben ihr beigesetzt, und das tröstete sie ebenfalls auf seltsame Weise. Was auch immer er getan hatte, seine Kinder hatte er geliebt.

Sie kam an der Straße vorbei, die zu ihrem ehemaligen Haus führte, fuhr aber nicht hinein. Auch die Straße, die zu Royce Ansleys Haus führte, mied sie. Von Bomar Flood hatte sie erfahren, daß Royce nach Houston gezogen war, wo er als Wachmann arbeitete. Lillie hatte zu seinen Gunsten vor Gericht ausgesagt und war erleichtert gewesen, daß er nicht ins Gefängnis mußte. Er lebt in seinem eigenen Gefängnis, dachte sie. Das war schlimm genug.

Lillie sah auf ihre Armbanduhr. Brenda hatte sie gebeten, bei ihr vorbeizukommen und einen Blick auf ihr Hochzeitskleid zu werfen, falls Lillie genug Zeit habe, aber sie hatte keine Lust, an den fröhlichen Hochzeitsvorbereitungen teilzunehmen. Sie freute sich aufrichtig für Brenda, die einen zehn Jahre jüngeren Restaurateur aus Nashville heiratete. Lillie und Jordan hatten den jungen Mann vom ersten Augenblick an gemocht. Und abgesehen von ihrer übertriebenen Angst, auf den Hochzeitsfotos wie ihre eigene Schwiegertochter auszusehen, hatte Brenda nie glücklicher gewirkt. Ich besuche sie morgen, dachte Lillie und mußte bei dem Gedanken an ihre alte Freundin lächeln. Vielleicht fühle ich mich dann besser.

Sie verlangsamte das Tempo, als sie die Abzweigung zu Bessies Haus erreichte, doch im letzten Moment wählte sie die andere Straße. Sie wollte jetzt nicht im Haus ihrer Schwiegermutter sein. Sie wollte nicht Jordan gegenübertreten und sich seinen Fragen stellen. Ganz automatisch fuhr sie in Richtung Crystal Lake.

Durch die entlaubten Bäume konnte sie schon von weitem die stille, wie Seide glänzende Wasseroberfläche sehen. Lillie stieg aus dem Wagen aus und ging über den mit abgestorbenen Blättern bedeckten Pfad zum Ufer. Die feuchtkalte Luft durchdrang ihren Wollmantel und ließ sie frösteln, als sie den Bootssteg betrat. Alle Geister ihrer Vergangenheit schienen sich um sie versammelt zu haben. Sie zögerte kurz, dann ging sie bis zum Ende des Stegs und setzte sich. Die Bohlen unter ihr waren kalt, und sie hüllte sich enger in ihren Mantel ein. Du solltest nicht hier sitzen, dachte sie. Du kannst dir keine Erkältung leisten. Du bist schwanger.

Ein Bussard zog über ihr seine Kreise, dann drehte er ab und flog außer Sicht. Lillie beneidete ihn um die Freiheit seines Flugs. Sie fühlte sich schwach und erdgebunden und unfähig, die Zukunft zu bewältigen. Jordan würde sich freuen. Das wußte sie. Sie hatten beschlossen, wieder eine Familie zu gründen, doch in dem Augenblick, als sie zugestimmt hatte, hatte eine geheime Stimme in ihr geflüstert: Nein, nie wieder.

Lillie seufzte und ließ ihren Blick über den See schweifen.

Sie hatte dieses Gewässer immer als eine Kristallkugel betrachtet, so, als könne es alle ihre Fragen beantworten. Aber heute lag es dunkel und undurchdringlich unter einem dräuenden Himmel vor ihr. »Grayson, o Grayson«, flüsterte sie. Seit sie wußte, daß sie schwanger war, hatte sie immer nur an ihn gedacht, der nun sein Leben in einer Gefängniszelle verbrachte und sie verfluchte, falls er überhaupt an sie dachte.

Sie rief sich ihre Unterhaltung mit Dr. Lundgren ins Gedächtnis zurück. Sie hatte ihm gesagt, daß sie sich für Graysons Taten verantwortlich fühle. Daß sie eine Schuld daran trage. Und sie hatte von ihrer großen Angst gesprochen – daß sie wieder ein Kind gebären könne, das ähnliche Anlagen wie ihr Sohn hätte.

Dr. Lundgren hatte ihr sehr verständnisvoll geantwortet. »Sie haben einen anderen Ehemann. Und Sie leben in völlig anderen Umständen. Wir wissen nicht genau, wie solche Störungen entstehen, aber ich halte Ihre Ängste für unbegründet. Ich will Ihnen den meiner Erfahrung nach besten Rat geben. Versuchen Sie nicht, diesem Kind gegenüber eine perfekte Mutter zu sein. Wenn Ängste Sie überfallen, entspannen Sie sich. Auf Graysons Leben haben Sie keinerlei Einfluß mehr. Sie können nichts für ihn tun. Ich weiß, das klingt brutal, aber es ist eine unumstößliche Tatsache. Schicken Sie ihm Geld für seine Bedürfnisse im Gefängnis, wenn Sie wollen. Schreiben Sie ihm, wenn Sie das wollen. Vielleicht gibt er nach und möchte Sie eines Tages sehen. Aber viel mehr können Sie nicht für ihn tun. Leben Sie Ihr eigenes Leben, Lillie. Ohne Angst.«

Lillie seufzte wieder. Das war leichter gesagt als getan. Selbst dem Arzt hatte sie nicht verständlich machen können, wie entsetzlich ohnmächtig sie sich bei dem Gedanken an ein Kind fühlte. Ihre Tochter war tot, ihr Sohn im Gefängnis.

Sie hatte kein Recht, noch einmal schwanger zu werden, kein Recht, noch einmal Mutter zu werden.
Lillie fror in der feuchtkalten Luft. Sie wußte, daß sie aufstehen und heimgehen und Jordan erzählen sollte, daß er wieder Vater werden würde.
Sie mußte daran denken, wie sie ihm vor langer Zeit zum erstenmal gesagt hatte, daß sie schwanger war. Damals waren sie beide so jung und naiv gewesen. Er war tapfer gewesen und hatte gesagt, es sei alles in Ordnung, da sie doch sowieso heiraten wollten. Und dann war Michele geboren worden – so hübsch und so krank.
Was würde *sie* denken, wenn sie es wüßte? dachte Lillie. Und wie eine Antwort auf ihre Frage durchbrach ein Sonnenstrahl die dunklen Wolken, ein Abbild Micheles. Nein, dachte Lillie fast zornig, du warst krank und hast so gelitten. Aber das glückliche Bild schwand nicht. Und dieser warme Schein wärmte Lillie innerlich. Sie weiß es, dachte Lillie. Und sie ist unseretwegen glücklich. Lillie preßte die Lippen zusammen und drängte ihre Tränen zurück. Konnte sie denn niemals wegen ihrer toten Tochter aufhören zu weinen? Das war ebenfalls dein Kind, sagte sie sich. Wie kannst du sie nur vergessen? Du hast auch einen guten, einen warmherzigen Menschen geboren.
Das Geräusch einer zuschlagenden Autotür hallte über den stillen See. Lillie drehte sich um und sah den hellblauen Ford auf dem Parkplatz stehen. Bessies Wagen. Jordan war gekommen und suchte nach ihr.
Sie stand auf und war etwas schuldbewußt, weil er sich Sorgen um sie gemacht hatte. Er haßte es, wenn sie allein ins Gefängnis ging, aber sie beharrte immer darauf. Und heute war sie nicht gleich nach Hause gefahren ... Sie spähte durch die Bäume und sah ihn den Pfad entlangkommen. Den Kragen seiner Lederjacke hatte er wegen der

Kälte hochgestellt. Jordan sah sie im selben Augenblick und winkte. Lillie winkte zurück. Er lächelte.

»Du hast mich gefunden«, rief sie.

»Ich sah das Auto«, rief er zurück.

Er lief auf sie zu, sein grau werdendes Haar war vom Wind zerzaust. Sein Gesicht strahlte. Er wußte immer, wo er sie finden konnte. Er hatte es immer gewußt.

Hier kommt dein Vater, dachte sie. Und eine Sekunde lang wußte sie nicht, ob sie innerlich zu Michele oder dem Kind in ihr gesprochen hatte. Zu beiden, dachte sie. Jetzt ist er da und bringt uns nach Hause.

Und als sie den Steg zurückging, mußte sie bei seinem Anblick lächeln. Er wollte sie beschützen, einhüllen. Er würde dieses Kind lieben. Sie beide würden es lieben.

»Ich habe mir Sorgen gemacht«, sagte er. »Du hast dich verspätet.«

»Mach dir keine Sorgen«, sagte sie. Sie nahm seine Hand. »Komm näher, Liebling. Ich habe eine schöne Nachricht für dich.«